U0040809

Lois McMaster Bujold

洛伊絲・莫瑪絲特・布約德

Lois McMaster Bujold

洛伊絲・莫瑪絲特・布約德

BEST 嚴選

奇幻基地出版

五神傳說

終部曲：神聖狩獵

The World of the Five Gods

The Hallowed Hunt

洛伊絲・莫瑪絲特・布約德 著

清揚 譯

Lois McMaster Bujold

BEST嚴選

緣起

在繁花似錦的奇幻文學花園裡，你或許還在門外徘徊，不知該如何抉擇進入的途徑；也或許你已經置身其中，卻因種類繁多，或曾經讀過不合口味的作品，而卻步、遲疑。

BEST嚴選，正如其名，我們期許能透過奇幻基地對奇幻文學的瞭解，以及對讀者的理解，站在出版者與讀者的雙重角度，為您精選好作家與好作品。

他們是名家，您不可不讀：幻想文學裡的巨擘，領域裡的耀眼新星。

它們最暢銷，您怎可錯過：銷售量驚人的大作，排行榜上的常勝軍。

這些是經典，您務必一讀：百聞不如一見的作品，極具代表的佳作。

奇幻嚴選，嚴選奇幻。請相信我們的眼光，跟隨我們的腳步，文學的盛宴、幻想世界的冒險，就要展開。

excellent bestseller classic

這片大陸上，普遍信奉著五位神明，
負責照看四季興衰及不合常軌之事。
然而，眾神的行事低調隱密，
凡人必得獻出天賦的自由意志，
成為推動事物的通道……

——五神信仰——

春之女神（Lady of Spring）／掌管豐收、生命
夏之母神（Mother of Summer）／掌管醫療、事物的復元
秋之子神（Son of Autumn）／掌管狩獵、戰爭
冬之父神（Father of Winter）／掌管合乎義理的死亡、法律
災神（Bastard）／非屬四季，庇護所有不被其他神祇接受的靈魂

達澤卡 鄰近區域

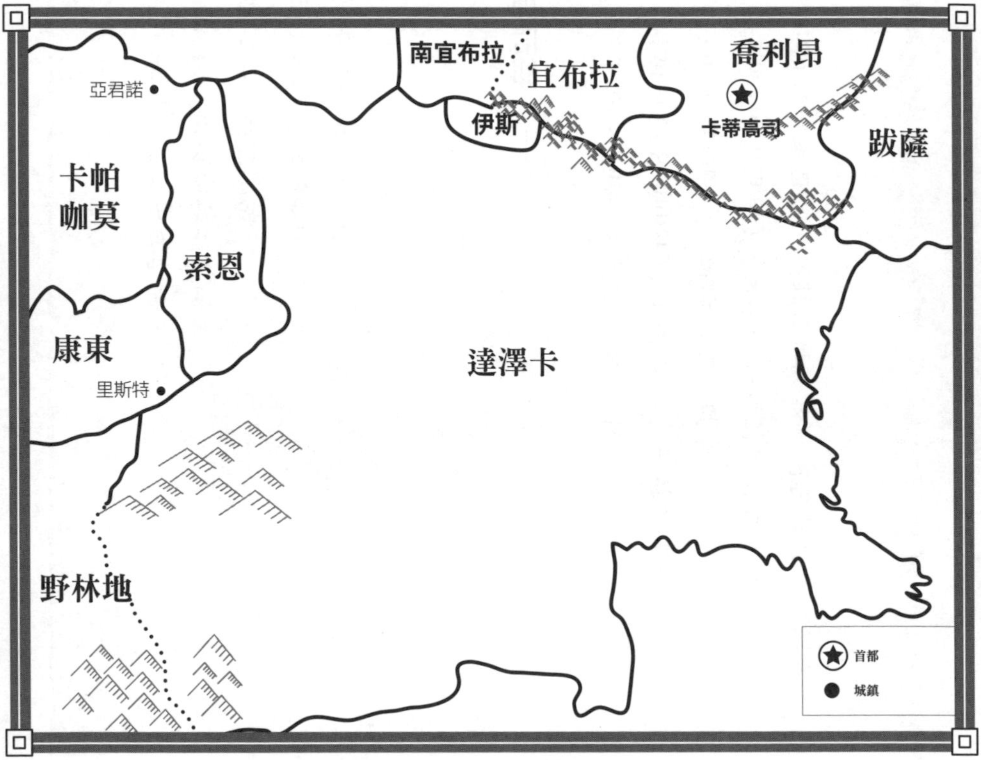

Based on the original version of Karen Hunt.

野林地 城鎮與水文示意

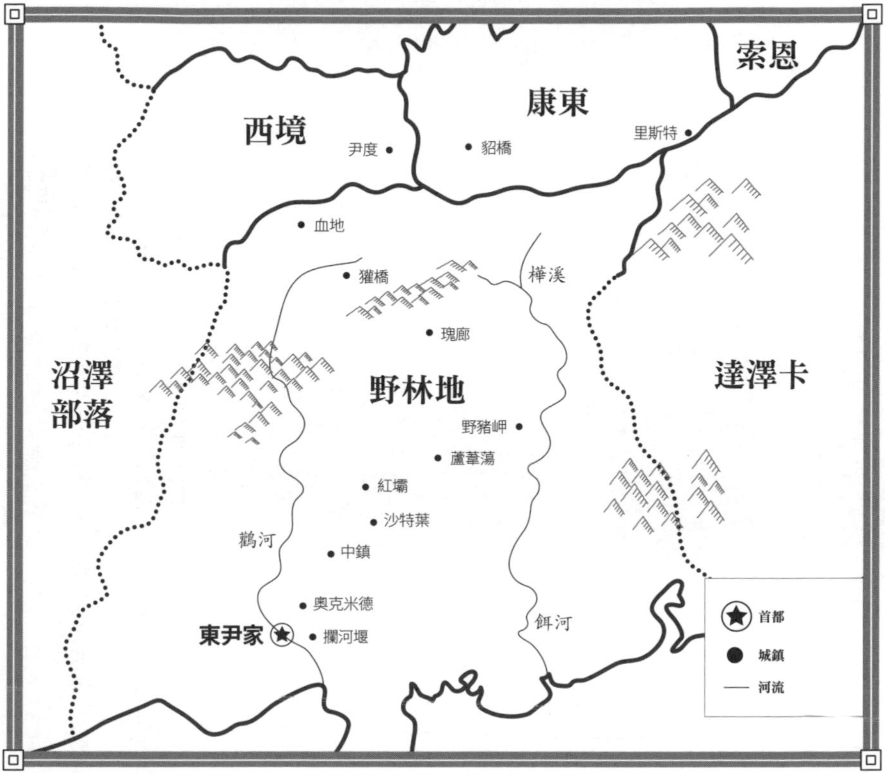

Based on the original version of Karen Hunt.

編註

前面兩張地圖為經作者許可之版本，用來輔助讀者閱讀時對於故事中地名的相對位置概念；原文版本並未附有地圖。

若想探索更多「五神傳說」系列的國家與世界架構，可至以下網站查看：

https://chalion.fandom.com/wiki/Chalion_Wiki

I

王子薨逝了。

既然聖王（hallow king）尚在，城門上的人便不敢顯露出一絲的喜悅。英格雷（Ingrey）心想，他們是暗自慶幸吧。不過，就在看到英格雷的騎兵隊蹚蹚穿過拱門、進入窄小的天井時，即便是他們這一丁點的雀躍也破滅了。那些人認得他，也清楚是誰指派他前來。

秋天的早晨，空氣悶濕，英格雷的皮褡下汗水淋漓，黏黏糊糊的。鋪著鵝卵石的天井似乎將寒意兜攏起來，再沿著四周的白灰牆道送出。信使輕裝而行，只用了兩天將消息從王子位於野豬岬（Boar's Head）城堡的狩獵行宮，傳送到了王都東尹家（Easthome）的大宮殿。不過，英格雷的騎兵隊儘管重裝趕路，路程上所花的時間也幾乎差不多。一位馬伕快步前來牽住馬兒的轡頭，英格雷跨下馬背，扳直劍鞘，指尖在冰冷的刀柄上流連片刻，做好心理準備。

已故王子波列索（Boleso）的保安官烏克拉騎士（Rider Ulkra），從城堡某處現身。看來，他早在英格雷的騎兵隊爬上坡道時，就在此徘徊等待。粗壯結實的烏克拉向來處事冷靜淡然，此時一反常態地焦急。他躬身行禮。「英格雷大人，歡迎。是否需要用餐，小憩一番？」

「我不用，但他們也許需要，」他朝身後昏昏欲睡的部下指去。騎兵副官蓋斯卡騎士（Rider Gesca）點頭致謝，保安官隨即安排城堡內的僕役過來照管騎兵和馬匹。

英格雷跟隨保安官走上幾個台階來到厚重的大門前。「截至目前為止，你們做了什麼？」

保安官壓低音量說：「我們等待上級的指示。」他臉上寫滿了忐忑不安；王子的手下，即使是處在歌舞昇平的太平盛世，也別期望他們能主動積極。「嗯，遺體不能留在原處，我們將其移到了陰涼的地方，並將凶犯關押起來。」

也就是說，他必須從頭開始調查？英格雷做出決定。「我先看看遺體。」

「是，大人，請往這裡走。我們清出了一間酒窖。」

他們穿過亂哄哄的大廳，粗礫壁爐內的火苗微弱，半掩在紅亮的煤炭灰燼中，壓根無法驅除大廳內透骨的寒意。一隻在壁爐陰影中啃咬骨頭的毛茸茸獵鹿犬，對著他們齜牙咧嘴。走下樓梯，穿過廚房，裡面的一位廚師和數名僕人瞬即安靜下來，垂首躬身等待他們通過。再走下一道樓梯，進入一間冰冷的地窖，窖內光線昏暗，只有石牆高處的兩扇小窗透進光來。

小地窖裡，眼下除了兩張凳子，以及橫放其上的木板，空無他物；覆蓋著白布的遺體默默地躺在木板上。英格雷抬手行五神教儀，依序碰觸額頭、嘴唇、肚臍、股間，最後整個手掌貼在心臟上，每一處皆象徵五神的一名神明。女神、災神、母神、父神、子神，出事時，祢們在哪裡？

英格雷默然等著眼睛適應窖內的昏暗，保安官見狀吞嚥一口，開口打探：「聖王……聽到消息後，還好吧？」

「難說，」英格雷回應，這位精明的政客刻意含糊其詞。「是封印官黑特渥大人（Sealmaster Lord Hetwar）派我來的。」

「當然。」

英格雷看不透這位保安官的心思，不過保安官倒是表現得十分樂意將這燙手山芋丟交給他人。保安官忑忑地拉起已故主子身上的白布，英格雷瞥見遺體，不禁蹙眉。

鹿棘家族（kin Stagthorne）的波列索王子是聖王僅存的——是聖王所有的子嗣中（英格雷迅速地糾正自己），最年幼的一位。波列索儘管年輕，但數年前已長成了成年男子的體魄，高大健碩，並遺傳了家族特有的長下巴，留著棕色短鬚。他的深棕色髮絲如今沾著血污，糾結凌亂，曾經旺盛的精力戛然而止，消散一空；過去魅力十足的臉龐，如今也黯然失色。英格雷不禁納悶，自己以前為何會認為那張臉十分俊俏。他向前走去，兩手捧起王子的頭顱，檢視傷口。原來傷口不只一處。英格雷兩手拇指施壓著探查：王子的頭骨碎裂，並且頭殼兩側各有一道撕裂傷，傷口處布滿乾涸的黑色凝血。

「這是什麼武器造成的？」

「殿下自己的戰鎚。事發當時，戰鎚就放在他寢殿的架子上，和他的盔甲一起。」

「這著實……令人意外。他自己也想不到吧。」英格雷嚴肅地琢磨著各位王子的命運。按黑特渥所說，波列索在他短暫的一生中，雖然蒙受父母的寵愛，卻也時不時地遭受冷落，就連下人也膽敢置之不理；承繼血統而來的冷傲自大，更使得他極度渴望功名利祿、建功立業。近日以來，這份冷傲自大——抑或是焦慮？甚至盲目膨脹，越演越烈。嚴重失衡……最後自甘墮落。

王子穿著毛絨鑲邊的精緻羊毛開襟短衣，短衣上濺滿了血跡。他出事時，必定就穿著這身短衣；慘白的肌膚上沒有其他的傷口。英格雷剛才一聽聞保安官回答正在等待上級的指示，就知事有蹊蹺；這個保安官有所保留，並未透露全部實情。王子的侍從顯然嚇呆了，甚至沒敢為遺體清洗換裝，遺體關節摺痕處的污垢都已發黑……不對，不是污垢。英格雷伸出一隻手指沿著冰冷肉體的一條摺痕劃過，警覺地盯著污跡的顏色，那是暗藍和棕黃混色而成的暗綠色，帶著一種病態。是染料？顏料？還是某種色粉？短衣內側的深色毛絨，也有淺淡的暗綠色污跡。

英格雷挺直身子，視線落在牆邊的一堆物事上，起初他以為那是一堆的毛絨。他走了過去，在那堆物事前單膝跪地。

原來是一頭死去的花豹。他半翻起花豹，是一頭母豹。手中的豹毛輕柔軟細，極其舒服。他的手撫過冰冷的捲耳、硬質白鬚，再到豹紋毛皮。他提起一隻厚重的腳掌，觸摸皮質的肉蹼和粗厚的乳白色爪子。爪子被鉗子修剪過。母豹的脖子上緊緊綁著一條紅絲繩，絲繩深深坎入毛皮中。繩子的另一端被剪斷。英格雷瞬間汗毛直立，他趕緊凝神靜氣。

他抬眼一看，保安官正注視著他，而且神情變得更加陰沉。

「我們的森林裡並沒有這種生物，這是哪裡來的？」

保安官清了清嗓子。「是殿下從達澤卡商人那裡買來的，打算在城堡裡打造一個鳥獸園。他說，可能的話，馴服來狩獵用。」

「多久以前的事？」

「幾個星期前。就在他的王姊殿下來此暫住之前。」

英格雷搓弄著紅繩，抬眉朝死豹一揚。「這又是怎麼回事？」

「我們發現牠時，牠被懸吊在寢殿裡的橫梁上。當我們，呃，進入寢殿時。」

英格雷往後坐在地上。他終於明白為何遲遲沒有召喚神廟司祭前去籌備王子的喪禮。塗抹的顏料、紅繩、橡木橫梁，全都暗示著這頭野獸不只是遭到虐殺，而是被獻祭。某人將手腳探進了異教領域，修習禁忌的森林邪術。封印官派遣他出此任務時，是否早已略有所知？若是如此，他真是深藏不露。「花豹是誰吊上去的？」

保安官權衡片刻，發現據實以告於己並無害處，便說：「我沒看見，不知道。我們帶那個女孩進去時，花豹還活著，被鏈在牆角，安靜地趴著。之後，我們就沒聽見或看見任何動靜，直到有人尖叫。」

「誰尖叫？」

「嗯……那女孩。」

「她喊什麼？或者只是……」英格雷硬是將「只是尖叫」嚥回去。他隱約感覺保安官聽到他的第一個問句似乎有些鬆快。「她喊什麼？」

「她在求救。」

英格雷從外來的斑紋屍體旁站了起來，皮製騎裝在寂靜的地窖裡摩擦作響。他兩眼直盯著保安官。

「你們又是如何反應？」

保安官將頭轉開。「我們受命保證殿下的安寧，不受他人打擾，大人。」

「有誰聽到尖叫聲？你本人，以及……？」

「殿下的兩名侍衛，殿下命令他們在房外等待他的歡愉結束。」

「三個身強體壯、誓言要保護王子殿下的男人。你們當時——都站在哪裡？」

保安官此刻的臉彷彿是石頭刻出來般地僵硬。「在走廊上，殿下的房門附近。」

「也就是說，你們在走廊中，距離殿下出事地點不到十呎，卻沒採取任何行動。」

「我們不敢闖進去，大人，殿下並沒有召喚我們。而且，尖叫聲後來也……停止了。我們以為，呃，女孩屈服了，畢竟她進去時是十分樂意的。」

樂意？或是絕望地自暴自棄？「那女孩不是公妓。她是王子王姊的侍女，是繼承了嫁妝的待嫁貴女，是獾岸家族（kin Badgerbank）委託給公主殿下的侍女，不是普通下人。」

「是法拉（Fara）公主在她王弟的懇求下同意的，大人。」

施壓，英格雷聽到的流言是如此。「那女孩也就成了這棟房子的僕人，不是嗎？」

保安官聞言一凜。

「即便是奴僕也應受到主子的善待。」

「主子在醉酒的情況下，都可能出手打下人，甚至出力過大，而錯手傷人。」保安官絲毫不退讓。

英格雷怎麼聽都覺得，這個保安官似乎事前排練過。不知道過去六個月來，這位保安官多少次在夜深人靜時，如此為自己的助紂為虐開脫？

波列索王子之所以遭到流放到這偏遠的懸崖領地，就是因為他殘殺了那位男僕。偏巧王子熱愛狩獵，歪打正著，因禍得福，卻也使得神廟不再騷擾王室封印官。刑罰太輕，意外的代價太高；英格雷在事發的翌晨，趁著案發現場尚未被塗抹乾淨前，代表黑特渥大人前去了解案發經過。他個人對流放的判決深深不以為然。

「但沒有一位主子會因為醉酒，將誤殺的僕人剝了皮，烏克拉。這事絕不只是喝多了這麼簡單。我們都看得出來，這般行徑根本就是喪心病狂。」這是那晚的虐僕風暴後，聖王和臣子們為了王室顏面，決定姑息王子的惡行，而因此種下的惡因。

本來再過半年，波列索就必須再次出庭接受正式的懲罰，最起碼也要做做樣子。但法拉公主不顧她伯爵（注）丈夫的反對，兼程奔向父王的病床，這才讓她的貼身侍女有機會被無聊透頂的王子看中。無論這個倒楣的女孩是否屈服於王子的霸王硬上弓，或另有麻雀變鳳凰的個人算計，謠言總會從公主的隨扈流出，並恰巧趕在噩耗之前傳進聖王的宮殿中。

若是出自個人算計，那麼她是自食惡果。英格雷嘆了口氣。「帶我去殿下的寢殿。」

王子的寢殿矗立於城堡中心的高處。殿外的走廊並不算長，並且昏暗不明。英格雷腦海中浮現一個畫面：王子的侍從懦弱地畏縮在走廊盡頭，在搖曳的燭光中等待尖叫終止。他一股怒氣湧現，全身繃緊。寢殿厚重的門板內側有條木閂，和一組鐵鎖。

殿內的陳設簡單且質樸，一張垂掛著幔帳的大床，床鋪的長度僅僅符合了王子的身高；幾個箱子，牆角裡立著披掛有王子第二高檔盔甲的架子。寬廣的地板上，散布著幾張小地毯，其中一張沾有深色污跡。如此的空曠正合適於一躲一追的獵捕遊戲，最終將獵物困在角落，發洩獸慾……

盔甲架子的右側，有幾扇狹長型窗戶，鉛框嵌著厚厚的波紋狀圓形玻璃。英格雷朝內大大拉開百頁窗，放眼眺望窗外層層疊巒，連綿到懸崖邊的綠野森林。水氣中，裊裊霧靄彷若一條條小溪流從山谷中騰起。谷底有座小村落，開墾出來的農田逼退了一波波的森林，城堡內的食物、奴僕和木柴全都出自於那一片的天然質樸。

從岩床到底下石塊的落差太大，降低了翻牆逃亡的可能性，即使有人纖瘦到能趁著月黑風高或雨天從牆縫鑽出，也都只有死路一條。他側身盯著盔甲架子。案發當時，那位恐慌的犧牲品應該會四處摸索，抓住它來自衛。一把手柄上鑲崁著金飾和紅銅的戰斧，仍然放在架子上。

然而，配對的戰鎚卻被扔在凌亂的床上。形似獸爪的爪邊鐵鎚頭上，沾有與地毯血污類似的凝血。英格雷將鎚頭放到掌心上打量，鎚頭的形狀與剛才在遺體上看到的傷口吻合。對方是雙手握鎚，並在極度恐懼下奮力揮出。但從傷口的深度看來，應該是女子所為。但王子儘管遭受到劇烈反抗，卻仍然步步逼近——他是否已陷入半瘋狀態？於是女孩更使勁地揮出第二鎚。

英格雷緩步繞了寢殿一圈，四處打量，再抬頭盯著屋梁瞧。保安官雙手絞緊，退開讓道。床鋪的上

注 野林地各大家族的族長頭銜為「伯爵（Earl）」，與宜布拉半島諸國的貴族分類方式有所不同。

方懸吊著一條邊緣磨損的紅繩。英格雷跨上床架邊緣，拔出掛在腰帶上的刀子，割斷繩子，捆好，塞進背心中。

他跳下床架，轉身對著在後面徘徊的保安官。「殿下會被運送回東尹家下葬。把他的傷口和遺體徹底清理乾淨，全身抹上鹽巴，以便長途運輸。找一輛馬車，因為土路顛簸，最好找四匹馬拉車，再派遣一位稱職的馬伕。讓殿下的侍衛隨行護駕，反正他們再無能再失職，也惹不出什麼大麻煩。將這間寢殿收拾乾淨，整頓一下城堡事務，找個管理人看家。」英格雷環視一圈，沒別的事了……「燒了那頭花豹，骨灰撒了。」

烏克拉用力吞嚥，點頭說：「您打算何時啟程，大人？今晚在這裡過夜嗎？」

他要押解凶犯隨著馬車緩行嗎？或者先行一步？他打從心底想盡快出發，但入秋了，白晝縮短，且今日已過去了大半天。「等我跟凶犯談過後再說。帶我去見那個女孩。」

他們走下一道短樓梯，來到下層一間無窗但乾燥的儲藏室。這裡不是地牢，當然也不是客房，但十分適合關押身分階級尷尬的囚犯。保安官敲了敲門，大喊：「貴女？您有訪客。」他開了鎖，推開門，英格雷跨進屋內。

黑暗中，一雙炯炯有神的眼眸抬眼盯著他瞧，彷若一頭藏身於陰風陣陣森林中的大貓。英格雷本能地後退一步，手握劍柄。劍身唰地才拔出一半，手肘便重重撞上門框─痛楚從指尖竄上肩頭，他再往後退開，爭取搏擊的空間。

保安官驚慌地抓住他的前臂，震驚地盯著他看。

英格雷一凜，抖開保安官的手，免得保安官察覺他在發抖。他立即克制住竄向四肢的爆發力，再次暗罵自己的這份遺產─距離上次被這股爆發力震攝到……已經好久了。*我拒絕你，體內的狼。你不應該*

出來。劍身哐噹一聲被插回劍鞘，他緩緩鬆開手指，垂手讓掌心平貼在大腿上的皮製護具。

他凝心靜氣，再次打量這個小房間。陰暗的角落裡，一個幽靈般的年輕女子，從地上鋪著乾草的棧板上站起來。那張權充的床墊看起來還算舒適，另外尚有羽絨被褥、托盤和水壺，外加一組有蓋便壺；該有的都有了，還算人道。這間囚房十分牢固，但對一個囚犯來說，太過舒適了。

英格雷舔了舔乾燥的嘴唇。「那裡太暗，我看不到妳，」剛才看到的，不能算數。「站到有光的地方來。」

女孩昂起下巴，濃密的黑髮一甩，緩緩向前走來。她穿著上好的淺黃亞麻連身裙，波浪狀的領口繡了半圈花紋；若不是朝服，便是專屬於未婚少女的裝束。一道深棕色的污跡斜灑過裙子。微光中，那一頭濃密蓬鬆的黑髮，變成了紅色。炯炯有神的淺褐色雙眸並未抬眼偷看他，而是直視著英格雷。英格雷的身高在男人中算是中等，體格精壯，而就女性來說，這女孩算是發育良好，身高和線條都與英格雷不相上下。

淺褐色的眼睛在當下的光線中，幾乎變成了琥珀色，瞳孔外圈是黑色的，而非鮮綠色，也不是……

保安官謹慎地瞥了英格雷一眼，隨即正經八百地為他們引介，口氣正式得彷彿是在某場節慶盛宴裡的招待：「貴女，這位是狼崖家族（kin Wolfcliff）的英格雷大人，效力於封印官黑特渥大人，前來接管您的後續事宜。英格雷大人，這位是伊佳妲．卡斯托斯（Ijada dy Castos）貴女，她母親出身於獾岸家族。」

英格雷聞言一驚，眨了眨眼，黑特渥只喊她伊佳妲貴女，說她是獾岸這個錯綜複雜的大家族的一個末節旁支，五神保佑。「這個姓是宜布拉人的父系姓氏。」

「是喬利昂人（Chalionese），」女孩冷冷地糾正：「我小時候，父親是子神紀律軍的奉侍長，也是野林地（Weald）西緣一座神廟要塞的藩主，後來娶了野林地獾岸家族的一位貴女。」

「那他們……過世了？」英格雷大膽一問。

女孩一歪頭，冷冰冰地反譏：「不然有誰敢欺負我。」

女孩神色自若，既沒有驚慌失措，也沒有哭泣，起碼看不出任何哭泣過的跡象，而且顯然也沒有失心瘋發狂的痕跡。在這個小房間囚禁了四天，她已恢復鎮定，但說話時微微發顫的語音洩露了內心裡的恐懼，也可能是憤怒。英格雷環視著空空的小房間，對保安官說：「帶我們去一個能坐下來談話的地方。要孤立隔絕，有陽光的地方。」

「嗯……」保安官做出手勢要兩人跟著自己。英格雷發現保安官完全不介意轉身背對著女孩，看來這個囚犯並未反抗過，也沒咬傷或抓傷獄卒。女孩跟隨保安官的步伐，也十分從容。三人走下另一條走道，來到盡頭，保安官指著窗戶邊的座椅。在那裡，城堡後側的景觀在眼前鋪延開來。「這裡可以嗎，大人？」

「可以。」英格雷回答。伊佳妲貴女則優雅地拉開裙子，逕自往光潔的板凳上坐下去。英格雷看著她，斟酌著要不要留下保安官做見證，或者打發走他，以鼓勵女孩敞開心胸、暢所欲言？這女孩會不會又暴起傷人？這時，一個突如其來的畫面浮現他腦中：保安官畏縮在上層走廊等待尖叫結束。

英格雷最後下了決定。「你去忙你的吧，保安官。半小時後再過來接我們。」

保安官蹙眉瞥了女孩一眼，但仍然順從地躬身退開。有人提示過英格雷，波列索王子的人向來服從，不會質疑主子的指令。也可能是敢於挑戰的人都遭到清除，剩下的這些，都是殘渣吧。人渣。

英格雷尷尬地在女孩身旁坐下來，兩人距離如此之近，使他有些侷促不安。他的矜持和彬彬有禮，在這個女孩面前顯得造作多餘。這女孩自有一股氣勢，令人不可褻瀆。波列索王子若不是瘋狂到失去理智，必然第一眼就會被女孩震懾住。那對間距寬的眉毛，筆挺的鼻子，雕像一般精緻的下巴……一邊的臉頰黑青發紫，白皙的脖頸上也有一圈的紅紫色的勒痕。英格雷抬手輕觸勒痕，女孩畏縮了一下，卻默然地任由他探摸。波列索王子的手顯然比他的大，而指尖下的肌膚暖暖的，令人流連忘返。突然，眼前散發出一陣霧茫金光，他輕輕扼住脖頸的手猛然一緊——他趕緊奮力抽回手，幸好女孩也正巧倒抽口氣，壓蓋過了他的。他雙膝一個震抖。剛剛那是什麼……

為了掩飾自己的茫然，他劈里啪啦地吐出一大段話：「我是王室封印官的下屬，奉命前來調查，並向他匯報這裡所見所聞。妳必須據實以報事發過程，巨細靡遺。請現在從頭說起事發經過。」

女孩往後一坐，原本驚訝的目光轉換成銳利的打量。英格雷突然意識到她身上散發的體味，不是香水，也不是血腥，而是成熟女人的氣味；在女孩的凝視下，他突然驚覺，不知道在女孩的眼中，自己又是什麼樣子、聞起來是什麼氣味？現在的他，一身風塵僕僕的汗臭味，披著冰冷的盔甲，穿著汗濕的皮衣，滿臉鬍碴且疲憊不堪，而且扛著刀劍及危險任務的重擔。這些為什麼沒嚇退她？

「哪裡算是開始？」女孩問。

英格雷愣愣地盯著她瞧。「應該從妳抵達野豬岬這裡開始。」難道還有別的開始？等等必須記得繞回來再確認一次。

女孩用力吞嚥，鎮定下來，開始了她的自白：「公主殿下只帶了一小隊的隨從，匆匆趕往要去王宮探視聖王，卻在半路上病倒。其實也不是什麼大病，只是和往常一樣，月事引發了劇烈的頭痛，如果不靜養，頭痛會更加惡化。因為此地最近，再加上公主殿下想見見王弟，於是我們才轉道過來。我想，她記憶中的王弟應該是小時候的樣子，還沒如此地……難相處。」

這話說得真得體。英格雷聽不出來這女孩的得體，是因為為人圓滑，還是生性機靈的關係。還有謹慎。他從女孩內斂且謹慎的表情，做出了這個結論。總之，這女孩的談吐聰穎，但並非身懷城府、具有心機。

「我們受到了十分周到的款待，這裡的僕人若不是十分熟知公主殿下的生活習性，不然就是他們訓練有素。」

「妳以前見過波列索殿下嗎？」

「沒有。我服侍公主殿下才幾個月而已，是我的繼父把我送去公主殿下那裡；他說……」女孩停頓了下，才繼續說：「起初，一切都很正常，我是指就一座王室獵宮來說。最初的日子很平靜，因為王子殿下邀請了公主的侍衛出宮打獵。但是入夜後，殿下和他的部下徹夜狂歡、飲酒作樂，不過公主殿下一直躺在床上休養，從未參加過。公主兩次派我下去抗議他們太過吵鬧，但沒人理會我。他們放獵犬去鬥一頭野豬，高聲嚷嚷著下賭注，而且就在公主殿下窗下的庭院裡。殿下的馴犬伕看著獵犬被糟蹋，十分著急，卻是無可奈何。當時我就希望馬河（kin Horseriver）伯爵在這裡——他呵斥一聲就能擺平那些人。他是那種不怒自威的人。我們停留了三天，公主殿下才能夠再度上路。」

「波列索殿下是不是看上了妳？」

女孩抿起嘴。「應該不是。殿下對他的王姊侍女一視同仁，都沒放在眼裡，我實在不清楚他的……喜好，算是喜好吧，直到我們要離去的那個早晨。」

女孩再次吞嚥了嚥口水。「我的主人——法拉公主殿下——告訴我，我要留下來。我並不是特別想留下，但長遠來看，留下也沒有什麼不妥。事後，也許他們還會幫我匹配另一位丈夫。總之，我懇求公主不要丟下我，但她看都不看我一眼，只說這是一場划算的交易，並要我為自己的將來做打算。她還說，男子的榮耀在於效忠君主，女子也一樣，而這就是女人向她的主人展現忠誠的一種方法。但我不認為大多數的男子都……嗯，我想我當時是說了一些無禮的話。之後，她就不再理我，一行人丟下了我離開了。我沒有追上去糾纏，擔心落人笑柄。」她雙臂環抱，彷彿想兜攏起再次支離破碎的尊嚴。

「我告訴自己……也許公主殿下說得對，這條路不會是最糟糕的。波列索殿下長得並不醜，沒有畸形、也不老，而且又沒病。」

英格雷不知不覺拿自己與女孩所開出的條件做比對，他十分確信自己樣樣符合，儘管符合這四項條件的男子不算少。然而，糟蹋這兩個字突然就從他腦中冒了出來。

「當時，我並不知道殿下會變得多瘋狂，直到公主一行人離去後……但一切都太遲了。」

「然後出了什麼事？」

「入夜後，他們將我帶到殿下寢殿前，一把就將我推進去。殿下就在殿內等我。他全身只披著一件短袍，光裸的身子用靛青、絳紅、橘黃色的顏料塗了滿身的符咒。都是古老的符文，就是刻在古建築木地基上的那種，也能在深林中的祭壇遺跡裡看到。他的花豹被綁在角落裡，被下藥迷昏了。結果，事實如他所說的，他並沒有愛上我；之所以留下我，壓根與性愛無關。他需要一個處女來執行某種儀式——不清楚這儀式是他發現還是發明的，他那時似乎很混亂——而我是唯一一個處女，他王姊的其他兩個侍女，一個是有夫之婦，另一個還在守寡。我試著勸他打消念頭，我說這是異端、是重罪，嚴重違反了他父王的法令，而且我一定會逃跑，將他的罪行公諸於世。他則說他會放狗追捕我，說他的獵犬會像撕裂那頭野豬一樣撕碎我；我說我要去找村裡的神廟司祭，他說那個男人只是個服事，而且膽小如鼠，有誰膽敢庇護我，他就殺誰，包括那位服事。他說他才不怕神廟，神廟本身就歸屬鹿棘家族所管，只要花點小錢就能買通司祭。」

女孩繼續說：「這個儀式的目的是要捕捉住花豹的靈魂，就像古代的氏族戰士那樣。我說，這種術法現今不可能行得通，但王子說他行使已有數次了，他要捕捉各大家族每種具有智慧的野獸靈魂。他認為這些靈魂能給予他某種法力，稱霸野林地。」

英格雷聞言一驚，說：「古野林（The Old Weald）的戰士，每個人一生中只會攝取一隻動物的靈魂。即便這樣，也必須冒著走火入魔、遭到反噬的風險，有的人下場甚至更淒慘。」以我付出的無盡代價做見證。

女孩柔軟的聲音越說越快，幾乎來不及喘氣。「他拉下繩子將花豹吊了起來，然後不停暴打我，將我扔到床上，而我奮力反擊著。他喃喃自語，不知是在唸咒語，還是瘋了，可能兩者都是吧。這時，我才真正相信這不是他第一次作法，他整個人……變得像一座鳥獸園，發出各種嗥叫。那時花豹瘋狂掙扎著，使他分了心，所以我趁機從他下方奮力扭抽出來。我想逃跑，但門鎖上了，而鑰匙在他的短袍內，我壓根無處可跑。」

「妳有大聲求救嗎？」

「可能有吧，我記不太得了。不過，事後我的喉嚨非常痛，所以應該有大聲求救。跳窗是不可能的選項，黑夜裡的森林彷彿無窮無盡，根本逃不出去。我呼求父親的英靈，呼求他的神明保佑我成功逃生。」

英格雷不禁納悶，這位伊佳妲貴女在絕境中呼求的，應該要是春之女神，那位掌管純潔處女的女神。一名女子呼求女神的兄弟秋之子神，實在怪誕。儘管眼下的確進入了祂的時節。子神是掌管年輕男子、作物收成、狩獵、友誼——以及戰事的神明。兵器也歸祂掌管嗎？

英格雷說：「於是妳轉身看到戰鎚，趕緊握住並舉起了鎚柄。」

那雙淺褐色眼眸瞬間睜大。「你怎麼會知道？」

「我去寢殿看過了。」

「喔，」她抿了抿唇。「我擊中了他，他朝我撲來……應該是踉蹌地撲過來。我再次揮擊，又打中了他，他這才停下腳步，接著就摔倒在地，再也沒有爬起來。不過那時王子還沒死，因為他的身體在抽搐；我衝過去在他短袍裡翻找鑰匙，卻突然感到一陣暈眩，趴跪了下去，然後眼前一片漆黑。我……那個……我終於打開了門鎖，大喊他的手下進屋。」

「他們，嗯……很生氣？」

「我覺得說他們害怕可能更為貼切。他們吵來吵去又互相指責，還有對我。他們什麼都罵，甚至包括王子殿下。鬧了好一陣子，他們才達成協議將我關起來，並派人去報喪。」

「妳被關起來後，做了什麼？」

「我大多坐在地板上。我感覺……十分不對勁。他們問我一堆蠢問題，例如是我殺了他嗎？難道他們以為殿下會拿鎚子朝自己的腦袋砸，打死自己？總之，他們終於把我關起來，但其實我很感激我的小囚房。保安官應該沒注意到，我可以從內將門反鎖。」

英格雷還有一點十分在意。他努力克制自己，盡量不帶任何情緒地問：「波列索殿下成功執行了他的強暴嗎？」

女孩揚起下巴，眼眸發亮。「沒有。」

她語氣裡透著坦誠，以及某種不容質疑的勝利感。身處絕境，被應該保護自己的人拋棄，她發現她可以捍衛自己，而這世上唯一不會拋棄她的人，只有她自己。十分震撼的一課，也是十分危險的一課。

英格雷不帶任何情感地問：「他完成了他的儀式嗎？」

這次，女孩有些遲疑了。「不知道，我不確定……他的目的是什麼。」她垂眼盯著自己的大腿；兩手緊握在一起。「你們打算如何處置我？保安官告訴我，你要帶我回去受審。回去哪裡？」

「東尹家。」

「好，」女孩的反應出乎意料地欣喜。「那裡的神廟必定能幫助我。」

「妳不害怕審判？」

「審判？我要自我辯護！我是被人害到這個地步的！」

「有些權貴，」英格雷仍然不帶任何情感地說：「很可能根本不想聽妳辯解。妳想想，例如，妳無法證明殿下企圖強暴妳，並且有好幾名男子可以作證，指稱妳十分樂意服侍殿下。」

「難道要我跑進森林裡被野獸吃掉，才算反抗？才算不樂意？難道要我冒險逃跑，牽連那些對我伸出援手的人，害他們丟掉性命？」女孩激動地反駁：「你不相信我？」

「噢，我相信，」*噢，我相信*。「但我不是妳的法官。」

女孩蹙眉，一排閃亮的皓齒咬得下唇發白。半晌後，她挺直背脊。「無論如何，就算強暴未遂沒有目擊證人，但起碼有人可以見證那場非法儀式。他們全都看見那頭花豹了，還有殿下遺體上的符咒。這些都是真真實實的存在，可以觸摸的實證。」

不再是了。這女孩若非無辜，就是太天真了。*伊佳妲貴女，妳不知道自己在跟什麼權勢對抗*。

踩著木地板的嘎軋聲響起，英格雷抬眼看見保安官走了過來，臉色陰沉同時俯身向前。「大人，您打算接下來如何安排？」保安官忐忑地問。

只要離開這裡，去哪都可以。只要能擺脫此項任務，做什麼都行。

為了此次任務，他已在馬背上待了兩天。他突然決定，今天的他已經精疲力盡，無法再騎馬趕路了。既然王子已無法著急舉辦他的喪禮，或要求一個公平的審判，英格雷也實在不想將這個不幸的天真女孩，推入她的人間審判。這個女孩，面對正義無所畏懼。五神在上啊，這女孩似乎什麼都不怕。

英格雷問她：「妳能不能向我保證，如果我放鬆對妳的監禁，妳能不逃跑嗎？」

「當然。」女孩回應，似乎十分詫異於如此天經地義的事，他居然還要開口要求。

英格雷向保安官招手。「替她找間體面一點的房間，並把她的行李都還給她；另外，如果這裡找得到的話，再找個勤勞體貼的女僕服侍她，並協助她準備行裝上路。明日一破曉，我們就啟程載運殿下的遺體回東尹家。」

「是，大人。」保安官顯然鬆了一口氣，垂首應諾。

英格雷突然想起一件事。「殿下出事後，有任何侍衛或隨從逃跑嗎？」

「沒有，大人。您為何如此問？」

英格雷擺擺手，表示沒什麼特別原因，保安官便沒再追問下去。

英格雷艱難地起身，他感到全身上下都在喀嘎作響，彷彿每條肌肉都在高聲抗議。伊佳妲貴女真心誠意地向他行了個屈膝禮，隨即轉身跟隨保安官離去。就在她要轉彎踏上階梯時，回頭看了他一眼，眼神飽含著十足的信任。

他的責任是將這個女孩押解回東尹家，就這樣，沒別的。將她交給那些……不把她當一回事的人。

他握著劍柄的手，張開又握緊。

沒別的。

2

在曙光霧靄中，這支七零八落的隊伍，浩浩蕩蕩地走出了城門。英格雷安排六名王子的侍衛，隨護在一輛勉強可視為農務馬車的前面，另外六個跟隨在後。馬車上載著倉促拼湊出來的矩形棺材，棺材裡盛載著為了保鮮而抹上鹽的王子遺體，真沒想到王子安息的最後一張床竟是如此。為了體面，保安官千辛萬苦地找來一張鹿皮覆蓋在棺材上，用黑布包住車板的四根柱子，英格雷冷冷地看著，想著這些布料根本應付不了當地的路況。送喪侍衛為了此趟隆重的任務，紛紛擦亮了刀劍、馬具，但在濃霧中一點也看不清楚他們的成果。英格雷的目光則鎖定在棺材的固定繩索上。

保安官徵召來的車伕是一位當地的自耕農，同時也是馬車和四匹馬的主人，而在最初彎彎繞繞、顛簸不平的窄路上，他展現了熟練的駕駛技能。農人的妻子坐在旁邊，認真且純熟地操控著剎車，馬車一遇到下坡，車輪就在剎車的摩擦下吱嘎作響。這個女人年紀夠大又成熟穩重，更適合擔任他囚犯的女伴，不像保安官烏克拉找來的那名小女僕手腳既不俐落、又擔小，而且還可以跟她丈夫換班看守。英格雷自然信任自己的手下，但一想到伊佳妲貴女能從內部門上囚門，無論她怎麼說，英格雷相信這樣的疏失並非烏克拉的責任，而是犯人太過機伶。

城堡的白灰牆，圓錐形的綠瓦塔尖，如夢境般地消失在煙霧迷濛的森林之間，鄉間土路在此也寬闊起來，筆直向前延伸了一小段路。英格雷抬手向跟在身後的兩名守衛行禮致謝，後者隨即掉轉馬頭打道回府，他則驅駛坐騎繞過馬車和隨從，趕上前方由兩名自家手下護衛的伊佳妲貴女。

他押解的凶犯騎著自己的馬。英格雷不清楚那匹馬是馬河伯爵配給她的，還是她從老家帶去的；不過那確實是匹駿馬，行姿矯健，栗色馬毛宛如絲一般光亮。牠的步履輕快，生氣勃勃地噴著鼻息，兩耳不住地輕彈著。若是伊佳妲貴女雙蹬一踢、穿越田野逃亡，要想追上她並不容易。不過，目前看不出來她有逃亡的企圖，這位貴女如今只是驅策栗馬小跑步，並且時不時地收緊韁繩，不讓栗馬超過其他騎士。伊佳妲今早穿的騎裝，符合貴族仕女參加狩獵大會的服式，紅銅色條紋的焦褐色短外套，披散開來的裙襬底下，露出了擦拭得光亮的靴子。黑髮一絲不苟地在頸背束起，並套上鉤針織網；脖子上的淡黃色絲巾，恰好遮住了王子造成的紫紅色勒痕。

英格雷無意在勤務中閒聊，僅僅點了個頭打招呼，隨即策馬趕到隊伍的最前方。他默默地騎行，兩旁陡坡上高掛的樹枝滴落了露水，汩汩河水穿過了挖空的木頭涵洞橋，滴滴答答，淙淙潺潺，旋律悅耳；但在他聽來，卻只覺得這些水聲比後面隊伍咯吱作響的馬具、馬車，嘎嘎的車輪和躂躂馬蹄聲更是吵雜。隊伍繞過了一處陡降的彎道，終於來到了平地，再走出綠蔭地帶後，眾人霍地闖進一束天光中。陽光穿透東方山脊上的一道裂縫流洩下來，在潮濕空氣上轉變成金色流光，潑灑在對面的山坡上，變成了鮮活的綠色。山谷裡只有一道裊裊炊煙，大概是燒煤工人用來標記領地所有權，也同時無聲地宣告，村落和農田之外的密林已有主人。這裡出現聚落人跡的徵兆，英格雷反倒憂心，他蹙眉盯著路上的泥濘，隨即策馬走到路邊，守著隊伍安全穿過森林。再一回神，卻發現自己已與伊佳妲貴女並排而行。

伊佳妲此時愉悅地四下張望，雙眼在谷底陽光的照耀下呈現出金褐色。「快看，那些山坡的顏色好漂亮！這片森林就夾在高山和谷底農田之間，好美啊。」

「這裡的路很難走，有很多潛在危險，」英格雷說：「不過，等我們下了山腰，路況就會好上許多。」

伊佳妲歪頭看著陰沉著臉的英格雷。「你不喜歡這裡？與這裡相比，我繼承的那片土地算是荒涼，就在這裡往西的邊界地帶，那裡沒什麼山地。」她遲疑了一下。「我繼父跟你一樣，對人煙稀少的荒蕪土地也沒什麼興趣，但他出身於城市，又是獾橋（Badgerbridge）的神廟掌事，特別喜歡木製的屋椽、大門和擱板。他說我用臉蛋當嫁妝就可以了，總好過那些陰森森的樹林。」她苦笑一聲，眼裡的光采瞬間褪去。「獾岸家族裡的姑姑幫我在馬河的貴族人家找到這份工作時，他高興極了。但你看，我現在落得這個下場。」

「他希望妳在公主殿下眼皮子底下，釣到一個金龜婿？」

「差不多，這的確是個好機會。」她聳聳肩。「但我後來看透了，那些貴族子弟一個比一個更看重嫁妝，我早該想到……」她緊抿嘴唇。「我的確預料過以王子殿下的身分，他應該是個花花公子，而且目中無人。嚇到我的是，他居然會行使巫術，還有……那個發狂似的咆哮。」

英格雷首次納悶起來，被伊佳妲釣到的金龜婿，會不會就是馬河伯爵？這位伯爵迎娶聖王女兒已經四年，卻一個孩子也沒有，應該不完全是運氣差的緣故吧？這個侍女對公主構成了威脅，於是公主一逮到機會便將侍女送人——若再加上嫉妒使然，法拉公主會不會早已知道這女孩的下場會十分淒慘……？公主早已知悉王子的計畫嗎？你是指強暴之外？

從哪裡開始？伊佳妲貴女昨日曾如此問他，現在回想起來，事件的起源似乎並不單純。

「在妳眼中，馬河伯爵是個怎麼樣的人？」英格雷不帶感情地問。伯爵出自於一個古老的家族，擁有世襲領地，但他眼下最大的實權在於選拔聖王的投票權、王位授命人（ordainer）的身分，是確任新王的十三張選票之一。照理說，年輕女子通常不會花心思在這類政治議題上，無論她有多聰明。

伊佳妲的唇微微噘起，蹙眉認真思索。不過英格雷注意到，她的表情不是嫌惡，也不是羞赧。「我不知道該怎麼說，他是個很奇怪的……男人。我差點脫口而出年輕人。不過，他看起來一點也不年輕，也許是因為他頭髮裡摻雜著灰髮吧。他十分精明，有時候精明得過分，令人不舒服，而且性情陰晴不定。他有時會好幾日不說一句話，似乎全心沉浸在他的思考中，沒人敢跟他說話，甚至連公主殿下也打擾他。起初，我以為是他那畸形的脊椎和奇特的臉形造成的，但說實在的，他似乎完全不在乎自己的外貌。畸形對他不構成干擾。」女孩都說到這個地步了，才謹慎地瞥了英格雷一眼。「你跟他相熟嗎？」

「長大以後就生疏了，」英格雷說：「因為他亡母的緣故，我們血緣上很親。小時候，我們見過彼此許多次。」英格雷不禁回想起來，馬河家族的溫索（Wencel）大人小的時候，那弱小的體格、笨拙的姿態、有些遲頓的智商，以及一張笨拙的嘴。溫索的木訥寡言也許是因為性格太過靦腆，但小英格雷沒有同情心，不愛搭理這個呆笨的小表弟。不過幸好現今回想起來，小英格雷也沒有欺負這個小表弟。

「我們的父親，在幾個月內相繼離世。」

僅管老伯爵死於常見的中風，走時已是暮年，但是走得十分安詳，沒有撕心裂肺地嗥叫，也沒有滿嘴吐泡，還算體面。但那些曾經迴盪在城堡走廊裡的狂嗥，一聲聲彷彿從地獄飆出的痛苦吶喊……英格雷奮力甩掉這些回憶。

女孩看向他。「你的父親是怎麼樣的人？」

「他是樺林（Birchgrove）的城堡保安官，效忠於狼崖家族的卡硌（Kasgut）老伯爵，」而我不是。機敏如她是否已發現了這點，或者只是以為他不是長子？「樺林地區涵蓋了樺溪（Birchbeck）的河谷，樺溪最後流進餌河（Lure）流域。」這有點答非所問了。他們怎麼聊到這裡來了？英格雷注意到，女孩的語調跟他詢問馬河一事時，都同樣地壓抑且緊繃。

「烏克拉保安官也是這麼跟我說的。」女孩吐出長長的一口氣，雙眼直盯著駿馬的兩耳之間。「他還說，謠傳你的父親死於一頭瘋狼的獠牙下，當時你父親企圖竊取那頭狼的靈魂。還有，你父親渡了狼魂給你，但事與願違，這讓你生了一場大病，生命和智力雙雙瀕臨崩潰，這也使得最後承襲樺林的不是你，而是你叔叔的原因；後來，你的家人送你去朝聖，你的健康這才好轉。我不清楚這傳聞是不是真的，也無法理解你的父親為何如此地魯莽。」女孩劈里啪啦一口氣說完，這才轉過來看著他，眼眸中透著擔憂和疑問。

英格雷的坐騎突然狂噴鼻息，左右甩頭，這才發現他在無意間扯動了韁繩。英格雷鬆開拳頭，半晌後，才放鬆了緊咬的牙關。許久，他終於吼了出來。「烏克拉這傢伙，亂嚼舌根。他不該如此。」

「他懼怕你。」

「看來還不夠。」英格雷一扯韁繩，假裝前去巡視，隨即掉頭往隊伍的最前方跑去。伊佳妲看著他從自己身旁經過，開口想說些什麼，但英格雷沒理會她。

村外的泥路滑溜難走，英格雷吆喝著催促隊伍跟上，這一分心，也使得他怒火中燒的情緒稍稍平靜下來。隊伍爬上一個陡坡，其中一隻馬的蹄子打滑，馬車側滑向陡降的斷崖，車伕的老婆不禁高聲示警。英格雷趕緊翻身下馬，帶領幾位反應敏捷的侍衛，有的抵住馬車的側邊，有的在馬車後方拖拉，將馬車推離陡峭的坡壁，向上推出那灘泥沼。

這一折騰下來後，搞得英格雷肩膀痠疼，一身污泥，差點就放手任由那一車的重負掉落峽谷。他幻想著馬車滑落山谷，摔得粉碎，棺木在大石間彈跳、撞碎，王子的裸體在噴濺開來的鹽花當中粉身碎骨。但如此一來，那四匹忠心耿耿的馬必然得跟著殉職；牠們是無辜的，不應該承受這與王子同等的報應。更何況，他本人就處在馬車和懸崖之間，一旦放手，他會是第一個被掃落壓扁的人。事後，侍衛們尚且不得不利用他上好的皮具當作屍袋，盛裝他的屍塊。想到這裡他便哭笑不得，只好重振精神，喘著氣翻身上馬。

正午時分，隊伍在路旁一處寬敞的空地落腳歇息，此地剛好是一條古泉水的源頭。他的手下拿出城堡大廚為他們準備的麵包和熟肉，但英格雷計算了所剩路程和日光後，十分擔心馬匹的狀況。拉車的四匹馬全身都是乾涸的泥塊、汗水淋漓，於是他吩咐那些臭著臉的王子隨從去協助馬伕卸下套具，擦乾馬身後再餵食。此趟最難走的路段已經過去了，他估計這四匹馬得到充分休息後，能繼續趕路直到夜幕降臨。希望那時隊伍已趕到蘆葦蕩（Reedmere），那座建有神廟的小城，並在該城徵募較恰當的運輸工具，然後遣送這隊臨時充數的莊稼人打道回府。

是徵募到符合王子身分的運輸工具。英格雷隨即修正自己，但他覺得，一輛載運糞肥的馬車就十分合適了。他打算在接近東尹家時，派遣一位騎士回去報信，在迎喪隊伍抵達後，將王子遺體移交給那些在乎王子的人手上，再不然，起碼是表面看重王子這個位階的人，由他們去操辦較為體面的喪儀。他估計今晚就得派遣騎士回去報信了。

他在水流中洗了洗手，接過副官蓋斯卡遞來的麵包夾厚鹿肉片。他咬了一口，一邊咀嚼，一邊搜尋他的囚犯和囚犯的女伴。只見車伕的老婆在馬車旁，張羅著食籃，而伊佳妲貴女正在空地上閒晃。她此刻穿著騎裝，很可能一溜煙就鑽進森林裡，消失在高高的樹幹之間。不過，她倒是撿起泉水上方的一塊石頭，小心翼翼地走過亂石堆，朝休憩在大橫木上的英格雷走來。

「您看。」她舉高那塊發亮的灰色石頭。

英格雷看到那塊石頭的側邊，在風吹雨打下被打磨得又滑又亮，而且有一道螺旋刻紋。

「這紋路與殿下畫在身體上的一模一樣。就畫在他的肚臍上，絳紅色的。你有看到嗎？」

「沒，」英格雷坦承：「他的遺體被清洗過了。」

「噢。」伊佳妲顯得有些驚訝。「嗯，真的，一模一樣。」

「我相信妳。」不過其他人就不一定了。她意識到這點了嗎？

伊佳妲四下張望。「你覺得這裡以前會不會是座森林祭壇？」

「很有可能。」英格雷順著她的目光，望向那些樹樁，打量著周遭樹幹的粗細。由此看來，近年的確有遊歷的樵夫以斧頭伐木的痕跡，無論當時地主的目的為何、是否出於信仰因素。「這裡有水源。這塊空地曾經被開墾出來，遺棄後又重新開墾過，而且反覆了很多次。」五神信仰的達澤卡王國，與經常在氏族土地滋事的森林異教徒戰爭多年後，奧達爾大帝（Audar the Great）才終於在四百年前首次征服了野林地。

「不知道那些真正的古老儀式是什麼樣子。」女孩若有所思。「神廟司祭都鄙視異教的獸畜獻祭儀式，但其實……我小時候住在父親指揮的神廟要塞，好幾次跟……跟一個朋友進入沼澤參加他們的秋祭。沼地人（fen folk）（注）和古野林人是不同種族，語言也不同，但我印象深刻，那些場景歷歷在目。他們的祭典更像是大型的慶典，也像是戶外的烤肉盛宴。他們會在宰殺獸畜之前舉行詠唱儀式，而我們是在烹煮牲畜完成後，食用前做禱告。這兩者有什麼不同？」她繼續說著，但口吻變得鄭重：「我朋友是這麼說的。但神廟的司祭不認同，不過那時他們兩人太常意見不同了。我朋友應該是故意跟司祭唱反調的吧。」

牲祭並不在五神司祭的反對名單中，古野林的氏族從聖獸身上獲取的，並不只有肉食而已。他們的部落巫師也運用獸畜的魂魄，渲染部落將領的靈魂，使他們的身心都變得殘酷好鬥，而這些不再聖潔的靈魂，在生命終了時也無法獻祭被神明接引。不過，英格雷十分懷疑，這個女孩在外族的祭典中是否有被允許觀禮；除了牲祭外，其他形式的獻祭，應該也不是她能參與的。「聽說，沼地的人會用獸血塗抹自己。」

「嗯，沒錯。」女孩沉思片刻。「但至少他們是互抹，而且過程中又笑又鬧的，一切都很混亂又瘋狂，更別提那個味道……不過，很難說那儀式是否是邪惡的。還有，沼地人不做人祭。」她環視一圈，似乎在想像那些在此地被殺害的冤魂。

「確實，」英格雷冷冷地說：「達澤卡的五神教徒和古野林人的僵局，就在於此。」兩個陣營，崇拜的是同樣的五神。「當奧達爾這位所謂偉大的大帝，在血地（Bloodfield）屠殺了四千名戰俘後，大家都說他壓根就是不做禱告的人。不過我想，在此後，屠殺在五神信仰中就不是異教行為了。或許還有其他罪行也是如此，但人祭依然是禁忌。神學的可取之處之一。」

總之，那場大屠殺殺光了古野林年輕一代的獸魂戰士（spirit warrior），從此野林地再也無力抵禦它的東方入侵者。接下來的一百五十年，達澤卡人在野林地施行高壓教化，野林地的土地、祭典儀式和風俗習慣全被改制，直到後來奧達爾大帝的繼任者無能，內鬥不斷，無力統治。不過，正統的五神信仰倒是在野林地的土地上孕育，倖存下來。野林地復興後，之前被嚴禁的牲祭儀式和部族千年的說唱習俗已然遺失、被人民遺忘，只有民間迷信、兒歌和怪誕的鬼魅故事流傳了下來。

噢……不是被每個人遺忘。父親，您究竟在想什麼？為什麼甘冒褻瀆神靈的大不韙，用那樣殘忍的手段傷害我？您究竟想做什麼？這些疑問糾纏了他十多年，因為永遠得不到解答，使他加倍痛苦……英格雷只能暫時將它們拋諸腦後。

「那我們現在全都是新一代的野林地人，」伊佳妲若有所思地說。她撫了撫自己那頭達澤卡人一般

注 沼地人過去經常與古野林人敵對，如今居住在野林地的西方區域；不過該民族的居住地／國家，作者並沒有寫出正式名稱，故地圖上暫以「沼澤部落」代之。

的黑髮，下巴一揚，也暗示英格雷的黑髮。「野林地，幾乎每一個氏族存活下來的人，身上都流著達澤卡的血。雜種的平民，雜種的貴族大人。所以，我們不僅承襲了奧達爾的罪，還有野林部落的罪。我父親雖是喬利昂人，但身上也有達澤卡的血源。我父親總之是說，貴族中有極大的比例是混血，真的。他之所以如此篤定，是因為貴族都相當重視家譜。」

英格雷琢磨她的話，沒有回應。

「你的父親將狼魂渡給你的時候，」伊佳妲再次開始逼問：「是——」

「妳該去用餐了。」英格雷含著一大口冷肉，打斷她。「接下來的路程會很長。」他站起身，大步朝馬車上的食物籃走去。他其實已經飽了，並不需要食物，但也不想再和伊佳妲聊下去，便隨手挑了一顆蛀洞不算太多的蘋果，一邊小口小口地啃食，一邊散步，但一直與伊佳妲保持距離，直到隊伍再度出發。

隨著隊伍的前進，山嶺的坡度逐漸緩和下來，村落數量多了起來，農田也越來越廣闊。就在太陽向樹梢西斜時，前方陡然出現一處路障：一條布滿石頭的淺溪，溪水雖只淹過馬蹄，但隨著雨勢逐漸上漲，迅速積累成了一條泥流。

英格雷拉穩坐騎，審視路況並研判現下情勢。載運棺木的馬車並沒有配置抹上瀝青的防水車篷，所以被風勢拉扯馬匹的可能性極小，但倒很可能陷在泥濘中。他派遣騎士分立於馬車的四個角落，讓他們用繩索協助拖拉馬車，再揮手示意車伕前進；已經疲憊不堪的車隊使盡餘力拉車跋涉。泥流深及馬腹，馬車漂浮了起來，但護航的騎士以繩索穩住車身，及時讓它不亂漂動；終於，馬隊安全地登上了對岸。

英格雷見狀，打手勢示意伊佳妲貴女先行。

他抬眼凝視著馬車的動向，猛地一驚——栗馬滑了一跤，失去重心後，馬頭瞬即消失在泥流之中。伊佳妲來不及驚呼，也被順勢沖入急流中。英格雷暗罵一聲，連忙急踢馬腹走入洪流，慌張地左顧右盼，在滾滾濁水中搜尋那頭黑色髮絲——她的裙裝必定吸水，將她往下拉——在那裡！

他催促坐騎順流而下，冰冷的泥水不斷猛力沖擊著他雙膝。一顆黑色腦袋載浮載沉，流經突出於洪流的三顆光滑的大岩石。一隻手臂伸出，抓住了石頭……

「抓好！」英格雷大吼道：「我來了！」

接著兩隻手臂抓住了石頭，伊佳妲貴女奮力將自己撐出水流。她的腹部貼在石頭上，掙扎地爬上岩石上方；英格雷騎著喘著氣的馬兒快接近她時，她已經站立起來，氣喘吁吁且渾身滴著水。英格雷從眼角餘光瞥見她的馬已經爬上下游的陸岸，又跋涉過爛泥，最後衝進森林裡。英格雷暗罵一聲，打手勢吩咐手下追上去。

接著，他不再留意手下是否有遵命去追馬，現在的他，全副身心都鎖定在距離他一臂之遠的伊佳妲身上。他傾身向前，女孩也傾前靠向他……

他腦海裡猛然湧現出一陣深紅色霧氣，遮住了他的視線。他抓住女孩的雙臂，接著側身倒進水流中，她也被他帶了下去。掉落……他要抓著她往下……水流瞬間盈滿他的嘴巴。他吐出泥水，大吸一口氣，又沉了下去。他看不見了，身體被水流沖得不斷翻滾。他的心中某個遙遠、遙遠的地方，正在對他大吼：蠢蛋，你在做什麼！但他必須帶她一起墜落——

強勁的水流甩得他的腦袋撞上一個硬物，綠色星星旋繞，深紅色霧氣不見了。所有思緒消散。

意識恢復後，連帶著是瘋狂的嗆咳。冷空氣拍打著他的臉，原來他的腦袋是浮在水面上的；他得到了喘息的機會，將冷空氣和水咳了出去。他亂揮亂踢，覺得四肢沉重無力，彷彿被油困住一般。

「住手，別再打我了！」伊佳妲在他耳畔怒斥。有個東西鉗制住他的脖子，在意識昏沉中，他驚覺到那一定是女孩的手臂。他必須救她，淹死她，救她——

她會游泳。遲來的後知後覺這才使他和緩下來、不再掙扎，不過歷劫後的驚悸仍在。嗯，其實他也會游泳，馬馬虎虎算是吧。之前他曾遭遇過船難，那次他大多是因為攀附在漂浮物上，才逃過一劫。而眼下唯一的漂浮物，就只有伊佳妲貴女了。他身上的武器和靴子重量必定會將兩人往下拉——此時，他的腳撞上了某個東西。原來水流將他們沖進一道彎流中，而這裡的河床平坦，接著她開始把他拖上岸……謝天謝地。

他扭身掙脫開女孩的手臂，手腳並用地爬過石頭，來到長著苔蘚的陸地上。頭髮上流落的泥水如今顏色變得深。他撥開濕髮，眨了眨眼並環視一圈；這裡的樹林濃密且糾結纏繞。他不知道他們被沖了多遠，不過淺溪、馬車和隊伍都不在視線中。他腦袋被撞傷了，現在還處在餘悸之中。

伊佳妲也爬站起身，全身衣服盡濕又流著水，踉蹌地走出河中。她朝他走來，並伸出了手。英格雷見狀大吼一聲，向後退開，雙臂撐住一棵小樹，想穩住自己搖晃的身軀，也是在控制……「別碰我！」

「什麼？英格雷大人，你在流血——」

「別再往前走了！」

「英格雷大人，你只要——」

英格雷沙啞地說：「我體內的狼魂要殺妳！我控制不了！離我遠點！」

伊佳妲立時頓住，盯著他瞧。她的頭髮披散下來，滴落下來的水珠晶瑩剔透，滑落在她腳邊的苔蘚上，節奏穩定，迷離朦朧，宛若一個奇異的水鐘。

「三次了，」英格雷沙啞地說：「剛才是第三次。妳沒發現嗎，我想淹死妳？之前已經發生了兩次，第一次是我一看見妳就拔刀，我原本想衝過去揮刀的。後來，是我們坐在一起的時候，我差點勒死妳。」

伊佳妲面色慘白，但面露思索。她沒有驚叫逃跑。英格雷希望她逃，尖不尖叫都無所謂，只要她逃離他……

「跑啊！」

令人生氣的是，她反倒靠在樹幹上，開始逕自脫下吱嘎作響的靴子。脫下第二隻靴子時，她才開口說話：「不是你體內的狼魂。」

英格雷的腦袋仍然因撞擊而嗡嗡作響，肚子咕隆咕隆地翻攪，一陣胃酸湧上。他一時沒反應過來。

「什麼？」

「不是你體內的狼魂，」她把靴子放到第一隻的旁邊，語氣緊繃但平穩地說：「我能聞到你的狼魂。也不算真的聞到，我不知道該如何描述。」

「是狼——是我想殺妳！」

「不是你的狼魂，也不是你。是別的氣味，三次都是。」

英格雷無語，只是盯著她。

「英格雷大人……您還沒問過我，王子的花豹靈魂去了哪裡。」

英格雷猜測他現在的表情，應該是目瞪口呆。

「豹魂附體在我身上。」女孩淡褐色的眼眸平靜地看著他。

「我……那個……抱歉，」英格雷沙啞地說：「我要吐了。」

他飛快地轉身過去，然而那棵樹的樹幹不夠粗，無法遮掩住他的醜態。他原希望這一陣嘔吐能趁機拾回自己的理智，但他的思緒早被那河水沖散了。溺水後的此刻，若沒有溫醇的美酒來暖身，方才的嘔吐就只有滿滿的苦澀，對神智一點補償效果也沒有。

英格雷蹣跚地繞回來，發現伊佳妲仍是安靜地在原地擰乾她的外套。他也不管了，砰地一屁股坐在長著苔蘚的木頭上。木頭相當潮濕，但此時的他更濕，身上的濕皮衣變得滑溜，還發出難聽的摩擦聲。

她看起來一點影響也沒有。嗯，是全身濕淋淋而且模樣有些凌亂，但沐浴在斜陽中的她，自在地彷彿陽光是她的愛人一般。他沒在她的影子裡看見那頭大貓的身形，也沒聞到野獸的氣味，只有自己混合了燃油、汗臭和馬騷味的濕皮衣發臭味。

「不知道波列索王子的目的，是否就是要把豹魂渡給我。」女孩的語氣仍舊平淡，並未被他剛剛的嘔吐影響。「我在殿下屍體上找鑰匙時，它附到了我身上，而其他動物的靈魂則留在他屍體中，隨著殿下一起消散。也許是因為殿下佔有那些靈魂的時日較長，也可能是因為儀式尚未完成。總之，那頭花豹的靈魂十分害怕，而且慌亂。它隱藏起自己，但我感應得到它。」

伊佳妲繼續說：「那時，我不知道該怎麼辦，也不曉得它想幹嘛。殿下的手下都是一群笨蛋，所以我什麼也沒說，他們也沒問。」

「辯護——妳可以以此為自己辯護！」英格雷激動地說：「是那頭花豹的靈魂發狂，殺了王子殿下，不是妳。妳是無意被它控制的，這件事純屬意外。」

伊佳妲眨眨眼。「不，我剛才告訴你了，花豹是在殿下死後，才附到我身上的。」

「沒錯，但妳可以說成是在殿下死前。沒有人可以反控妳說謊。」

女孩的目光顯露出不認同。

看來，我們之後需要再回來討論這個問題。英格雷心虛地擺擺手，示意她繼續說下去。「嗯，然後呢？」

「當晚，在我的小囚房裡，我做了一個非常真實的夢。夢裡有一片溫暖的森林，和涼爽的峽谷。我和其他年輕花豹在金色草原中翻滾玩鬧，我們身上都有斑紋，毛色柔軟，而且獸齒十分銳利。一群陌生人來了，他們拿著網子、籠子、項圈和鏈子。接著，我坐在了船上，再來是載貨馬車。後來又來了更多的人，他們有的殘暴，有的和善。但一切是如此地孤寂，籠罩著整個夢境。夢裡沒人說話，這些都只是我的感覺，和片片段段的畫面；還有許多濃烈的氣味，一連串我從未聞過、來自異地的氣味。

「一開始，我以為是自己驚嚇過度，但後來我確信自己沒問題。那間囚房在某方面來說，就像一座籠子，有人送來食物，取走空盤，他們有的殘暴，有的和善。那些感覺很熟悉，而且我感覺到心靈很平靜。

「第二晚，我又做了花豹的夢。但這次……」女孩的聲音發顫，隨即穩定下來。「這次來了一個……存在的靈體。在那座闃黑的森林裡，什麼都看不見，只有好香好香的氣味，比任何香水都好聞；那是一種集合了秋天森林和原野各個好聞的氣味，有蘋果、美酒、烤肉，還有樹葉清香和清冽的空氣。我聞到了秋天星夜的氣味，並驚嘆著星空之美。花豹的靈魂欣喜蹤躍，像迎接主人的狗兒，也像在主人衣裙間磨蹭的小貓。它打著呼嚕在地上打滾，急切地嚎叫著。

「之後，花豹的靈魂平靜下來，不再害怕，不再慌亂。它只是……心滿意足地等待著。不，不只是心滿意足，還有歡心雀躍。我不知道它在等待什麼。」

「一個存在。」英格雷複述這個語詞。不，她說是個靈體。「那……妳覺得是神明嗎？那個在黑暗中來找妳的東西？」

他在質疑她嗎？英格雷突然想起，他們初次見面時，他還沒看見她，就感覺出她彷彿在發光，雖然事後被他自己否認了。一種超乎視覺的感知。即使在最初混亂的幾秒鐘，他也能當下就辨識出那是具美麗的胴體。

伊佳妲突然激動起來，咬著牙說：「它不是來找我，是來找那頭不幸的花豹。我倒是想它來找我，但不是。」她接著緩下來：「……也許它不能。我不是聖徒，能讓神來佔據我。」

英格雷焦慮地搓揉著苔蘚。腦袋上的傷口已止住血，終於不再有血流進眉毛裡。「有人說——雖然不是五神的司祭說的——他們說，古野林人會以野獸的魂魄做為媒介，與神溝通。」

伊佳妲咬緊牙關，美麗的下巴繃緊，盯著他瞧的眼眸變得犀利熾烈。英格雷被盯得暗自打了個哆嗦。就那麼一瞬間，他才看出女孩那鎮定的表面下，深藏著沸騰的恐懼——打從一開始就藏起的恐懼。

「英格雷，該死的，你必須告訴我，一定要告訴我，不然我真的會發瘋。你的狼魂是如何附身的？」

女孩的探詢不是因為獵奇，也不是為了好打聽，而是她必須知道。那英格雷自己呢？在多年前的那段時間，誰來引導他、為他解惑？甚至沒有一個人能跟他分享迷茫、痛苦和自卑，有的盡是排擠，謾罵他是妖魔鬼怪、惹禍招災。就算有人願意傾聽，他也無法解釋得清楚，而這正是伊佳妲剛才所經歷的。

他彷彿從記憶之井裡，用灼傷了手的繩索拉起一桶水。他咬著牙，開始了他的自白。

「我當時大概十四歲，一切發生得很突然。我莫名其妙地被帶到那場儀式上。我父親為了某件事煩亂了好幾個星期，他也沒向任何人透露是什麼事。他買通一位神廟巫師來執行儀式。我不知道那些狼是誰抓來的，又是如何捕捉到的。事後，巫師立刻消失無蹤，不知道是不是因為他搞砸了儀式，害怕躲了起來，又或是他故意背棄我們，我一直沒搞清楚。那時候的我還小，不懂質疑大人的行為。」

「巫師？」女孩靠向一棵樹。「我沒看到巫師，除非殿下將他喬裝藏起來。如果殿下自己被惡魔附身，我倒是沒看出來。我應該也看不出來，除非擁有神靈之眼，再不然本身就是巫師。」

「不對，神廟一定會……」英格雷遲疑片刻。「假如波列索殿下真的被惡魔附體，東尹家神廟裡天賦較高的神職人員，必定能察覺出端倪。不過，若殿下是在近期、在被流放後才遭到附體……就沒機會遇上那些具有天賦異稟的神職人員了。」但無論如何，波列索王子的問題，必定在他虐殺自己的男僕之前就已存在。

「我不知道他從那些野獸靈魂中取得了什麼樣的力量，」伊佳妲說：「我現在能穿透肉眼的限制，看見自己原本看不見的事物。花豹靈魂似乎給了我某種感應或感知的能力，但——」她的手握成拳頭，似乎很挫敗。「——言語說不清楚。你的狼魂應該也對你有所助益，怎麼會沒有如此？」

因為這十年來，我費盡心思在削弱它、壓制它。我一直以為這麼做能保全我，然而現在妳的問題嚇到我了，比我身上的狼魂更令我膽戰。「妳說，除了我和我的狼魂，還有另一個……氣味。第三種東西。」

女孩沉著臉盯著他瞧，眉頭漸漸蹙起，似乎絞盡腦汁地思索如何用言語說明。「有點像是……我能嗅聞到靈魂，也可以說是花豹嗅聞到，再斷斷續續地滲透給我。我能嗅聞到那個保安官，知道他不足為懼；以及其他幾個隨從——知道要跟他們保持距離。你的靈魂，似乎有兩層：你和底層的另一種存在重疊在一起，而那個底層的存在，是種陰暗、老成和遲鈍的感覺。兩層獨立分開，並未混攪在一起。」

「是我體內的狼魂？」但他的狼魂是來自一頭年輕的狼。

「我……或許吧。但還有第三種氣味。這氣味像寄生藤蔓般纏繞著你，隨著血液脈動，如蜷鬚和細根伸進了你的魂魄，汲取養分得以存活。我感覺它在低語，也許是在唸咒語或在下咒。」

英格雷垂眼，沉默半晌。她是如何辨別得如此清晰？他的狼魂，確實如同寄生物一樣攀附在他身上。「它還在嗎？」

「還在。」

英格雷全身繃緊。「如此說來，我隨時可能再次動手殺妳。」

「也許吧，」女孩瞇眼，鼻翼歙動，宛若在搜尋身體五感未能感應的知覺。結果卻像是以手去視物，以耳去嗅聞般徒勞無功。「直到它被連根剷除。」

英格雷的口氣稍稍緩和。「那妳為什麼不逃命？妳應該趕緊逃走的。」

「你還看不出來嗎？我必須去東尹家的神廟。我要去求援，你要盡快送我過去。」

「那裡的司祭根本幫不上忙，起碼我的例子是如此，」英格雷苦澀地說：「否則我不會被折磨到現在。我試了許多年，質詢了神學家、巫師，甚至是聖徒。我聽說達澤卡有一位災神的聖徒，精於驅趕附身於人類的惡魔，滅除心術不正的巫師，於是千里迢迢趕去求援。但即便是那位聖徒，也無法解開纏繞著我的狼魂。他告訴我，因為狼魂屬於這個世界，而非另一個；即使是災神本尊，即使祂能對一群失序的惡魔發號施令，即使祂能隨心所欲召喚或遣散那些惡魔，也干涉不了這件事。我的問題就連聖徒也幫不上忙，更別提神廟管理階層那些普通人；更糟糕的是，神廟那些人不但幫不上忙，還會讓妳陷入危險中。在東尹家，神廟是掌權者的工具，而妳正巧得罪了掌權者。」

伊佳妲的眼神變得犀利。「那是誰對你下咒？一定是某個掌權者？」

英格雷張開了嘴，又闔上。「不確定。我說不出來。我身上的詛咒會自行發動攻擊。除非有人阻止，而在這幾次對妳出手之間，我甚至不記得自己動手了。我只要一分神，就可能讓妳喪命！」

「那我就來負責提醒你，」伊佳妲說：「既然我們兩個現在都心知肚明，事情就好辦多了。」

英格雷正打算張口反駁，卻聽到遠方森林傳來一道樹枝斷裂聲。

有人大喊：「英格雷大人？」又一聲：「我聽到河流那邊有人說話——那邊……！」

「他們找來了！」英格雷掙扎著起身，一陣暈眩中，他伸出手懇求她。「趁他們還沒找到我們，妳快逃！」

「就這副模樣？」伊佳妲氣沖沖地一隻手往下一比，指著自己漉濕的連身裙和光裸的赤腳。「我全身濕成這樣，而且沒錢、沒防身武器，也沒有任何支援，就這樣跑進森林裡——怎麼，給熊當食物嗎？」她咬咬牙。「不，波列索殿下出自東尹家，而你身上的詛咒也出自東尹家，這麼說來，那裡必是這個惡魔的地盤。我去定了，絕不改變主意。」

「妳一進入東尹家就會被滅口，而且他們已經動手過了。他們很可能也會殺我滅口。」

「那你最好別跟其他人亂說。」

「我才不會亂說——」英格雷絕望又無奈地罵道，而找尋他們的人已來到坡頂，兩名英格雷的手下騎著馬披荊斬棘而來。好極了，他現在想開始對她說話了，結果現在只能閉嘴。

「大人！」蓋斯卡歡呼道：「您救了她！」

既然伊佳妲沒作聲，英格雷只好將錯就錯，趕緊避開她的目光，連忙從地上爬起。

3

一行人回到在遠方河岸等待的馬車時，太陽已經落下樹冠；再等到英格雷與他的囚犯換上乾衣物、跨上被找回來的坐騎時，橘紅色的斜陽已穿林灑落在他們身上。英格雷頭上的傷口用布條包紮住，而且仍然發脹地鼓動著，肩膀也是又痠又僵硬；但他拒絕下屬的勸說，絕不爬上馬車，坐在王子的棺材上休息。隊伍爬上了林谷，進入暮光之中。

冷涼的霧氣從山溝和田野間裊裊升起。英格雷正打算吩咐前鋒騎士點燃火把照明，就看到遠方路旁有一串的點點燈光。幾分鐘後，在躂躂的馬蹄聲中，有人焦急地朝他們大喊長長一聲「喂」——正是英格雷上午派去蘆葦蕩報信的騎士。他不僅帶來了提著燈的神廟人員，還有一組裝備完善的拉車馬匹，以及一名備有工具的修車匠人。英格雷由衷地讚許了一番那位精明幹練的侍衛，而兩方接頭後隨即重新出發，這下速度快了許多。數公里後，蘆葦蕩城牆上的燈光指引著隊伍，進入了敞開的城門。

蘆葦蕩是座數千人口的小城，是當地的宗教信仰中心。小城廣場上的神廟出乎意料地宏偉，但樣式屬於偏遠鄉村的古建築，五面的木式大殿，內外皆裝飾著聖徒故事裡的植物、野獸和代表場景。屋頂是由木板搭建而成，顯然是近期才將原本的茅草屋頂替換掉。這裡方方面面皆滿足了停柩一晚的需求。蘆葦蕩的司祭長（lord-divine）在鎮議會的在俗神廟人員協助下，忐忑地監督停柩過程，並吟誦喪儀禱詞。好奇的民眾穿著正式服裝，交頭接耳地圍觀，並組成了一個還算合格的唱詩班。身分地位較高的居民圍攏在靈柩邊悼念，英格雷察覺到他們對於棺材的緊閉有些許的失望。不久，他藉口頭部受傷，離開了悼念儀式。

神廟的附屬建築，似乎大部分是由附近民居改造而成。司祭的居所與神廟的執務處所同屬一棟樓；藏書室、繕寫室與專供孩童上學的春之女神女校，同屬一棟；夏之母神醫務室，則位於當地一家藥商店後方的幾個房間。英格雷看著他的犯人被移交給幾位嚴肅的神廟女僕役後，拿出幾枚硬幣支付修車匠工錢，確定馬匹和手下都被安置妥善，並與車伕結算運費後，再安排了他們的過夜處。等到料理完一切雜事，他才前去醫務室縫合傷口。

英格雷不覺鬆了一口氣，這裡的母神療者不只是由當地的女裁縫或助產士權充，她的綠袍肩上別了一條穗帶，說明她是個學校奉侍。她手腳俐落地點燃蠟燭，用一塊刺激性很強的肥皂清洗他腦袋上的傷口，然後開始縫合。

英格雷坐在長凳上盯著自己的膝蓋，在針針刺入和抽線之間強忍著不抽動肌肉。他問這位母神療者：「告訴我，蘆葦蕩有沒有庇護過神廟巫師？聖徒或低階聖徒？或者……甚至是學者？」

療者呵呵地回答：「噢，這裡不會有的，大人。三年前，父神紀律會（Father's Order）的一位神廟調查員，帶著一位巫師前來調查一位當地女人涉嫌施行邪術的案子，但最後調查沒有結果。調查員找來幾位原告將他們訓斥了一頓，再罰款，並命令他們支付他的回程旅費。我必須說，那個巫師和我想像的完全不同，一身的災神白衣，還是個臭老頭子，我猜他那個人一定很古板無趣。他最後在大冬天裡被拖著上路回去了。我以前的學校有個母神的低階聖徒……」療者在回憶中嘆了一口氣。「……雖然法力不高，但我真希望能擁有他的能力的一半，還有他的神靈之眼和蒙神憑依。至於學者嘛，我們女校的負責人瑪拉雅（Maraya）是最優秀的，是司祭長之外最好的。」

英格雷聽完後有些失望，但這個結果也在意料之中。不過他一定會找巫師、聖徒或擁有神靈之眼的人，來驗證伊佳妲貴女的話，打破這讓他困惑的謎團。而且要快。

「好了。」療者一邊滿意地宣告，一邊打上最後一個結。英格雷痛得哼唧一聲。剪刀喀嚓剪下，治療結束，英格雷緩緩挺直痠痛的身體。

藥商店後門傳來人聲和腳步聲，療者循聲轉了過去，只見兩位女性神廟僕役、一位在俗神廟服務人員、伊佳妲貴女和蓋斯卡副官依序走了進來，其中兩位女僕役都各自抱了一堆被褥。

「這是幹嘛？」療者問著，眼神警剔地掃了伊佳妲貴女一眼。

神廟服務人員回答：「奉侍，等妳離開後，既然這裡今天沒有病人，這名女子將在此過夜。她和她的女伴會睡在房間裡，我則會睡在門外。這名男子——」他下巴朝蓋斯卡副官一揚。「——會安排人排班守夜。」

奉侍聞言後喜上眉梢，但兩位女僕役神情慘淡。

英格雷四下打量一番。這個地方當然乾淨，但……「這裡？」

伊佳妲挑了挑眉，挖苦道：「遵照你的命令，我不會被關進當地的拘留所，這點倒要好好感謝你。司祭那裡的空房間留給了你。而旅店住滿了你的手下，神廟大殿則塞滿了王子的隨從；守夜的也大多在打盹，還有的在喝酒，很可能看不住我。再加上因為某些理由，蘆葦蕩這裡沒有一個女主人自願邀請我到她家過夜，我只能淪落到接受女神的招待。」語畢，她硬擠出一個微笑。

「噢，」英格雷頓了片刻，才回應：「我明白了。」

傳聞中的波列索，是一名英明傑出的王子，這使女孩變成了……嗯，總之不會是個女英雄。在世人眼中，她不只是一個危險的殺人犯，更是一隻恩將仇報的白眼狼。這個情況，隨著我們越接近東尹家，就會越嚴重。英格雷眼下也沒有更好的替代方案，只能尷尬地點頭道晚安，跟隨療者走出去。

「大人，我現在送您去寢室吧。」療者踮起腳尖，最後一次欣賞自己的手藝，又是一陣自喜。「看您的傷口，您最好躺在床上休息個一、兩天。」

「唉，任務在身，不允許我休養。」英格雷艱難地向她一鞠躬，隨即穿過廣場前去休息。他雖然不能完全遵照醫囑，但起碼今晚可以。

剛執行完王子弔唁儀式的司祭，正在等著他。司祭想談談更進一步的悼念會，之後，還想聽聽王都方面的消息；他憂心聖王的病情，雖然英格雷已離開王都四天，顯然沒什麼更新的消息，但總比什麼也沒有好。英格雷判斷這位蘆葦蕩的司祭並非出身貴族，雖然是個正直真誠的心靈導師，也是這座小城神廟的骨幹，但不算博學多聞，神學修為也不算高，並不適合與之討論伊佳妲貴女眼下的狀況，或是他自己的問題。英格雷表示需要充分的休息以應付明日行程，更何況頭上還有受傷，因此堅定地拒絕司祭後，隨即溜回了寢室。

他的寢室是二樓的一個小房間，不過十分溫馨舒適。英格雷推開窗戶，迎著清冽的夜晚空氣，望著下方黑漆漆的廣場中鐵架上微弱的油燈，再仰望著頭頂上閃亮的星空；他慢慢地套進司祭為他準備好、平鋪在床上的長睡衫。他小心翼翼地躺倒在枕頭上，在昏沉疼痛和焦慮中沉沉睡去。

英格雷夢到了狼……

他一直以為儀式會在月黑風高的大半夜舉行，但他父親卻在陽光高懸的下午，傳喚他去城堡的大殿。冷涼的日光穿透窗戶灑落進來，窗外下方大約六十呎處是汩汩流過的樺溪。上好的蜜蠟蠟燭在牆上的燭檯燃燒，溫暖的蜜色燭光在灰影中搖晃。

狼崖家族的英戛列夫（Ingalef）大人，此刻面容十分平靜，但多少有些近日所承受的壓力而帶來的沉重。他朝兒子點了點頭，勾起嘴角淡淡一笑。小英格雷的喉頭發緊，又是興奮，又是害怕。英格雷前晚才被介紹認識的神廟巫師卡里爾（Cumril），已就定位，他只在腰上圍了塊腰布，裸露的肌膚上塗滿了古老符文。在小英格雷眼裡，那位巫師的年紀好老，但在夢裡，卡里爾卻是個道道地地的年輕人。因為惡夢裡全都是過往的回憶，夢中的英格雷刻意在卡里爾臉上搜尋，是否有任何端倪顯示出他就是這場背叛的主謀人？又或者，卡里爾只是能力不足——失控了、運氣不好、法力低微？卡里爾的眼神遊離不定，透著擔憂，英格雷難以在他臉上找到答案——或許，兩者皆是。

小英格雷的眼睛死盯著那兩頭狼。牠們好漂亮，卻又透著致命的危險，他被著迷得挪不開視線。而那個頭髮花白的馴獸人，將在英格雷父親過世的前三天死於狂犬病。

那頭老狼的體型碩大，模樣威猛凶狠。健壯的肌肉在灰色毛皮下賁張，皮肉上摻雜著新舊傷痕，毛髮上也有幾處乾涸的血塊。牠在馴獸人的鐵鏈中拚命哀嗥掙扎。牠發燒了，但沒人注意到。再過幾天後，牠就會開始口吐白沫、顯露病態，然而現在牠只能在皮嘴套下痛苦地舔舐自己，低吼哀嗥。

年輕的那頭還算是隻小狼，惶恐慌張地蹭離牠的同伴。馴獸人以為牠膽小，但稍後英格雷才確信牠患上了傳染病。否則，牠應該會像一隻訓練有素的獵犬，聰明且被馴服。牠的黑灰色毛髮出奇地濃密，銀灰色獸眼清徹透亮，一看到英格雷立刻在鐵鏈的束縛下撲向他，伸著鼻子嗅聞，親切地仰望著他。英格雷立刻愛上了這頭小狼，渴望撫摸那一身發亮的獸毛。

巫師指示英格雷和他父親脫掉上衣，面對面、相距幾步地跪在冰冷的地板上。他以古野林語開始吟誦，目光不時瞥向從腰帶抽出來的皺巴巴的紙張，謹慎地發音。英格雷只覺得那種語言張狂得超出他的理解範圍。

馴獸人在巫師的手勢下，拉著老狼走向英戛列夫大人的掌握中；接著是小狼。小狼蹦蹦跳跳撲向英格雷的大腿，英格雷抱住柔軟又溫暖的牠，小狼也在他懷中蠕動轉身，熱情地舔舐他的臉。他的手埋入小狼的毛髮中撫摸搓揉，小狼輕聲嚎叫，伸長脖子舔弄英格雷的耳朵。英格雷被牠粗糙的舌頭舔得發癢，差點失態地格格笑出聲。

巫師對著刀刃嘟囔幾句，接著拿著祭刀朝英戛列夫大人伸出的那隻手遞去，隨即匆匆退開，避掉老狼凶狠的大嘴。英戛列夫大人施力抓緊老狼，老狼開始劇烈地扭動掙扎。他抓住老狼的嘴套時，老狼更是發狂地扭轉頭部。他一下子失手，老狼下巴的套繩鬆脫，獠牙猛地插入他的左前臂；老狼凶狠地甩著頭，低聲咆哮，撕咬著手臂上的血肉。英戛列夫大人暗罵一聲，強壯的身子半爬起來，刀光一閃，插入了皮肉中——鮮血迸出，咆哮靜止下來，緊咬的獠牙鬆開，毛茸茸的狼身軟綿地側倒下去；半晌後，已是一動也不動的死絕。

英戛列夫大人跌坐下來，鬆開刀子，放開老狼。刀子噹啷掉落在石板上。

「噢，」英戛列夫大人雙眼圓睜，表情透著些許古怪。「奏效了。好……好奇怪的感覺……」

巫師擔憂地看著他。馴獸人則慌忙地過去幫他包紮。

「大人，您不是應該……？」巫師張口詢問。

英戛列夫大人猛地搖搖頭，不穩地打手勢示意「繼續進行」，並高聲命令。「成功了！繼續！」

巫師從墊子上拿起第二把刀子，那是一把全新鍛造、發亮的刀子。他嘟囔著向前走來，將刀子放在英格雷手上，又一次退開。

英格雷鬱悶地握緊刀柄，看著小狼明亮的眼睛。我不想殺你，你好漂亮。我好想擁有你，和你一起長大。小狼張開嘴，露出精美的白牙，巫師見狀倒抽一口氣，但小狼只是伸出粉紅色的舌頭，舔舐著英格雷的手。牠冰涼的黑鼻頭拱著英格雷握著刀柄的拳頭，小英格雷眨眨眼，將眼淚硬擠回去。小狼在英格雷雙膝之間坐下來，仰頭望著牠的屠夫，眼神充滿信任。

他必須一招斃命，不能反覆折磨牠。英格雷摸到了小狼的脖子，在堅硬的肌肉和輕輕跳動的動脈和靜脈之間搜尋。房間流動著灑進的白晝日光，呈現出銀色薄霧的景象；小狼靠向他，英格雷也將刀刃靠過去。他使出全力揮刀一抽一拉，另一手猛力一掐。皮肉在他手下迸開，溫熱的鮮血噴出、漉濕了狼毛，小狼在他懷中漸漸癱軟。

灰暗的畫面宛如血流一般，一陣陣地撞擊他。一隻隻活生生的狼、小屋和篝火、城堡和戰爭、馬廄和駿馬、鐵具和火、獵殺……一場又一場的獵殺，但獵物是人，不是狼群；深藏在記憶之火幽深處、那無窮無盡的森林裡，月光下白雪上的冰晶。太多了，太沉重了，太過久遠的年代……他的兩眼突然一翻。

有人在大叫，是他父親的聲音。「不太對勁！該死的，卡里爾，抓住他！」

「他在全身抽搐——他咬住了舌頭，大人——」

時空轉瞬一換，他看到他的小狼被綁住了——不，是他被綁住了——有多條紅絲彷彿在低語般窸窣，像藤蔓一樣爬滿纏繞他全身。他的小狼拚命地想咬斷它們，森森白牙狠狠咬住、撕扯，但紅絲線又飛快地重新長回來，包纏住他的頭、絞緊，使他痛苦萬分。

就在他心神狂亂之際，有道陌生的聲音侵入了進來，搞得他十分惱怒。他的小狼飛奔逃離。他的惡夢像水一般潑濺開來，流洩而去。

「他沒有睡著，他的眼睛半睜著，還微微發光，看到沒？」

「不，別叫醒他！我知道你該怎麼做，你應該就這樣帶他回去睡覺，叫醒他的話，他很可能失控。」

「他手裡有刀，我才不會碰他！」

「好啊，那不然怎麼辦？」

「多點一些蠟燭，女人。噢，感謝五神，他的手下來了。」

一陣短暫的無聲過後。「英格雷大人？英格雷大人！」

蠟燭一根根點亮了，半晌後，又一倍的蠟燭被點亮。英格雷眨眨眼，倒抽一口氣，猛地驚醒。他此時頭痛欲裂，而且發現自己居然是站著的。這個認知驚得他頓時完全清醒。

他又回到了神廟的醫務室，也就是藥商店後面被拿來權充醫療室的房間。他身上穿著司祭的長睡服，睡服半塞在褲頭裡，光腳站在木地板上。他的右手抓著已然出鞘的利劍。

英格雷身旁圍著那名神廟人員、一位陪伴伊佳妲的女僕役，以及蓋斯卡副官指派的守夜侍衛。嗯，不算是圍著，因為前兩位正緊貼著牆壁，雙眼圓睜，害怕地瞪著他看，第三位則佇在藥商店的後門口。

「我——」英格雷頓住，用力吞嚥了下，濕潤雙唇。「——我醒著。」*我在這裡做什麼？我怎麼會在這裡？*

他大概夢遊了。他聽說過這類異事，但他確定自己從未夢遊過。而此時的他不只是在黑夜中遊盪，還換上了褲子，找到了佩劍，還拔出劍潛伏下了樓梯，穿過一扇必定上了鎖的門——他一定用了鑰匙——走過鵝卵石廣場，來到這另一棟樓房中。

*這裡是伊佳妲貴女就寢的地方。五神啊，拜託她沒有被驚醒。*寢室的門是關著的——起碼現在是。

他猛地一驚，低頭看著劍刃，幸好它依然閃著光芒，而且是乾的，沒有滴著血。*尚未。*

他的侍衛警惕地瞥了他的佩劍一眼，走過來，並撐住他的左臂。「您沒事吧，大人？」

「我今天撞傷了頭部，」英格雷嘟囔著。「療者給了我藥吃，接著我就做了奇怪的夢。我的頭好暈。抱歉……」

「需要我……嗯……送您回房嗎，大人？」

「好的，」英格雷感激地說——一句他甚少使用的感謝詞，從他冰冷的雙唇脫口而出——「麻煩你。」他開始發抖了，但不只是因為天冷。

侍衛帶領他走出房門，繞出藥商店，穿過寂靜黑暗的廣場，回到司祭的屋子。一名守門的僕人被他們吵醒，來到了大廳，一臉睡眼惺忪但警備地看著他們。英格雷輕聲解釋情況，再次為療者給的藥量所造成的麻煩致歉，但這只是更加反映出那位僕人的疏職。英格雷任由侍衛帶領直到送他上床、更為他蓋好被子，意外享受了侍衛的關心。侍衛踮著腳，踩著地板，嘎吱啷噹地退出房間，關上了門。

英格雷等待侍衛的腳步聲從廣場上消失後，才爬出被窩。他隨即抓來火絨盒，用顫抖的雙手打擊打火石，點燃一根蠟燭。他在床邊坐了一會兒，讓自己鎮靜下來，才起身打量起自己的房間。他只能從內部鎖門，這表示他也能輕鬆開鎖，除非把鑰匙丟出窗外，或從門下方的門縫推出去，但明早就必須大費周折地解釋這個怪異的行為。他有些懊悔，剛才應該請侍衛順便從門外鎖門，但是，這麼做同樣得費勁解釋一番。不然，編個謊言糊弄一下也行。英格雷現在只覺得自己好蠢。最後，他只好把腰刀和佩劍收進存放被褥的櫃子裡，再拿幾件能製造聲響的物件堆疊起來，在最上方倒扣著從洗臉架上取來的錫臉盆，搭成一座岌岌可危的警示塔。

一切安排妥當後，他這才吸熄蠟燭，躺回被窩。他直挺挺地躺了半晌，又爬起來，在黑暗中摸索他的鞍囊，拿出袋中的繩子。他綁了個繩結，緊緊套在腳踝上，用另一端的繩頭繞過床下的床柱，緊緊打了個結。在繩子的束縛下，他這才放心地躺回被窩裡。

他的腦筋怦怦跳著，僵硬的肩膀像團著了火的疙瘩，在肌膚下脈動。他一個翻身，感受到身體被繩索拉扯住。嗯，至少這個有效。精疲力盡的他終於沉沉睡去，又一個翻身，再次被繩索拉住。他只好翻回來仰躺著，瞪著黑漆漆的天花板，牙關緊咬著。他的眼睛又痠又乾澀，像是跑進了沙子。

總比做夢好。他又做了狼夢，是數月以來的第一次，只是這次的夢境是由片段的回憶組成。看來，令他害怕睡覺的原因，不只一個。

我怎麼會搞到這個地步？

一星期之前，他還是個快樂的人，起碼還算滿意現況。在黑特渥大人的大宅邸裡有自己的舒服的寢室，有一名男僕，馬匹、衣物和武器，以及足夠開銷的充裕薪餉，也能在聖王熙熙攘攘的王都閒逛。更何況，他在黑特渥大人這位封印官的家中，擁有一個非正式、但眾所認同的身分地位，以及封印官的左右手的名聲──雖然他既不是武官，也非文官，卻是封印官得力的特助。身為黑特渥大人的高級信使，他能一五一十地送達大人的獎賞，以及微妙地傳達威脅和警告。他有自知之明，清楚自己並不像某些人那般擁有高貴誠實的情操；不過，也可能是他只是失去了太多的東西，早已不在乎這些身外虛名。對事物漠不關心是代表他忠誠的最好特質，有時對黑特渥大人更是適用。他最大的快樂，一直都在於滿足自己的好奇心。

災神的地獄啊，僅僅三天之前，他還是個沒麻煩事纏身的人。這次運回王子遺體和押解凶犯的任務，他原本以為雖然無趣，卻十分簡單明瞭，起碼是在他這個精明老道、又堅毅的忠僕的能力範圍之內；最重要的是，與狼魂一點關係也沒有，更不會被人當成是怪異的王室部屬。

繩索又一次扯住他的腳踝。他的右手作勢虛握著劍柄。

詛咒那個豹女！她幹嘛不像其他虛榮自私的蕩婦，乖乖地張開腿，滿腦子想著王子打賞的珠寶華衣就行了，否則也不會有這些麻煩。他如今也不會躺在這裡，頭上纏繞著一條使頭皮發癢的布條，全身有一半的肌肉在抽痛，甚至必須把自己綁在床上，鬱悶地等待著天空破曉。

還有，懷疑自己的心智是否正常。

今早，他們比預計的稍晚些，才逃離了蘆葦蕩。這並非英格雷的原意，但司祭堅持為王子舉辦悼念會，甚至找來更多的唱詩班，之後才心甘情願地將王子的靈柩抬放到新馬車上。

新馬車還算堪用，而且結構堅固，新漆外層用深色布料包住，同時掩蓋住這輛馬車上原有的強烈啤酒味。六匹拉車的黃褐色馬駒雄偉高大，肩寬、臀圓、蹄厚，馬鬃和馬尾皆以橘黑相間的絲帶綁成了辮子。光滑發亮的馬具上，鈴鐺在黑棉絨下悶悶響著：這正合英格雷的意，因為他受傷的頭仍在隱隱發疼。英格雷估量著馬車的重量，這六匹馬必能像拉著兒童雪橇一般，輕鬆將靈柩拉上山坡。

英格雷的副官蓋斯卡徘徊在他身邊，協助他上馬，任勞任怨地承受英格雷的壞脾氣，外加瞪視和嘀咕。英格雷剃去了鬍子，司祭的僕人將他的皮衣烘乾，所以此刻他穿的是柔軟且發亮的皮衣；但眼睛依舊充血紅腫，臉部水腫又氣色差，這些他就無計可施了。他全身疼痛，咬著牙在馬鞍上坐定，再忍受著緩慢的出城速度，並在鎮民所謂的送葬儀式下，從吵雜的鐘聲和吟誦，以及濃郁裊繞的焚香之間穿行而過。英格雷等到小鎮從視線消失後，打手勢示意新加入的馬伕驅策馬駒小跑步起來。那六匹拉車的馬應該是這支隊伍中最快樂的隊員了，牠們步伐輕快，精神抖擻，一副出門遠足渡假的模樣。

伊佳妲貴女跟昨天早上一樣地整潔得體，剪裁合身的灰藍裙裝搭配銀線花紋，更顯得優雅俐落。無疑地，她是一覺到天明。英格雷又氣但也放心下來，頭痛狀況仍舊時好時壞。在明媚的陽光下走了一個多小時，他覺得好上許多。又像個活人了。想到這裡，他抿嘴苦笑，策馬跑到隊伍的前方，又掉頭往後跑，巡視一圈。

伊佳妲貴女的新女伴，是司祭出借的一位中年女僕，同樣乘坐在馬車上。她對監護對象十分地警戒，態度也非常冷淡，與之前那位來自野豬岬的村婦明顯不同，畢竟村婦更加清楚了解王子的行事為人。女僕甚至對英格雷也一樣警戒，不知道她是否告知了伊佳妲他昨晚的夢遊好戲。

王子的隨從們今日也似乎越來越不安，沒有照顧好被流放的王子，一想到失職的刑罰就等在前方，他們便不時怨恨地瞥向王子的受害者兼凶手。英格雷嚴禁他們飲酒，嚴禁他們靠近那位囚犯，直到能放心將重擔和他們已故的主人移交到他人手上。他昨晚派遣一位神廟的信使，先行向封印官黑特渥報備隊伍的行程。假如黑特渥放手任由英格雷作主，英格雷必定以破紀錄的速度，急速將王子送往他的喪禮。

眼下雖不算是縱馬狂奔，那六匹馬也是輕快地小跑步穿過了越來越寬大的馬路，行經維修妥當的鄉間小路。被地勢陡峭的森林包圍的狹小草原，換成了被廣大原野包圍的小片丘陵樹林。遠方地平線出現的小村莊，也不再只是一、兩座。路上也開始陸續出現其他旅人，不只是載運作物的農家車輛，更有儀容得體的騎士及騾子商隊等等；他們一看到英格雷的隊伍，皆是趕緊地讓出道路。唯一的例外，是在橡樹林遇到一群被趕出來的精瘦黑豬。養豬人和他的兒子是萬萬想不到會在鄉下遇到王室隊伍，慌亂之下，那些放養的黑豬更是驚慌亂竄，英格雷和王子的手下有的被此場景逗樂，有的則是一臉嫌棄，紛紛又驚叫又是辱罵，拿起劍鞘幫忙趕豬。

英格雷發現豬隻驚慌的叫聲並未使他頭疼，不禁感到如釋重負。他漠然地坐在馬背上，等著豬隻被趕進路邊的草叢。伊佳妲雖然也是靜靜地坐在馬背上，但臉上透著一絲的興味盎然。

英格雷不打算與她交談，他囑咐手下亦步亦趨跟著她，而中途停下讓馬駒休息時，自有那位女僕盡職地盯梢。但英格雷的目光仍不時地轉回到她身上，還經常對上女孩嚴肅認真地回望著他；那眼神裡沒有恐懼，而是滿滿的擔憂，彷彿*他才是她的*責任。英格雷不禁一陣反感，他們彷彿一對被無形的鏈條束縛在一起，相互牽制的一對獵犬。他必須傾盡全力，才能克制住自己不去看她、不和她說話，這使他精疲力竭。

長路漫漫，隊伍終於即將抵達自治鎮紅壩（Red Dike）。紅壩鎮的地理位置特殊，管轄權既不在當地的伯爵或神廟司祭長手中，而是在聖王的特許下，由當地自治議會統治。感嘆的是，即便是自治區，鎮民仍舊不免俗地鄭重招待了王室隊伍。英格雷被鎮民的盛情纏住，擔擱了一陣子，而與此同時，王子的靈柩被抬入並安放在神廟中過夜。那座石頭神廟呈現五角拱頂，建築形式屬於達澤卡風格。

從小鎮的規模來看，這裡不只有一家大旅店，而是有三家，英格雷也在一大早派人預定了房間。而位處三家位置中間的這家旅店，整體環境最為乾淨。英格雷親自護送伊佳妲和她的女監護上了二樓、進入客房中，而他的一位手下已駐守在附屬的私人休息室。英格雷默默地檢視環境，臨街的窗子很小，若有人從外面爬上來，也難以進入。門閂則是堅實的橡木。*很好。*

他從腰上的小袋子裡拿出房間鑰匙，交給伊佳妲。女監護蹙著眉，納悶地看著他，但不敢表示意見。

「今晚一整晚都要把門鎖好，」英格雷囑咐她：「還有，上門閂。」

伊佳妲聞言眉頭一挑，環視著安靜又無異狀的客房。「這裡會有什麼好怕的？」

是沒什麼好怕的，除了附在我們身上的東西。「我昨晚夢遊了，」英格雷不情願地坦承：「我被叫醒時，就站在妳的房門外。」

伊佳妲聞言，緩緩地點了個頭，又露出那種擔憂的眼神。英格雷咬牙，隨即說：「我會睡在另一家旅店。妳雖然承諾過不會逃跑，但我要妳待在這裡，而且鎖好門。妳可能會想要獨自用餐，所以我會遣人把晚餐送上來給妳。」

伊佳妲什麼也沒表示，只是回應：「謝謝，英格雷大人。」

英格雷點了個頭，便強迫自己轉身離去。

他下樓後，朝通道邊的大廳走去，吩咐人員送餐給樓上的囚犯。兩個王子的侍衛和他的一個手下已在那裡舉杯飲酒。

英格雷盯著那兩名王子侍衛。「你們兩個要睡在這家？」

「我們睡哪裡都可以，大人，」侍從回答：「不過其他家都住滿了。」

「有床有被褥，總比神廟地板舒服。」英格雷的手下也回應。

「是啊，」侍從說著，又灌了一大口酒。他那個身材魁梧的同伴嘟囔著說些什麼，應該是在附和同伴的話。

外面突然傳來一陣騷動，隨即一聲短促的尖叫響起。英格雷連忙趕到窗簾前，打量著窗外的街道。暮光中，一輛路過的無篷馬車，它的前輪脫離輪軸，翻倒在圓石子路上，整台車身傾倒，而拉車的兩匹壯馬都已是汗水淋漓。掛在馬車前柱上的吊燈晃來晃去，搞得地下的黑影也搖來晃去，只聽聞一名女子的聲音輕快地說：「沒事，親愛的，柏南（Bernan）會修的。所以我才——」

「記得下次叫我要帶工具箱，沒錯。」馬車後方一道男聲疲憊地說：「總之我會想辦法的，來吧。」男僕跳下車，在傾斜的駕駛座旁邊放了一個短木梯，隨即和一位女僕攙扶一個女人下車。那個女人披著斗篷，身形看似有些矮壯。

英格雷轉身離開了窗子。這些晚到的旅人，今晚應該很難找到投宿的旅店了。只見那個魁梧的侍衛拿起大酒杯，一仰而盡，打了個飽嗝，詢問酒保廁所的位置後，便隨即東倒西歪地走出酒吧，進入過道。英格雷也跟隨在後，朝外面走去。

就在此時，那位披著斗篷的胖女人也走進過道，她的女僕在後面跪在地板上，可能在忙著整理女主人的衣服，嘴裡碎念著，同時堵住了後方的路。女人又髒又破的寬大斗篷，顯然曾經光輝燦爛過。

魁梧的侍衛咒罵一聲，出口咆哮：「滾一邊去，母豬。」

斗篷下此時爆出了一聲：「什麼！」女人揮開兜帽，狠狠瞪向王子的侍衛。女人不老但也不年輕，但凜然不可侵犯；淺棕色辮子散落了幾縷鬈髮，使得氣喘吁吁、滿臉發紅的她，多了一股凶狠氣勢。不知她的臉紅是被氣出來的，還是在外面被凍的，或者以上皆是。英格雷見狀，立即進入警戒狀態；王子的手下向來跋扈慣了，而那個笨女人明擺著沒將男人的佩劍和鎧甲放在眼裡，更疏忽了男人的體型和醉意。

女人解開脖子上的釦子，任由斗篷滑落。斗篷下的她身穿母神綠袍，而且她不是胖，是懷孕了。英格雷愣愣地想著，她應該是個接生奉侍，而她很快就需要為自己服務了。女人伸手越過大肚子，輕拍了下自己的左肩，盛氣凌人地清了清嗓子。「看到沒，年輕人？還是你醉糊塗了？」

「看什麼？」王子侍衛沒將奉侍放在眼裡，仍然把她看做是某個挺著大肚子的窮女人。

女人順著侍從的目光，看著自己肩上磨損毛糙的綠布，不耐煩地噘唇說：「喔，要命。荷橘（Hergi）——她轉身看著直起身子的女僕。「——它又掉了。我最好別在路上弄丟——」

「我剛剛撿起來了，夫人。」女僕也有些不耐煩。「妳看，在這裡，我等等再將它們釘回去。又一次。」

女僕從地上撿起的不只一條，而是兩條神廟的學院穗帶。女僕輕咬著舌頭，凝神將穗帶固定在它們榮耀的位置上。第一條穗帶是深綠、麥黃和金黃相間，屬於母神紀律會的療者司祭所有。第二條是白、淺黃、銀相間，屬災神紀律會的巫師司祭所有。王子的侍衛看到第一條已經立正站好，第二條更是讓他臉色刷白。

英格雷嘴角一彎，露出今天的第一個笑容。他輕拍侍衛的肩膀。「我看啊，你最好向這位博學的司祭夫人道歉，然後滾到一邊去。」

但侍衛仍舊嘴硬，又不甘地嚷嚷著：「那兩條不是妳的！」

看來這人的腦袋跟他的臉一樣，也缺血了。不認錯的人，是不是永遠都不會認錯？英格雷小心為上，趕緊後退幾步，同時也能更好地觀看此人的下場。

「我沒時間跟你耗，」巫師怒了。「如果你堅持像笨豬一樣擋路，那我就不客氣了，看我怎麼好好教訓你。」她朝王子侍從一揮手，英格雷差點本能地低頭躲開。他毫不驚訝地看著侍衛「啊」的慘叫一聲，接著四肢大張地仰倒，痛得像豬一樣哼哼唧唧地叫著。巫師輕哼一聲，撩起長袍衣襬，高雅地繞過了侍從。她的女僕搖了搖頭，揹著一個皮箱並撿起主人的斗篷後，也走了過去。英格雷恭敬地鞠躬，等到兩個女人走進小酒吧，才轉身跟了上去，理都不想理地上那個痛哼的男人。方才與那位侍衛飲酒的兩個男人，此時已挨到大廳旁，擔憂地朝過道瞥去。

「抱歉，博學的司祭，」英格雷的語氣平穩。「請問您的教訓會延續很久嗎？我這麼問，是因為那個人明天必須上馬趕路。」

淺棕髮女人轉身過來，蹙眉看著他，散髮似乎朝四面八方飛揚。「他是你的手下？」

「不算是。雖然我不需要為他的行為負責，但必須負責將他帶到目的地。」

「喔，好。我在離開前一定讓他恢復原狀，再不然，幻覺也會在幾個小時後自行褪去，其他的副作用也是。但我現在在趕時間。今晚有一支王室隊伍抵達紅壩，聽說載運著被殺害的波列索殿下。你有看到他們嗎？我要找他們的指揮官談談。」

英格雷再次躬身。「那麼您找到他了。狼崖家族的英格雷聽候您與您神明的差遣，博學的司祭。」

她凝視著英格雷半晌，眼裡透著忐忑不安。「你確實是。」她終於說話了：「好，那個女孩，伊佳妲・卡斯托斯貴女，你知道她現在如何？」

「她現在由我監護。」

「是嗎，」她的眼神銳利起來。「她人在哪裡？」

「她住在這家旅店樓上的房間裡。」

女僕這時鬆了一大口氣，巫師聞言則得意地看著她，嘀咕道：「我不是說了嗎？第三次一定成功。」

「這小鎮也就三家旅店，」女僕反譏。

「你們是不是前來接管她的？」英格雷滿懷希望地問。*我可以擺脫她了？*

「不……不算是。但我必須見她。」

英格雷遲疑了。「她是您什麼人？」*您又是她的什麼人？*

「舊識，假如她還記得我的話。我是司祭哈拉娜（Hallana）。殿下出事的消息傳到沙特葉（Suttleaf），我的神學院時，我才知道她的遭遇。我們聽說殿下遭人殺害，也聽說是誰下的殺手，所以推測她惹上了大麻煩。」她看著英格雷的眼神仍舊是忐忑不安。「我們確定王室隊伍必定會從此路經過，但我一路上都在擔心趕不上你們。」

沙特葉的母神紀律會神學院，位處紅壩鎮以南二十五哩，是此區極負盛名的訓練場所，專門培育療者和其他療癒術士——昨晚為英格雷縫合傷口的奉侍，很可能就是在那裡學藝。英格雷曾在附近的三個伯爵領地尋找神廟巫師，就是漏掉了沙特葉，反倒是這位巫師先找上了他……

這位巫師能否感應到他的狼魂？當年，就是神廟巫師將狼魂渡給他的，之後，又是神廟司祭協助他學會如何定魂。也許，這個女人是被派來協助綁定伊佳妲的豹魂？至於背後的指使者是誰或什麼單位，英格雷就無從得知了。這位巫師此時出現在這裡，不太可能是巧合。一想到這裡，英格雷的頸毛瞬間豎起，背脊發涼。以上所有的推測，他希望這一切都只是巧合。

英格雷深深吸了口氣。「看來，伊佳妲貴女現在有朋友了。她應該會想見您。我這就護送您上樓找她，博學司祭。這邊請。」

女人點了個頭。「好，麻煩你了，英格雷大人。」

英格雷帶領兩個女人走進過道，抬手一帶，指向左手邊的樓梯。後面那個王子的侍衛仍然趴在地上，哼嚕哼嚕地用腦袋頂門。

「大人，他怎麼辦？」他的同袍不知所措地問。

英格雷轉身看著那場鬧劇。「看好他，別讓他傷到自己。他這次所受的教訓，片刻後就會消褪了。」同袍的目光越過英格雷，迎上巫師的視線，用力吞嚥。「是，大人。嗯……還有其他吩咐嗎？」

「你可以找些麥麩泥餵他。」

巫師搭著扶手站在樓梯上，女僕就站在她後面。她回望向他們，嘴唇蠕動著，隨後才重重地踏步繼續往上爬，英格雷快步跟上。

看到伊佳妲已將門鎖好，英格雷不禁感到滿意。他敲了敲門。

「哪位？」伊佳妲問。

「英格雷。」

裡面的人靜默了一下，才又問：「你還沒睡？」

英格雷無奈地回答：「是。妳有訪客。」

門後又沉默了片刻，隨即門鎖喀嚓一聲，跟著門閂唰地被抽出。女監護人大大拉開門，巫師和女僕隨即堂而皇之地走進去，使得女監護人當下訝異目瞪口呆。英格雷跟隨在後，也進了房間。

伊佳妲貴女站在客廳的另一頭，困惑地看著走進來的三人。

「伊佳妲？」巫師似乎吃了一驚。「五神啊，孩子，妳長這麼高了！」

伊佳妲此時的面容瞬間一亮，英格雷還從未見過她如此開心。「哈拉娜！」她驚呼一聲，向前快步走去。

兩個女人抱在一起，高聲愉悅地寒暄。終於，伊佳妲退開向後，雙手搭在個子較矮的巫師肩膀上。

「您怎麼會在這裡？」

「妳出事的消息都傳到沙特葉的母神神學院了。我現在在那裡任教。當然，還有因為那些夢。」

「您怎麼會在那裡——等等，快把您這些年的經歷都告訴我——噢，英格雷大人，」伊佳妲轉身看著他，此刻的她真是容光煥發。「這位是我的朋友，我之前跟您提過的。她在西陲我父親掌管的神廟要塞裡擔任醫療傳教師，也是災神紀律會的學生，並同時從事她的兩個感召——一是學習沼地人的詩歌，二是盡其所能醫治當地人的病痛，好引導他們到神廟，聆聽我們司祭的五神講道。當然，那是好幾年前的事了。我那時候很小，瘦巴巴又傻傻的。哈拉娜，我都不知道那段時間，妳為什麼願意讓我跟在妳屁股後面一整天，但我很感激妳。」

「嗯，除了沒讓我免除禱告儀式——那真的讓我懷疑神的存在，真的——妳的確幫了我很大的忙，而且不找麻煩。妳完全不害怕沼澤，森林、野生動物、沼地人，那些妳都不怕，還弄得全身是泥，回家挨罵了也不抱怨。」

伊佳妲大笑。「我還記得，您經常在餐桌上和那個高傲自大的司祭爭辯，把奧斯文（Oswin）博學司祭氣得跳腳，憤而離席。那時我還太小，只關心自己，不然我一定擔心他會消化不良。可憐的瘦子。」

巫師嘻嘻一笑。「有人跟他唱反調是好事。奧斯文是父神最忠誠的僕人，一心一意恪守教規，是個一板一眼的嚴謹教徒。每次只要我拿他這點說事，他就氣得跳腳。」

「噢，看看您——來，您快坐下——」伊佳妲挑出一張最好的椅子，巫師的女僕見狀，趕緊過去幫忙，鋪放了坐墊，然後催促哈拉娜司祭落座。巫師感激萬分地坐下，吁的吐出一大口氣，將大肚子安放到大腿上。她的女僕俐落地將主人的腳搬到擱腳凳上。伊佳妲拉來椅子，坐到朋友的對面，英格雷則退到窗座坐下；因為房間小，距離近，他輕易就能看管住這兩個女人。那位女監護人退縮在後方，態度則是畢恭畢敬。

「您修習學院的組合實在是奇特，博學司祭。」英格雷的下巴朝巫師肩膀上的穗帶一揚。它們又鬆脫下來，隨時有掉落的可能。

「噢，是啊，巧合，算是巧合吧。」她聳聳肩，抬手拆下穗帶。她的女僕嘆了口氣，無語地接過又重新別回去。「一開始，我修習的是療者，算是繼承母業，我祖母也是。結業前，我到舵港（Helmharbor）的神廟醫館見習，被指派去看護一位奄奄一息的巫師。」她頓了一下，精明地看著英格雷。「英格雷大人，你知道要成為一位神廟巫師，需要具備什麼資格嗎？或者一位非隸屬神廟的非法巫師？」

英格雷眉頭一挑。「這個人需要被惡魔附身，而這個惡魔從災神的掌控中逃脫，進入凡界。巫師將這惡魔收進自己的靈魂、供養它，惡魔則將自己的力量反饋給巫師。擁有惡魔才能成為巫師，就像有了馬，才能成為騎士。我是被這麼教導的。」

「完全正確，」哈拉娜點頭讚許。「但有了馬，不見得每個人都能成為好騎士。馬術是需要學習的。不過一般人不知道的是，神廟巫師有時會將自己的惡魔留給紀律會，伴隨自己一生的所學移交給下一代。因為，假如巫師過世時，沒將身上的惡魔遣送回神明手上，惡魔會跳到附近的生命附身，透過那個生命體的供養繼續留在物質界。任由一個有法力的惡魔像隻野狗般地亂竄，可不是件好事。別笑，這種事的確發生過。不過如果處理得當，一個馴服的惡魔將被引導到精心挑選的繼承人身上，並且在過程中，不會造成繼承人的靈魂產生排斥反應。」

伊佳妲傾身向前，雙手交握，聽得十分入迷。「我都沒想過去了解您的經歷，也沒問過您之所以成為現在的您。我一直以為您本來就應該如此。」

「那時候妳才十歲，這個世界使妳好奇的東西太多了。」巫師挪了挪身子，換個舒服的姿勢。「舵港的災神紀律會挑選了一位年輕有為的司祭，繼承導師的法力。一切也按照計畫在進行。老巫師那時已奄奄一息，但後事既已安排妥當，他臨終前十分平靜安詳。他的繼承人握著他的手禱告，結果，那個笨蛋惡魔居然越過繼承者，跳到我身上附身。這突如其來的變故，根本令人措手不及，至少那位高傲的年輕司祭是如此。他相當氣急敗壞，而我只感覺心非常地亂。我帶著這個惡魔，以後要如何行醫，要如何施行醫術？於是我試著擺脫它，後來聽說有位聖徒擁有災神的法力，能夠駕馭從災神手中逃走的惡魔，便長途跋涉去找他。」

「是達澤卡那位聖徒嗎？」英格雷問。

巫師挑眉問：「你怎麼知道？」

「運氣好，猜中而已。」

巫師聞言鼻孔歙張，顯明她一點也不相信。「好吧。我和聖徒一起施行儀式，但神不願收回祂的惡魔！」

「達澤卡，」英格雷悶聲附和：「我想，那個人我也認識。那傢伙壓根就是個廢物。」

「真的？」巫師的眼神再次變得銳利。她接著說下去：「既然擺脫不了，就只得與它共生；我決定學習駕馭它，而不是被它所控。於是我再次拜師，從頭修習第五神的法力。後來有一段時間，我遇到瓶頸突破不了，便來到邊境想清淨清淨，找回自己，也喚回當初從醫的初衷。噢，伊佳妲，抱歉，那時沒多久我就聽說妳父親過世。他是個尊貴高尚的人。」

伊佳妲低下頭，面色沉下來。「我們的神廟要塞並沒有城高牆厚，因為沒那個必要。當一些笨蛋在有心人士的挑撥下，怒氣和怨氣高漲到一個程度……我以前只看到沼澤部落友善美好的一面，以及沼地人的友善。但……他們畢竟也只是人。」

「妳父親遇害後，妳和妳母親過得如何？」

「她回到她的老家，也是我的老家，就在野林地的北方。我母親一年後再嫁，嫁給另一位神廟職員，只不過不是個戰士——我的叔伯們開玩笑說的。母親其實不像愛我父親那樣愛這個繼父，但我繼父溫柔多情，而她也想要個安定的家。只是，後來她死於——嗯。」伊佳妲就此打住，瞥了巫師的大肚子一眼，輕咬下唇。

「我也是個療者，」哈拉娜提醒伊佳妲。「死於難產？」

「四天後死亡。她一直高燒不退。」

女監護聽得太入戲，傷感地嘆口氣，隨即發現英格雷盯著她瞧，趕緊收回心神，低眉斂目。

「唉，」哈拉娜感嘆。「如果……算了，別理我，現在說什麼都太遲了。那麼妳的……？」

「我的弟弟。他活了下來，我的繼父極其寵愛他，也是因為他，繼父很快就再婚了。」

英格雷這才知道伊佳妲有個同胞手足。之前都沒想過要打聽一下。

「所以妳後來是跟一群……沒有血緣關係的人生活在一起。」哈拉娜若有所思地說：「妳在繼父家過得好嗎？」

伊佳妲聳聳肩。「他們不是壞人，我的繼母對弟弟很好。」

「她，嗯，比妳大幾歲？」

一抹乾笑在伊佳妲臉上一閃即逝。「三歲。」

哈拉娜忿忿地說：「所以一抓到機會，她就祝妳幸福，把妳送給人了？」

「當初確實是為了我好，才送我離家的。我出身獾岸家族的舅母的確幫我找到了工作，服侍法拉公主。舅母認為我的繼父繼母太過平庸，不希望我在那樣的家庭中長大，擔心我也淪為平民一樣粗野、沒教養。」

哈拉娜哼了一聲，這次更加地輕蔑。英格雷發現，這位博學司祭從未介紹過自己的出身家族。

「可是，哈拉娜，」伊佳妲繼續問：「無論您是不是療者，您既然被惡魔附身，又要如何安胎？惡魔對於腹中胎兒的威脅，不是很大嗎？」

「沒錯，」哈拉娜苦笑。「惡魔帶有負面能量，興風作浪、搞破壞是它們最基本的本能。孕育一個孩子，等於是培育一個全新的靈魂，是目前世上所知最複雜的東西，這當然不包括神在內。就算母體沒有惡魔附身，也經常出狀況，因此將惡魔與胎兒分隔開來，成為重中之重，但又極其困難。如此地高難度，這就是一些司祭不鼓勵女巫師懷孕生子的原因；有些司祭希望女巫師年紀再大一些後，再成為母親。當然，有些司祭這麼做是有私心的，但這是另一個話題了。」

哈拉娜緩了緩，續道：「每個人有自己的想法和觀點，但我不願因他人的看法而終止自己的天職。我承受的風險與其他女子一樣，並無不同。噢，有一點不同，那就是分娩時，必須冒著惡魔附身於嬰兒的風險。單單是普通的嬰兒就已經夠野蠻難搞了呢！安全的祕訣在於，嗯……該如何定義呢？以縱容牽制破壞。我縱容一些小混亂，讓我的惡魔心悅臣服，如此，我的寶寶就安全了。」她眼裡散發出母性的光芒。「所以啊，那幾個月，我身邊的人日子都不太好過。後來，我找了一處小小的隱居聖地，就在神學院的邊牆前。」

「噢，那樣不寂寞嗎？」

「完全不會。我親愛的丈夫，每天都會帶兩個孩子來看我。他們沒來的時候，我就抓緊時間閱讀、做研究——其實對我來說，這是很棒的清修體驗。我還蠻享受的，覺得再重複這樣的孕期生活也不賴，但再生個一打的話又太多了。反正，我的丈夫會在事情失控前幫我喊停。」

一直安靜蹲在主人腳邊的女僕荷橘，聞言咯咯大笑，完全沒了主僕分際。

「每位神廟巫師本來就必須紮紮實實地自律，生養孩子也應當如此。對於惡魔，永遠別想去改變它的天性，而是冷靜、謹慎、刻苦自持地善加利用，並且永遠不要受到捷徑的誘惑。這是我從我的療者感召中領悟到的真理——當時某個明智的學者告訴我，外傷手術會阻斷人體的自然療癒，我則進而悟出了這些道理。我學會了如何順從心意，正確使用我的天賦。我能嫁給他，真是天底下最開心的事。」

伊佳妲大笑。「聽到您這麼說，我真為您感到開心。您值得擁有這些美好的事物。」

「啊，天下之事皆由父神權衡定奪，祂知道什麼是我們應得的。」巫師隨即斂容。「親愛的，現在跟我說說吧。在那座冷冰冰的城堡裡，究竟出了什麼事？」

伊佳妲臉上的笑容瞬間消失。英格雷默默地起身，交代女監護下樓去點餐，他剛才分心忘了。他特別叮囑女監護多點幾人份的飯食，而這當然也是為了支開女監護興致盎然的耳朵。女監護滿臉的失望，但不敢反抗長官的命令。

交代完畢後，英格雷依舊默默坐了回去，以免打擾到伊佳妲敞開心胸對朋友暢言的心情。至少在英格雷看來，這位司祭此刻來到在這裡，應該不只是為了友誼。

他仔細聆聽，但伊佳妲這次吐露的，與之前終於放下心結向他交代的事發經過，並無出入，只是更有條理而已。而且，伊佳妲更願意向哈拉娜坦承內心裡的恐懼。一提到她的花豹夢境，哈拉娜的表情越來越堅決，彷彿內心變得跟石頭一樣冷硬頑強。當說到昨日落水、險些遭難時，伊佳妲遲疑地瞥了英格雷一眼。「我覺得……接下來的事，還是由英格雷大人來說好了。」

英格雷猛地一震，臉色漲紅。他有那麼一剎那覺得紅霧再次浮現，按在窗臺邊的手抽動起來。他不安地意識到自己太過疏忽，原本只覺得巫師足以保護她自己和伊佳妲。但巫師畢竟不是金剛不壞的萬能之士。他竟然允許仍然武裝的自己，與這些女人獨處。然而現在，他最不堪的祕密即將公諸於眾……

他脫口而出：「我想把她淹死。就我所知，我已經三次企圖置她於死地。但我發誓，這並非我的本意。伊佳妲貴女認為是我中邪了，受到詛咒控制。」

巫師噘唇沉思，隨即長長地吐出一口氣。她往後一坐，闔上眼，神情平靜下來。片刻後，她睜開雙眼，神情顯得變幻莫測。

「眼下，並沒有巫師對你施咒。你身上也沒有外來寄生那種供養的關係存在，沒有威脅你神智的東西糾纏你，靈魂裡也沒有第五神的元素存在。不過，有其他東西，而且似乎是極其黑暗的東西。」

英格雷挪開目光。「我知道，是我的狼魂。」

「如果那是狼魂，我就是達澤卡的王后。」

「那個狼魂一直都很奇怪，但我確定它被禁錮住了！」

「哈。我可以觸摸你嗎？」

「我不確定自己是否……安全。」

巫師蹙眉直視著他。他突然意識到自己風塵僕僕，滿臉的鬍碴，看起來簡直就是個土匪。「嗯，你說的也有道理。伊佳妲，妳在他身上看到了什麼？」

「我什麼也沒看到，」伊佳妲回答，口氣有些不快：「感覺像是那頭花豹嗅聞到的，再傳遞給我，我聽到……還是聞到的？不管了，總之，我得到了這些前所未有的感知能力。他身上有您看到的黑暗狼影——起碼它聞起來是黑色的，像是發霉的陳年枯葉、營火的灰燼，也像是森林裡的黑影——還有另一個東西。那東西像是一陣喃喃低語，圍繞著他。它的氣味十分古怪，是那種辛辣的刺鼻味。」

哈拉娜仰頭片刻，又把頭擺了回來。「我的神靈之眼看到他的靈魂，也看到那個黑黑的東西，但沒看到或聽到另一個東西。那東西絕對不屬於災神，也不屬於神所管轄的任何靈魂。然而……他的靈魂中有奇怪的層疊，彷彿一面看不到的透明玻璃，但手指可以碰觸到。我一定要冒險做更深一層的觸摸。」

「千萬不要！」英格雷慌了。

「夫人，您是要……」女僕警戒起來，一臉的擔憂。「現在？」

哈拉娜的嘴唇蠕動起來，好似她剛剛在對王子侍衛施咒那樣——見鬼災神、見鬼災神、見鬼災神(注)。

「讓我們想一想。」

一陣敲門聲響起。女監護和兩個旅店員工端著飯食托盤回來了，同行的還有被哈拉娜喚作柏南的男子。柏南提著一個大箱，是個精瘦的中年男子，眼神警覺，身上的綠色皮背心布滿了被燒焦的破洞，跟鐵匠的類似。托盤經過他時，他感激地深吸了口氣。醋漬的洋蔥牛肉香味從陶蓋下鑽出、撲鼻而來，強勢地提醒英格雷，他餓壞也累壞了。

哈拉娜一見到食物，整個臉龐都亮起來。「來得剛好，我們先用餐，之後再想。」

旅店員工將餐食餐具安放在小會客室的桌上，巫師隨即打發他們離開，說她習慣了自己人的服侍。她側頭向英格雷低語：「其實我這麼做，是因為用餐時不希望有不相關的人在一旁。」英格雷也十分警覺，當下吩咐女監護下樓用餐，等他召喚再回來客房。女監護不情願地退下，還回頭好奇地瞥了一眼。

男僕柏南向哈拉娜報備，馬匹已栓在當地神廟的馬廄中，馬車車輪修好了，也安排了她的住宿。她今晚將留宿在紅壩鎮一位母神療者家中，聽他們的口氣，那位療者顯然是沙特葉畢業的學生。英格雷沒想到事情會發展到這個地步，自己居然和兩位女士擠在一張小桌上用餐。男僕呈上水盆供人洗手，巫師馬馬虎虎地完成了謝飯禱告。

荷橘抖開一張桌布大小的餐巾，圍在主人的肩頸處，然後協助主人用餐——只見她身手俐落地接住

注 原文為「Dratsab, dratsab, dratsab」，「dratsab」是由「bastard」倒拼而成、較為俚俗的用語，也是哈拉娜慣用的咒罵方式；「bastard」既是指哈拉娜侍奉的災神，一般情況也有咒罵之意。

被碰倒的玻璃杯、滑落的燉罐、滑落的燜肉，不過有時還是來不及接住。「快把酒喝了，」巫師提醒道：「不然半個小時後就會酸掉了。等等我得趕緊開溜了，免得旅店主人發現他的啤酒有異。嗯，他儲藏的跳蚤、虱子、臭蟲也逃不出我的手掌心，算是公平的交換吧。如果我再逗留下去，很可能就會對他的老鼠下手了，可憐的東西。沒辦法，我得縱容身上的惡魔小小搞怪。」

伊佳妲應該也跟英格雷一樣餓壞了，三人接下來都不再說話。眾人專心用餐，直到哈拉娜打破沉默，開門見山詢問英格雷為何為狼魂所苦。英格雷聞言一個咯噔，儘管餓慘了，仍然含著食物回答，而且說得比之前告訴伊佳妲的更詳盡，也交代了所有他記得且想不通的事。他的兩位女聽眾聽得十分專注，但對於另外兩位聽眾——柏南坐在他的木箱上吃飯，荷橘忙著清理主人製造的混亂，並趁空檔往嘴裡塞食物——英格雷就感到有些疑慮。不過話說回來，身為巫師的僕人，他們早已習慣守口如瓶才是。

「攝取獸魂是古野林祖先的術法之一，你父親對這個一直很有興趣嗎？」等英格雷說完，哈拉娜便提問。

「就我所知，沒有。」英格雷說：「一切發生得很突然。」

「那他怎麼會想攝取獸魂？」伊佳妲問。

英格雷聳聳肩。「知情的人不是死了，就是逃了。等我身體復元想找答案時，已經找不到可以問的人。」一想到那幾個星期，他腦海裡塞滿了疑問，以及找不到答案的迷茫和痛苦，他的心頓時一寒。有些事，還是遺忘得好。

哈拉娜咀嚼食物，吞嚥，接著再次發問：「你是如何學會禁錮狼魂的？」

例如這一類事，就應該忘記。英格雷按揉著緊繃的脖子，但無濟於事。「奧達爾的古法律規定，凡是被獸魂沾染的人必須處以火刑、活活燒死，不過這條法律並未在樺溪流傳下來。然而，當地的司祭從我一出生就認識我了，十分焦慮這條法律被遺忘。結果，一位神廟調查員被派來調查此事，因為我並非出於自願，而是聽命於長輩的指使；法律不會砍掉被搶劫的人的手，於是我得到官方的正式赦免，逃過一劫，並活了下來。」

伊佳妲十分專心地聆聽，聽到這裡，張口想說些什麼，又搖了搖頭。

英格雷會意地向她點點頭，繼續道：「但我從此失去了行動的自由。妳們看，我有時神智清醒，但有時候——會失憶，想不起自己曾做過什麼。於是，我們的司祭著手試圖為我治療。」

「怎麼治療？」巫師問。

「一開始，當然是為我禱告。接著，他四處搜尋古老的儀式，然後在我身上執行。其中的一些儀式，我認為是他從零碎片段的史料中拼湊出來的。它們全都失敗了。後來，他和他的服事輪流對我勸誡、授課、布道。這部分是最累人的。再來，我們嘗試以蠻力趕它出來。」

「我們？」哈拉娜挑眉問。

「我……我是自願配合的。我當時是孤注一擲了。」

「嗯。的確，我能……」巫師抿起嘴，片刻後才說：「你們採取了什麼樣的驅趕方式？」

「只要不會讓我變成殘廢的方法，我們都試了；禁食、拍打、火燒、水沖，能想到的全都試過。雖然，這依舊沒能趕出狼魂，但我學會了拿回主導權，也變得沒那麼迷茫和焦慮。」

「身處那樣的處境，我能想像你的確得學得很快。」

她的口氣冷漠，英格雷聞言不禁抬眼，眼裡盡是防備。「我沒別的意思，只是照實描述。反正，被強壓在樺溪溪水裡時，肺都快爆了，還不能呼吸，但仍好過被抓去日夜地聆聽講道。我們司祭在講道時，會要求大家正襟危坐直到結束。這是他能為我父親做的最後一件事，他覺得他虧欠我父親太多了。」

英格雷吞下一大口酒。「幾個月後，他們判定我表現優良，我終於可以自由行動。當時，我叔叔已繼承了樺林堡，我則被安排去遠遊，追尋更上一層的療癒。我自己也很想離開，而儘管日子一天天過去，我驅趕狼魂的希望也破滅了。後來，等我成長為男人的體格後，我打發了同行的監護和護衛，然後隨心地四處流浪。錢用完了，就打零工。」總之做什麼都行，他就是不想回家。直到某天……一切就此改變。

「某一天，我遇到了出使達澤卡王國的黑特渥大人。」當時他費盡心機接近那位封印官的經過，他覺得不值一提，也就略過了。「他很好奇，怎麼會有個野林地人在離家那麼遠的地方，還為陌生人效力，於是我告訴他我的故事。他沒被我的狼魂嚇到，反而接納我成為他的臨時侍衛，讓我跟著他回家鄉。路途中，我們出了一些狀況，我抓住機會表現，得到他的賞識，於是他將我轉正成為正規侍衛。之後，我成為了他的親信。」已有幾分醉意的英格雷，一臉的自豪。「全憑我自己的優勢。」

他塞了一口辛辣的肉塊，再配上旅店好吃的麵包並沾取剩下的肉汁。伊佳妲已用餐完畢，若有所思地端坐著，手指輕劃著空酒杯的杯緣。她抬起眼，遇上英格雷的目光，擠出一個淺笑。哈拉娜揮開女僕餵來的第二口蘋果派，女僕只得捲起髒餐巾，匆匆收起。

巫師看著英格雷。「現在感覺好多了嗎？」

「是的。」英格雷不情願地坦承。

「究竟是誰對你下咒，你有任何想法嗎？」

「不，一點頭緒都沒有。我只有發作時，才感覺得到它的存在，我也很無奈，但沒辦法。我開始懷疑自己所有的思緒，彷彿想用盡全力透過眼球，看見自己的內在。」他遲疑了下，調整心緒。「您能幫我擺脫它嗎，博學司祭？」

巫師吁出一口氣，顯得有些不確定。她身後的男僕聞言，緊張地對著英格雷搖手，荷橘則尖聲抗議。

「現在我能採取的安全措施，」哈拉娜說：「就是將惡魔的紊亂渡化給你。但是，我不知道這麼做，能否趕走或阻斷那個伊佳妲嗅聞到的東西。這是我所能做的底限了。如果我沒有懷孕，也許會——嗯，算了。好，好，我看到了，柏南，拜託你冷靜一點。」她試著安撫激動的男僕。「如果我不把一些惡魔的紊亂渡給英格雷大人，等等就會去殺那些老鼠，而我喜歡老鼠。」

英格雷疲倦地搓揉著臉龐。「試試吧，不過……先把我綁住。」

巫師挑眉。「有這個必要嗎？」

「小心為上。」

至少，巫師的僕人十分贊成他的小心為上。英格雷將佩劍和腰刀靠在門旁的牆上，柏南打開大箱子，原來是個裝備齊全的工具箱；他一陣翻找後，拿出一段結實的鏈子。柏南知會了英格雷一聲，便將鏈子緊緊纏繞住英格雷雙靴的腳踝處，再扣上鐵鎖的搭釦。英格雷的雙腕交疊，也被鐵鏈鏈住；他使勁扭扯，測試鐵鏈的鉗制力度。這些鐵鏈應該足夠牢靠。他在地板上坐定，背靠著窗臺，讓柏南將他的腕鏈與踝鏈綁在一起。現在的他，膝蓋都快碰到耳朵了，又蠢又怪、又不體面的姿勢。旁邊的觀眾們無言地看著這場鬧劇。

哈拉娜司祭撐起自己，搖搖晃晃地朝英格雷走去。伊佳妲站在她旁邊，滿臉的擔憂，荷橘則站在司祭的另一邊。哈拉娜捲起袖子後十指交握，拉伸手部肌肉，只聽得關節爆出一個微弱的響聲。「很好，」司祭好似遇到罕見的疑難雜症般，但信心滿滿而顯得躍躍欲試。「如果會痛就告訴我……」她溫暖的手掌貼上英格雷的額頭。

一開始，她掌心的暖氣十分舒服，英格雷不禁更往她的手貼過去。但隨後那隻手變得好燙，一道混亂的薄霧遮住了他的視線。突然，熱氣飆升，像鐵匠的火爐熾燒著他的神智，眼前出現了雙重影像。第二道影像離開第一道，開始扭轉、變形。

他的肉體五官仍然能感知房間的存在，但那卻是另外一個地方。而在這裡……在這裡，他全身赤裸地站著。心臟上方的裸肌起皺、腫大、爆裂開來。一條蔓鬚，不，是血脈抽芽般升起，盤繞著他，並往上攀爬。額頭又一波滾燙、脹大、爆開，第二條血脈藤蔓般地往下延展，因為太過靠近他的眼睛而漸漸失焦。他的肚臍和生殖器也各自抽出一條血脈。血脈的觸鬚尖端呼嚕呼嚕地低吟，滴著鮮血。他的舌頭也開始變形，探出口唇，變成一條跳動的管子。

在現實的房間中，他的肉體開始扭動、扯動鐵鏈，力道越來越強。他的雙眼上翻，但仍然看得見哈拉娜司祭靠了過來——他張口號叫，嚇得哈拉娜慌忙退開。但她發光的雙手之間，依然有一團烈火，盤旋迴繞進入他變形的口唇中。

從舌尖抽出的長觸鬚上下拍動，又猛地一拉，那個原本模糊的呢喃，語速加快成為嘶嘶聲，似乎貪婪地吸收那股熱氣。另外四條鬚狀血脈也同樣激動，持續呢喃，並且越來越粗厚，甚至噴出鮮血潑向他。溫熱的金屬腥味及滑溜感令他分神。他的肉體一拱，力道大到差點拱斷骨頭，鐵鏈被扯得繃緊；髮絲豎立起來，生殖器充血變硬。他側倒下去，全身抽搐，又滾又翻地朝他的佩劍掙扎爬去。

現實的伊佳妲目瞪口呆地跪了下去。而在另一個空間裡，那頭雌豹現形……

雌豹絲緞般的獸毛在肌肉的律動下起伏，它的爪子好似象牙精雕出來一般，清透的琥珀色眼睛則散放著金色光芒。它撲向四處蜿蜒蠕動的血脈，像一隻撲向糾結線團的小貓，爪子輕拍開始扒抓，將嘶叫的血脈抓到嘴邊，用利齒扯咬。血脈如強酸鞭子般抽打著雌豹，在絲滑的斑點毛皮上留下道道焦痕；雌豹放聲哀嗥，驚心動魄，直穿透英格雷的心臟。英格雷打從心底爆出一聲咆哮，回應著它。

他的下巴變長了……

不，不行！我拒絕你，狼魂！他克制自己，咬緊牙關。跟狼鬥，跟蔓鬚鬥，跟肉體鬥，跟神智鬥，就快接近他的佩劍了。搏鬥，擊殺……某物……一切……

鐵鏈絞緊，好似一根繃斷的棍子劈啪一聲。手腕和腳踝仍舊被套在鏈環中，只是各自分開。他的肉體能夠伸直了，他又扭又滾，挺直，翻身，佩劍就在眼前了。他的雙腳慌張地亂踹。

他肉體的雙手滑溜，沾有真正的鮮血，而第二副身體湧流出了那奇怪的紅色物體，覆滿他的全身。他驚慌地感覺到鐵鏈滑下他淌血的手腕，來到他大張的雙手上。如果右手自由了，就能伸向佩劍……就沒有人能活著離開這個房間了，也許包括他自己。

他必定會率先一劍斬下大吼大叫的男僕腦袋，接著對付那三個尖叫的女人。伊佳妲已經跪下呈受刑姿勢，鬆脫的髮絲往前掉落，遮住了她的臉龐。再接下來，揮劍擊殺那個孕婦……他猛然一震，反抗著這陣思緒。

他嗥叫著反抗，而在激烈的嗥叫下，他的心念轉變了。他妥協了。狼魂！救救他們，救她，撐住我。取代我……

他的下巴變長了，牙齒化成刀一般的銳利獸牙，開始扯咬著蔓鬚般的血脈，就像野狼咬甩著一隻兔子，想摔斷兔子的背脊。口唇裡滲出溫熱的鮮血，他感覺到他咬傷了自己。他抓起並撕扯著，將那團蔓鬚從根扯斷——然後，那東西離開了他的身子。那東西來到他面前，像一頭被揪出水面的海怪，扭動掙扎著。他用長著爪子的光腳，使勁踹它。雌豹縱身一躍，撲向它，抓著那個尖叫的紅色之物翻滾。紅色之物抽搐著，奄奄一息。

接下來，它消失不見了。

第二道影像也跟著消失，又或者是與第一道影像重疊，交融在一起；雌豹回到伊佳妲身上，他的狼顎——去哪裡了？

他整個人癱軟下來，躺在門前，腳踝仍被鐵鏈環住，鮮血淋漓的雙手已經掙脫出來。柏南過來俯瞰著他，面色慘白，顫抖的雙手抓著一支短鐵棍。

房間陷入沉默。

「好吧，」哈拉娜的聲音緊繃，但語氣輕快：「這種遊戲，我們最好別再碰了……」

門外的走廊上，傳來一陣腳步聲。有人急切地敲門，英格雷的手下大喊：「裡面沒事吧？英格雷大人？」

女監護害怕地問：「剛才真的是他在尖叫嗎？天啊，快，快把門撞開！」

第三個人說：「你們把門撞壞要賠的啊！裡面的人，快開門！」

英格雷仰起下巴，是正常人的下巴，不是狼的口鼻。他沙啞地說：「我沒事！」

哈拉娜撐起自己，呼吸急促，睜大眼睛看著他。「對，」哈拉娜大聲地說：「英格雷大人……不小心被絆倒，撞翻了桌子。現在裡面混亂得很，我們會處理，不用操心。」

「但您的聲音聽起來不太對勁。」

英格雷用力吞嚥，清清嗓子，調整聲音：「我馬上下去大廳。司祭的僕人會處理這裡……這裡的……混亂。你們退下吧。」

「我們會幫他料理傷口。」哈拉娜補上一句。

外面陷入沉默，氣氛緊繃。隨即有人低聲爭辯，然後傳來離去的腳步聲。

房內的人都放鬆下來，只有柏南仍然拿著鐵棍。英格雷癱回地板上，全身骨頭無力得好似稀軟的燕麥粥。他的胃十分不舒服。片刻後，他抬起手，左腕上的鐵鏈沉沉地晃來晃去，滿是鮮血的右手滑溜，已經掙脫了禁錮。他蹬著右手上脫掉一層皮的傷痕，傷口陣陣作痛。頭髮裡也有東西在流動，剛才激烈的暴動，扯裂了縫合的傷口。

照這樣下去，無論伊佳妲貴女能否逃過我的擊殺，我都會死在半路上。

伊佳妲……他猛地轉身，焦急地搜尋她。柏南見狀悶哼一聲警告他，並舉高鐵棍。伊佳妲就距離他一、兩步遠，仍然跪在地上，面色慘白，眼眸又大又黑。

「柏南，冷靜！」伊佳妲說：「他現在沒事了。那東西走了。」

「我見過一個男人，不斷墮落沉溺，無法自拔，這是一種病。」哈拉娜似乎在回憶一段久遠的往事。「但他身上的絕對不一樣。」她再次走近英格雷，繞著他轉一圈，挺著大肚子俯瞰著他。

英格雷瞥了鐵棍一眼，緩緩地翻身側躺，換個視角方便凝視伊佳妲。但他此舉仍然造成大家的緊張。他無奈地咕噥一聲，卻聽起來像是痛吟嗚咽！伊佳妲也沒有站起來，她往後一坐，兩手撐在地板上；她迎上英格雷的目光，深吸一口氣，撐起自己。「我沒事。」她說，儘管沒人問她。大家的眼神全都在英格雷身上，他的表演較具可看性。

哈拉娜轉過來。「妳剛才都經歷了什麼？」

「我跪了下去……我跪著，仍然在這個房間裡，但突然間，我進到花豹的身體裡。是花豹的靈體裡——我分得出來，那不是它的肉體。但，噢，它的靈魂好強壯、好健美！我的感官變得十分靈敏。我看見了！但不能說話——不，是不能用言語表達。我們在一個較大的空間，或另一個空間裡——反正就是一個足夠大的空間。你——」她的目光移到英格雷身上。「——在我之前先到了那裡。你的身體不斷抽出鮮紅色的可怕東西。它們似乎是你體內的東西，但又在攻擊你。我撲了過去，想咬掉它們。它們燒灼我的下巴。然後你變成了一頭狼，算是狼人吧，某種奇怪的混合體——你的身體似乎不能完全執行腦袋的命令。你的頭變成了狼頭，也開始撕咬那些可怕的紅色東西。」她看著側躺的英格雷，眼神帶著某種著迷。

英格雷想問一個問題，但又不敢問；不知在她的異象裡，有沒有為他找一塊腰布遮羞。他發狂時堅挺的生殖器，已經隨著激情退卻，只剩下一片迷惑痛苦的濕漉。

「我們把那些滾燙藤蔓一般的東西全都咬掉時，才看清楚，原來它們只是一個共生體。那東西乍看像是團在一起交配的蛇，春天在岩架下撒歡。接著，它安靜下來，消失無蹤，然後我就回到了這裡，回到這副身軀。」她抬起一隻修長的手，似乎想看看那裡是否有肉趾和爪子。「如果這就是古野林戰士體驗到的……那麼我可以理解，為何他們都想得到獸魂；除了那些血淋淋的東西之外。總之最後……我們贏了。」英格雷看著她睜大的眼睛，那裡面不只有恐懼，更有一股發現新大陸的興奮。

伊佳妲問哈拉娜：「您有看到我的花豹嗎？那些血淋淋的東西？還有狼頭？」

「沒，」哈拉娜惋惜地嘆出一口氣。「剛才你們的靈魂很亂，我不用神靈之眼也看得出來。你們可以憑意志，再回到剛才那裡嗎？」

英格雷搖頭，這才意識到腦袋異常沉重。他咕噥道：「不行。」

「我……不太確定，」伊佳妲說：「是豹魂帶我過去的——不是我自己要去的。而且不能算是那裡，我們本身仍然在這裡。」

哈拉娜此時竟流露了一絲急切地問：「你們在那個空間，有感應到神明的存在嗎？」

「沒有，」伊佳妲說：「完全沒有。以前的我肯定無法辨認，但自從做了花豹的夢以後……我確定沒有。如果是祂來了，我一定會知道。」她儘管顯得有些遺憾，但仍露出一抹微笑，柔軟了剛剛緊繃的脣部線條。英格雷很清楚，那抹微笑並非衝他而來。他仍然想朝她爬去，但就現下情況來看，這都是不智之舉。

哈拉娜伸了個懶腰，但肚子太大，突然的劇烈伸展搞得她全身一陣痠麻。她的臉皺成一團。「柏南，把英格雷大人扶起來，拆掉鐵鏈。」

「您確定，夫人？」男僕不安地問。他瞥了一眼現在躺在角落裡的佩劍，顯然是剛才拿鐵棍要揍人時，順腳踢過去的。

「英格雷大人，你說呢？現在看來，你之前的擔心是正確的。」

「我現在……動不了。」橡木地板又硬又冰，而腦袋暈暈的；此刻他更想躺平，而不是站起來。

但他最終還是被拉了起來，被兩個僕人安置在司祭之前坐的椅子上。柏南拿來一把鐵鎚敲掉螺栓，被嚇呆的荷橘則笨拙地捧來一盆水、肥皂、毛巾，以及她一直揹著的皮箱——原來箱子裡全是醫藥用品和工具。她在巫師的注視下，熟練地照護英格雷的新舊傷口。英格雷這才後知後覺到，以巫師現在的情況，她當然會帶著她御用的助產士旅行。再一想，英格雷納悶，不知道荷橘是不是這位十分像鐵匠的男僕妻子，若那是柏南真正的身分。

伊佳妲撐起自己，走到她的椅子坐下，敬畏地看著荷橘的動作；只見隨著每一針插入肉裡，她的雙脣似乎也感同身受地抿緊。手背上被刮起的皮肉被整齊地貼回去，再被白紗布包住；另一隻手腕的傷勢較輕，也接受了清理和包紮。他雙手的狀況尚好，難受的是灼痛的背部，和抽搐的腳踝；這也許只是錯覺，只是一處的疼痛，似乎轉移了另一處的疼痛。他不知道是否趁現在可以把靴子脫掉，若不然，待會可能要剪開它們才脫得下來。靴子是好靴子，他可不想冒險失去它們。靴皮上已留下深深的鏈痕。

「在那個……地方，你們找到了自己。」哈拉娜又開始了話題。

「又不是真的自己。」英格雷嘀咕。

「這個嘛，嗯，是沒錯。但你們在那個，呃，狀態下，有感應到我嗎？任何形態的我？」

「從您雙手間冒出的彩色火焰，竄進我嘴裡，促使那根血脈瘋狂變長；火焰後來甚至燒到其他血脈，應該說是燒到那東西的其他部分。那感覺像是您的火焰，將它們從隱蔽處驅趕出來。」他的舌頭在口中繞了一圈，以確認那條隱蔽的蔓鬚真的離去，這才發現他臉上都是黏滑的口水。他不禁感到一陣尷尬，趕緊抬起左手，用手腕上的紗布擦拭黏膩的口水，卻被荷橘攔住，阻止他破壞她的工作成果。她搖搖頭，另外擰了一條濕布給他。英格雷接下濕布一邊擦臉，一邊試著別去想他的父親。

「舌頭代表災神，是我們身體上象徵災神的部位。」哈拉娜若有所思地說。

額頭代表女神，肚臍代表母神，生殖器代表父神，心臟代表子神。「那些血脈或蔓鬚之類的，都是詛咒的一部分，似乎從我的五個神聖部位抽出來。」

「這應該代表著某種意義？但，會是什麼？不知道在古野林流傳下來的手稿中，有沒有相關答案。我回到沙特葉後，會去圖書館找找看，但我們的藏書應該大多是醫書。信奉五神的達澤卡吞併我們後，一心只想同化，消滅戰敗地的傳統文化，而不是保存。他們似乎不願看到任何人，包括他們自己，有機會碰觸到我們祖傳的森林法術。我不能說他們的做法絕對是錯的。」

「我在花豹靈裡時——當我是花豹時，」伊佳妲說：「還看到一些幻影，但後來它們都消失了。」她的語氣裡，透著一絲的懊惱。

「我呢，」巫師手指輕敲著最靠近她的一個平面，也就是她的便便大腹上。「什麼也沒看見，只看見英格雷大人在掙脫鐵鏈，那些鐵鏈足以拴住一匹馬了。如果這就是古戰士們從獸魂獲取的，也難怪他們趨之若鶩。」

若古戰士必須經歷與英格雷一樣的痛苦掙扎，他就不太確定他們還會趨之若鶩了。如果森林氏族仍舊保有獵取獸魂的傳統……他想問問他剛才都嗥叫了什麼，但又覺得實在太丟臉，難以啟齒。

「如果真有東西，我應該看得見。」哈拉娜語氣中的惱怒逐漸升高，她砰地坐進一張空椅子。「見鬼災神的，我們來想一想。」片刻後，她瞇眼睨著英格雷。「你說那東西離開了。既然我們說不出那是什麼，你現在至少能想起是誰下咒給你的吧？」

英格雷向傾前，搓揉著發癢的眼睛。他的眼睛應該早被他揉得紅到不行了。「我最好先把靴子脫了。」柏南在哈拉娜的示意下，跪下去協助他脫靴子。英格雷的腳踝的確發腫，並且泛紫了。他愣愣地瞪著腳踝。

「在遇到伊佳妲之前，我從未感應到詛咒的存在。」許久，他終於回過神來。「我只知道，它很可能在我身上幾天、數月，或甚至數年了。起初，我以為是好幾年，因為我以為它就是狼魂。若非伊佳妲貴女親眼見證，以及……以及剛才發生的事，我可能仍然會以為它就是狼魂。如果我成功殺了伊佳妲貴女，我一定會認定它就是狼魂。」

哈拉娜將下唇往內一咬。「再想想。這個驅使你，擊殺你負責押解的囚犯的衝動，施加於你的時間應該介於王子殿下薨逝的消息抵達之後，以及你出發前往野豬岬之前的那段時間。因為在訃文抵達之前，沒有殺她的契機；而你出發後，便會失去了下咒的時機。這段時間，你都和哪些人來往？」

現在調查範圍縮小了，他反而更加不安。「不算多。黑特渥大人召見我時，已經入夜了。當時報喪的信使還在。當時有黑特渥、他的書記官、聖王的貼身總管里吉德（Rigild）王子、獾岸伯爵、馬河家族的溫索、獺藤家族的亞爾卡大人（Lord Alca kin Otterbine）、野豬灘家族（kin Boarford）的兄弟……我們只交談了一下，黑特渥大人便知會我波列索殿下薨逝了，然後下達指令。」

「什麼樣的指令？」

「運回殿下的遺體，將凶手押解回去……」英格雷遲疑了下。「讓他的死亡不引人注目。」

「這什麼意思？」伊佳妲不解地問。

「消滅殿下所有不檢點的證據。」這難道包括此事件中最大的受害者？

「什麼？但你不是聖王的執法官員嗎？」她憤憤不平地說。

「嚴格來說，我是封印官黑特渥的人，」英格雷小心翼翼地說，「而為野林地消災解難、效忠野林地王室，是封印官黑特渥堅定不移的志向。」

伊佳妲當下無語，氣得眉毛都皺起來。

巫師一隻手指輕點著口唇，至少表現得十分淡定。然而，她一開口卻直接換了話題。「在物質界，所有的靈魂都需要附於有形物質，無法單獨存在。巫師通過身上的惡魔下咒，以供養他下的詛咒，而惡魔也需要巫師的身體供養，兩者彼此滿足。但你身上的詛咒，是由你自己供養。我推測……伊佳妲，借用妳的話，這會不會是寄生術？不知怎麼的，那個詛咒在你身上被誘發，由你的生命供養。這種罕見的術法，若是跟我施展的相似，它會像水一般往下走，自然而然地湧現，並從宿主身上竊取能量。」

英格雷覺得巫師的推測很有道理，但他不希望伊佳妲聽到。人都有可能為了私利殺害他人，儘管這個「利」大多與錢財有關。而他無數次拔刀保護主人的利益，不也一樣嗎？

不是嗎？

「但是……」伊佳妲抿著小巧的嘴，想了一下。「封印官黑特渥的手下之中，必定有上百個劍客、侍衛和打手。他派了幾個侍衛與你同行。那個下咒的……人，也可以對他們施咒吧。為何單單挑中東尹家唯一擁有獸魂的人，前來取我性命？」

一抹莫測高深的神情，閃過哈拉娜司祭的面容——是滿足？還是靈光一閃？不過她什麼也沒說，只是躺靠著椅背沉思。片刻後，她問：「是不是很多人知道，你有這個靈魂上的煩惱？」

英格雷聳了聳肩。「這已經是大家茶餘飯後的談資了。大家隨意添油加醋，斷章取義，不過我的名聲對黑特渥有好處。沒人膽敢得罪我。」也沒人膽敢在我身旁逗留，或邀我參加家宴，或將女性親友介紹給我。不過，我早已習慣了。

伊佳妲瞪大眼睛。「這樣一旦取我性命後，便可以怪罪於狼魂，所以你是最佳人選。而黑特渥又挑了你負責押解我，因此，下咒的人必定是他！」

英格雷對此推論不以為然。「不見得。我進入會議室時，黑特渥大人他們已經商議一陣子了。會議室裡的任何人，都可能舉薦我擔此任務。」不過，怪罪於狼魂的推測十分有道理。他自己都會把這位囚犯之死，怪罪於體內的狼魂了，而且還會自責自己的無能，無法克制狼魂發作，但前提是在殺了伊佳妲貴女之後，他還活著……他想起昨日瀕死的驚險歷程。無論如何，死者和凶手——他們兩個都會同時被滅口。

意識到這點，英格雷的心沉了下去，覺得前景一片灰暗。他仍然必須押解著伊佳妲，朝著死亡而去。也許，她昨日在河裡淹死，會結束得痛快些，總比在王都地牢裡被毒死或勒斃好上百倍，更別提去經歷一場又一場早已註定是絞刑的審判。

再者，若是他們兩人活著抵達王都，等待他們的，將是更大的威脅，以及更難招架的陰謀手段。

6

英格雷被惡夢驚醒，但夢境已然模糊。他眨眨眼，想起昨夜自己休憩於旅店隱蔽的小閣樓房裡。只見曙光從天窗平行射入，原來已經破曉，該出發了。

他一動，全身肌肉又緊又痠，疼得他趕緊躺了回去，但這並沒有緩解疼痛。他小心地轉頭，脖頸立刻灼痛起來，日光望向他在門前設置的陶器障礙堆。那疊不太穩當的陶盤陶杯，並沒有被動過的跡象。好兆頭。

手腕上，右手上的包紮依然完好如初，只是沾著棕色血跡。他張開手指。這麼看來，他的惡夢應該與那場可怕的異象無關。回憶湧現，他的胃糾結得發疼。

他痛吟一聲，強迫自己坐起來，艱難地下了床，朝臉盆架蹣跚而去。他用左手舀起冰水洗臉，但一點幫助也沒有。他穿上褲子在床邊坐下，想穿靴子，但腳踝太過腫脹根本拉不上去，只好作罷丟下靴子。他小心地躺回皺巴巴的被褥上，腦袋嗡嗡響著。牆上的方塊光影緩緩挪動，他躺了大約半小時，滿腦子只是埋怨著那雙套不上的靴子。

門吱呀被打開了，那疊陶器乒乒乓乓地垮下。蓋斯卡驚呼咒罵的聲音響起。英格雷瞇眼看著門。蓋斯卡苦著臉瞪著一團的混亂，在杯盤狼藉中挑空隙而行。這名副官已整裝完畢，準備上路；他穿著皮靴皮衣，外加黑特渥家的灰藍色粗呢大衣，金褐色的頭髮梳得服貼整齊，隨和親切的面容上鬍子被刮得乾乾淨淨，莊重且得體。他垂眼看著英格雷，驚呼：「大人？」

「啊，蓋斯卡。」杯盤的喧鬧終於安靜下來，英格雷好不容易找到自己的聲音：「我們那位被施法的豬老兄，現在狀況如何？」

蓋斯卡搖搖頭，神色介於謹慎及惱怒之間。「法力大約半夜時分褪去，我們才送他上床睡覺。」

「看來，他不敢再去招惹哈拉娜司祭了。」

「他哪裡敢。」蓋斯卡目光擔憂，落在了英格雷布滿瘀青的臉和纏著繃帶的手。「英格雷大人——您昨晚究竟出了什麼事？」

英格雷遲疑著。「他們怎麼說？」

「他們說，您和那位巫師關在房間裡兩個多小時，突然間，房間裡又是嗥叫又是砰砰作響，撞得樓下的天花板都剝落，然後又是一陣尖叫，彷彿有人遇害，在拚命掙扎。」

差不多……

「過了一會兒，巫師和僕人安然無事地離開，而您一瘸一拐地走出來，一個字也沒說。」

英格雷片片斷斷想起，昨晚哈拉娜隔著門板、大喊胡編出來的解釋。「沒錯，我拿著……火腿和切刀，不小心被椅子絆倒了，」不，她沒提到椅子。「撞翻桌子，劃到手。」

蓋斯卡聞言，臉都扭作一團，似乎被想像中的畫面嚇疼。「我們已經準備好將靈棺裝車，紅壩鎮的司祭正等著為王子祝禱。不過您都出了意外，還可以上馬嗎？」他想了一下，又補上一句：「這些意外。」

我的樣子真得很慘嗎？「你將我要給黑特渥大人的信，轉交神廟信使了嗎？」

「是，她天一亮就出發了。」

「那麼……去告訴那些人，今日我們不走了。我在等大人的進一步指示，也正好趁機讓馬匹休息。」

蓋斯卡點頭表示同意，但目光透著滿滿的疑問：前兩天，長官為了趕路將人馬逼到極限，難道就為了在這座鎮裡逗留？蓋斯卡撿起陶杯陶盤，放到臉盆架上，又不解地看了英格雷一眼，這才朝房門走去。

昨晚一抵達小鎮後，他就寫了最後一封信給黑特渥大人，信中報備隊伍將在紅壩鎮休整，並假稱因他的傷勢緣故，無法隆重體面地將靈柩送入王城大門，祈願大人另行差遣人替換他。此信裡並未提及巫師，以及稍後在房間發生的事，更沒有急流意外；其實，他一個字都沒提到女犯人。向封印官大人報告女犯人的情況，本來就令他不安，而現在更是使他恐懼。不只是恐懼，還有憤怒。究竟是誰對我下咒，又是如何下的？為了什麼目的，將我變成一個徹頭徹尾的傻子，以及不折不扣的殺人工具？

對方還會再下咒嗎？

他越想越氣，內心的恐懼也轉化成怒氣，忿恨難平；他的喉嚨乾啞，太陽穴隱隱抽動著。他只好躺回床上，試著找回在樺林遭受可怕的精神折磨時，所磨練出來的自制力。緩慢地，意志力驅策痠疼的肌肉，終於平靜下來。

狼魂在昨晚被他解放了，他不再壓制它。但是他今早是不是又將它禁錮住了？若沒有……它現在如何了？他現在除了全身痠疼，並未察覺任何異樣。難道他逗留在紅壩鎮躊躇不前，只是舊習慣使然，又或者是有其他合理的原因？或是出於慎重，在尚未搞清楚狀況前，本能抗拒著再向王都靠近一步？肉體上的傷，成為他掩人耳目的藉口，但接下來，是否要假藉傷勢嚴重做掩護、伺機而動，或者乾脆托傷引退，保得小命？他的思緒開始原地打轉，想不出一個所以然。

門上傳來一陣敲門聲，打破他盤旋急升的焦慮。一道尖細的女聲問：「英格雷大人？我必須見您。」

「荷橘女士，請進。」英格雷這才意識到自己光裸著上半身，有些手足無措，但荷橘想必是個母神紀律的資深奉侍，更不是羞怯的少女。不過，他至少得坐起來，才不至於失禮。

「嗯，」荷橘朝床走來，看著他，嘴唇抿得緊緊的，眼裡閃過一抹冷漠。「蓋斯卡副官並沒有誇張。但沒辦法，您還是必須下床。博學司祭想在離去之前，再看看您的犯人，而我打算盡早催夫人上路，所以您趕快下床。我們在來的路上出了很多狀況，我現在只想趕快走，越快越好。來吧，噢，天啊。我看看，您最好……」

她砰地將皮箱往臉盆架上一放，從皮箱裡翻出一支方形藍色玻璃瓶，拔掉軟木塞，倒了一匙看似可怕的漿液出來。英格雷用手肘撐起上半身，謹慎地問：「那是什麼？」但她不客氣地將湯匙塞進他嘴裡。漿液的味道十分噁心，他趕緊嚥下去，以免在她嚴厲的注視下吐出來。

「柳皮和罌粟熬煮出來的藥汁，外加烈酒，以及其他幾樣藥效不錯的東西。」她的目光上下打量他，嘛著嘴又彎腰餵了一匙漿液給他。最後她點了個頭，塞回軟木塞。「這樣應該夠了。」

英格雷嚥下漿液，以及剛剛竄上的胃酸。「真噁心。」

「這個嘛，我保證，您很快就不會嫌棄它了。來，讓我看看我的工作成果。」

荷橘俐落地拆開繃帶，重上藥膏，換上新繃帶，在髮間縫合的傷口上塗抹；那東西引來一陣刺痛感。她再用梳子梳開糾結的髮絲，為他洗手洗腳、剔鬍，揮開英格雷想自己穿衣服的手。「我的大人，您別亂動，免得傷口又流血，弄髒新的繃帶。還有，您別再掙扎了，我可不想因為您而擔誤了時間。」

英格雷六歲後便沒再讓女人為他著裝，但他的苦痛漸漸褪去，換上了濃濃的困乏感。他不再抗拒。他模糊地察覺到，荷橘現在的專心致志及快手快腳，與他無關。

「哈拉娜司祭沒事吧？在經歷昨晚的騷動後？」他小心翼翼地問。

「胎兒移位了。也許一天就會復位，也許一星期，但這裡到沙特葉有二十五哩的路況不佳，我真想現在就讓她安全地回到家。喔，您提醒了我，英格雷大人，您別想動歪心思留住她。無論她要求什麼、要您無條件應允。」她更用力地抽了抽鼻子。

「是的，女士，」英格雷恭敬地回應，隨即又補充：「妳的藥很有效，能把那瓶給我嗎？」

「不行，」她在英格雷腳邊跪下。「喔，您現在穿不上靴子，是吧？有沒有帶別的可替換的鞋子……？」她不客氣地翻找英格雷的鞍囊，抽出一雙磨損了的皮靴，硬是套上他的腳。「好，現在您可以下床了。」

荷橘拉著英格雷的雙臂，協助他起身。英格雷意外發現，原本痛徹心扉的痠疼似乎消褪許多，變得隱隱約約，好似從另外一個國度傳來的消息。荷橘不管三七二十一，無情地拉著他走出房間。

兩人來到伊佳妲位於主街另一端的旅店，巫師已在大廳裡等待。哈拉娜司祭看著他手上的繃帶，委婉地詢問傷勢：「你今早應該好多了吧，英格雷大人？」

「是，謝謝。您的藥很有效，幫助很大。不過，算是我吃過最古怪的早餐了。」他對博學司祭微微一笑，開個小玩笑。

「喔，是嘛？」司祭看著荷橘。「多少……？」荷橘豎起兩根手指。司祭聞言蹙眉，荷橘則是無所謂地聳聳肩。英格雷看不出兩人在打什麼謎語，也難判斷究竟兩匙是太多還是剛好。

他再次跟隨兩個女人爬上樓梯。女監護開門看見他們三人，神情有些困惑，但仍引領三人走進小會客室。英格雷悄悄搜尋著昨晚他留下的發狂痕跡，但只在橡木地板上發現幾滴淺淡的血跡和凹陷。伊佳妲聽見動靜，從臥室走了出來。她穿著昨天的灰藍色騎裝，不過將靴子換成了輕便的皮鞋。英格雷侷促不安地在她蒼白的面容上搜尋蛛絲馬跡，只見伊佳妲的神情嚴肅，顯得若有所思。

她的嚴肅使英格雷更加不安。她今早似乎沒什麼不同，依然精神奕奕，耀眼動人，渾身散發著陽光般令人陶醉的暖香。英格雷意識到自己雙唇微啟，不自覺地想用舌頭品嚐那股陽光香味。

哈拉娜也是，也散發著一股耐人尋味的味道，令人迷眩的味道；部分是出自她的孕味，但大多像是暗流下的漩渦，聞起來像是閃電後颳來的一陣風，這部分應該是她身上平靜下來的惡魔所致。相較之下，荷橘和女監護的就十分普通，好似紙上畫出來的，淺薄、單調又乏味。

哈拉娜伸手擁抱伊佳妲，往她手裡塞了一封信。

「我必須上路了，否則無法趕在天黑前回到家，」巫師對她說：「我真希望跟妳一起去，我實在擔心，尤其是……」她的腦袋朝英格雷一歪，暗示他身上的詛咒；英格雷撇嘴認同。「單單是這件事，就足以引起神廟的注重，即使沒有……嗯，算了。願五神保妳一路平安。這封信是給我在東尹家紀律會的導師，請求他多多為妳的案子費心。幸運的話，他能代替我這個必須離去的人看顧妳。」博學司祭又看了看英格雷，一副不信任的樣子，抿唇說道：「大人，我要你答應一件事，我要你協助盯著這封信送到收信者手中，不被其他人染指。」

英格雷伸手，模稜兩可地答應下來，哈拉娜覺得他有些敷衍，不放心地又抿抿嘴。他是黑特渥的信探之一，絕對有能力不著痕跡地拆信、複寫內容，而他也清楚哈拉娜猜到他會這些信使手法。但災神是神明之中出了名地難以捉摸，祂手下的這位巫師又會哪些手法呢？那封信又是寫給哪個紀律會的？不過，若她在信上施了法，以英格雷目前靈敏的感知也沒看出來。

「博學司祭……」伊佳妲突然弱弱地叫住她，並且喊她博學司祭，而非親愛的哈拉娜。荷橘已經伸手準備攙扶主人往門外走去，但她的主人聞聲轉了過去，荷橘無奈地蹙眉。

「怎麼了，孩子？」

「沒……算了，沒事。不值一提。」

「妳說出來，由我來判斷如何？」哈拉娜坐進椅子裡，歪頭等著。

「我昨晚做了一個奇怪的夢，」伊佳妲緊張地來回踱步，最後在窗邊臺座坐下。「一個全新的夢。」

「多奇怪？」

「栩栩如生。早上一醒來時，它還歷歷在目。一般來說，我只要醒來後，做的夢都會逐漸模糊。」

「繼續。」哈拉娜凝神傾聽。

「夢很短，只是一個畫面閃過。我似乎看到某種……我不知道。以種馬形態現身的死神。它如煤炭一般地黑，黑得沒有一絲光亮或反光。它在奔馳，但速度卻十分緩慢；鼻孔紅得發亮，噴出氣息，馬鬃和尾巴更拖曳著火焰。馬蹄噴濺出火花，它的所經之處，留下的火焰蹄印將一切燒成灰燼，只剩下一團團的飛灰和濃煙。馬背上的騎士跟它一樣漆黑。」

「嗯，騎士是男是女？」

伊佳妲蹙眉。「這就是問題了……總之，騎士的雙腿包住馬腹，變成了馬的肋骨，感覺它們兩者的身體是長在一起的。騎士的左手牽著一條鐵鏈，鐵鏈的另一端綁著一匹奔跑的大狼。」

哈拉娜聞言挑眉，瞥了英格雷一眼。「妳認得這匹，呃，特定的狼？」

「我不確定。也許吧。狼毛是銀尖黑毛，就像……」她拖長尾音，隨即肯定地說：「總之，我覺得夢中的那匹狼很眼熟。」伊佳妲淺褐色的眼睛挪到英格雷臉上，又是剛才那副嚴肅認真的神情，看得英格雷渾身發毛。「不過這次，那就只是一匹狼。它戴著尖刺項圈，刺尖朝內，刺入了狼的脖子。鮮血從它奔跑中的爪子噴濺出來，將踩踏過的灰燼混合成黑色污泥。然後那些濃煙和灰燼嗆得我快要窒息，遮住了我的視線，我就什麼也看不見了。」

哈拉娜司祭噘起嘴。「嗯，孩子，這個夢境的確栩栩如生。我需要想一想。」

「您覺得，這個夢是否象徵某種意義？或者，只是驚嚇過度……」她指著房間，暗示昨晚在這裡發生的異象，並斜睨了英格雷一眼。

「象徵某種意義的夢，」哈拉娜說，口氣裡帶著說文解字的意味。「可能是預示、警告，或指引方向。妳感覺哪一種的可能性比較大？」

「我不知道。這個夢太短了，儘管令人印象深刻。」

「那妳有什麼感覺？不是指妳清醒後，而是在夢中的時候。妳害怕嗎？」

「不算害怕。就算害怕，也不是為了我自己。我認為比較像是激動焦慮，又猛地停住，彷彿我想追上它，卻又做不到。」

房間陷入一陣沉默。片刻後，伊佳妲追問：「博學司祭，我應該怎麼做？」

哈拉娜的神情疏離，顯得若有所思，最後擠出一個微笑。「嗯……禱告永遠錯不了。」

「禱告有用嗎？」

「以妳的情況來看，也許有用，但我無法保證。」

伊佳妲搓揉前額，一副頭痛的模樣。「我不太想再夢到這一類的事了。」

英格雷也想懇求一個答案。博學司祭，我應該怎麼做？但司祭又能給他什麼答案？停留在這裡？東尹家等著他的，是一場場的悼念會和喪禮。他要繼續前行，完成任務嗎？也是，身為神廟司祭，當然會建議他循規蹈距。逃亡，或者讓伊佳妲逃走？但她會逃嗎？他之前在河岸森林裡就放過她一次，卻遭到她拒絕。但假使逃跑時機合宜呢？例如夜深人靜之際，至於她如何或從哪裡取得馬匹、行李、旅費……伴護，英格雷可以私下暗中安排，以免牽連自己。我們必須對此事再討論一次。或者，他直接將她交給巫師——她的朋友——將她偷渡進沙特葉？但話說回來，若此計可行，哈拉娜早就提議了。他連忙收回即將出口的話，順勢咳了一聲，假裝不屑司祭以禱告來打發他們。

荷橘攙扶主人起身。

「路上小心，博學司祭。」伊佳妲說，對孕婦微微一笑。「我不希望您再因為我而涉險。」

「我不是因為妳，親愛的，」哈拉娜的口氣迷茫。「起碼，不只是因為妳。這件事比我預期的更複雜。我想趕快回家，聽聽奧斯文的意見，他的思緒清晰，擅長分析。」

「奧斯文？」伊佳妲問。

「我丈夫。」

「等等，」伊佳妲兩眼圓睜。「不——不會是那個奧斯文吧？神廟要塞的奧斯文博學司祭？那個嚴肅又挑剔的傢伙？四肢外加脖子都像吞了青蛙的白鷺鷥的傢伙？」

「就是他。」伊佳妲的直言無諱，反倒讓奧斯文的妻子平靜下來，原本緊繃的雙唇也放鬆了。「我向妳保證，他隨著年齡的增長，性格好多了。當時他年輕氣盛，容易得罪人。而我呢，我應該也長進了不少。」

「簡直難以想像——太不可思議了！你們兩個一見面就吵架，而且總是在爭論！」

「我們爭論的是神學，」哈拉娜平和地說：「因為我們都十分看重神學。嗯……大部分是神學啦。」她嘴角勾起，微微一笑。「爭論可以激盪著我們，滋養彼此對神學的熱情。他任期結束後，又回到野林地找我——他啊，只是想跟我一較高下。到現在都沒放棄。他現在也是個導師了，仍然好辯，這是他最大的樂趣了。我應該殘忍一點，改掉他這個脾氣。」

「博學司祭大人的確能言善辯，」荷橘附和：「我答應過他，一定盡快讓您安全返家，如果我食言，就要聽他長篇大論了。」

「好，好，親愛的荷橘。」巫師笑著，終於在侍女的攙扶下，挺著大肚子走出去。荷橘經過時，對英格雷點了個頭，也許是感謝他的配合，或者，也是感謝他沒繼續嘗試干涉兩個女人的談話。

英格雷瞥了伊佳妲一眼。伊佳妲注視著朋友離去，神情帶著一絲的內疚。她迎上他的目光，擠出一個微笑，英格雷瞬間暖遍全身，也報之以一笑。

「喔。」伊佳妲抬手摀著嘴唇。

「什麼？」英格雷不解地問。

「原來你會笑！」她的口氣讓英格雷心花怒放，人都快飄起來了。他仰視著天花板，想像自己真的飄了起來。一匹會飛的狼。什麼？他搖頭甩開這古怪的想法，卻只感到頭暈眼花；也許荷橘帶走那個藍色瓶子是件好事。

伊佳妲走到臨街的窗口，英格雷跟了上去。兩人看著荷橘協助女主人上車，馬車的輪子已修好，柏南緊張地驗收他的工作成果；他抓起馬轡一抖，轡繩打在粗壯的馬兒身上，馬車轆轆地轉動，最後消失在視線中。女監護在後面忙著拆開已打包好的行李箱，因為英格雷下令停留，行李箱跟王子的靈柩一樣都未裝上車。

英格雷站得非常靠近伊佳妲，他轉頭看著她的肩膀，渴望抬起左手撫摸對方髮束下方，那裸露的頸背。他的呼氣攪動了她的一縷散髮，但她沒有挪開身子，反倒轉過來回視他的目光。她坦然無懼，也無一絲嫌惡，只是熱切地看著他。

但她明明不只是親眼目睹……他的狼魂、他的不堪，以及他的暴行，她都親身體驗過，不再只是聽到別人的閒言碎語。事實就擺在眼前，但她沒有否定他。她為什麼不怕？

而他呢？他又是如何看待她的豹魂？他也曾在另一個空間，親眼目睹她的豹魂。照理說，伊佳妲應該跟他一樣自慚形穢，然而，對於命運的作弄，她似乎顯得很淡定，並不以為意。反觀自己，數年來，神廟司祭對著不情願的他嘮叨無數的神學理論，但因這些理論在殘酷的事實前是如此不堪一擊，全被他不屑地拋在腦後。而現在，他卻只覺得她的豹魂美麗動人。此時此刻，他對狼魂事件曾帶給他的恐懼和反感，有了不同的全新看法。

「英格雷大人，」伊佳妲說，她低沉的聲音攪亂了他的心神。「我想遵守哈拉娜司祭的建議，去神廟禱告。」伊佳妲小心翼翼地瞥了女監護一眼。「我想要一點隱私。」

英格雷回過神來。現在這個時候，神廟應該沒什麼人，而沒有了女監護的盯梢，他們兩人就可以正大光明地交談。「我護送妳過去神壇禱告，這樣不會有人表示異議，貴女。」

伊佳妲撇嘴。「好吧，這樣也行。」

英格雷退開一步，示意她挪步出發。他轉身吩咐女監護自由行動一個小時，與此同時，伊佳妲已走出了小會客室。兩人來到大街上，伊佳妲伸手挽住他的手臂，全神貫注在濕漉的圓石路上，並沒抬眼看他。終於，以當地灰石建起的神廟出現在他們前方；神廟的規模和建築風格，都是奧達爾大帝之孫統治期間的典型建築樣式。之前，達澤卡征服者因陷入權力鬥爭，家族內戰，自身文化損毀嚴重，只得重新建立。

兩人穿過鐵門，進入高牆之內安靜的院落，爬上宏偉的門廊。從燦爛的陽光下進入室內時，瞬間眼前一黑，渾身襲上一陣冷涼，只有幾縷細細的陽光從高處的圓窗灑落。母神聖壇前，已有三、四人或跪或俯伏在地。英格雷挽著伊佳妲，感到她突然全身一僵，便順著她的目光穿過拱道，望見停放在父神聖壇前的王子棺柩；棺柩覆蓋著錦緞，由紅壩鎮當地的武裝隊護衛著。此刻的女神和子神殿堂空無一人，伊佳妲便轉身朝子神殿堂走去。

她在聖壇前緩緩跪了下去，英格雷跟著也跪下，往小腿上一坐。鋪石地板又冰又硬，伊佳妲抬頭仰望，默默不語。難道她在心裡默禱？

「妳想過嗎？」英格雷平靜地說：「妳到了東尹家後，會遭遇什麼？妳是如何打算的？」

伊佳妲動也不動，只是將目光挪到他臉上，低聲說：「受審。應該是由王室司法官或神廟調查員主審，或共同審問。我想，神廟調查員在得知近期發生的事件，並且看過哈拉娜的信後，會對此案感興趣。我打算實話實說，因為真相是我最穩固的辯護。」她撇嘴冷笑。「也比較容易記起，不容易忘記。」

英格雷長長地嘆息。「妳現在想像中的東尹家是什麼樣子？」

「為什麼問這個——我從沒去過王都，但應該是個氣象輝煌的地方？王宮當然是鶴立雞群，不過公主殿下還跟我提過那些河邊船塢、玻璃工藝品、神學院——還有王室學院；花園和宮殿、手藝精湛的裁縫師、繕寫室、金匠等各種手工藝匠。宗教節日裡會有戲劇表演，即使是平時，貴族世家也會請戲團表演。」

英格雷不死心地再接再厲。「妳看過禿鷹在大型野獸的上空盤旋嗎？那些尚未死絕的野牛或熊？禿鷹會在半空中盤旋等待，一隻隻輪流俯衝而下啄食、撕咬，隨即飛竄。那些野獸的生命一點點地流逝，更多的食腐動物被吸引而來，爭先恐後地一擁而上，爭食最美味的內臟。」

伊佳妲的雙唇微抿，轉頭過來看著他，帶著「那又如何？」的疑問。

「眼下的——」英格雷的聲音低沉：「——東尹家，就像那頭奄奄一息的猛獸。伊佳妲貴女，跟我說說，妳認為誰會贏得下一任的聖王寶座。」

伊佳妲眨眨眼。「我想應該是……身兼大元帥的拜斯特（Biast）王子。」拜斯特是波列索王子的兄長，神智清醒且身心靈健全，率領聖王的軍事參謀，鎮守在西北邊境。

「在聖王病倒、隨後又中風癱瘓之前，許多人的猜測都跟妳一樣。黑特渥認為，若是老聖王能夠撐個五年，應該會在有生之年設法鞏固拜斯特殿下的繼任權。但，萬一老聖王在近日崩逝，殿下可能會一股作氣，在對手回過神之前，掃盪清除掉他眼前的所有阻礙。只有少數人預言或設法延續這位活死人的生命數月，並利用這段時間運籌帷握、拉攏人心，或為自身家族的前途打算，或乾脆安排退路。」鹿棘家族已連續五代坐上聖王寶座，於此特殊時期，不少其他家族都已開始摩拳擦掌、躍躍欲試。

「那會是誰？」

「若老聖王今晚斷氣，就連黑特渥也說不準下星期的推舉結果。黑特渥都說不準的事，別人就更不可能猜到。但根據賄賂的走向和謠傳，黑特渥認為波列索殿下會成為一匹黑馬。」

伊佳妲挑眉。「那他肯定是個壞君王！」

「有些人不切實際，以為他昏庸無能，會是個容易操控的昏君。但這些人低估了波列索的乖戾不定，若真是成功推舉他上位，必定後悔莫及。當時，我還不知道波列索會荒唐到施用禁術，企圖獲取獸魂。」英格雷說著蹙起了眉。黑特渥究竟知不知道波列索在施行禁術？「封印官擔心波列索會真的登上王位，命我送了萬元錢票給王位授命人——水峰（Waterpeak）的大司祭，以鞏固拜斯特殿下的選票。大司祭閣下收下後，給了我一個模糊不清的致意，我想。」

「封印官賄賂一位大司祭？」

她的大驚小怪讓英格雷一凜。這位女孩真的太單純了。「這種事很正常，唯一不尋常的是，封印官居然派我前去送錢。他向來只派我去傳達他的警告和脅迫，因為我很擅長震懾他人。我特別享受對方對我的攏絡，或者反脅迫；我的樂趣之一，就是誘導他們進入陷阱，之後再開導他們。我想，之所以派我前去賄賂，是想在拉攏的同時，也威迫那位大司祭。黑特渥……嗯，算了，不管他的目的究竟為何。」

「封印官很信任您？」

「有時信任，有時不信任。」眼下就是一個例子？「他知道我的好奇心重，時不時餵我一口小消息。但我的口風很緊，不然就什麼也得不到。」

英格雷深吸一口氣。「好吧，既然妳沒接收到我的言外之意，我就坦白說了。妳在野豬岬堡裡，並未為自己的貞操辯護，也沒大肆宣揚殿下之死的真相，所以並未得罪鹿棘家族。但妳破壞了某些人的政治盤算，那是他們耗財耗力、祕密籌謀數月的心血。為此，他們甚至不惜動用最致命的禁術。從對我下咒的結果來看，東尹家有人不希望妳活著，讓妳有機會透露波列索之死的真相，而且對方的權勢地位不低。而現在，他們暗殺妳的行動被中途截斷，我推測他們接下來手段不會客氣了。妳是否以為，自己會站在一個跟妳一樣正直勇敢的司法官或調查員面前受審？也許真有這種人存在，我不知道。但我向妳保證，以妳的情況，絕對不會有機會遇到這種人。」

英格雷從眼角瞥見伊佳姮咬緊牙關。

「我……有種被羞辱的感覺，」他絞盡腦汁地挑選用詞。「覺得被人利用。我不想跟他們同流合污。我可以安排妳逃亡，這次讓妳穿著乾淨的鞋子、有足夠的旅費，而且沒有饑腸轆轆的大熊。如果妳決定好的話，今晚就走。」這是背叛、是大逆不道，但他終於說出來了。兩人之間的沉默凝結成了一陣尷尬，英格雷愣愣地瞪著雙膝之間的地板。

過了許久，伊佳姮終於開口，聲音低沉到在顫抖。「你真會精打細算，完全不吃虧。我逃了，你兩邊都沒辜負，也不用冒生命的危險說出真相，繼續安心地過你的生活。」

英格雷聞言詫異地轉過去，只見她的臉龐一片蒼白。

「不是妳想的那樣，」英格雷說：「我自己也自身難保。」他勾起嘴角冷笑，這笑容向來能把人嚇退三步。

「有什麼好笑的？」

英格雷考量著該如何回答。「我只是沒想到，妳居然是這麼看我。」

伊佳妲仍是跪著，指甲輕敲著地板，聽起來好似遠方傳來的動物爪子抓地聲。「宮廷上的機關算盡是如此複雜，那麼神明的呢？」

「什麼？」

「有位神明之前從我身邊經過，英格雷！為什麼？」

英格雷聞言愣住，嘴巴微張卻不知道該說什麼。

伊佳妲仍然情緒激動，再次壓低聲音：「我從小就乖乖認真禱告，但聖神們一直拒絕回答我。我已經不再相信聖神，只剩下對祂們的怨恨，我恨祂們的冷漠。祂們背叛了我父親，背叛一個終生效忠祂們的忠僕。祂們背叛我母親，祂們太無能，任由她難產死去。若真的有神來找我，祂也不是為我而來！既然你精於算計，請告訴我，這算什麼？」

「宮廷上的一切，」英格雷一字一字慢慢地說：「是無關神明的，祂們雙手觸碰不到，就我所知。若妳堅持繼續前進，就只有死路一條。殉教或許能光宗耀祖，但自殺卻是罪愆。」

「那你呢？你又為什麼堅持繼續前進，英格雷大人？」

「我有黑特渥大人會想辦法為我開脫，」應該吧。「但妳沒有。」

「我不相信東尹家所有的司祭都會貪污受賄。而且我的家世背景可以庇護我，我是我母親的女兒！」「獾岸伯爵也出席了那場會議，而他們挑選了我押解妳回去。妳確定他在會議上會為妳開脫、為妳說話？我可沒把握。」

伊佳妲用力一拽，抽出被他壓到的裙緣。「我，」伊佳妲宣告：「現在要祈求神的指引。請你安靜。」她趴了下去，五體投地，手臂朝前伸出伏拜。

英格雷往後一躺，生氣地盯著拱頂瞧。他的頭暈暈的，不太舒服。荷橘給的藥顯然藥效過了。他的思緒不斷繞著剛才的爭論打轉，隨後飄向其他地方，但絕不是飄向虔誠的禱告。他閉上痠澀的眼睛。

不知過了多久，伊佳妲譏諷的聲音傳來：「你是在禱告還是打瞌睡？無論在幹嘛，請問你結束了嗎？」

他聞言眨了眨眼，定睛一看，伊佳妲此時已經站起身，正俯視著他。他剛剛睡著了，所以沒聽見她站起來。「聽候差遣，貴女。」他坐了起來，卻痛得尖叫出聲，趕緊小心翼翼地躺回去。

「嗯，我想也是。畢竟看看昨晚你對那些可憐鐵鏈做的。」她氣嘟嘟地伸出一隻手。英格雷懷疑她真有力氣拉他起來嗎？他狐疑地抬手，兩手抓住她的手和手腕。伊佳妲一用力，像拉繩的水手，接著身子往後一倒，變成功拉起沉重的他。

兩人走出神廟，穿過門廊，來到秋陽之下。英格雷問：「神給了妳什麼樣的指引，貴女？」

伊佳妲咬住下唇。「什麼也沒有。不過，我平靜了不少，心裡沒那麼亂了。看來，靜默還是有效的。」她斜睨了他一眼，眼神莫測高深。「雖然心思沒那麼亂了，只是……還是會想起……」

英格雷看著她，鼓勵她說下去。

伊佳妲大喊：「我還是無法相信，哈拉娜居然嫁給了奧斯文！」

回到伊佳妲住宿的旅店時，女監護正坐在樓下大廳的角落裡，蓋斯卡副官則坐在她對面，兩人隔桌傾前竊竊私語；桌上有大啤酒杯，以及一個只剩下麵包屑、乳酪硬皮和蘋果果核的盤子。剛才沿街走來，溫暖的陽光舒緩了英格雷僵硬的肌肉，現在的他不用再一瘸一拐，而是悠哉地朝他們走去。女監護和蓋斯卡抬眼一看見他，便停下了交談。

「蓋斯卡，」英格雷下巴朝盤子一揚，這才想到他起床後，一直沒進食。「這裡的餐食如何？」

「乳酪實在好吃，啤酒就別提了——都酸掉了。」

伊佳妲聞言睜大眼睛，但什麼也沒說。

「嗯，謝謝你事先警告我。」他傾身向前，捏起剩下的麵包屑。「你們兩個剛才在聊什麼？」

女監護嚇得不敢抬頭，但蓋斯卡無畏地回答：「我在講故事給她聽，英格雷的故事們。」

「英格雷的故事們？」伊佳妲說：「有很多嗎？」

英格雷想要苦笑，但克制下來了。

蓋斯卡見長官沒生氣，笑嘻嘻地說：「我剛說到黑特渥的隊伍從達澤卡返回東尹家，在阿爾丹娜（Aldenna）的森林遭遇土匪，而您又是如何成為大人的親信。畢竟，我的功勞不小，是我一直在黑特渥耳邊說您的好話。」

「是嗎？」英格雷問。怎麼感覺蓋斯卡有些緊張？若真的是，為什麼？

「我們的隊伍龐大，」蓋斯卡轉向女人們繼續說：「武裝齊全且精良，但那群土匪可是一群亡命之徒，他們流竄到那座森林安塞紮營，人數成長超過兩百人，其中大部分是解役的士兵、遊手好閒之徒和逃犯。他們四處作亂，以為我們是有錢人家的護衛，就冒險行搶。當時，我就坐在英格雷大人的後面，只見大人快劍唰唰地揮出，土匪當下就察覺自己誤判情勢了。」

「不是我厲害，」英格雷說：「是他們太弱了。」

「我沒說您厲害，我說的是您的劍很快。我見過真正的劍術大師，但您不是，我也不是。但您的那些怪招——看起來難有成效，但……等到他們看出車廂裡的空間太小，您施展不開手腳，一個彪形大漢就撲了過去、抱住您扭打。我在距離您十五呎之外的位置，也被纏住，但還是覺得……您將劍往空中一拋，抓住大漢的腦袋，咬住他的脖子，再接住落下的劍，轉身一揮，砍掉從後方偷襲的土匪。那個沒了頭的身子，當時還繼續往前衝呢。」

英格雷想不起有這段插曲，但確實有那次的遇劫，不過他只記得開始和結束，中間過程就記不清了。「蓋斯卡，你的牛皮是不是吹得太大了。」蓋斯卡大約年長英格雷十歲，而那位一板一眼的中年女監護，應該不是個調情的好對象。

「哈。如果我是在吹牛皮，幹嘛不把主角換成我自己。當時土匪的餘黨見狀轉身就逃，您一劍揮倒那個逃得最慢的……」蓋斯卡遲疑地拖長尾音，並未說出故事的結局，而英格雷一下就猜出了原因。當時，他一邊平復情緒，一邊若無其事地解決掉受傷的土匪，濃濃的血腥味充斥在車廂中；蓋斯卡見狀驚慌失措，抓住他的雙肩大喊：英格雷！父神的眼淚啊，留一些給絞刑臺吧！這段……插曲，英格雷倒是沒忘，只是不想再回憶而已。

蓋斯卡連忙拿起酒杯狂飲，以掩飾自己剛剛的遲疑，但啤酒是酸的，他也只好硬嚥下去。他做了個鬼臉，用袖子抹了抹嘴。「事後，我向黑特渥大人推薦您，您才成為他的正式護衛。其實，我這麼做也是為了自己打算。我想讓您成為自己人，以免日後您被對手收攏，跟我刀劍相向。」蓋斯卡抬頭對他一笑，但眼裡並沒有笑意。

英格雷回之以一笑，也是冷冷的笑意。*蓋斯卡，精明啊，真是看不出來。你究竟想跟我說什麼？*

前天腦部撞傷的疼痛，又回來了。英格雷決定回自己的旅店，找食物填飽肚子。他將伊佳妲交給了女監護，交代她們把門鎖好，便轉身離去。

7

在旅店食堂吃了一頓便飯後，英格雷回到客房，往床上一倒。蘆葦蕩的療者奉侍叮囑他要多多休息，但自從那過後這一天半下來，他兼程趕路，心情激盪，沒有半刻的放鬆。但現在，即使身心已是精疲力盡，而且午後暖陽愜意，他依然沒有睡意。

若伊佳妲拒絕在午夜上馬逃亡，那麼他一意孤行、冒險為她四處張羅，也毫無意義。*必須說服她。*若她的獸魂被發現了，他們會燒死她嗎？一個畫面在他腦海浮現，邪惡的橘色火苗吞噬、擁抱她綁緊的身子，點燃了她身上浸泡過油的囚服。他看到她在麻繩下、橡樹柱子上掙札，上演一場模仿古野林人祭儀式的邪惡鬧劇。也許，王室監刑官看在她家族的面子上，會給她一條絲繩，讓她像她的花豹一樣被吊死？他聽說，古老部族沒有絲繩，而是以發亮的蕁麻和亞麻絞成繩子，賜死貴族。*想想其他的，轉移注意力。*但他的思緒，總是圍繞著壞事打繞。

古野林那些自願獻祭的人，成為了人神之間的信使。神聖的信使在大難臨頭時，將得不到回應的無效祈禱和心願，直接傳達至天堂。*例如我現在的心願。*可是，經過東方強國數代的迫害，部落的渴望和需求大漲，同時增漲的，還有他們的畏懼。隨著戰事失利、領地遭到侵佔，部落變得民不聊生，法紀被破壞；在那些暗無天日的年月裡，物質需求戰勝精神追求，也因而越來越難找到英勇無私的自願者。

社會上，都是一些畏首畏尾或直接了當拒絕的民眾，於是改由戰俘、人質、人蛇集團的犯人，甚至是罪大惡極之人，被捆上了獻祭臺，成了信使。從此，聖木上便有了許多獻祭品，處處可見死人被吊在樹上。某些五神司祭總喜歡說關於孩子殉教的可怕故事，只不過他們在孩子前面會加上「敵方」二字。孩童什麼都不懂，究竟是什麼樣的陰暗心思，才會將孩童也列入進敵方陣營？最後，古野林部落的巫師開始反省了，過度大量的人、獻祭人懷著悲憤的情緒下赴死，他們傳達到天庭的，又會是什麼樣的訊息。

該死，想些積極正面的事。伊佳妲在神廟裡譏諷他的話語，好似蟲子鑽進肌膚裡。你不會挺身而出，勇敢說出真相……五神啊，這個傻女孩居然以為他在東尹家十分有權勢。他自己也是自身難保，也需要黑特渥的庇護。雖然是英格雷親手將生命的主控權交到黑特渥手中，但黑特渥的屬下，哪一個不是如此；交出主控權，或者說在一種說不清、道不明的脅迫下，是一種不得已的選擇。不過，在封印官權勢的恢恢大網中，他只能算是無足輕重的一縷網線。英格雷向來冷漠，不會巴結人心，現在也只能孤立無援。在隊伍進入王都大門的當下，英格雷解救伊佳妲的機會也就一去不復返了。

他鑽進了牛角尖，越是無助和挫敗。最後，他昏睡了過去。雖然睡得不好，總比剛才的心煩意亂強。

他在秋陽西斜時醒來，強撐著走到伊佳妲的旅店，邀請她去神廟做晚禱。

伊佳妲挑眉，嘟囔：「你怎麼突然虔誠起來了。」但一看到英格雷緊抿嘴唇，強忍著身子的不適，便態度軟化下來，陪他再去一次神廟。

兩人跪在子神聖壇前——母神和父神殿裡又擠滿了求神的本地人——英格雷壓低聲音：「聽著，我今晚必須決定，明天隊伍是要繼續上路或者停留。妳不能沒有任何盤算就往虎口裡鑽，至少要有求生的欲望，不然只能等著被吊死。我一想到妳像那頭豹一樣懸掛在半空中，就快瘋了。妳和花豹應該都受夠了被懸掛在半空吧。」

「英格雷，你想想，」伊佳妲也壓低聲音：「就算我能潛逃成功，我又能去哪裡？我母親的家族不可能收留我，也不會窩藏我。我可憐的繼父，他哪有能耐跟這些達官貴人鬥，更何況，一旦他們發現我逃亡，第一個上門搜查的地方就是他家。而且，一個女人孤身在陌生的他鄉遊蕩，容易引人注目，成為豺狼虎豹的目標。」看來，她考量過逃亡的可能性。

英格雷深吸一口氣。「如果我跟妳一起走呢？」

兩人陷入長長的沉默；英格雷斜睨她一眼，只見伊佳妲面無表情，直視前方，眼睛睜得大大的。

「你願意跟我走？丟下同袍和責任？」

英格雷咬牙。「不得已之下，也許吧。」

「那我們要去哪裡？你的家族也不可能收留我們。」

「我也無法想像回去樺林生活。不，我們穿越國境，逃出野林地。也許去阿爾維安聯盟（Alvian League），躲開康東人（Cantons），穿過北方的大山。或者去達澤卡，我會說和讀達澤卡文。」

「我做不到。我會成為你的……什麼？重擔、女僕、寵物，還是情婦？」

英格雷漲紅了臉。「妳可以扮成我的妹妹。我發誓一定尊重妳，絕不碰妳。」

「好吸引人啊。」伊佳妲抿起唇。

英格雷一愣，覺得自己好似走在冬天結凍的河冰上，突然，一個微弱的碎裂聲從腳底傳來。她怎麼這麼說？我在她眼裡，究竟是什麼樣的人？「妳父親的母語應該是宜布拉語，妳會說嗎？」

「會一點。你呢？」

「也是一點。那我們可以去宜布拉半島，喬利昂、宜布拉或跋薩。這樣妳就不會什麼話也不能說。」英格雷聽說半島那裡很需要劍客，邊境一直在跟沿海那幾個信仰四神的公國打仗——因此相當歡迎外國傭兵，跟五神信仰國一樣。

伊佳妲吐出長長一口氣。「我今天下午一直在想哈拉娜的話。」

「哪句？她劈里啪啦說了很多。」

「那就想想她沒說出口的話。」

怎麼聽起來像是黑特渥大人最愛的格言。英格雷連忙問：「她有嗎？」

「她說她找我，有兩個原因。你想，她懷著身孕，何必冒著生命危險出門遠行。一是，因為她聽說殿下出事的消息，第二個就是她的夢境。這第二個原因，聽哈拉娜的口氣，像是事後才想起來的。我做了幾個怪夢，連清醒的時候都被這些惡夢糾纏，這應該是餘悸、疲倦……還有波列索王子留下的後遺症造成的。」她舔了舔唇。「但哈拉娜為什麼會夢到我？她打從骨子裡就是神的人，絕不可能背叛神；不過儘管如此，她仍然相當我行我素就是。她有跟你提過她做了什麼夢嗎？」

「沒有。但我也沒問過。」

「她倒是問了我許多問題，從觀察我們得知『我一無所知』，但她什麼也沒說，沒給我任何的指引。這也是她沒說出口的話。她只在離開前給了我那封信。」伊佳妲摸了摸騎裝外套，那左胸口上精緻的繡紋。英格雷好似聽到了底下暗袋裡紙張微微的窸窣聲。「她期望我把信送出去，這算是她給我的唯一指引吧。我不應該背棄她，冒險逃往國外，還和……和一個我才認識四天的男人。」她頓了一下。「偽稱是你的妹妹尤其是個壞主意，願五神赦免我！」

英格雷不懂她為何突然生氣，但清楚地接收到了她拒絕的態度。他沉重地說：「那麼，我們明天繼續載運殿下遺體，前往東尹家。」這段路程至少需要三天的時間，也許他能想出更好的說詞或計畫來說服伊佳妲，即使減少睡眠也在所不惜。如果有的話。

在落日餘暉中，英格雷送伊佳妲回到她的旅店，交給女監護看管。女監護看著他的眼神，充滿了毫無遮掩的懷疑，但她什麼也沒說。英格雷回到街上，一邊走，一邊琢磨伊佳妲未出口的話語。她絕對有許多話並未說出口……

快走到旅店時，一個倚靠在牆上的黑影立起。英格雷握住劍柄，而黑影走到了旅店大門的燈光之下——原來是蓋斯卡。英格雷立刻解除警戒，副官對他點了個頭。

「我們散散步吧，英格雷。我有話要私下對你說。」

英格雷挑眉，但接受了他的提議。兩人走在石板路上，轉彎來到一座接近城門的廣場，在廣場中央一處隱蔽的長椅上坐下。一個肩挑著兩桶水的僕人，砰砰地經過他們離去。街上，一對夫妻快步朝家走去，女的提著燈，男的肩上坐著一個男孩，而男孩揪住父親的頭髮，男子大笑要他鬆手。男子掃了一眼逗留在廣場的兩名劍客，見兩人態度平靜，便回頭跟妻子說話。一家人的腳步聲逐漸遠去。

四周安靜下來。半晌後，蓋斯卡的手輕拍著大腿。「隊伍出了什麼事嗎？」英格雷終於開口詢問：「或是王子殿下的手下？」

「啊，」蓋斯卡坐直起來，挺起胸膛。「這話應該由我來問。」蓋斯卡又遲疑了下，咬住下唇內側，終於脫口而出：「你是不是愛上那個該死的女孩了，英格雷？」

英格雷頓時一僵。「你為何這麼想？」

蓋斯卡語氣中帶著譏諷。「好吧，我們來想想有哪些跡象？會不會是，你一有機會就找她單獨說話？還是，你不顧生命危險，衝進急流裡救她？你裸著上半身，半夜溜進她的客房？你趁沒人注意時看著她，臉上不自覺流露饑渴的神情？還有相思難眠，所以黑眼圈越來越深？我知道，只有狼崖家族的英格雷，才會為一個亂棒打死情人們的女人慾火焚身；對你來說，她的殘暴嚇不走你，反而是一種致命的吸引力！」蓋斯卡哼了一聲。

「你想歪了，」英格雷冷冷地說：「壓根不是你想的那樣。」蓋斯卡的觀察入微讓他又驚又怕，但他隨即反應過來；對於局外人，這也不失為一個好說詞，總比公開他被下咒的事實來得強。再一想，他更驚恐了……也許蓋斯卡並沒有想歪……不，不對。「只有一個情人。」

「什麼？」

「被她打死的那個。」英格雷頓了一下，繼續說：「我知道，她殺的不是普通人，所以事情很嚴重。」又頓了一下。「無論如何，她都不是我心儀的對象，你的推測不切實際。」

「我才沒有瞎操心。她說你十分具有男子氣慨，只是有些憂鬱。」

「你是怎麼知道這些的？」英格雷飛快地回想，過去幾天以來蓋斯卡何時與犯人交談過？

「她跟女監護談過你，不，應該說是女監護向她打聽過你。只要一打開話匣子，她什麼都敢講，直言不諱。母神對某些女人就是有這種影響力。」

「女監護沒跟我說過。」

「因為她怕你。相較之下，她不怕我，所以有些事她只敢告訴我。不過……你有曾經聽過兩個女人在討論男人嗎？男人是天生的騙子，跟娼妓一樣滿口甜言蜜語，但女人——我寧願讓母神的解剖療者將我活生生地開膛破肚，也不想無意間聽到她們私下聊起我們男人。」蓋斯卡打了個冷顫。

英格雷噎回差點脫口而出的話——*伊佳妲還說了我什麼？*顯然，他的犯人和那位村婦鎖上門後並沒閒下來；不過話說回來，隨意的閒聊，也許能透露出更多她不願言明的心事。於是，他繼續旁敲側擊：

「還有什麼是我該知道的嗎？」

「噢，對——」蓋斯卡模仿起女人尖細的聲音：「貴女覺得你的笑容，非常令人著迷。」

蓋斯卡微微一笑，而看在英格雷眼裡，那簡直就是幸災樂禍的邪笑。英格雷回瞪他一眼，但顯然四周的光線還不夠暗，又或者他眼神裡的怒氣太過熾烈，穿過了黑暗燒向蓋斯卡，嚇得蓋斯卡斂住笑容，抬手自衛。

「英格雷，聽著，」蓋斯卡嚴肅地說：「我不想看你做蠢事，自毀前程。你在黑特渥的手下前程似錦，那是我望塵莫及的，我頂多只能爬到護衛隊隊長這個職位。但你的優勢，不只是因為你的家世背景，更因為你受過教育，懂得兩種語言，所以黑特渥從未將你看成是下人，而你也能與他應答如流。聽你們兩個的談話，我頭都暈了。你會一直往上爬，而這種機遇我從不奢望；伴君如伴虎，我還想保住我的腦袋。但……我更不想哪天被派出去緝拿你。」

英格雷這才放鬆下來。「這很明白了。」

「好。」

「我們明天上路。」

「很好。」

「我能穿上靴子的話。」

「我會幫你。」

我必須打發掉那個愛包打聽又嚼舌根的女監護回家，另找一個女人替代她，或者，索性別找了。女人多話這件事已經夠煩人，但萬一她到處亂說哈拉娜到訪時她目睹的異事，那該怎麼辦？

說不定，她已經四處亂傳了？

兩人起身，在陰暗的光線下沿原路返回。走到英格雷的旅店時，蓋斯卡行禮告退，繼續往前走。英格雷一直盯著他的背影離去。

*看來，蓋斯卡在監視我。*但為什麼？太無聊？偷窺的欲望？或者只是好奇？還是如他所說，是為了自保、擔心同袍？或企圖驗證謠言的真實性？英格雷突然意識到，儘管蓋斯卡自稱沒受過教育，但仍有能力拼湊出一封短信。也許只是幾個簡單的句子，用語不當、錯字百出，但足以讓讀信的人掌握報告內容的來龍去脈。

假設黑特渥同時閱讀了英格雷和蓋斯特的匯報信，黑特渥十分可能……英格雷忍不住想狂吼。他吞下一聲咒罵，走進旅店裡。

隔天，一路上的秋日鄉間景色，在英格雷眼中全都是模糊的。他壓根心不在焉，卻能清楚感覺到伊佳妲的存在。她就騎行在馬車旁，靠近新來的女監護；一個膽小的女神紀律會的奉侍，是紅壩鎮司祭從學校挖來，執行這次特殊任務的幫手。

早上上路時，伊佳妲又對他笑了笑。英格雷差點就報之以一笑，但蓋斯卡的嘲弄浮現在他腦海中，使他的臉頓時一僵，搞得他皺鼻歪嘴。伊佳妲看到後瞪大雙眼，便無言地騎走了。英格雷感覺唇肌就快要痙攣，連忙策馬前進。

昨晚在神廟裡真不知是中了什麼邪。伊佳妲當然會拒絕逃亡，即使上了絞刑臺，她也絕不後悔，況且還是跟一位想要她的命的男人。已經幾次了？三次？五次？他幹嘛亂出餿主意？*動點腦子啊。*而且要幫她另外找個護衛？又要去哪裡找值得信任的護衛？一個畫面浮現，伊佳妲被綁匪橫掛在前鞍上，馬兒飛馳逃亡；簡直是越想越恐怖。他知道狼魂能賦予他速度和凶狠，那她的豹魂呢？她還會像普通女人一樣嗎？她已親手解決了波列索王子，一個比英格雷還壯碩的男人，儘管當時的王子毫無防備。其實，她也被自己的力量嚇到了。若她選擇反抗——若他當時……而她……蓋斯卡的嘲笑又冒了出來——對你來說，那是一種致命的吸引力！英格雷的眉頭皺得更深了。

我絕不會愛上她，蓋斯卡，你看走眼了。

也不會為她慾火焚身。

盡量吧。

這又不是他能控制的。

上路後，他一直迴避著她，對她不笑不看不靠近不交談，總之就是不聞不問。結果這策略奏效了；蓋斯卡騎到他旁邊，瞧了瞧他的臉色，吞下想說的話，隨即識相地退回到隊伍的另一頭。其他人也不敢接近他，波列索王子的手下則被他瞪得落荒而逃。即便他偶爾發出命令，大家也都立刻有效率地執行，絲毫不敢擔擱。

他們早上出發得遲了些，隊伍行進的速度又慢，幾乎不催馬快行，只以步行的速度前進。但下午抵達一座比之前棲宿地規模都小的小鎮時，他們與東尹家的距離，仍比英格雷期望的更靠近了幾公里。英格雷冷酷地將王子的手下與棺柩，安置在中鎮（Middletown）破舊的神廟裡，將小鎮唯一的旅店留給自己、犯人、女監護，以及黑特渥的侍衛隊。之後，他在暮光中巡行小鎮一圈。這座小鎮實在太小，他很快就巡視完畢，而今晚的神廟擠滿了人，他不可能再與伊佳妲私下討論。明晚，他必須挑一座大一點的小鎮落腳。至於後天晚上……一切就太遲了。

蓋斯卡打算在小酒館裡打地鋪，不想和英格雷同房而眠，而英格雷因身體有傷，決定提早上床休息。獨自一人。

翌晨，因為不打算趕路，英格雷也沒趕在破曉就上路。伊佳妲貴女與新來的女監護下樓時，他仍在旅店的小酒館裡啜飲草藥苦茶，咀嚼麵包。他好不容易才裝出冷冰冰的樣子，向她點頭回禮。

「客房舒服嗎？」英格雷寒喧地問，對面擱板桌還有兩位侍衛在用餐，他們在耳力範圍之內。

「還算舒服。」伊佳妲眉毛蹙起，但比微笑安全多了。

英格雷想詢問關於她的夢境，但又擔心被旁人聽到，覺得他們之間的談話太過親密。也許今日可以冒險與她並騎一段路，她又十分機伶，只要給點暗示，就能從中解讀出他真正想表達的意思。

旅店外傳來馬蹄聲和馬具的匡噹聲，兩人轉頭看去。「喂，來客人囉！」一個粗啞的聲音大吼，店員兼主人快步穿過大堂去迎接新來的客人，半途停了下來，吩咐一位僕人去叫醒馬僮，照管男客的坐騎。

伊佳妲的鼻翼歙動，臉龐隨著旅店主人轉向大門口。英格雷拿起大陶杯一仰而盡，也跟著望向門口，左手不自覺地去確認劍柄的位置。伊佳妲走了過去，踏到木板門廊上，英格雷也跟著走出去。

只見四位武裝男子正在下馬。其中一位一看就是僕人，兩位穿著眼熟的制服，最後一位……英格雷瞬間屏息，相當詫異。他隨即震驚地大大吐出一口氣。

擁有王位授命權、馬河家族的溫索伯爵，也愣在馬鞍上，韁繩收起捲在戴著手套的雙手中。年輕的伯爵身材修長，酒紅色皮外套下，金線繡紋緊身短上衣閃閃發亮。皮外套的寬領裝飾著一圈貂毛，遮掩住他不對稱的體型。伯爵深金色的頭髮及肩，摻雜著幾絡少年白的灰髮，在一路的奔波下蓬鬆凌亂。長臉，高額，五官怪異醜陋，但在鮮藍色雙眸的襯托下，又不覺得醜。伯爵的藍眼睛鎖定在英格雷的臉上。他在這個晴朗的早晨出現在這裡，真是出人意料之外。但英格雷剛才的震驚是……

究竟是什麼讓英格雷感到震驚？好似一股氣味，儘管沒有微風，又像是一道濃密的黑影，使得溫索整個人氣勢逼人。那股帶著些微類似尿液的刺鼻味，又有一點乾草的清香，以及濃烈的力量感。英格雷並非聞到，而是感覺到。溫索身上有獸魂。

也有。

而我以前都沒察覺出來。

英格雷猛地轉頭看著伊佳妲；伊佳妲也是滿臉的震驚。

她察覺到——聞到了？還是看見了？而且是另一種全新的獸魂。完全陌生的獸魂？

顯然溫索也有所察覺，因為他挺直了背，頭微微歪向一邊，瞪大眼睛，先是估量著英格雷，又看向伊佳妲。溫索張口結舌，隨即擠出一個意味深長的微笑。

伯爵率先鎮定下來。「啊，哎呀，」他嘟囔著，抬手劃過前額，向英格雷行禮，再以掌貼心，向伊佳妲微微躬身致意。「我們三個在這裡相遇，真是太奇妙了。我這輩子還沒被震驚得……差點說不出話來。」

旅店老闆連忙上來迎接貴客，溫索下巴一揚，一個護衛上前將老闆拉到一旁去，應該是在交代貴客的要求。英格雷是訓練有素的護衛，自然而然地上前抓住馬的轡頭，協助溫索下馬，儘管他一點也不想靠近這位伯爵。馬兒噴了一口氣，側身往旁邊踱了幾步，英格雷抓得更緊了。馬兒的肩膀因為奔馳而汗濕，栗色毛髮被浸得鬈曲且顏色發深，四腿之間出現了白色汗沫。無論溫索為何而來，他一刻也沒擔誤。

溫索俯瞰著英格雷，吐了一口氣。「我只是想見見你，表兄。黑特渥大人憐惜你對進城儀式的排斥，你啊，在那封簡短的報訊信裡不斷推辭，大人早看出你的心思啦。於是大人派我過來接管我內弟的護送隊伍，算是盡點親人的義務，畢竟我是唯一得空的親屬，既沒有傷心欲絕，也沒有癱在床上，更未被前往邊境的爛路卡在半途中。王室的軍儀隊和迎喪隊伍，會在奧克米德（Oxmeade）與我們會合。根據你千變萬化的行程表，我以為昨晚會在那裡與你會合。」

英格雷舔了舔發乾的嘴唇。「這樣我就鬆一口氣了。」

「也是，」溫索望向伊佳妲，瞬間正襟危坐，不再怪腔怪調地冷嘲熱諷。他低頭對伊佳妲說：「伊佳妲貴女，得知妳的遭遇，實在是令人唏噓。真希望當時我能在野豬岬，阻止事情的發生。」

伊佳妲欠身致謝，若不是致謝的話，那就是接受溫索的歉意。「您當時不在野豬岬，我也覺得遺憾。我並不願意看到自己的手染上王室的鮮血，但也不想委屈……也不想見到另一種結局的發生。」

「是的……」溫索刻意拉長尾音。「看來，我們要討論的事，比我想像中的多。」他對英格雷擠了一個微笑，翻身下馬。成年的溫索只比英格雷矮了半個手掌；不知為什麼，男人總是高估自己的身高。溫索壓低聲音對英格雷說：「太多祕密了吧，你竟然連封印官都瞞，小心有人揪你的小辮子。我先聲明，那種事我絕不幹。」

溫索轉頭向親衛交代幾句；英格雷將韁繩交給溫索的僕人，旅店馬僮快步上前，領著僕人繞過了房子。

「找個地方談談吧，」溫索說：「私底下。」

「酒館？」英格雷的下巴朝旅店一揚。

伯爵聳聳肩。「帶路吧。」

英格雷比較想跟在他後面，但不得不遵命。英格雷從眼角瞥見溫索殷勤地向伊佳妲伸出一隻手，而伊佳妲假裝改拉裙子踏上階梯，避開了他的裝腔作勢。

「出去，」英格雷下令，小酒館裡兩位用早飯的護衛一見伯爵駕到，驚慌得趕緊立正站好。「把麵包和肉帶出去吃，在外面守著，別讓人打擾我們。」侍衛和一頭霧水的女監護走了出去，英格雷關上小酒館的門。

溫索隨意地掃了粗陋的老酒館一眼，將手套塞進腰帶，挑了一張擱板桌落坐，招手示意英格雷和伊佳妲在對面坐下。他雙手相扣，放在打磨光亮的桌板上，看似隨意，但手部肌肉卻是繃緊。

英格雷不清楚溫索身上的是哪一種獸魂。不過，他一開始也沒認出伊佳妲身上的獸魂，直到狼魂發作。即使是現在，若非親眼目睹花豹的屍身、曾與豹魂並肩對付詛咒，他可能還搞不清楚伊佳妲靈魂裡，那團焦急不安的存在是什麼。

更令英格雷不安的是，是何時？四年前，英格雷結束自我放逐回鄉後，只見過溫索兩次。當時，伯爵與法拉公主新婚不久，帶著新娘回到餌河沿岸的肥沃領地，那裡距離東尹家兩百哩。三年前，新婚的馬河伯爵回到王都，參加仲冬的父神節日慶典，恰巧英格雷被黑特渥派往康東執行任務。他第二次回東尹家，是參加聖王親自頒綬帥矛和帥旗予拜斯特王子的封帥典禮，他們在典禮上見過一次。不過那時溫索忙著交際，而英格雷則隨侍在黑特渥身旁。

當時兩人只打了個照面，伯爵客氣地向這位臭名在外、喪失繼承權的表兄點頭打招呼，雖然看不出有任何的嫌棄，但也沒再找過他。英格雷見他變化很大，不再是那個煩人的小男孩，以為他的成熟和不凡的氣勢，是源於少年承繼家業的磨練，之後又與王室結親，多了一份籌碼的堅定自信。在那份氣勢之下，是否已顯露了跡象？第二次照面，是距今一個星期前，在黑特渥的議事廳裡。議事廳裡，與會者個個神情嚴肅，溫索卻表現得謙遜沉默；現在回想起來，那應該是某種窘迫？因為那時，這位伯爵連看都不敢看英格雷一眼。英格雷想不起來，溫索在會議上曾發言過。

正與伊佳妲交談的溫索，垂眼苦笑道：「我的夫人實在是對不起妳，伊佳妲，不過神是公平的，她也得到報應了。她一開始說謊，說是妳自願留在王子身邊，直到野豬岬的信使送來消息，我才得知真相。我發誓，我從未對妳有非分之想，她的嫉妒實在來得莫名其妙。若不是她已得到應有的報應，我會更加憤怒。她不停地哭，而我……我也亂了，不知如何解開這亂七八糟的糾葛，不知如何挽回家族的榮耀。」他抬起了頭。

英格雷冷冷地旁觀著，得到一個推斷：伯爵看著伊佳妲的熾烈眼神，應該不只是因為她的豹魂。法拉公主的嫉妒，應該其來有自，伯爵剛才的說法有推脫之嫌。四年的婚姻，卻沒有誕下一個子嗣得以承繼馬河家族古老且偉大的家業，這暗示著不孕還是夫妻行房不美滿？或是有難以啟齒的障礙？而這些，是否加深了一個妻子的恐懼？

「我也不知道您該如何解決這些問題。」伊佳妲回應。英格雷竄起一股寒意，無法確定自己是出於憤怒或懼怕，並偷瞄了伊佳妲一眼。從伊佳妲的側面看去，她現在是面無表情。英格雷突然很想知道，她看著溫索時，究竟看到了什麼。

溫索歪頭，蹙眉直視著伊佳妲。「總之……那是什麼？絕對不是獾，我猜是山貓。」

伊佳妲揚起下巴。「是隻花豹。」

溫索吃了一驚，嘛嘴一歪。「怎麼……波列索那笨蛋是從哪裡弄來一隻……又為了什麼……我的女士，妳一定要把野豬岬發生的事，一五一十地告訴我。」

伊佳妲瞥了英格雷一眼，英格雷對她緩緩點了個頭。溫索見狀精神一振，似乎有些太過興奮，而且他也好似得到了黑特渥的信任。所以……黑特渥究竟知不知道溫索身上也有獸魂？

伊佳妲簡短且直言不諱地述說那晚的經過，卻不帶任何情緒，也未添加自己的觀點或臆測。她的語氣平靜。英格雷覺得自己好似在看一場壓抑的默劇。

溫索全程專心聆聽，不做任何評論，卻突然銳利地看向英格雷，問：「那位巫師現在在哪裡？」

「什麼？」

他指著伊佳妲。「事情發展到這個地步，絕不是無緣無故，當時現場必定有個巫師，而且是未隸屬神廟的非法者。這個人不僅偷嘗禁術，甚至蠢到甘願為波列索效力。」

「伊佳妲貴女——從伊佳妲貴女的供詞中，我判斷波列索殿下是自己親自施法的。」

「我很確定，殿下的寢殿中只有我們兩個，」伊佳妲說：「不過，若是殿下的獵宮中真有這樣一位巫師存在，我也認不出來。」

溫索撓了撓頸背。「嗯，也許吧。但……波列索沒修習過這一類的法術啊。妳說，他已經索取了許多獸魂？天啊，他怎麼會蠢到這個地步。不，若是他的導師沒在現場，必定也曾在近期造訪過獵宮。再不然，就是喬裝打扮、藏身在隔壁房間，或者是逃跑了？」

「我的確懷疑過殿下有幫凶，」英格雷坦承：「但烏克拉保安官十分確定，王子出事後，獵宮並無人竄逃。而且黑特渥大人也不會在沒有神廟的支援下，單獨派遣我過來逮捕這麼一個危險的人。」沒錯，英格雷很可能會遇到的比施幻術、讓人幻覺自己是豬更嚴重的巫師下咒。

……例如說被下詛咒？假使他殺人的衝動，壓根不是在東尹家被種下的？他頓時驚悟，隨即壓下內心的詫異。「黑特渥不可能事先猜到事件的真相。」但封印官又為何相信英格雷足以應付？只是因為政治權衡？

「我保證，黑特渥在悲劇發生的第一晚收到消息，但是語焉不詳，」溫索面色陰沉。「信中完全沒提到花豹的事。不過……我還是希望你揪出了那位巫師。」他的目光移回到伊佳妲臉上。「至少可以取得口供，協助我的手下，幫助這位在我監護下受害的女士脫罪。」

溫索句句在理，搶白得讓英格雷目瞪口呆。「假如我當真識破了那位巫師、發生正面衝突，現在也許不會安然無恙地坐在這裡，可能早就沒命或者發瘋了。」

「你說的也不是沒道理，」溫索退一步。「但，以你的聰明能幹，應該要查一下的。」

是詛咒模糊了英格雷的思緒？或者，是因為他對此次任務的反感，打從心底排斥？他往後一坐，沒有出言反駁，倒是側面出擊。「你呢，你遇到的是哪位巫師？何時遇到的？」

溫索黃棕色的眉毛蹙起。「你猜不出來嗎？」

「對。在黑特渥的會議廳中，我並沒察覺到你的……異樣。之前在拜斯特殿下的就職典禮上遇見，也沒有。」

「當真？我也不知道是我的隱瞞策略成功，還是你太過小心。若是如此，我十分感激。」

「我的確沒察覺到，」他差點要再補上：當時我的狼魂被束縛住了。但這話一旦出口，不就等於坦承狼魂現在失去禁錮了。而他尚未搞清楚溫索的立場為何，以及他是怎麼想的。

「那我就放心了。嗯，若你一定要知道的話，我的獸魂上身，與你的幾乎差不多時間。就是你父親過世時——或者，應該說是我的母親過世時。」眼見伊佳妲一臉的困惑、欲言又止，溫索轉向她說：「我母親是英格雷父親的妹妹。所以我有一半的狼崖血統，只是早期嫁入馬河家族的女子都必須放棄原籍，入籍馬河。因此我的親戚堂表關係很複雜，需要筆紙畫個圖表才能搞得清楚呢。」

「我知道你們有親戚關係，卻沒想到是近親。」

「親到盤根錯節，就連悲劇降臨的形式和時間也如此類似，彷彿彼此有關、環環相扣。」

英格雷緩緩地說：「我知道姑姑是在我養病期間過世的，但沒想到與父親死亡的時間如此接近。沒人告訴我。我以為她是悲傷過度，或是死於某種中年婦女的隱患。」

「都不是。那是意外，只是時間過於巧合。」

英格雷遲疑道：「關於……你見到那個將獸魂渡給你的巫師了嗎？也是卡里爾？」

溫索搖搖頭。「他們是趁我熟睡時進行的。而我醒來時，經歷了前所未有的困惑，思緒混亂……」

「獸魂上身後，你沒出現任何不適？沒有狂亂煩躁？」

「看來，沒你那麼嚴重。在渡獸魂給你的過程中，肯定出了問題。我不是指你父親的意外，是其他的問題。」

「你怎麼都沒跟我說？我經歷的災難不是祕密，大家都知道。我真希望早點知道自己不是的唯一一個！」

「英格雷，那時我才十三歲，而且嚇壞了！萬一這個醜聞被發現了，我的下場也會跟你一樣；他們對你做的事，也會施加到我身上！我不認為那時的我撐得下來。我不像你，我從來都不是個體格健壯的人。一想到你所經歷的折磨，我就好害怕，所以不惜代價，也要封鎖住這個祕密。等到我鎮定下來，確認自己一切如常，並且有勇氣找你時，你叔叔已經為了保住爵位把你送出野林地，之後你就一直流浪在外了。這讓我要如何聯繫你？派人送信給你？你的監護人，或我的監護人一定會偷看信。」溫索深吸一口氣，鎮定下來，語速回穩。「結果現在，我們居然成為了生命共同體。我們很可能一起被燒死，三個人背貼著背。」

「我不會，」英格雷反駁，但聲音在發抖：「我有神廟的特赦。」

「他們既然能給，就能撤回。」溫索陰鬱地說：「我和伊佳妲之間，不是我夫人擔心的那種男女關係，而是一種超越世俗、聖潔的靈魂之交。」

伊佳妲一言不發，只是若有所思地蹙眉看著溫索。也許她發現自己從未真正了解溫索，在重新評估他？跟我一樣？

溫索盯著英格雷手上的繃帶。「你的手怎麼了？」

「被桌子絆倒，摔落時又被餐刀割傷。」英格雷不動聲色地回答。他從眼角瞥見伊佳妲好奇地看著他，暗自希望她千萬別自作主張企圖為他圓謊。

然而，伊佳妲倒是問了伯爵：「您的獸魂是哪一種？您知道嗎？」

溫索聳聳肩。「我一直認為是馬魂，因為我是馬河家族的人，這最合理。」他若有所思地深吸一口氣，冰冷的藍眼抬起看著他們。「野林地的獸魂戰士已消失了數百年，除非有人存活下來，隱居在偏遠的山野中。然而現在，竟然出現了三個新生代，而且就處在同一個房間裡。我和英格雷的獸魂上身過程應該都是一樣的，而且我們都是男人。至於妳，伊佳妲貴女……我實在不禁納悶，照理說，獸魂應該不會附到妳身上。英格雷，你最好趕緊找出那個失蹤的巫師，最起碼，調查追捕一個如此重要的關鍵證人，能幫伊佳妲拖延一些時間。」

「的確是好事一件。」英格雷立即附和。

溫索張手撐在桌上，看似有些不安。「現在我們休戚與共。英格雷，我一直以為保住我的祕密，對你也有益處，但現在看來你不怎麼領情。多年以來，我都是獨自一人面對，我已經很難信任他人了。」

英格雷尷尬地點了個頭。

溫索挺胸，臉部肌肉扭曲，似乎身上某個地方很痛。「我得出去活動活動了，還要去悼念我的內弟。對了，遺體保存得如何？」

「都用鹽包裹住了，」英格雷說：「野豬岬有大量的存鹽，用來為獵物保鮮。」

溫索露出一抹冷笑。「你也太直接了吧。」

「不過，我沒剝皮和去內臟，保存效果應該有差。」

「幸好現在的天氣變涼了，但我們最好別擔誤時間。」溫索嘆了口氣，雙掌一撐，無奈地撐起自己。突然，英格看見雷溫索的靈魂中突然竄出一到黑影，他瞬間被撞了上去——但溫索隨即又恢復成那個疲憊的年輕人，因太年輕就陷入舉步維艱的困境中，被消耗得太多。「我們再聊吧。」

伯爵走出了旅店，來到門廊上，他的隨從立即彈跳站起，跟隨他朝神廟走去。在小酒館的門邊，英格雷碰了碰伊佳妲的手臂，伊佳妲轉頭過來，抿緊著唇。

「妳怎麼看溫索的獸魂？」英格雷壓低聲音問。

她咕噥回答：「借用哈拉娜司祭的話，那若是一匹馬，我就是達澤卡的皇后。」她抬眼直視他，眼神冷靜且熾烈。「你的狼魂不算一匹真正的狼，而他的馬也不是真正的馬。但英格雷，我能肯定的是，你們的狼和馬彼此十分類似。」

8

英格雷回到樓上打包行李後，前去尋找蓋斯卡。副官的行囊已經不在小酒館的角落裡。英格雷走下中鎮泥濘的街道——這裡更該叫做「中村」吧——朝向木造的小廟前去找人。他朝小廟旁的六間馬廄望去，馬廄裡全是他們的馬和馬具，所以蓋斯卡應該會去那裡取用馬具；然而，英格雷卻看到他站在小廟寬廣的門廊上，與馬河伯爵交談。

蓋斯卡抬眼撞上了英格雷，一愣，連忙閉上嘴，而溫索只是朝他點了個頭。

「英格雷，」溫索說：「烏克拉保安官和波列索王子的其他隨從家僕呢？還在野豬岬嗎？或者跟著你回來了？」

「他們隨後會跟上來，至少我是這麼命令的。但我不確定他們的速度，烏克拉保安官很清楚在東尹家等著他的不會是好事。」

「速度不重要。等我有空料理他們時，他們也該抵達東尹家了。」他嘆口氣。「姑且讓我的馬休息一下。請你去安排安排，我們中午出發，在天黑之前抵達奧克米德。」

「遵命，大人，」英格雷語氣正式地說。他猛地轉頭看著一臉不悅的蓋斯卡，溫索擺手讓他們二人退下，轉身朝神廟走去。

「馬河伯爵跟你說了什麼？」英格雷一邊低聲問，一邊和蓋斯卡走下街道。

「他這個人不快樂。我簡直不敢想像，如果他真的那麼喜歡他的內弟，看到遺體會多麼地難過。結果，他的確很不滿意。」

「這我並不意外。」

「不過，儘管外貌不佳，仍然算得上是個氣宇非凡的年輕人。在公主殿下的婚禮上時，我就這麼覺得了。」

「怎麼說？」

「嗯，不是他的行為舉止有什麼特別，只是他從未……」

「從未什麼？」

蓋斯卡皺起眉。「我……說不清楚。他從不出錯，也沒見他緊張過，更從不遲到或早退……還有從未酒醉過。這相當令人起雞皮疙瘩。肅然起敬，就是這形容詞。而且他也讓我想起了你，我是指腦袋那方面，而不是體力。」蓋斯卡遲疑著，也許在斟酌恰當的用詞。

「我們是表親。」英格雷溫和地看著他。

「也是，大人，」蓋斯卡斜睨了他一眼。「他對哈拉娜司祭十分有興趣。」

英格雷一怔。嗯，這是當然。他很確定，在今夜入睡前，溫索必定會找他再談談這個話題。

中鎮神廟的司祭只是個年輕的奉侍，突然間來了如此一件大事都慌了手腳。無論馬河伯爵交代了多少儀典，顯然都還尚未開始。在英格雷氣急敗壞的指揮下，隊伍人馬以可怕的效率於正午準時啟程。他暗暗為眾人鼓掌肯定，並給了臉色已十分蒼白的奉侍一筆小費，用以壓驚。

隊伍出鎮後尚未走遠，溫索便驅策栗馬繞到了英格雷的身邊，低聲說：「我們騎到隊伍前方，我得跟你談談。」

「當然。」英格雷輕踢著坐騎小跑步起來；兩人騎經過馬車旁的伊佳妲時，英格雷對她點了個頭，希望能消除她的疑慮。溫索則莫名其妙地向她抬手行禮。

溫索迴身坐正，直到他們遠離了隊伍的前鋒部隊，才開口問：「你是哪裡找來的這輛載運啤酒的馬車？」

「蘆葦蕩。」

「哈，終於有一樣安排是符合波列索的喜好了。迎喪部隊從東尹家拉了鍍銀的王室靈車到奧克米德，會與我們會合。我相信它不會壓垮路上任何一座橋梁。」

「的確。」英格雷強忍住撇嘴的衝動。

「我的家僕在奧克米德等我，讓我今晚能舒服一點。若你跟我一起，也有你的份。你最好接受我的提議，因為一旦王室靈車隊伍抵達那裡，而我們又晚到的話，到時有錢也租不到客房。」

「謝謝。」英格雷誠心誠意地說。跟據過往經驗，龐大的王室遠行隊伍，必定會出現侍從為了可棲身的草棚而決鬥的情況。溫索的僕人必定能佔得最優質的客房。

「跟我說說哈拉娜司祭的事，英格雷。」溫索沒頭沒腦地來了這麼一句。

他沒有特別指出英格雷之前並未提到她，英格雷不知是幸或不幸。「我認為她所言句句屬實。她是伊佳妲貴女的朋友，從小就認識她了。哈拉娜司祭曾在西陲沼澤的子神紀律裡當過療者——當時，伊佳妲的父親是那座要塞的奉侍長兼指揮官。」

「我認識卡斯托斯大人，伊佳妲提過他。但我發現了一個巧合。有位與伊佳妲有關聯的巫師在野豬岬失蹤了，而這位巫師同時也與伊佳妲的災難有關。數日後，又有一位與伊佳妲有關聯的巫師去到了紅壩鎮。這是兩位巫師，或者是同一位？」

英格雷搖搖頭。「哈拉娜司祭不可能在不引人注目的情況下離開野豬岬，因為她懷孕了，而且肚子很大，這也抑制了她使用惡魔逃亡的可能性。她現在正安全地待在沙特葉的清修處。我知道目前證據不夠充足，但我確信，六個月前波列索殿下在殘殺男僕時，殿下就已深陷禁術的實驗中，投入頗深；這必定與那段期間，他在東尹家供養的巫師有關。」

溫索蹙眉，神情帶著疑惑。

「把實話當成謊言，將謊言視為實話，兩者產生的後果同樣嚴重。」英格雷指出：「那位具有雙綬帶的司祭是個特立獨行的女士，要她對波列索殿下言聽計從，這實在不可能。這不是她會做的事。首先，她不是笨蛋。」

溫索歪頭，認同地說：「那麼，反過來，假設她是操控殿下這個傀儡的導師？」

「這個可能性比較大，」英格雷勉強認同了：「但……不可能。」

溫索嘆息道：「我承認我太武斷了。好吧，是兩個不同的巫師，但是……多不同呢？也許波列索的惡魔在宿主死亡後，轉移到了她身上？兩者結盟了呢？」

這個想法令人不安。英格雷突然從溫索的話裡延伸出一個推測——還是溫索想誤導他？——他在東尹家被下的詛咒是出自於哈拉娜。「從時間上來看……並非不可能。」

溫索悲嘆一聲，盯著坐騎的頭頂半晌。「我知道司祭寫了一封信，你讀了嗎？」

該死的，蓋斯卡。還有那愛嚼舌根、該死的女監護。溫索究竟還知道什麼？「信沒交給我。她當面交給了伊佳妲貴女，而且封死了。」

溫索擺擺手。「我知道你修習過這類技藝。」

「普通信函當然會。但這封信出自一位神廟巫師，我不知道偷偷拆信的下場會如何？我又會如何？搞不好會被燒毀。」他任由溫索去思考，燒毀的是信或英格雷本人。「將信交給黑特渥也會出問題，他最起碼要找另一位神廟巫師來拆信。而我們的王室封印官，甚至也很難成功收買一位巫師，來偷閱這封寫給他紀律會最高階人員的信。」

「那就找一個非法的，」英格雷陰惻惻地看著他；英格雷連忙自我開脫：「那也要黑特渥能找得到有能力拆信的。」

「假使這類非法巫師持續增長，那就要像吊火腿一樣絞死他們了，好以儆效尤。」儘管溫索的話使英格雷反感，但也提醒了他，自己身上怪異的詛咒，很可能就是出自黑特渥和非法巫師的傑作。

溫索不悅地點了個頭，沉默下來。「對了，提到火腿，」他突然語氣變成了話家常：「表兄，其實並不是你謊撒得好，而是那些人有勇無謀，沒膽子拆穿。你可別以為自己騙術高明。」他的聲音透出一股堅定。「在樓上那間客房裡，究竟出了什麼事？」

「就算真有其事，我也必須先向黑特渥大人奏報。」

溫索的眉毛一挑。「噢，是嗎？你到目前為止……未必都有這麼做吧？我看過你寫給黑特渥的信，未必如此吧。信裡缺少的訊息都是最重要的，花豹、巫師、不明所以的打鬥、瀕臨淹死。你那浪漫的蓋斯卡副官甚至說你愛上——嗯，我能理解，在你的信中為何看不出這件韻事的任何蛛絲螞跡了。」

英格雷臉色泛紅。「書信總會偏離正道，或被人誤解。」他瞪向溫索。

溫索的嘴欲張開又闔上了。他撫摸著坐騎半晌，並和英格雷分別從泥沼的左右兩側繞過。兩人再次踼鐙，驅策坐騎小跑步。溫索說：「如果我有些咄咄逼人，請原諒我。家族榮耀，功名地位，建功立業，我的責任太大，承受不了損失。」

英格雷反譏：「反觀我，我是一個已經失去一切的人，王位綬命人伯爵。」

溫索以拳拍胸，表示認同。但他靜靜地又補上一句：「我還有一位妻子。」

現在換成英格雷沉默下來，有些窘迫。因為溫索是政治聯姻，並且迄今為止尚無子嗣，顯然是一場沒有愛情的婚姻生活。其實，法拉公主之所以出賣貼身侍女，足以說明她不快樂，並且帶著濃烈的嫉妒心；這些應該都是冷淡寂寞的生活所造成的。然而對於一個相貌不佳、自卑的年輕人來說，能娶到聖王的女兒自是無上光榮，權勢地位水漲船高，儘管他本身就是位高權重的伯爵。

「更何況，」溫索的聲音輕柔下來。「被活活燒死的火刑，是最痛苦的死亡方式。我可不想以這種方式結束生命。我認為這位失蹤的巫師會對我們兩人造成威脅，將我們送上火刑臺。他知道的太多，我們的首要任務就是要找到他。如果經過盤問後，他不具任何危險性、不會威脅到個人生命，我樂意將他交給黑特渥。」

但如果這位巫師對他產生威脅性，溫索又會如何處置？五神啊，他又會用什麼樣的手段？

「撇開我眼下的職責不說，無論是公開或暗中追捕，我都沒有這方面的職權和經驗。」英格雷說。

「如果你有呢？擁有第一手資訊，不是很吸引人嗎？」

「為了什麼？」

「活下來。」

「我現在就活著。」

「沒錯，但卻是依靠著神廟的特赦；某種程度上來說，你依靠的是目前已解除的約制。」

英格雷警惕地瞥了他一眼。「怎麼說？」

溫索抿嘴淺淺一笑。「單單憑你態度的改變，我就知道我沒猜錯。但其實也不用猜，我能看到。你的獸魂現在安靜地沉睡在你靈魂裡，一旦喚醒它，就沒有什麼能制服它了。某些敏銳的神職人員遲早會發現，再不然，等哪天你出了紕漏、自行現形。」他的聲音變得低沉且熱切。「英格雷，一旦被發現，他們在恐懼和擔憂之下，會挑選你的一隻手砍掉。」

「你是怎麼知道的？」

溫索遲疑了，片刻後才說：「馬河堡的藏書室，是個了不起的地方，」他沒有正面回答。「馬河家族的祖先裡有好幾位熱衷藏書，其中至少一位是註釋學學者。藏書室裡藏有其他地方都找不到的文史資料，有些已有數百年歷史；更有奧達爾大帝的神職人員避之唯恐不及、見到勢必燒毀的史籍。這些神祕的史籍，就連不愛看書的男孩都抗拒不了它們的誘惑。世事難料，這個男孩最後居然為了活命，而拚命翻閱史籍。」他看著英格雷，「你將一份難得的賜予視為洪水猛獸、視為污點，拚命撇清和逃避，同時也失去了獲取學問的機會。而我，則是面對我的賜予，學習與它共存。所以，我們兩個誰更能掌握，以及操控這份賜予？」

英格雷吐出長長一口氣。「聽你這麼說，我有好多事得好好想想了，溫索。」

「那就好好想一想吧。但我拜託你，這次別再逃避了，」他更輕柔地補上一句：「也別拒絕我。」

我哪敢？他抬手向溫索行禮。

隊伍行經了一條布滿礫石的小河，但這次幸運地並未遇到第一天差點致命的暴雨；英格雷轉移注意力，專心指揮隊伍安全過河。眾人又前行了一哩多後，馬車差點陷在泥沼，不久，又一個侍衛坐騎的馬蹄鐵鬆脫而跛行；最後停下來讓馬匹飲水時，兩個波列索的侍衛因長期積壓的私人恩怨，雙方大打出手。英格雷出面嚴厲地喝斥，這才阻止了他們；英格雷嚴重警告，下次若再犯，他必定毫不留情地嚴懲。兩個被拉開的侍衛聞言，嚇得臉色蒼白，英格雷這才轉身離開。

他面無表情地跨上馬背，心裡不得不承認，他被溫索的一番話搞得一團亂。與溫索繞來繞去的對話，讓英格雷感覺他們兩人就像被圍困在黑暗中，朝著看不見的敵人揮劍。兩人彼此坦承了致命的祕密，但這一番交手……算是平手嗎？我覺得溫索的祕密比較多。但溫索也坦露得更多。

英格雷一直將身上怪異的詛咒視為最緊要的問題。或許在溫索提到的史籍裡，能找出一些眉目，而這也令英格雷振奮。或許能在文史資料裡，找到與他相同遭遇的人，也可能找出隱身在暗處的敵人。溫索似乎認為非法巫師不是什麼大問題，是否史料裡也有答案？他望向隊伍前方的溫索，溫索又一次與隊伍保持了一段距離，正在詢問一位波列索王子的侍衛。那名侍衛個頭魁梧，但縮著肩膀，似乎想減小自己的存在感。

溫索在英格雷的路上拋下了一些誘餌，但其中最吸引他的，不是剛得知的新祕密，而是舊的，使他既神往又害怕真相。關於我父親與他母親，溫索知道哪些我不知道的事？

奧克米德比紅壩鎮稍大，但在下午時，王子的靈柩只以普通的安靈儀式接入了大石廟中安放，大概是因為小鎮正瘋狂地為明天更隆重的儀典做準備。英格雷也終於鬆了口氣，將靈柩和隊伍移交給溫索，溫索再將管理權轉交給他那嚴肅的總管、一群東尹家的神廟司祭，和一大批侍從和職員。慶幸的是，法拉公主在王都等候，並未隨隊前來。黃昏前，英格雷與手下、犯人再次上馬，隨同溫索穿過大風呼嘯的街道。

一行人經過擁擠的廣場時，溫索突然勒馬，英格雷見狀也跟著停下，駐足在他旁邊。原來這裡是一座黃昏市場，應該是為了供給籌備喪儀的臣子和其家僕所需。英格雷不知道溫索為了什麼駐足，後來順著他的目光穿過繁忙的攤位，來到角落一個正在拉琴的小提琴手身上。小提琴手的腳邊倒放著一頂帽子，而他的琴藝比起一般街頭藝者高妙許多，一段奇怪而憂傷的弦律從光澤圓潤的琴身飄出，繚繞在金黃色暮光中。

過了一會兒，溫索說：「那是一首古老的樂曲。那個藝者知不知道這旋律有多古老？他演奏得……幾乎完全正確。」

溫索側耳傾聽，直到曲子結束。他回首望向前方時，神情變得古怪。他的表情緊繃，但不是因為生氣或害怕，更像是經歷重大失去時，最後欲哭無淚的模樣。溫索活動了下臉部肌肉放鬆表情，隨即輕踢坐騎繼續前行，但並未回頭交代手下過去賞錢；小提琴手倒是一臉滿懷期望，最後則挫敗地看著他們這支富有的隊伍離去。

隊伍抵達一個富商住宅區，停在一棟溫索租下或徵收的大房子前。沉重的木門上，以飾釘勾勒出一個放射狀的太陽圖紋，太陽之中凸起一面光亮的圓銅片。英格雷將韁繩交給蓋斯卡，扛起鞍囊，朝伊佳妲貴女和剛替換上來的年輕女監護望去。那兩個女人剛見面時緊緊互擁，可見是舊識。對於伊佳妲的案子，馬河的家僕們似乎與主人溫索一樣，皆抱持保留態度。

溫索拿著一捆在隊伍抵達前送達的信件，向英格雷低語：「我、你和伊佳妲一個小時後用餐。這很可能是短期之內，我們三個私下交談的最後一次機會了。」

英格雷點點頭，溫索接著轉頭離開去辦公了。

英格雷被帶到頂樓的一個小房間，裡面的臉盆和一壺熱水已準備就緒。這間很明顯是這棟被伯爵請出去的有錢人家的僕人房，不過它位處偏僻，正合他的意。馬河的家僕被塞在條件更差的寢室和馬廄，蓋斯卡和手下的住宿條件會好一些。不過，馬河的家廚必定會用美味的飯食來彌補他們。

英格雷快速梳洗了一番。他的行李很少，花不了多少時間整理；他只帶了騎裝，沒有像樣的服裝來應付稍後的晚餐。整裝完畢後，他盯著帆布床思索，卻又擔心自己一旦躺下就會累得爬不起來，於是索性轉身出了房間；他走下狹窄的樓梯，打算在房子和四周轉一圈，若是馬廄不遠，也順便去探訪一下蓋斯卡。他在轉入下一段樓梯時，聽到走廊上傳來溫索的說話聲，於是停了腳步，改道朝聲音走去。

溫索正跟伊佳妲的女監護說話，而女監護瞪大眼睛，一臉的震驚。溫索聽到腳步聲，臉轉了過來，表情十分陰沉。「妳去吧。」溫索低斥屏退女監護，女監護聞言連忙屈膝行禮，退回伊佳妲的房間。溫索向英格雷走去，以手勢示意他先行，但兩人下到一樓時，溫索隨即向英格雷告辭，接著走去和手下商討事情。

英格雷在暮光中巡視了房子外圍一圈後，回到正門、經過門房和一位僕人，來到二樓後側的餐廳。這自然不是供伯爵階級用餐的豪華餐廳，只是間早膳專用的小起居室，俯瞰著一座菜園和馬廄。但它唯一的一扇門十分厚實，隔音效果良好。小圓桌上，已擺好三人份的餐具。

伊佳妲在一位女僕的陪伴下進入餐廳，女僕向英格雷行禮後離去。伊佳妲穿著乾淨的亞麻高領上衣，外面套著小麥色的羊毛罩衫，給人的感覺端莊得體，但英格雷知道蕾絲高領的目的，應該是為了遮掩脖子上的烏青。溫索幾乎隨後就到，整個人在大量的燭光中閃閃發光，也換上了高級服飾，整個人整潔清爽。英格雷當下真希望自己的鞍囊裡，能有一套比較不臭的服裝。

溫索擺手示意英格雷免禮，英格雷連忙為伊佳妲貴女拉開椅子入座，再服侍溫索入座，最後才坐下。三個人呈三角坐得很近。僕人在指揮下湧入，呈上加蓋的菜餚後，謹慎地退下。鄉村風味的菜品看起來十分美味，包含了餃子、豆子、烤蘋果、一對塞滿餡料的山鷸，以及醬汁和開胃菜，還有三瓶酒。

「啊，」溫索掀開一個銀蓋，展露出一塊火腿。「能麻煩你替我們服務嗎，英格雷大人？」

伊佳妲警覺地眨眨眼。英格雷同樣皮笑肉不笑地回敬給溫索，隨即拿刀亂切一通。切完後，他的雙手伸到桌子底下，將袖子拉下覆住手腕上的繃帶。他等著溫索如何開場，但對方只是專心地用餐，一個字也沒說。

過了許久，溫索終於開口了：「我只是想說說自己聽到的一個二手消息，是關於你父親在樺林的死亡，以及你……嗯。這個二手消息有些匪夷所思，也不完整。英格雷大人，你能幫我解惑，說說完整的版本嗎？」

英格雷頓時警戒起來，同時也擔心牽扯到哈拉娜。他遲疑了半晌，才再次喚出回憶。這是他長年保守的祕密，現在居然在這一星期內第三次訴之於口。隨著每一次的訴說，他越講越順，好似在講別人的故事。溫索時而噘嘴聆聽，時而蹙眉。

「你的狼魂與你父親的不同。」溫索說。此時，英格雷正在想辦法放鬆自己，在他腦海裡，渡狼魂的混亂場面，已與稍後數星期的災難交融在一起。

「嗯，是的。首先，我的狼沒有染病，至少……不是同一種方式。這讓我納悶，動物是否真會得到那種致命疾病，或者某種精神病。」

「你父親的馴獸人是如何得病的？」

「我不知道，他在我痊癒之前就死了。」

「啊。我聽到的是……」他加重語氣，意味深長地頓了一下。「……那匹狼並非原先安排給你的。

就在儀式的前一天，那匹得病的狼咬死了牠的母狼。當晚，他們另外找來一匹狼替代，新狼就綁在病狼的籠子外。」

「那麼你聽到的比我知道的多。這個可能性很大。」

溫索拿起湯匙連續輕敲著盤子，好似在努力思索，最後放下湯匙。

英格雷繼續道：「你母親跟你提過你的馬魂嗎？在馬魂上身後，你醒來的那個早晨。」

「沒，她就是死於那天早晨。」

「該不會是狂犬病？」

「不是。但……這問題一直困擾著我。她死於墜馬。」

英格雷聞言噘唇，伊佳妲則是瞪大眼睛。

「那匹馬，也在同一場意外中摔死了，」溫索繼續說：「牠摔斷了腿。聽說馬伕割了牠的喉嚨。一段時間後，在母親下葬後許久，連那匹馬早被宰殺後，我才發現事有蹊蹺。我到她墓前沉思，卻感應不到任何徘徊的靈魂，沒有鬼魂，沒有回答。我猛然想到，她是在我父親過世後四個月時死亡，這個時間間距得太短。英格雷，我當時並不知道類似的情形也發生在你身上，也許是你狼崖的手足在暗中圖謀什麼、把事情掩蓋下來，這才沒人向我知會一聲。」

「或者某種權力鬥爭，」伊佳妲若有所思地說，來回看了兩人一眼。「就像餌河兩岸對立的城堡，將堡壘防禦越築越高。」

溫索張開一隻手表示明白伊佳妲的話中之意，卻又蹙眉努力讓想法具體化。

「溫索，再想下去，你都能研究並提出一套新理論了。」英格雷說。

溫索聳聳肩。「應該說是猜測、推論、憑空想像，這些更像是我在做的事。我晚上都在反覆這些過程，直到自己精疲力盡。」

英格雷一邊用夾子追趕著盤中最後一粒餃子，一邊沉聲說：「那你當時怎麼沒找我討論？」

「就我所知，你去了達澤卡，永遠地自我放逐，而且你家人都不知道你的下落。你根本杳無音訊，很可能已經不在人世了。」

「那我回來之後呢？」

「你待在黑特渥的保護傘下，很安全，又有神廟的赦免傍身，而我必須保守祕密以保全自己。我其實很羨慕你。如果我把你拉回到充滿懷疑和混亂的生活，你會感激我嗎？」

「也許不會。」英格雷不情願地認同他。

厚實的門外，響起兩聲俐落的敲門聲。伊佳妲正要起身去應門，但溫索喊了：「進來！」

溫索的手下探頭進來，低聲說：「大人，您等的信件到了。」

「啊，好，謝謝。」溫索連人帶椅往後一退，站起身子。「我馬上回來，兩位請繼續用餐。」他朝餐盤一指。

溫索一離開，兩名僕人便隨即進來清理用過的盤子，換上新菜色，將酒水瓶注滿，然後沉默地躬身退下，留下英格雷和伊佳妲面面相覷。他受不了誘惑，連忙去探索蓋子下的菜色，有美味的菜肴、水果和甜點，而伊佳妲一看到這些新菜，臉也都亮了。他們為彼此切菜夾菜。

英格雷瞥了闔上的門一眼，問：「妳覺得公主殿下知道溫索有獸魂嗎？」

她打量著蜂蜜杏仁餅，咬了一口才回應。她蹙起眉頭，但應該不是杏仁餅的緣故。「他們夫妻倆之間的事，我並非完全了解。我覺得他們的關係怪怪的，但也不是所有達官貴人的婚姻都會像我母親那樣。首先，伯爵並不俊帥，但我覺得殿下渴望伯爵愛她，是真心愛她，會調情的那種，而不是表演出來的愛。」

「伯爵不會調情？」

「噢，伯爵總是客客氣氣的，冷漠而謙恭有禮。我不明白殿下為何在他身旁總透著一絲懼怕，因為伯爵從未對她疾言厲色過。但若那是出於擔憂，而不是害怕，也還說得過去。」

「伯爵愛公主嗎？」

伊佳妲的眉頭皺得更深了。「這很難說。伯爵經常鬱鬱寡歡，疏離且沉默。有時客人上門造訪時，伯爵的情緒會比較振奮，他和客人總是談經論道——伯爵十分好學。但有個晚上，他跟你說了很多話，比他在餐桌上跟妻子說的話都還要多。不過話說回來……你有某種特質吸引了伯爵，這是公主殿下沒有的。」伊佳妲看了看他，又移開目光，英格雷知道她在分析自己獸魂的感覺。

*妳現在也吸引了他。*英格雷明白了。「就快進城了，他要想確認自己在我們三個利益共同體中的安全，時間不多了。這也許就是他咄咄逼人的原因。他在逼我們——妳不覺得嗎？」至少英格雷感受到了他的催逼。

「嗯，沒錯。」伊佳妲頓了一下，想了想。「也可能是因為他長期壓抑自己吧。在我們之前，他能向誰坦露自己？他確實擔心生命安全，但也顯得……我不知道，是興奮？不——是更微妙又奇怪的感覺，但絕對不是喜悅。」她撇嘴做出結論。

「這可讓我感到一點喜悅都沒有。」英格雷乾巴巴地說。

木門喀嚓一聲開了，英格雷的目光瞥了過去。溫索回來了。他回到座位上，比了個道歉的手勢。

「事辦完了嗎？」伊佳妲客氣地問。

「算是吧。英格雷，我應該還沒讚揚過你辦事的效率。如果是我，可能無法在同樣的時間將隊伍帶回到這裡。明天你和伊佳妲貴女必須先行一步，送葬隊伍在進城前會列隊遊行，到時她在的話，嗯，會有點尷尬。那時會有一半的隊伍進入東尹家呢，五神饒恕我。」

「到了東尹家，我會被送去哪裡？」伊佳妲的聲音有一絲緊張。

「現在大家還沒商討出結論，明早應該會知道。若我說得上話，我會要求指定一個聖潔、沒有邪惡的地方。」他斂下雙眼，目光卻穿過眼瞼望向伊佳妲。

英格雷看著他們，感受到兩人之間無聲的交流。「你們兩個是不同的。溫索，你的獸魂更邪惡。她的豹魂感覺像是地上斑駁的陽光，而你的……在不斷下墜。」超出他的感知能力。

「其實在我看來，那頭豹魂的狀態正處於它的巔峰。」溫索說。他對伊佳妲笑了笑，似乎要強調他的意思是肯定正面的。「牠的能量清新且純潔，宛如古代森林中的豹，野林戰士必定會爭先恐後地擁有它。」

「但我是女人，不是戰士。」伊佳妲看著他說。

「古野林的女人也會攝取神聖的獸魂，妳不知道嗎？」

「不知道！」她的眼睛發亮，興趣來了。「真的？」

「噢，女戰士雖然很罕見，但總有那麼幾個。一些部落會任命女戰士當掌旗手（banner-carrier），她們的身分地位高於一般女人。但古代還有第二種……被製造出來的另一種聖獸，女戰士更常攝取那一類的獸魂。嗯，就比例來看，那種聖獸數量稀少。」

「掌旗手？」伊佳妲的口氣奇特。

「製造？」英格雷說，語氣裡帶著一絲緊張。

溫索不懷好意地笑笑。「古代將獻祭的野獸靈魂渡給一個男人，使他成為野林戰士。但另有一種形式的渡給，是將野獸的靈魂渡到另一頭野獸身上。」

伊佳妲聞言瞠大雙眼，甩了甩頭。「您是說，波列索殿下試圖——等等，不可能。」

「我尚未弄清波列索究竟想做什麼，但如果他是想尋回傳說中的古老法術，那麼他的方法錯了。儀式中，被拿來獻祭的野獸都是壽終正寢，將牠們的靈魂渡給年輕的野獸，同種同性別。老獸的智慧和經驗會跟隨著靈魂，注入到小獸身上。被注入的小獸壽終正寢時，再將靈魂傳渡給下一頭小獸，不斷重複此過程。經過五、六代、十代，甚至更多的世代，如此被製造出來的小獸，幾乎不再只是隻野獸了。」

「一個……獸神？」伊佳妲大膽猜測。

溫索攤攤手。「從靈魂的層面來說，也許吧。有人說神是——當全世界的生命穿過死亡之門時，都會流入祂們其中，祂們積聚了所有的靈魂。但神明仍然有別於累世的獸魂，是另一種重複積聚的存在，因為祂們只吸納，不摧毀，每一次完整地疊加，最後形成具有神性的聖神。聖獸也如此。」

「製造一隻聖獸，需要多少時間？」英格雷問。他的心跳加速，呼吸加快。他知道溫索注意到了他的變化。我怎麼會突然被溫索的這種床邊故事嚇住？他全身的血液轟鳴咆哮。

「數十年——一輩子——甚至數百年。牠們價值不菲，馴良、能接受人類的訓練調教，出奇地聰明，甚至能聽懂人語。但這種世代的疊加，也容易遭受到持續破壞，這不只是指尋常的天災人禍。野林地人，無論男女，一旦渡取了聖獸的獸魂，便不再只是個戰士；他們更強大更危險。少數最古老、最優秀的聖獸，在奧達爾大帝的侵吞鎮壓中存活了下來，這是犧牲了許多聖獸而換來的機會。奧達爾的神廟刻意加大力度全面掃除殘存的聖獸，他們懼怕聖獸世代疊加的結果，也擔憂人類渡取聖獸獸魂的後果。」

「所以是巫師？」伊佳妲倒抽一口氣。「野林巫師？波列索殿下想將自己塑造成野林巫師？」

溫索調整了下手的姿勢。「我們先來釐清字面的意思。正派的巫師，或不受神廟法規管制的非法巫師，皆擁有一個災神掌管下的惡魔，而惡魔帶有的法力，則被約束在破壞的通道內。這一類的惡魔在物質界和靈魂界中，與正規靈魂達成一種平衡。古老部落裡也有這一類的巫師，他們在白神(注)的統領下擁有自己的傳統法規。」

溫索繼續說：「聖獸則屬於這個世界，不在五神的管理之下，也不屬於神明的勢力，更不屬於破壞的力量，是個純粹的野林產物。儘管聖獸的法力作用於神智和靈魂方面，但也能影響兩者掌控下的肉體。獸巫（shaman）與部落巫師是截然不同的體系，即便是在同一個部落裡，也經常井水不犯河水。這種分歧弱化了我們的力量，無法抗衡住達澤卡人的入侵。」溫索的目光疏離，思緒沉浸消逝的古老傳統中。

伊佳妲來回看著溫索和英格雷。「噢。」

英格雷感覺臉部的血液唰地消失，好似心智的城牆在溫索的掘洞下瞬間崩塌。不，不，胡說八道，全是給孩子聽的古代傳說故事，是溫索的討人厭的惡作劇，要測試我在他的說服下能接受多少。但最終他還是低聲問：「如何做到的？」

「你是問，這種明智的狼是如何附上你的身？」溫索聳聳肩。「我也很想知道。奧達爾大帝——」他撇了撇嘴。「——清剿野林的心臟地帶血地時——也就是聖樹祭壇所在，祭壇後來遭達澤卡大軍伏擊摧毀——也無法徹底剿滅聖獸傳統。一些擁有獸魂的戰士和獸巫，因為晚到或某些巧合，並未出席那場祭典，還有一些從埋伏中成功逃生。」

伊佳妲坐挺起來，目光變得更加銳利。溫索瞥了她一眼，繼續說：「在那之後，即使經歷了一百五十年的迫害，也抹除不掉所有的知識，以及後人的實踐。如今，在一些小地方仍能找到流傳下來的隻字片語，不過像馬河堡藏書室那樣的文字史料很少；馬河堡裡的史料是我的幾位祖先從某些地方收集而來的。但在偏遠地帶、沼澤和深山裡的小村莊——尤其是率先掙脫達澤卡控制的康東人——傳統文化綿續地深遠久長，掩藏在家族祕辛或村落儀典中，代代流傳，逐漸被忽略掉。那些就連大帝也無法掃除乾淨的聖獸傳統，卻在時間的流逝中消毀。經過數百年來的持續消耗，我都以為已經失傳了。但現在似乎，起碼還有……兩隻。」他的湛藍眼眸直盯著英格雷。

英格雷的思緒，彷彿像爪子慌張地扒抓著籠子底部。他勉強哼了一聲。

「從好的一面來看，」溫索續道：「這解釋了你長年的狂亂狀態。你父親和伊佳妲身上的獸魂單純許多，而你的狼魂則是以更加強而有力的氣勢，入侵你的靈魂。四百歲的狼魂，聽起來有些超乎想像——那該是幾代的狼啊？而且……」他看著英格雷的目光變得不安起來。「不斷地一路沿續下來。一般獸魂戰士能輕而易舉地操控他們的獸魂，因為人類智力本就高於普通野獸。在古代，如果你是命定的聖獸戰士，在接受獸魂之前，你要做很多的準備和研讀，以及來自其他聖獸戰士的支援，而不是任憑你自尋生路，在恐懼、迷惑和狂亂之中掙扎。難怪你會把自己搞殘廢。」

「我殘廢了？」英格雷低語。若不是，我又會是什麼可怕的東西？

「噢，是啊。」

伊佳妲精明地反問溫索：「您也是？」

溫索豎起雙掌。「我的狀況輕一點。我有我自己的問題。」

輕多少，溫索？英格雷感覺似乎已找到詛咒的來源，但更令他震驚的是，他同時也找到了一個同類。

注 係指災神。

溫索再次看向英格雷。「結果，沒人識得你體內的聖獸，真是一大幸事啊。假設當年神廟猜忌你狼魂的屬性，你就很難得到特赦了。」

「本來就很難了。」英格雷咕噥。

溫索遲疑片刻，似乎有了新想法。「其實，要想操控聖獸獸魂，並非一件小事。」他歪嘴一笑，笑容裡帶著敬畏和一絲警惕。他盯著桌子中央燭檯上燃燒中的蠟燭。「現在天色已晚，明天天一亮，就有很多事要忙。我們必須分開一段時間，但英格雷，我請求你——千萬別做傻事，引起別人的注意，直到我們有機會再一起討論此事。」

英格雷已被一連串的訊息驚得幾乎不敢喘氣。「我的狼魂就是暴力來源，除了發怒、摧毀和殺戮，它——我還能做什麼？」

「這就是我們下一堂課的內容。回到東尹家後，來找我上課。還有，如果你看重自己的生命，守住你的祕密，以及我的。」溫索撐起疲倦的身體。他打手勢示意另外英格雷和伊佳妲先走，於是今晚的晚餐和被揭露的內情都結束了。英格雷吃得有些撐，心裡生出某種怪異的感激。

9

僕人房的床在夜深人靜中吱軋作響，英格雷坐了起來，雙手交握在膝頭上。長久以來，他一直排斥自我反省這種習慣，厭惡反省所引發的內心爭戰。終於，今晚他強迫自己直視內心。

他穿越恐懼，彷彿穿越過一團再熟悉不過的迷霧，撥開蔓藤般糾纏不放的自欺，掀開內在的面紗。他再也受不了這些的蒙蔽。以前內觀時，曾經看到他被束縛住的狼魂，它像腹中一團被包裹在囊裡的結塊，好似一個多出來、沒有功能的器官。那團結塊，那匹狼，現在不見了；它也不在心裡，精確地說是不在心智裡，而內觀自己的心智猶如在觀看腦袋的後側。狼魂真的被解放了，所以……它在哪裡……？

*就在血液裡，無處不在。*他意識到，狼魂現在不只是在他體內，而是化成了他，不能再像砍掉拳頭那般擺脫，不是挖出眼睛這種方法能解決得了。

他突然聯想到，沼地人舉行罕見的獻血儀式的可能原因——一個淹沒在時間長河裡的象徵意義。沼地人是古野林的世仇。數百年來，他們在戰場上與獸魂戰士、獸巫搏鬥，在野林邊界上打游擊戰——抓到的俘虜中，必定包括凶險至極的人。那些血腥的獻血儀式，是否有著更無情、更實際的目的？

單單將血液從身體抽離這樣的一個動作，是否也能將罪惡從靈魂裡抽離？

罪惡被抽離出來，隨著血流汩汩下落，最終形成一池血泊。一股膽顫心寒的好奇心湧起，英格雷翻找鞍囊，抽出一捆繩子。他將繩子和腰刀放到旁邊的被子上，在燭光中仰頭看著陰暗的橫梁。可以，可以做終極的自我獻祭；綁住足踝，吊高自己，鬆鬆的結瞬間一緊——倒吊離地、舉起打磨銳利的刀刃，往自己的喉嚨一劃——他於此時此地，就可以藉由血紅色的暖流釋放出他的狼魂，結束它的干擾。以最終極的「否定」方式，將自己從所有的鄙夷和羞辱中解放出來。

踏進全然的黑暗中，我可以抗拒這股陰暗的力量。

如此，遭到神明拒收的靈魂，會不會就此悄然無聲地化為虛無，就像傳說中那般魂飛魄散？這種下場對他來說並不足以為懼。但是，如果他判斷錯誤，流出體外的靈魂會不會在這股未知的力量下被增強擴大，變成另一種東西？某種超出想像的東西？

溫索能回答這個問題嗎？

伯爵拋出的那些誘餌，明白顯示他是如何看待英格雷。在他眼裡，我是獵物。他會看著我竄逃。但他可以拒絕成為溫索的追捕對象。

英格雷站起來，伸手在橫梁上摸索，將繩子從木頭和天花板之間的縫隙穿過去；他坐下來，在昏暗的光線中估量繩子懸空的高度。他碰觸歪七扭八的繩子，心緒冷靜而疏離，但手卻在發抖。那一大灘血，足夠讓僕人心驚膽戰地清理一番了。血會不會從地板縫隙滲到樓下的房間？黑暗中落下的血滴，滴濺在枕頭上或一張沉睡的臉龐上，宣告樓上房間出了事？那是什麼聲音，是屋頂裂掉了？外面一道閃電，明亮的電光顯露出外面在下毛毛雨，一場紅雨。會有人尖叫嗎？

伊佳妲貴女的房間就在他的下方嗎？他估量走廊的位置，以及女監護退入的房間的門，也許是。無關緊要了。

他呆坐著，呼吸輕淺，在夜半時分權衡利弊。

不行。

他的血液為伊佳妲沸騰，但絕不能以這種方式讓她見到。他想著她那奇蹟般的笑容，與大部分女人見到他時皮笑肉不笑的拘謹微笑，截然不同；伊佳妲對他微笑時，眼裡也帶著笑意，並且坦然無懼，沒有費心遮掩的嫌惡，甚至好像還透著一抹說不明道不白的喜悅。對於伊佳妲，以及他不敢接觸和正視的其他女人，英格雷的狼魂同樣具有致命危險；跟他在一起，伊佳妲並不安全，不……伊佳妲就像個出乎預料的意外，對於他也十分危險。

這個想法，在英格雷內心掀起一股漣漪。他甩開那些掉書袋的詩句，發現他的心前所未有地起舞了。那顆心繼續在胸中跳動，但似乎快了起來，而且揪緊了些許。他是不是有問題，居然在這裡品味自己怪異的感覺？那種感覺帶著一絲冒險色彩，不是純粹的喜悅。但他在夜夢裡所體會到的，不是大部分男人自吹自擂的那種性事，而是歡愉；這點他早已察覺一段時間了。

他將繩子拉過來，握緊。

如果我避開用如此血腥的方式吵醒妳呢，伊佳妲？

他受夠了人間的鄙夷和厭棄；除了將血流乾，他走不下去了。我現在有三個選擇。一是，勇往直前地走進血泊裡，再也不醒過來；二是，繼續像以往那般行屍走肉——但他很清楚接下來的喪禮、審判，以及溫索的緊迫盯人，都不允許他麻木太久。第三則是……他索性轉身走開。

這是什麼意思？難道他也開始像詩人一樣咬文嚼字了？房間寂靜無聲，他甚至能聽到血液在耳裡，宛如動物噴氣那般鼓動的聲音。

他能不能停止否認自己、否認他人？他試著說出來。不，你們都錯了，神廟、宮廷、街上的群眾，全都錯了。你們錯得太離譜。我不是……不是……不是什麼？我就只能想到這些嗎？唉，都是他慣性的思考模式使然。

但如果我轉身走開，路在哪裡呢？哪裡又是盡頭？

路上又會遇到誰？一想到這裡，他更慌了，比將自己吊起來割頸自殺更慌。

但至少不會比自殺更慘吧？

他站起身，收刀入鞘並繩子放入袋裡。他脫下衣服，鑽進僕人的被子躺下。被子又舊又薄而且都是補丁，但很乾淨；這是有錢人家能負擔得起、給僕人的最好禮遇了。

未來，我不知道該往哪裡走，但我確實十分厭倦那些來時路。

破曉時分，英格雷與溫索碰頭，一番交代後，英格雷帶著囚犯上路了。同行的仍是黑特渥的隊伍，而隊伍人員都十分高興，終於擺脫了一個斷氣的王子、十幾個不友善的侍衛和他們的行囊。英格雷甚至遣回那位奉侍女監護，換上馬河家族的一位中年女僕，而她現在就坐在蓋斯卡的後面。小隊伍走出奧克米德所在的山谷，進入明媚陽光中，蜿蜒地穿過鹿棘家族恬靜安詳的肥沃低地。

英格雷先行擺脫了馬河伯爵，驅策坐騎小跑步上前，他沒有致歉，直接示意伊佳妲與他策騎向前。他知道蓋斯卡正瞇起眼盯著他們，所以要拉遠距離，避開那雙好奇的耳朵。

今早伊佳妲的面色異常蒼白，而且不愛說話，雙眼下方還有淡淡的黑眼圈。她向英格雷回禮時的微笑也十分無力。難道伊佳妲終於明白自己是前去自投羅網？現在太遲了吧？

「我們不能像無頭蒼蠅一樣亂竄，」英格雷口氣堅定：「妳拒絕了我的計畫，難道妳有更好的？」

「我不認為『逃亡』是個『計畫』，」伊佳妲斜睨了他一眼。「而且什麼時候變成了『我們』？」

英格雷緊抿著嘴，頓了一下。五神啊，這就是我在野豬岬第一次見到妳時的模樣。但他回答：「在紅壩鎮旅店的樓上房間時。」

伊佳妲歪頭點了一下，表示認同。

「除了妳的審判問題外，我們還有一個共同的難題要解決，」英格雷繼續道：「大貓女士。」

「噢，確實是共同的難題，大狗大人。」

英格雷勾起嘴角一笑回應。他真的很少笑嗎？怎麼嘴部肌肉對這個動作的感覺好陌生？「馬河伯爵承諾，他會盡可能維護妳。他早上跟我說，妳到了王都會被安置在他的一棟房子裡，有僕人服侍。那裡比河邊那些潮濕的地牢好多了，這也表示，妳也許還有一點時間，才會踏上妳的最終災難。」

「伯爵的目的是想就近盯住我。」伊佳妲若有所思地說。

「在溫索的要求下，黑特渥大人指定我做妳的軟禁監護人，」他沒必要提及自己聽到消息時，差點因為這天上掉下來的轉機而倒抽一口氣。「從大人送來的書信來看，溫索很樂意為妳擋住一段時間。」

她抬眼。「所以溫索打算把我們兩個都綁在他身邊，為什麼？」

「我想……」他不太確定地說：「他現在有點亂了套。發生太多事情了，喪禮、他脫序的妻子，再加上聖王的病情，但最可能的是逼近的王位薦選。拜斯特殿下和扈從很快就會抵達東尹家，那位殿下必定會想盡辦法拉攏他的妹婿。此外，溫索還需顧及自己的其他祕密。他當然想牢牢握住拼圖的其中一塊，等到他有時間去照管。這是他的打算；至於我，我沒打算抓住那塊拼圖。」

「那你的打算是什麼？」

「目前為止，我不知道。我猜測，東尹家那些權貴會設法阻止妳的庭審調查，波列索殿下的醜聞已悄悄傳播開來，而且他們的請求很可能被接受。由妳的族人以族法，為波列索殿下討回血債。」

伊佳妲挑眉，倒抽一口氣，十分震驚。「神廟面對如此一個引人注目的案子，都不管公理正義了嗎？」

「一旦鹿棘和獾岸家族的高層同意，父神紀律會的司祭也無計可施。但最關鍵的是，聖王如今病危，根本無法處理權貴們的提議；我離開東尹家時，黑特渥大人都無法確定那位老人是否聽懂了波列索已經，嗯，迎向了他的死亡。至於拜斯特殿下，一旦他抵達王都後，一定會被政務纏身，沒空理會妳的案子。過去幾個星期以來，宮廷內所有政務都亂了套，無法做出決議，而這種情況只會更糟。獾岸的王位授命伯爵勢力不小，若能說服他為了家族榮耀設法保全妳，溫索必定出力慫恿其他權貴附議他，我們很有機會成功。」

「我涉嫌的可是殺害王子之罪，需要付出不小的代價吧。那遠遠超出我的窮繼父的能力範圍。」

「獾岸家族出錢，溫索也許會再貼補一些。」

「你和獾岸伯爵談過了？他可不是個出手豪闊的人。」

「嗯……」英格雷遲疑了，然後才老實回答：「對，他不是。」英格雷看著暖陽下的她。「但如果這些錢——」

「賄賂？」伊佳妲低語。

「——是從別的地方弄來，他會比較情願為妳出頭吧。妳的嫁妝——那塊地，有多大？」

伊佳妲的聲音透著一絲莫名的不情願。「從渡鴉嶺（Raven Range）腳下往東往西沿伸三十哩，向北二十哩直至界河，與康東相鄰。」

英格雷眨眨眼。「那可是好大一片土地，跟妳之前說的差太多了。那裡的森林可是價值不菲，獵物、木材、煤炭、橡實堅果，也許還有豐富的礦脈……妳在那裡的財富幾乎可以和王公貴族匹敵了！那有幾座村莊，還有幾戶人家？」

「空的。那片土地沒人會進去，沒人會去那裡打獵。」

英格雷注意到伊佳妲口氣裡透出緊張。「為什麼？」

伊佳妲不在乎地聳聳肩，但英格雷覺得她其實很介意。她說：「那片地受到詛咒，林子裡有鬼魂在低語。人們叫它『受傷樹林』（Wounded Woods），因為那片林子好像生病了。傳說，進去的人都會做惡夢，夢到血和死亡。」

「只是民間傳說。」英格雷不屑地嘲諷。

「我進去過，」伊佳妲從容地說：「在母親死後，那一大片土地就真正歸屬於我了。我有權利和責任進去看一看。護林人不願意跟我進去，不過我強迫他。我繼父的馬伕和我的女僕都嚇死了。我們騎馬巡行了一天，在林中搭營。大部分的地區都是溝壑、陡降的山崖、荊棘石塊，以及洞穴。中央地帶是一座寬廣平坦的山谷，谷裡長滿了又高又粗的百年古橡樹。這片谷地就是進去過的人口中說的最詭異的地區，說是古野林時代一處受到詛咒的祭壇。當地民間謠傳，那裡就是遺落的『血地』，而且渡鴉嶺其他兩處的伯爵領地也都是這麼劃分。」

「許多古老的聖壇早已變成了農地。」

「這座沒有。我不顧隨從們的反對，堅持在那裡過夜。而我們都做夢了。馬伕夢到他被野獸碎屍萬段，尖叫驚醒。女僕則夢到自己被血淹死。翌日清晨，他們就慌亂地逃了出去。」

英格雷思考她的話，又想想她沒說出口的。「但妳沒做夢？」

伊佳妲這次遲疑了許久，讓英格雷差點又要問一次，但仍將話嚥了回去。許久後，伊佳妲終於說話了。她低語：「我們都做夢了。我後來才知道，我的夢和他們的不一樣。」

先別說話，英格雷提醒自己。他又等了一陣子後，伊佳妲抬眼透過眼睫毛看著他，好似在估量他對於怪力亂神的接受度。

伊佳妲拐彎抹腳地說：「你看過施捨者被飢民圍攻的場景嗎？一群飢民的力量彷彿形成巨大漩渦，他們雖然個個瘦弱無力，但團結起來的力量強大且驚人。每個人都不停說著：給我，給我，我們要餓死了……但無論你給了多少，即便是把全身上下的錢財都施捨出去，永遠都無法滿足他們；飢民們會把你大卸八塊吃了，但這仍滿足不了他們無止境的飢餓。」

英格雷困惑地對她點了個頭，不確定她想說什麼。

「在我的夢裡……好多男人走出森林，朝我而來。它們的雙手全都是血，有些人無頭、穿著生鏽的古野林盔甲。有些人的頭上裝飾著五顏六色的寶石，而且披著獸皮，有鹿、熊、馬、狼、獾、獺、野豬、山貓、野牛，以及其他我認不出來的獸皮。它們的臉都被砍得血肉模糊，全都圍住我不斷在乞求，彷彿我是它們的王后還是女君王，前來施予布施。我聽不懂它們的語言，也看不懂它們的手勢。神奇的是，夢裡的我一點也不害怕。它們用腐爛的手扒抓我的袍子，直到我的衣服全沾上冰冷的黑血。它們在向我討要某些東西，我猜不出來是什麼，但我知道那是它們應得的。」

「是個可怕的夢。」英格雷盡量保持旁觀者的清醒。

「我不害怕，但它們令我難過得難以自拔。」

「他們那麼可憐？」

「不完全是可憐。總之，夢裡的我掰開了自己的肋骨，伸進胸腔，挖出我跳動的心臟，呈給應該是它們首領的鬼魂。它是無頭的鬼魂之一——它的頭顱戴著統領的頭盔，被吊掛在寬大的金腰帶上，身上揹著一支緊緊捲起來的軍旗。它深深地躬身，並將我的心臟放到一塊石板上，拿著佩劍殘存下來的碎劍柄，將心臟切成兩半。其中一半，它鄭重地還給了我；另一半，它們高高舉起到軍旗頂端，又一次呼號。我聽不懂它們是在宣誓還是獻祭，或者祈求救贖，直到……」伊佳妲頓了一下，吞了吞口水。她繼續說：「直到溫索昨晚說出了『掌旗手』這個字眼。因為最近發生太多事，我都快忘了這場夢，但一聽到這三個字，那夢境就立刻彈回了我的記憶中，簡直像把我當面揍了一拳——你可能無法體會，我當時差點就快暈了過去。」

「我……我當時只覺得妳表情有點奇妙而已。」

伊佳妲鬆了口氣，點點頭。「那就好。」

「所以妳在夢境裡看見了什麼新發現？」

「我想……我想那些戰士亡魂授命我，擔任它們的掌旗手。」她抬起右手放到左胸口上，手指微微往下掐；英格雷看著她的手指因用力而微微顫抖。「我當下想起，心臟是秋之子神的象徵部位。心臟代表的是勇氣、忠誠和愛。」

英格雷本來是來找她商討應對計策，謀劃出一個合理有用的脫身計畫，結果怎麼又陷入這種神祕怪異的事？「這只是一場夢而已。多久前做的？」

「數個月前。那時的隔天早上，其他人慌張地拔營，想趕著回家，只有我的馬慢吞吞地走著，我還不斷回頭。」

「看到了什麼？」

「什麼也沒有，」伊佳妲蹙眉，好似回想這回憶使她心痛。「只看到樹。其他人嚇死了，但我的心深深惦記著那片土地。我想再回去一次，即使沒人陪同也沒關係；我想回去更深入了解那裡。但我還來不及找機會溜過去，就被送到馬河家族那裡工作了。」伊佳妲目光熾烈地看著他。「我不能賣掉這個受傷樹林。」

「我們一定能找得到不清楚當地傳說的買家。」

伊佳妲搖搖頭。「你不懂。」

「還是有繼承的條件限制？」

「不是。」

「難道已經抵押出去了？」

「當然沒有！也不行把那塊地抵押出去。不然，我要如何贖回來？」伊佳妲憂傷地大笑。「以我現在的情況，我已經不可能嫁入貴族世家了，甚至也嫁不出去，未來也沒有其他財產可以繼承。」

「但它能救妳的命，伊佳妲——」

「你不懂。五神救救我，我也不懂為什麼。但……是那些亡魂將那片樹林交到了我的手上。而除非我的士兵們……得到報償，我才能放下這個責任。」

「報償？亡魂要什麼樣的錢幣？那會不會只是一場幻覺？」英格雷探試性地問。

伊佳妲挫敗地皺著臉，看著英格雷疑惑的目光，她的手輕頓了一下。「我不知道。但我確定他們就是想要某個東西。」

「那就想想別的辦法。」英格雷咕噥。也許，另外找個時間再聊這個話題。

現在，換成伊佳妲若有所思地看著他。「你打算如何找出你身上詛咒的出處？」

「還不知道，」英格雷坦承道：「但，嗯，在紅壩鎮之後我想過，對方要想再對我下咒，我一定能看見，一定能反抗。」伊佳妲聞言懷疑地眉間一挑，英格雷見狀，便更堅決地補上一句：「我打算自我防備，並且監控自己。」

「我其實懷疑過……你當真確定它真正的目標是我？也許，對方借刀殺人的目標不是我，而是你。我才是他們利用的工具。你得罪了誰？」

英格雷的眉頭皺得更深了。「很多人。這是我的工作。但我的敵人應該會花錢雇人來殺我。」

「你認為普通的流氓有膽子來招惹你？」

英格雷噘嘴。「只要提高酬金，就敢。」

伊佳妲也撇嘴。「假使你的敵人手頭很緊呢？要想截殺一個狼魂戰士，酬金絕不是一般人負擔得起。」

英格雷輕笑出聲。「恐怕我只是臭名遠播，而非以劍術聞名天下。敵人只要派出足夠的人手，或用暗箭射我，就能把我撂倒。真想要一個人的命，不是什麼難事。」

「確實。」伊佳妲哀傷地喃喃道，英格雷連忙暗罵自己亂說話。片刻後，伊佳妲又說：「但是問題還沒解決啊。如果當時你身上的詛咒得逞了，你會變得怎麼樣？」

英格雷聳聳肩。「失寵，被黑特渥趕走，或者被送上絞刑臺。但我們上次險些溺水，的確容易被看成是僅僅一場意外。是有那麼幾個人，看到我出事後會開心，但我不能隨意指控他們就是下咒的人。」

「不過，你被趕出王都禁軍也應該會安全些。」

「我不是王都禁軍的一員。我只是黑特渥手下，一個不算僕人的僕人而已。」

「這麼說來，黑特渥大人願意庇護你，真是個大好人。」

英格雷嘴巴張開後閉上。「嗯。」

「我第一次看見溫索的獸魂時，就猜想他很可能就是給你下咒的人。後來，他坦露了自己的祕密，我就更覺得是他。他無意有意間也透露他視自己是一名獸巫。」

妳也這麼認為嗎？英格雷提醒自己，伊佳妲從未見過孩提時瘦弱又遲頓的溫索。但他們的這點差別，會造成她高估溫索，而他低估了自己的表弟？

伊佳妲繼續說：「但如此說來，我就不明白了，他今天怎麼會讓我們兩個活著離開？」

「因為這樣就太明目張膽了，」英格雷說：「雇來的殺手，同時也會成為人證，但下咒是不會留下任何證據證人的。下咒的人，理論上要極其隱密地下暗手。」這又出現一個疑點。他不禁蹙眉。

「我知道伯爵從來都不以親切和藹著稱，但這個全新的溫索實在嚇到我。」

「嗯，我倒是沒被他嚇到。」英格雷頓時停住。他突然想到，在不到十二個小時前，他差點就要在房間裡自我了結。因為是自殺，所以即使是死在溫索的地盤上，也都與溫索無關。那個時候已經沒有詛咒了，是我自己想自殺。

就在溫索向我揭露我的狼魂是聖獸之後……

「你在想什麼？臉色很難看。」伊佳妲問。

「沒事。」

伊佳妲用力撇嘴。「當然。」

兩人沉默下來，幾分鐘後，伊佳妲繼續說：「如果溫索真像他所說的那樣，是個古野林的專家，我希望他多講一些血地的軼聞和歷史……或他所謂的聖樹。如果——等你們兩個見面了，幫我跟他說一聲。但別對他提起我剛才說的夢境。」

英格雷點頭同意。「妳跟他提過妳繼承的遺產嗎？」

「沒有。」

「跟公主殿下呢？」

伊佳妲遲疑片刻。「聊嫁妝時提過，但只說了遺產的價值不高。」

英格雷輕敲著大腿上的皮護具。「妳的夢，必定只是個夢。大部分人在斷氣的那一刻，就被神明接引走了，無論那些人是死於妳那遭到血洗的血地，或其他野林的小戰場。凡是拒絕神明的遊蕩鬼魂，早在百年前就會魂飛魄散了，司祭是這麼教我的。四百年太長了，沒有亡魂能存在這麼久。」

「我就是看到了。」伊佳妲的口氣既非爭辯，也非要求他的認同。

「或許是因為它們身上有獸魂吧，」英格雷靈光一閃。「沒有魂飛魄散的話，那就是化成一種孤魂野鬼，承受世世代代冰冷無聲的痛苦折磨。被困在物質和靈魂的世界之間。死亡的痛苦纏繞不去，永遠感受不到生的喜悅……」一陣恐懼竄上，他用力吞嚥。

伊佳妲的目光變得飄渺，直盯著前方的彎路。「我不相信。那些戰士的確殘破不全、受盡折磨，但並非沒有喜悅，因為我覺得它們喜歡我，而且對我友善。」她轉過來，眼角微微皺起。「剛才，你說那只是一個夢，而現在你相信了，又在這裡發表悲觀言論。凡事不能兩全其美，無論兩者組成的可能性如何。」

英格雷聞言一驚，哼了一聲，唇角微微上彎。他將唇角壓回正常位置。「那妳覺得呢？是哪一個？」

「我覺得……」伊佳妲緩緩地說：「如果現在能回去，我就會知道。」她垂眼，又抬眼打量著他。

「你也是。」

這時，前方出現了一群人，是東尹家來的某位達官貴人的車駕，前往奧克米德處理波列索王子的迎靈事宜。英格雷指揮手下靠向路邊，等候對方的騎兵行經。他認得其中幾個，抬手彼此行禮打招呼。對方是野豬灘的人，因此繡帷包覆的馬車裡，必定是那兩名兄弟伯爵和他們的妻子；馬車在滿是車轍的土路上轆轆而過。沒過多久，英格雷的隊伍又再度得讓道，這次是神廟隊伍，盛裝打扮的奉侍長和高階司祭，騎坐在同樣打扮繁複的坐騎上。

神廟隊伍經過後，蓋斯卡策馬來到英格雷身旁。這位副官面容陰沉，一臉的質疑。英格雷視而不見，逕自踢馬跑步，引領隊伍加速前行。

10

日暮時分，王都北方的丘陵頂上，隊伍躂躂而過。一眼望去，王都和南方遼闊的平原一覽無遺。鸛河（Stork River）波光粼粼，蜿蜒繞過都城腳下，彎彎曲曲消失在秋日薄霧中。上行下行的小船商船，搖槳在河中穿梭；河道綿延八十哩後流入冰冷的大海。英格雷回到伊佳妲身旁，伊佳妲瀏覽眼前風光，心緒激動，臉龐微微泛紅。

英格雷注視著她，只見她又是神往又是警戒。東尹家或許是她見過的最大城市，雄視達澤卡十二個領區，更比達澤卡的王都大上六倍。

「王都分成兩個部分，神廟鎮（Templetown）和聖王鎮（Kingstown），」英格雷說，「峭壁上的是上城，有神廟、大司祭宅邸，以及高階神職人員的辦公機構。下城有商業區和倉庫區。城牆外的碼頭也是下水道的出水口，匯流進鸛河中。王宮和大部分達官貴人的府邸大都遠離碼頭區。」

他抬手指去。「東尹家的前身是兩座村莊，分屬於不同的部落。兩個部落是世仇，隔河交戰，直到河水染紅，後來被奧達爾大帝的孫子攻下，成為了他的西都城，並將所有建築都改建成新式樣的石樓石房。妳現在很難看見河水了，都已被覆蓋住。現在也沒人敢去當下水道工人，死亡的機率太高。黑特渥常拿這個來開玩笑，但我覺得他沒看見這個現象底下的真正意義。」

隊伍下山，朝聖王鎮的東大門而去。石造的都城的確整齊有序，彎曲街道的兩旁的高房外牆，有的用棕褐色木板裝飾，有的則塗了灰泥，深陷在石壁內的玻璃窗上閃閃發亮。紅磚屋頂取代了易燃的枝條茅草屋頂；民間失火經常比戰火更容易摧毀一座王都。城牆堅固厚實，但牆邊擠滿了新建的建築物，大大削減了城牆的防禦功能。

隊伍進入商業區的一條彎曲小街，兩側成排的石屋又窄又高，但顯然是在不同時期、由不同的石匠建造的。他們在一棟石屋前停下來。英格雷猜想，馬河伯爵擁有的應該不只這一棟房子，而是這一整排都是他的。不知道這片位置如此優越的物產，是不是隨著法拉公主嫁過來的。石屋沒有昨晚的房子那般豪華，也不大，但十分幽靜。

英格雷下馬，將他和伊佳妲的馬交給蓋斯卡照料。

「先幫我轉告黑特渥大人，我一安頓好囚犯，立即回去報到。把我的男僕泰斯寇（Tesko）叫過來，如果他清醒的話；叫他幫我打包幾天的行李帶過來，一定要帶幾件乾淨的衣服。」英格雷伸展痠疼的背部，臉部肌肉痛得扭曲；他的皮騎裝上皆是汗水味和馬的體味，沾滿塵垢污跡，而且腦袋上傷口的縫合處癢得讓人發狂。伊佳妲脫掉手套，伸長脖頸，跟早晨出發時一樣地清爽整潔。

屋裡的門房看見了他們；女僕出來引領伊佳妲和女監護進屋，門房的兒子接過了伊佳妲的皮條箱。英格雷放下鞍囊，對狹窄的門廳打量了一番。

門房走了過來，拘謹地點了個頭。「我的兒子稍後回來帶您去您的房間，大人。」

英格雷應了一聲，說：「不急。既然這房子歸我管了，我最好四處看看、了解一下。」他鑽進最靠近的門道口。

房子的布局簡單，地窖和一樓主要是儲藏室，廚房分成備料區和烹煮區、碗碟清洗區，一個餐廳、一個起居室，以及樓梯下方有個舒服的門房隔間。英格雷探頭出去，這扇門是房子兩扇對外的門之一，門外是後院和有蓋水井。二樓有個應該是拿來讀書的書房，以及兩間寢室。三樓的房間基本上與樓下一致；英格雷聽到女子的低語聲，是伊佳妲和女監護在說話。頂層分隔成幾個小房間，供給家僕住宿。

英格雷下樓時，正好遇到門房的兒子將他的鞍囊送進二樓的一個房間。該房內空曠，沒什麼家具，只有窄床、洗漱架、一張椅子、一個傷痕累累的衣櫃——不知這房子是否是昨晚馬河的信使前來租下的。頭頂上傳來輕盈且特殊的腳步聲，他聽見床鋪的吱呀聲響起，便將伊佳妲定位了。這種親密感讓人心安，卻也使他心慌。不久，樓梯傳來伊佳妲下樓的腳步聲，英格雷轉身朝門走去。

伊佳妲抬手敲門，門伊呀地打開。她另一隻手拿著哈拉娜司祭的信，信有些皺了。她的女監護——溫索底下的女監護？——在後面徘徊著，猜疑地偷瞄他們。

「英格雷大人，」伊佳妲換上正式的稱呼。「哈拉娜司祭委託您去送信，您願意嗎？」她冷靜的目光直射向他，無聲地提醒他司祭的話：盯著這封信送到收信者手中，不被其他人染指。

英格雷接過書信，盯著上面用飛舞般字體寫的指示。「妳知道這位——」他拿高信件，更仔細地看。「——盧柯（Lewko）司祭是誰？」

「不知道。但哈拉娜信任他，就表示他絕不會是個笨蛋，所以我也信任他。」

這是什麼話？當時哈拉娜也信任我啊。一個不笨且忠實的神職人員，也可能跟一個異端成為朋友啊。但英格雷終歸感到好奇，哈拉娜在信裡會如何描述他及紅壩鎮的怪事。若想一探究竟，就是在對方讀信時陪在一旁。收信人若是與黑特渥府邸同路，他就能先送信，而不用洩露或欺騙主人了。但話說回來，黑特渥並不知情此事，也不會向他討要。即使被責罵了，他也可以耍賴，辯解他是信守承諾，而這不正是黑特渥想要的忠心嘛。

「好，我願意去送信。」

伊佳妲慎重地點點頭，而英格雷很好奇，不知道她有沒有發現他剛才那一番的心理交戰，或者跟哈拉娜一樣，以為他當然會義不容辭。

英格雷交代道：「待在屋裡，待在安全的地方，還有把房門鎖好。有什麼需要就說，他們應該都能滿足你的需求。」他的目光落在女監護的臉上，女監護鄭重地屈膝行禮。「我不知道黑特渥大人今晚是否有任務給我，所以不用等我吃飯。我會盡快回來。」

英格雷將信塞進貼身上衣裡，躬身告辭，下了樓梯。他很想洗個澡，換上乾淨的衣物，再好好吃頓飯，但必須先辦要事，其他的就只能等等了。

泰斯寇應該會在他回來之前抵達，於是他交代了門房後，便出門進城。

熟悉的氣味和景觀令他放心不少。他沿著聖王鎮彎曲的石板路，跨過幾乎被覆蓋住的小河，爬上神廟鎮懸崖上的陡峭階梯。爬了兩道之字形的階梯、上氣不接下氣地又走了十分鐘後，終於抵達山門；他穿過山門，繞過一座高塔下方的彎路，經過兩棟房子，進入上城。小徑陰暗的轉角處有一座小神龕，幾支燭光在微微的氣流下搖擺，蠟燭旁邊放著枯萎的花環；英格雷進入小神龕，用手輕點五個部位行五神教儀。出來後天色已暗，他右轉繼續前行。

幾分鐘後，他來到了神廟前方的主廣場，穿過柱廊、進入神聖的廟宇。

露天的中庭內，聖火在中央臺座內靜靜燃燒。穿過拱廊，進入五座圓頂殿堂的其中一座，殿裡有儀典正在進行中——是喪禮。父神聖壇前，送行人群圍著棺材繞行。幾天後，波列索王子的遺體也會在這裡重複同樣的儀式。

中庭的對面，負責聖獸的服事正在照料那些萬裡挑一的聖獸。每隻聖獸有專屬的服事照管，服事身上衣服的顏色也各有不同，全按照所屬的紀律會來穿著。聖獸會被帶到棺材前，司祭解讀牠們的行為動作後，便會宣告亡魂已由哪一位神明接走。如此，送行人便知該向哪一位神明祈禱，以及該到哪座聖壇前獻上世俗祭品。英格雷對此十分不以為意，但他不只一次目睹司祭解讀出大出眾人意料之外的結果。

一個身著母神綠袍的女服事，她肩上的大綠鳥緊張地呱呱叫；身著女神藍袍的少女，手臂下夾著一隻紫藍色的小母雞；一隻毛茸茸的大灰狗，蜷縮在一位身穿父神灰袍的老先生身旁。最後是一個穿著子神紅棕袍子的年輕人，牽著一匹膽小的栗色小馬，馬兒的毛被梳得發亮，眼睛骨碌碌地左右張望。小馬噴了個氣，硬是要往旁側走，差點將馬伕逼得跌倒。過了不久，英格雷就知道原因了。

一頭身形龐大的白冰熊，正慢吞吞地踱步而來。那傢伙跟小馬一樣高，卻是兩倍地壯碩。細長的眼睛裡是冰凍的黃色瞳孔，眼神閃閃發亮；粗長銀鏈的另一端，是個穿著災神白袍的年輕人。小伙子的神情害怕，時不時回頭看向自己身後的一個魁梧男子，男子正低聲催促著他。

男子與冰熊一樣，氣場相當盛氣凌人。寬肩，高個子，濃密的紅髮綁成馬尾披散在背上；他的馬尾是用厚實的銀鉗固定住，雙臂上掛著厚實的銀環。清亮的藍眼透著一股友善的憨直，英格雷看不出來他是個睿智的人，還是那種閒散超然的隱士。男子穿著短袖束腰長衣、寬褲和輕逸的外套——樣式簡單，卻色彩繽紛，裝飾著精緻的繡紋。大靴子上有銀色圖紋，長劍劍柄鑲嵌著粗獷的發光寶石。背上的護套裡裝著的不是刀，而是斧頭，其上也裝飾有寶石，利刃散放著晶光。

另有一位棕髮男子，他的服式類似，只是色彩低調了些，比第一個男子矮了一顆頭，但個子仍然頗高，此刻正雙臂交抱斜倚在柱子上，神色懷疑地觀看著儀式的進行。幾個負責聖獸的服事懇求地望向他，但他顯得視若無睹。

英格雷瞥見一位穿著災神白袍的老婦人快步穿過了中庭，老人家肩上的司祭穗帶隨著步伐跳動，手裡抱著摺疊的布。她的行走速度之快，害英格雷差點來不及抓住她的袖子。她猛地刹住步伐，不悅地看著英格雷。

「抱歉，司祭。但我有一封信，必須親手交給盧柯司祭。」司祭的神情變了，似乎友善了些，又更像是饒富興味。她上下打量他，英格雷知道此刻的自己，就像是位風塵僕僕的信使。

「跟我來。」她說完，突然改變了原定路線。英格雷的腿是比她長，卻必須使勁跨大步伐才跟得上。她引領英格雷穿過一道樸素的側門，上下了幾道階梯後，出了神廟的後門，再經過大司祭的宅邸，進入下一條街。走下一條更窄的巷子後，他們來到一棟兩層樓高的長型石樓前，從側門進入，又爬上樓梯。英格雷不禁慶幸還好有找了人帶路。兩人經過了一連串燈火通明的房間，從那些在桌前埋頭苦幹、振筆疾書的人看來，這些房間應該是繕寫室。

她在一扇關起的門前停下，敲了敲門。房裡一位男子回答：「進來。」門打開了，是一間狹小的房間，但應該是房裡的東西而造成的錯覺。一排被東西塞爆了的櫃子，兩張桌子上堆滿了書籍、文件、書卷，和一大堆雜七雜八的物事。角落裡，豎著一張馬鞍。

有位男子坐在靠窗的桌子前，正在閱讀一捆文件。他抬眼朝門一看，蹙了蹙眉。他也穿著災神白袍，只是袍子有些皺，身上沒有任何階品的標誌；中年人，清瘦，個子也許比英格雷高些許，鬍子被刮得乾淨，短髮花白。英格雷以為他只是個重要的職員或祕書，但女司祭抬手貼在唇上，躬身，行了個相當尊崇的儀禮。

「司祭，這位先生有信要給您。」女司祭抬眼看英格雷。「您的名字，先生？」

「狼崖家族的英格雷。」

女司祭聽到後沒什麼特別的反應，但清瘦男子的眉毛皺得更深了。「謝謝，瑪爾塔（Marda）。」男子說著，語氣和善且有明確的遣退之意。女司祭以手觸唇後退下，關上了門。

「哈拉娜司祭囑咐我，務必將此信交到您手上。」英格雷說著走上前，將信遞出去。

盧柯司祭立刻放下文件，坐直身體，接過信，「哈拉娜！不是壞消息吧？」

「不……我上次見到她時，她一切安好。」

盧柯謹慎地看著信。「是很難纏的事？」

英格雷想了一下。「她沒讓我看信，但我想應該是。」

盧柯嘆口氣。「只要不是另一頭冰熊，那一切好談。她應該不會想送隻冰熊給我吧。」

英格雷的思緒被帶偏了。「我剛才在神廟看見一頭冰熊。嗯，相當令人印象深刻。」

「牠實在太嚇人了，負責牠的服事都被嚇哭了。災神啊，他們不會真用牠去顯示亡魂最終的歸屬吧？」

「看來是。」

「我們應該跟王子殿下道謝後，就把那隻動物送入鳥獸園裡，或是送出國。」

「牠是怎麼來的？」

「那是個意外的故事，牠是坐船來的。」

「那船得有多大啊？」

盧柯聞言呵呵一笑，突然間年輕不少。「我昨天在下方的聖王鎮時，看到牠被拴在碼頭上。牠實在大得令人意外。」他搔了騷頭髮。「那隻冰熊是份禮物，也可以說是賄賂，是由那個紅髮的大個子從南方海洋凍原的一座小島帶來的。依我看啊，那傢伙不是個王子就是個海盜，很難說。喬柯（Jokol）王子的幕僚親信給了他一個綽號：喬柯．劈顱人（Skullsplitter）。我不認為那種白熊能被馴服，但牠似乎是王子從小養大的，現在割愛送給我們，意義非凡啊。我無法想像他們是如何將熊運送過來的，他們說路上還遇到了暴風雨呢。真是瘋狂。他還送了幾個高級的銀鑄器作為熊的飼育費，好讓我們留下牠，神廟鳥獸園的負責人居然就這樣收下這禮物了。或者說是賄賂。」

「賄賂什麼？」

「劈顱人想要換一個我們的司祭，讓他帶回到冰川島上。這確實是很不錯的傳教機會，照理說任何司祭應該都會有意願。但我們徵召了兩次自願者，都沒人回應。若在王子返程前還召不到人，就必須強行指派了，用拖的也要把一位司祭拖上船。」他又笑了笑。「抱歉，我實在忍不住想笑，反正他們不能指派我去。嗯。」他放下那封施上最高級別蠟封的信件，又嘆了口氣，低頭看著它。

談笑的時間過去了，英格雷斂住笑容，警覺起來。血液——那些血液——似乎變成了漩渦。盧柯沒有配戴巫師穗帶，英格雷也沒嗅聞到他身上的惡魔，但剛才那位司祭卻向盧柯行禮……？還將最棘手的問題丟進他手中？

盧柯將一隻手放到蠟封上，閉起眼。一團火焰竄起。英格雷不是用眼睛看到，鼻子也沒有嗅聞到，卻使他瞬間頸上汗毛豎起。這種使人胃部一揪的敬畏，他以前曾感受過一次，當時他的內在能量十分低弱。就在他要結束達澤卡的朝聖之旅時，一個矮胖的傢伙，當著群眾的面默默坐在地上，讓神明透過他進入凡界。

盧柯不是巫師，而是聖徒，至少是一位低階聖徒。他知道英格雷是誰，而從他的研究室看來，他待在神廟很多年了，但英格雷從未見過他；也可能是沒注意到他。隨侍在黑特渥身旁的關係，英格雷經常出入神廟和宮廷，神廟的高級司祭英格雷都認得。

盧柯抬眼，眼中的幽默消失了。「你是封印官黑特渥的人，對吧？」他溫和地問。

英格雷點頭。

「這封信已經被打開過了。」

「這……絕不是我所為，司祭。」

「那會是誰？」

英格雷飛快地回憶，從哈拉娜、伊佳妲到他……伊佳妲？絕不可能。信有離開過她嗎？她一直把信收在騎裝的暗袋裡，她也一直穿著騎裝……除了與馬河伯爵共進晚餐的那晚。溫索離開去處理一封緊急的信息……確實，溫索輕易就能震懾住女監護，命令她去翻找伊佳妲的行李。但溫索難道沒想到偷吃要把嘴巴擦乾淨嗎？他怎麼沒施展那些獸巫的手段設法掩蓋，以免被某個巫師發現信被拆過？但盧柯不是巫師，對吧。不完全是。英格雷只能含糊其詞：「沒有證據，我這樣盲目瞎猜都算是毀謗，司祭。」

盧柯的目光變得更加銳利，所幸他最後低下頭，繼續努力看著那封寫得滿滿的信。「再說吧。」他咕噥著，拆開信，蠟封順勢裂開。

他專心讀信片刻後，搖了搖頭，起身倚靠在近的窗戶上，又拿起信再讀了一次，又放下。他的目光掃過英格雷，困惑地問：「信裡提到『扯斷他的蓮子』，是跟你有關嗎？」

「嗯……會不會是『扯斷他的鏈子』？」英格雷說。

盧柯的臉發亮。「啊！對，沒錯！這樣意思就對了。」他繼續讀信。「也可能不……」

盧柯讀完信，蹙眉又重讀了一遍。他手指向一面牆。「那堆東西下面有一張摺疊椅。請自便吧，英格雷大人。」

英格雷抽出椅子，打開後，坐在皮椅座上，盧柯抬眼看著他。

「那個偷看信的傢伙可要頭疼了，他還必須想辦法破解這封信。」他平靜地說。

「信是用暗語寫的？」

「不，是哈拉娜的字。她寫得太倉促又潦草了。幸好，我經常練習分析破解這一類的手寫文稿。我還遇過更糟的，有的壓根看不懂，也推敲不出來。哈拉娜的信算不錯了，至少文意連貫且清晰。算是她的一個強項吧。她那端莊的笑容正好掩飾了底下的魯莽，以及冷酷無情。感謝父神讓奧斯文得以壓制她。大概吧。」

「您跟她很熟？」英格雷問。不然，東尹家的神廟有那麼多人員，那位孕婦為何偏偏寫信給你？

盧柯將信捲起來，輕敲著桌緣。「我是她的導師，那是很多年前的事了。當時，她偶然間成為了一名巫師。」

也是，巫師是代代相傳，只有巫師才能教導巫師。因此，因此……就像石頭跳掠過水面，英格雷的思緒跳掠過兩個問題，跳到第三個。「要如何成為正式的巫師？在毫髮無傷的狀況下？」消除非法巫師是達澤卡聖徒的職責，根據報告，他們會像狂人一樣消滅非法巫師的法力；但盧柯司祭自然是不會這樣做。

「要想渡取這種天賦是有可能的，」盧柯猶疑地欲言又止，神情顯得高深莫測。「只要有人及時被挑中。」

「那不是很痛苦？」

「我沒說那過程會輕鬆簡單。其實……這需要奇蹟。」他的聲音更輕柔了。

這個男人之前是做什麼的？「我在東尹家工作了四年，以前怎麼沒遇過您？」

「但我見過你，從某種意義上來說。你的案子我十分熟悉，英格雷大人。」

英格雷僵住，尤其盧柯的用字是「案子」。「您是不是當時神廟派來樺林調查我的巫師？」他蹙眉。

「我那段時間的記憶很模糊，大多都一片黑暗，而我不記得您。」

「不是，去的是別人。那段時間我並沒有直接涉入。派去的調查員從城堡帶了一袋灰燼給我，要我把它恢復成原本那個巫師的自白信。」

英格雷皺眉。「那是否是哈拉娜司祭所說的，不好施展的神廟法術？將混亂撥回秩序中？」

「唉，是啊。我花了一個月的工夫，消耗了大約一年的修為，結果，收效甚微，快把我氣死了。關於卡里爾司祭，你還記得些什麼？就是你父親買通的年輕的神廟巫師。」

英格雷又是一僵。「我只記得他是我們家的熟客，常來我家吃飯，再進行一刻鐘的儀式。他的注意力都在我父親身上，我只是個陪襯。」他追問：「您如何分辨究竟是誰買通了誰？」

「這已經很清楚了，問題是如何買通。不是為了錢，也應該不是在要脅下的屈服。有一個原因——卡里爾自認是在做善事，起碼是拔刀相助，但事情的發展卻出乎意料之外。」

「您如何猜到他的心思，您甚至不知道他在想什麼。」

「噢，這部分我不用猜，他信裡是這麼寫的。我將信重新拼湊出來，長長的三頁信紙，寫著他的不幸、愧疚和懊悔，但就是沒有能幫助我們解惑的內容。」盧柯苦著臉說。

「若信真是卡里爾所寫，又是誰燒的？」英格雷問。

「這雖然只是我的推測，」盧柯躺靠在椅背上，銳利地看向英格雷。「但我很肯定，而且比其他有證據的推斷更加有把握。你知道一個巫師駕馭惡魔，或被惡魔駕馭，這兩者之間的差別嗎？」

「哈拉娜提過，差別似乎不大。」

「不能從靈魂的角度來看。其實差別很明顯。人類運用法術完成自己的目標，以及法術利用人類來達成它的目地，這之間的分歧……有時候小得螞蟻都能跨過。我知道，因為我自己越線過一次。我相信，在你父親身故，以及你……變成現在這樣之後，惡魔駕馭了卡里爾。不知是絕望摧毀了他的意志，或者從一開始他就被惡魔壓制，我現在無法猜測，但我打從心裡相信，寫出那封懺悔信是卡里爾本人意志做的最後一件事。燒信，是惡魔做的。」

英格雷張口又閉上。在他心裡，他一直認為卡里爾是個叛教者，現在要他反向思考，那位年輕巫師也可能遭到某種怪誕的背叛，他心裡多少還是有些抗拒。

「現在你看到了，」盧柯輕柔地說：「為何卡里爾的下場令我擔憂，應該說是焦慮。我一直怕我遇不到你，無法提醒你。」

「神廟有查出他是死是活嗎？」

「沒有。大約五年前，據報康東有位非法巫師出沒，很可能是他，但在那之後，又失去蹤跡了。」

英格雷遲疑地想問盧柯他到底是誰……但最後換了個問題：「你究竟是什麼？」

盧柯的手一攤。「我現在只是一個簡單的神廟監督人。」

什麼樣的監督人？監督野林地所有的神廟巫師？只是似乎有些弔詭，簡單也是。這個人很可能十分危險，足以危脅到我的性命。英格雷提醒自己。這人已經知道得太多。

而且這人還想知道得更多。盧柯垂眼看信，請英格雷談談紅壩鎮的事。英格雷早就猜到信裡必定提及此事。

英格雷老實且完整地全盤托出。真正的危機就藏在細節中，一旦有所遺漏，只會加重破解謎團的難度。而英格雷老實的坦承似乎令司祭很滿意，因為他並未追究狼魂鬆綁之事。

「這個操控你的奇怪詛咒十分險惡，你認為會是誰施加在你身上，英格雷大人？」

「我也很想知道。」

「我也是。所以我們在一條陣線上。」

「很高興聽您這麼說。」英格雷意外地發現自己的確鬆了口氣。

隨後盧柯問：「這個伊佳妲貴女，這個人你怎麼看？」

英格雷用力吞嚥，思緒好似被子彈擊中的鳥兒，旋轉著往下掉落。他問的是我如何看待她，而不是我對她的感覺。英格雷提醒自己。「伊佳妲確實打爆了王子殿下的頭，而殿下也確實是自作自受。」

英格雷的坦率直白讓盧柯陷入了沉默。盧柯是不是也懂得擅用沉默了？「黑特渥大人不會希望殿下的醜聞流傳出去；」英格雷補充：「他應該不會像你這般地……追根究柢。」

又是一陣沉默。英格雷繼續說：「她身上有豹魂。豹魂和諧地與她共生，給人的感覺……很美好。五神啊，我必須說點什麼來保護她。「我覺得，她比自己以為的更被神靈憑依。」

司祭終於有反應了。他坐直起來，目光冰冷逼人。「你怎麼知道？」

英格雷揚起下巴面對挑戰。「就跟我知道你是個受福之人一樣，感覺到的。」

氣氛突然緊張起來，英格雷知道自己越界了。但盧柯放鬆下來，從容不迫地雙手互相壓按。「真的？」

「我不是個笨蛋，司祭。」

「我沒認為你是笨蛋，英格雷大人，」盧柯輕敲著信件，挪開了視線，又挪回來。「的確，我應該遵循哈拉娜的命令，檢驗這名女子。她現在被關在哪裡？」

「是軟禁，而不是關押。至少目前是如此。」英格雷說出商業區那棟房子的位置。

「她什麼時候會被起訴？」

「我想，至少要等到波列索殿下下喪後。等我和黑特渥見面後，會更清楚。我的下一個行程就是去面見他。」英格雷明白地暗示他。對──他必須趕在盧柯挖得更深之前快溜。他站了起來。

「我明天找時間過去。」盧柯也並沒有留他。

英格雷應和著：「謝謝。我等候您的光臨。」接著他鞠躬後退出房間。他知道他隱藏得很好，並未像兔子那般竄逃離去。

關上門後，他吐出長長一口氣，開始擔憂起來。這個盧柯究竟是來幫忙，還是來阻撓的？他想起和溫索分開時，溫索說的話：若你看重自己的生命，守住你的祕密，以及我的。他是在威脅他嗎？警告？與盧柯的第一次談話中，英格雷隻字未提馬河的事。信裡也不可能提到溫索，幸好，溫索是在哈拉娜離開後，才闖進英格雷的生命裡。但明天呢？事情會如何發展？半小時後呢？當他灰頭土臉地站在黑特渥大人面前，奏報任務細節時。

馬河伯爵、哈拉娜、蓋斯卡，現在又多了一個盧柯，還有黑特渥。英格雷跟誰都說了什麼，他都搞混了。

他憑記憶原路返回到神廟，再抄捷徑穿過神廟，步伐不慌不忙。

這時，他才反應過來，這趟行程他不只將信送到了盧柯手中，更在無意間，將自己也送到了盧柯手中。

11

英格雷穿過走廊，朝神殿的側門走去時，一聲驚呼迴盪在殿內。他的好奇心生起，加快步伐，卻突然警覺，只聽得驚呼之後又是一聲尖叫。隨後，是許多人慌恐的喧鬧。他握住劍柄，衝進殿內，來回搜尋著驚恐的製造源頭。

父神殿殿內此時一陣混亂。混亂的中心，就是那頭白冰熊。牠咬著遺體的腳，死者是個老先生，身上的衣服顯示他是名富商，僵硬的身體像個娃娃般被冰熊甩來甩去。拴住冰熊的另一頭銀鏈，仍然握在聖獸服事手上，但服事也被銀鏈甩得東倒西歪。觀禮人又是害怕，又是勇敢地躲在後面，七嘴八舌地提建議、下命令。

負責聖獸的服事尖叫著，扯緊銀鏈，向前靠過去，抓住遺體的一隻手臂，用力向外拉扯。冰熊半人立起來，厚實的腳掌用力揮出，讓服事幾乎被打飛出去——他叫得更恐慌了，一隻手按壓著噴出血的側腰。

英格雷拔劍衝去，在瘋熊前急剎住。眼角瞥見喬柯王子被同伴從後面抱住，王子掙扎著想撲向他。

「不要，不要，不要啊！」紅髮男子聲嘶力竭地喊：「法法（Fafa）只是以為他們在餵牠啊！不要，不要傷害牠！」

英格雷眨眨眼，頓時會意原來喬柯王子指的是冰熊……

冰熊吐掉戰利品，人立起來，身軀越挺越高……英格雷仰頭，瞪著上方那齜牙咧嘴的血盆大口，寬大的肩膀，象牙般尖銳的長爪子，在他頭頂上張牙舞爪……

四周的動靜放慢下來，英格雷的思緒變得清明，狼魂在黑暗中欣喜雀躍，似乎要從心臟竄上他飛轉的腦袋裡。殿中的喧鬧激動褪向遠方。手中的劍沉重起來，劍鋒揚起，一個旋轉，帶著冰冷的光芒向後旋繞，揮擊而出。他在腦海裡勾勒著，劍鋒刺入冰熊的心臟，拔出；冰熊都來不及動作，在另一個慢半拍的時間流裡，倒地斃命。

就在此時此刻，他感應到微弱的神光從熊的體內迸發出來，就像冬夜裡在主人撫摸下的貓兒，顯得生氣勃勃。美麗的光芒震懾住他，灼燒著他的眼睛。他的思緒清徹，感官變得敏銳，渴望抓住那道褪去的神光——那瞬間，他的思緒進入了冰熊身上。

他看見自己呈透明狀，兩個影像重疊的自己舉劍揮擊；一匹黑毛濃密的大狼，牠的毛尖散放銀色光環，圍著他打轉。他的心緒向那道神光敞開，冰熊的恐懼也向他傾訴，此時此刻，三方串聯成了一個圓。

在腦海裡，有個聲音大笑著說：**我看見我兄弟的小狼，在一具更好的皮囊裡。很好。禱告繼續……**那聲音低沉轟鳴，他感覺腦袋快爆掉了。

片刻後，冰熊無言的茫然與所有記憶，化進了英格雷的感知中，成為他的。他看到了牠被帶進父神殿中，四周全是各式各樣的動物。聖獸服事的焦躁不安，以及他沒來由的恐懼令人反感，而他渾身散發的驚慌氣味和聲音，更讓反感高漲成厭煩，使他不得不出手震服這亂七八糟的石頭世界。隨即，到處都有人七嘴八舌。一個模糊的感覺，對，在他乖乖地被牽到這裡之前的不久，就沒再吃東西了……接著，聖神來了。

冰熊的心臟漲大，快樂堅定地朝棺材慢跑而去。那個小小的人類男性扯緊銀鏈，又拉又抽又打，根本莫名其妙，而且他被扯得好痛，快樂不見了。他往前撲去，想要完成聖神交予他的任務。更多小人跑過來擋路。熾熱的怒火竄上，他咬住那個味道怪怪的冷肉，轉身朝向召喚他、正在大笑的光芒跑去，那道光芒很奇怪，而且無所不在……

巨熊又痛苦又憤怒地咆哮，覆滿白毛的身軀像雪崩般，即將朝英格雷的腦袋壓下去。

英格雷彷彿將手深深探入了自己的胸口、腹部直至腸子那般，從靈魂深處吼出一個詞語：「**坐下！**」這道命令像石弩投石那般，穿透空氣射了出去。

他舉劍一個旋轉，劍鋒朝地上指去。冰熊的口鼻跟隨著劍鋒繞了一圈，也跟著移動落了下來，前掌也放下來，最後乖乖地趴在英格雷腳邊，下巴貼地，爪子收回到腦袋兩邊。一雙黃眼上飄地盯著他，目光裡帶著敬畏。

英格雷怒視一圈，看見聖獸服事爬著想逃離現場，白袍上都是血，盯著英格雷的雙眼瞪得老大。幸好，熊爪只抓傷了那人的肋骨，否則他早被抓得肚破腸穿。冰熊的憤怒仍然在英格雷腦海中燃燒。他扔下劍，朝服事走去。他揪住那人的前襟，拉著對方、將他按在聖火臺上。服事身高與英格雷差不多，而且比英格雷健壯，但此時卻只能在英格雷手中癱軟無力。英格雷將他的腦袋按向聖火，服事雙腳亂踹，放聲尖叫。

「是誰派你來這樣糟蹋神的恩賜？誰要為這場混亂負責？」英格雷對著服事扭曲的臉咆哮。聲音低沉，震人心弦，迴盪在殿中的石牆內，回音好似沙沙作響的絲絨，嗡嗡地彈回到他耳中。

「我——我——我——我，對不起！」服事尖叫道：「阿爾潘（Arpan）說，阿爾潘說，這不會有問題……」

「他說謊！」那個穿著父神袍的服事大喊，他牽著大灰狗遠遠繞過趴在地上的冰熊。

白袍服事瞪著幾乎要貼在他臉上的英格雷，深吸一口氣，大叫：「我認罪！別，別，別……」

別什麼？英格雷撐起身子，鬆開手讓服事站回到地上。服事膝頭發軟，跪了下去，癱在聖火臺旁蜷縮成一團，全身顫抖。

「尼吉（Nij），你這個蠢蛋！」父神服事大喊：「閉上你的嘴！」

「我不得不說！」災神服事喊了回去：「他的眼睛閃著銀光，聲音裡有種令人害怕的異語（weirding）！」

「所以最好聽他的話，乖乖照做。」一個冷冷的聲音從英格雷身旁冒出。

英格雷猛地轉頭，目瞪口呆，看著盧柯司祭環視著殿內的混亂。

英格雷深吸一口氣，盡力撫平劇烈的心跳，平復怒火。光芒、陰影、色彩、聲音，所有的一切好似斧頭啪地砸回向他，周遭的人亮得像是在燃燒。他慢慢意識到，周遭的三十幾個人都目瞪口呆地盯著他瞧，其中有參加喪禮的送行人、主持的司祭、五名聖獸服事，以及喬柯王子和他嚇呆的同伴，最後是盧柯司祭。只有盧柯顯得氣定神閒。

英格雷昏沉沉地思忖，我居然在將近四十個目擊證人的面前放出狼魂。在東尹家神廟的大殿中？

最起碼，我逗樂了白神……

「司祭，司祭，救我，發發慈悲……」受傷的服事一邊咕噥著，一邊爬到司祭腳邊，扯著他的長袍。司祭臉上的冷怒更陰沉了。

十幾個人吵了起來，互相指控對方行賄和恐嚇，最後送行人形成了兩方陣營。片段聽下來，他們主要是在爭遺產，但後來，所有的新仇舊恨全被拉扯進來。這場喪禮倒楣的主持司祭，在一旁企圖恢復秩序，同時訓斥聖獸服事，卻都失敗了，隨即將怒氣拋向那個好捏的柿子。

他轉向喬柯王子，顫抖的手指著冰熊。「把這東西帶回去，」他咆哮道：「立刻滾出神廟！永遠不許再進來！」

紅髮巨人幾乎快哭出來了。「不是說要給我一個司祭！我必須帶司祭回去！不然，美麗的布蕾卡（Breiga）不願意嫁給我！」

英格雷昂首闊步地走上前，拿出黑特渥手下首席劍客的氣勢，也許……還有其他一些情緒，說：「東尹家神廟會派一位傳教師給您，以交換您們的銀鑄品，王子殿下。誰拒絕，就派誰去。」英格雷緊盯著被服事纏住的司祭。

盧柯司祭比殿內所有人都冷靜，他的聲音自帶著一股安撫的力量。「王子殿下，一等我們查清楚這場混亂的原因，神廟一定為您安排妥當。看起來，您的冰熊是這場陰謀的受害者，您願意立即將法法帶回船上，讓牠待在安全的環境裡嗎？」

他撇嘴，對英格雷補上一句：「您，我的大人，幫我一個忙，跟他們一同前去，看著他們安然無恙地上船，別在路上吃了其他小朋友。」

能夠解脫離開這裡，英格雷求之不得。「當然，博學司祭。」

司祭垂眼，補上一句：「還有打理一下。」

英格雷順著他的目光，發現自己右手的骯髒繃帶底下，鮮血沿著手指滴落。應該是剛才修理服事時，扯開了舊傷口，他都沒感覺到。

英格雷抬眼，一雙藍眼銳利地盯著他。喬柯王子眯著眼，低頭與棕髮隨扈輕聲交談了幾句。他抬頭向盧柯點了個頭，再看向英格雷。「是，這樣也好，呃，奧托風（Ottovin）？」他用手肘捅了同伴一下，那一下簡直足以撞倒一個體格較弱的男人，然後朝冰熊走去。他撿起銀鏈，朝冰熊說：「來吧，法法。」

冰熊咕噥一聲，動了一下，但仍然趴在地上。

盧柯抬手搭在英格雷肩上，極其小聲地在他耳邊說：「讓牠起來，英格雷大人。牠現在平靜下來了。」

「我……」英格雷朝冰熊走過去，撿起劍插回劍鞘內。冰熊又動了動，將黑鼻子壓在英格雷的皮靴上，抬眼可憐巴巴地看著他。英格雷用力吞嚥，擠出一個沙啞的聲音：「起來。」

冰熊只是嗚咽一聲。

英格雷內觀，讓心神探入內心深深的井，再一次發令，指令同時搭配著一個十分低沉的音調，震得他骨頭輕顫。「**起來**。」

冰熊彷彿解凍了般，笨重地爬起來，大步朝主人走去。喬柯跪下去輕撫著大熊，大手搓揉著熊頸厚厚的毛髮，寵愛地低語，但英格雷聽不懂他的語言。冰熊用腦袋蹭著王子的上衣，口水和白毛全沾了上去。

「走吧，我的朋友，法法的朋友！」喬柯說著站了起來，手大大一揮。「走，共飲一碗去。」他甩動銀鏈，並且最後瞥了那群吵架的人一眼，不屑地哼了聲，轉身朝大門走去。奧托風皺著臉跟了上去。英格雷快步跟上，搶到喬柯的前面。

奇特的小隊伍走出了神廟，扔下盧柯司祭去料理那些爭吵和號哭。英格雷聽到他乾脆且威嚴的聲音，對哭泣的服事和另一個人說話：「……這麼說來，那道光的確有蹊蹺。」英格雷回頭，對上了盧柯的目光，盧柯用嘴型說著：明天。這個約定令英格雷感到不安，但也到對方篤定的態度。

他的眼睛閃著銀光，聲音裡有種令人害怕的異語……熟悉的痠痛竄生，英格雷這才意識到，他又傷到了尚未復元的背部和手。但耳內的轟鳴，以及喉嚨的澀痛，卻是新產生的不舒服。

回憶唰地又回到了樺林的痛苦回憶。他的腦袋被塞進樺溪裡，肺漲痛得要爆炸，想尖叫卻叫不出聲。所有驗證有效的訓練，一而再，再而三地重複，直到那些導師確認他的神智已恢復清醒。在所有折磨中，被淹在河裡最為可怕，比死亡還可怕，而就是在那冰冷的溪水中，他的寡言、他那超齡的冷酷無情，被鍛打進那個少年的性格中。

他甩開這段煩躁的回憶，回過神。他挑了一條僻靜的小路，引領那兩個島民朝下方聖王鎮的碼頭走去。盧柯的擔心不是沒有道理，他們終究吸引來一群孩童尾隨，孩子指著冰熊嘻嘻哈哈地笑著。喬柯王子對興奮的孩子們嘻嘻一笑，英格雷只好扳著臉趕人。此時他終於放鬆下來，不再緊繃，心跳也恢復正常。喬柯和奧托風用方言交談，並時不時地瞥向英格雷。

喬柯放慢步伐來到英格雷身旁。「謝謝你救了法法，大人。英格力大人。英哥里？」

「英格雷。」

喬柯連忙道歉：「你們的話，我說不好。我的嘴巴會越說越好的。」

「您的野林語說得不錯，」英格雷委婉地說：「我的達澤卡語也只比您流利一些，我還不會說您那裡的語言呢。」

「啊，達澤卡語，」喬柯聳聳肩。「那可難學了。」他又瞇起眼睛。「你會寫字嗎？」

「會。」

「很好。我不會。」大個子嘆息了一聲。「所有羽毛筆到了這雙手中，就毀了。」他張開一隻厚厚的大手給英格雷看；英格雷同情地點點頭，絲毫沒有懷疑他的話。

冰熊緩步而行，一行人來到聖王鎮的城門，城門外就是石頭搭起來的河堤，和木碼頭。一根根的桅杆和船柱，在昏暗的天空中，形成一團黑色交纏的黑影。大部分的船都是簡陋的平板船，其中有幾艘吃水淺的海船，是從鸛河河口駛入的。過了東尹家後，河道進入山中，這種大船無法通行，即便是想運送木頭和其他貨物，也必須等到河水上漲，才有可能勉強航行。

喬柯綁在碼頭上的船，卻有別於貨船、商船和漁船，屬於另一種類別的用船。大約長四十呎，船身曲線從兩端向中央逐漸漲大，像女人的臀部一樣優美；船的兩端向上翹，各立著一排精美的海鳥。此船單桅又是單層甲板，乘客在航行中必定要忍受船身的搖晃，不過它現在安靜地停泊在碼頭中，後半部立著一頂大帳篷。

船身在河中雖然看似龐大，然而一旦進入開放海域，就會顯得小得可憐。冰熊沒精打采上了船，船一下子看起來縮小了許多，只見牠一路嗅聞過去，在一處地方停住，大大嘆了一口氣趴下，顯然那是牠的專屬位置。船身晃了下後隨即恢復平穩，喬柯將銀鏈甩到桅杆上的勾子中。奧托風疲倦地對他笑了笑，朝搖晃中的跳板比手勢示意英格雷上船。暮光中，帳篷裡的燈透出一股暖意，英格雷想起和父親搭船前去參加子神慶典時，那船上的燭光。那時，狼魂還沒吞噬掉他們的生活，他們的日子無憂無慮。

約略有二十多個水手迎接王子歸來，至於冰熊，水手即便是有些拘謹，至少算是熟人了。這些水手看起來個個身手矯健，但都沒有他們的首領高，而且大部分是年輕人，只有幾位頭髮花白。

一些人紮著跟王子相同的馬尾，另一些人綁著辮子，其中一個則剃了光頭，但從蒼白頭皮上的斑駁看來，他應該是感染了寄生蟲。水手們的衣服整潔得體，英格雷瞄了一眼放在船側槳邊的武器的數目，看來他們每個人也都是打仗能手。侍從、戰士、水手還是槳手？應該是全包，海上生活艱辛，容不下無用之人。

送熊回船只是英格雷脫身的一個藉口，但身為黑特渥的手下，他最起碼要與喬柯王子共進一碗酒，以免失禮，損了封印官的顏面。喝碗酒而已，要不了多少時間。喬河招手要英格雷進帳，帳內寬敞得像一座門廳。裡面的布料全是羊毛，抹了油脂，形成防水膜；但那陣氣味實在難聞，英格雷自我安慰著，一下子就會適應了。兩張搭起的桌子和板凳，主人引領英格雷坐到板桌的另一側。喬柯和奧托風在他對面坐下，其他人在忙著擺設餐具和食物。

一個金髮小伙子，臉上的紅鬍子像光環那般向外賁張，他對三人一鞠躬，呈上了木碗——還真的是碗。另一個人端上一罐壺，倒出深色的液體進碗裡，先呈給客人後，再呈給王子和奧托風。繚繞的氣體從翻動的酒液不斷冒出。奧托風的野林語說得比喬柯更差，只見他打手勢拚命解釋，英格雷搞了半天才隱約明白，這酒是用母馬奶或馬血做的。也很可能是馬尿。英格雷回想著第一口的感覺；因為奧托風學馬叫，若他沒理解錯誤的話，這酒應該是跟馬有關吧。英格雷暗下決定，把這碗酒喝完後，就立即告辭走人。反正他本來就要去找黑特渥報到。

從帳篷後面掀起的一角，英格雷瞥見一個銅盆和各式野營炊具，烤肉的香味飄進來，英格雷口水直冒。「一會兒後，就能吃了。」喬柯殷勤地說著，說完對英格雷笑了笑。

英格雷也餓了，而且空著肚子喝烈酒，等等又還要去見封印官，似乎不太妥當。於是他點點頭，喬柯拍了他一下，咧嘴一笑。

喬柯瞥見英格雷右手的血跡，斂住了笑容，抓住一個水手的袖子，低聲交代了幾句。片刻後，一位年長男子出現，只見他拿著盆子、布，以及一包東西。王子請奧托風過去幫忙，示意英格雷將受傷的手伸過去。掀開髒繃帶後，英格雷一見到新舊傷口和烏青，不禁皺了皺臉。奧托風傾身觀看，吹了聲口哨，不知說了什麼，逗得喬柯爆笑出來。喬柯體貼地拿起酒碗送到英格雷唇邊，灰髮男子隨即拿起針線開始縫合。縫畢並包紮完後，灰髮男子低頭退下，英格雷的腦袋發暈嚴重，好想抱著頭休息一下。現在，他短時間內哪也去不了了。

餐食的確很快就上桌了，而且十分豐盛。看來不像是乾魚、硬麵包，或其他耐保存的食物，而是直接從市場買來的新鮮食材。東尹家達官貴人的晚宴會更精緻許多，但這頓已經好過他見過的野營餐食。英格雷專心享用，都忘了阻止那個一直幫他倒酒的人。那個人只要碗裡的酒少於一半，就會立刻補上。

賓主盡歡，等到他們阻止廚子再往盤裡加菜時，天色已全然暗下。英格雷沒讓自己喝醉，只是需要多一點的時間，才能認路走到黑特渥的宅邸。不應該吃那麼多的……燈光刺眼，而且晃來晃去，照得所有人的臉明暗交錯。

有人對王子嘰哩咕嚕地說話，王子笑著搖搖頭，但彷彿妥協了什麼，示意請奧托風站起來。

「他們要聽故事。」喬柯對英格雷低語。

奧托風站起來，一隻腳踩在板凳上，清了清嗓子。「今晚的故事可多了。」

又上了一輪酒。英格雷謹慎地喝著。這次的酒，嚐起來像是松針和燈油的混和，即便連喬柯他們也只是小口小口地輕啜。

奧托風聲音洪亮，鏗鏘有力，他的聲音好像在帳篷裡迴盪，形成一種弦律。英格雷完全聽不懂，卻時不時跳出幾個他認得的詞語，不知是因為同語源的關係，或只是出於偶然。

「他在講雅塔（Yetta）和三頭牛的故事，」喬柯對英格雷低語：「是最受歡迎的傳說。」

「您能翻譯嗎？」英格雷問。

「哎唷，不行。」

「太難了？」

喬柯的藍眼亂飄，臉色一紅。「太下流了。」

「不會吧，這不難翻譯啊？」

喬柯咯咯笑著，往後一坐，翹腳，手指配合著奧托風的弦律，輕敲著膝頭打拍子。英格雷這才明白，他是在開玩笑。即便是有語言阻礙，王子的玩笑也無傷大雅，沒冒犯人。英格雷淡淡一笑，拿起酒碗喝松針酒。

擠在板凳上和牆邊的男人們爆出一陣哄堂大笑，奧托風結束了他的故事，鞠躬坐下，拿起碗喝酒；似乎灌一口酒，就是講故事的酬勞了。水手們紛紛鼓掌，又向著王子起哄；王子默默順從，站了起來。一陣喧鬧後，帳篷內又安靜下來，英格雷都能聽到河水輕拍著船身的聲音。

喬柯深吸一口氣，開始了。幾句後，英格雷才明白王子是在吟詩，詩句層疊押韻，節奏抑揚頓挫。

「這是一個探險傳說，很不錯的。」奧托風對英格雷悄悄地說：「他最近只要一開口，就是情啊愛啊的。」

喬柯的聲音像搖晃的船，像搖籃，或騎馬，節奏輕緩，拍子穩定，沒有因斟酌用字而停頓。聽眾有時咯咯笑著，有時倒抽一口氣，更多時候都是入迷地闔不攏嘴，燈光照在著他們的臉上，眼睛皆投映出了光采。

「他是不是把詩句都背誦下來了？」英格雷詫異地問奧托風。奧托風被問得一臉茫然，英格雷拍了一下腦門，換個方式再問一遍：「把故事記在腦袋裡？」

奧托風自豪地笑了笑。「對，還有好多好多。不然我們幹嘛叫他劈顱人？他用故事塞爆我們的頭啊。哎，我妹妹布蕾卡會是最快樂的女人。」

英格雷往後一坐，又喝了幾口酒，思考著文字語言的奧妙和起源。

長得驚人的吟誦結束了，掌聲爆起，喬柯仰頭灌了幾口酒。他醉眼迷濛地傻笑，擺手回絕眾人的下一個邀請，而大家還在爭吵著要聽哪個故事。「快了，快了！等等就有故事了。」他答應著，輕點嘴唇，傻笑地坐著。

一個男人接下棒子，但他不是用吟誦的方式講故事，而從聽眾的笑鬧看來，肯定又是一個王子不敢翻譯的故事。

「啊，」喬柯輕喊一聲，向前為英格雷倒酒。「你似乎沒那麼憂愁了。好！我給你講一個英哥里的故事！」

王子再度起身，面容變得認真嚴肅，好似在沉心靜氣。他的吟誦開始了，從聽眾的反應來看，這次的故事內容嚴肅，而且充滿驚險。不一會兒，英格雷聽到他和法法的名字時不時出現，明白過來喬柯正在講神廟喪儀的醜聞，以及英格雷救下冰熊的經過。提到神的名諱時，也十分清楚。令英格雷氣餒的是，「異語」這個詞的意思，兩種語言似乎是一樣的，因為那些人時不時警惕地瞥向英格雷。

英格雷再次打量起喬柯。這個人的確厲害，能將下午的遭遇，即席轉換成歌頌英雄的詩句，或者是篝火故事，但又不是那一類的睡前故事，而是讓人聽了會睡不著的……從喬柯的抑揚頓挫聽來，此人觀察力和細緻度都令英格雷咋舌。他自己都無法復述得如此條理清楚。不過，喬柯似乎並沒有提到和狼魂有關的部分。

喬柯結束了，但這次並沒有爆起的掌聲和歡呼，而是迎來一群人的驚嘆。大家低語交談，英格雷注意到後排有幾個人討論得特別熱絡。喬柯這次的笑容更加詭祕了，他頭向後一仰，灌下碗裡的酒。

大家又開始有一搭沒一搭地吃飯喝酒。有人打開鋪蓋，找了個角落，一倒頭就呼呼大睡；英格雷納悶，海上遇到暴風雨時，他們是否也是這樣睡覺。奧托風顯然是個好副官，他起身管理秩序，避免酒醉的人拿著斧頭互砍。

喬柯這時挺了挺胸，又喝了一口酒潤潤嗓子，詭異地對英格雷笑了笑，英格雷也回以一笑。

「明天晚上，」喬柯說：「我給他們講個愛情故事，表揚我美麗的布蕾卡，否則，我一個故事都不講。你跟我一樣年輕，英哥里大人，你有心愛之人嗎？」

英格雷眨眨眼，認真地，遲疑地宣告：「有……有，我有。」他怎麼會在這種地方吐露真言？都是馬尿害的……

「啊！好事情啊。快樂的男人！但是你很少笑。她不愛你嗎？」

「我……不知道。但我們有別的問題。」

喬柯蹙眉。「父母反對？」他同情地問。

「不。不是這樣的……是……她很可能被處死。」

喬柯往後一坐，神情變得十分認真。「不會吧！怎麼會這樣？」

一定是酒精作祟，讓他放鬆了戒備，覺得這個南方狂人輕鬆有趣，是個可以吐露心底最深層恐懼的對象。也許……也許明早，大家什麼都不記得了。「你聽說波列索王子的死訊了嗎？聖王的兒子？」

「噢，聽說了。」

「是她拿殿下自己的戰鎚打死他的，」這麼說太籠統了，英格雷連忙進一步解釋：「當時，殿下想強暴她。」真正的原因太過複雜，一、兩句話根本解釋不清楚。

喬柯吹了聲口哨，同時說：「這個故事，不太好玩。」片刻後，他說：「但這個女孩聽起來不錯，很強悍。我美麗的布蕾卡和奧托風，曾經殺了幾個潛入他們父親農場偷馬的馬賊。當時奧托風的年紀比現在小一點。」

這能相提並論嗎？「結果呢？」

「我向她求婚了。」喬柯咧嘴而笑。「那些剛好是我的馬，可惡的馬賊居然敢對牠們動心思，殺了他們太便宜了！我為了討她父親的歡心，加了一些聘禮。」他闗愛地瞥了奧托風——他未來的小叔？——一眼，而奧托風早已滑下板凳半掛在上頭，頭枕在手臂上，發出微微鼾聲。

「野林地這裡，公理正義來得並不容易。」英格雷感嘆。「而殺了一位王子的血債，遠遠不是我能負擔得起的。」

喬柯歪頭興味盎然地問：「你不是個地主，英哥里大人？」

「對。我過的是在刀尖上舔血的日子，算是吧，」英格雷擺了擺綁著繃帶的右手。「沒有其他強項。」

「不是吧，你至少還有一樣強項，英哥里，」喬柯輕敲著自己的側腦。「我有副好耳朵。我知道法法向你臣服時，我聽到了什麼。」

英格雷愣住，當下心跳加速，急著想要否認一切，卻在喬柯精明的目光中屈服了。但他必須阻止王子繼續這個話題，太危險了。「這個——」他抬手按在唇上，又貼在心口上，暗指他不方便說出口的神。「——必須保密，否則神廟會把我當成叛徒。」

喬柯嘛唇，坐挺了起來，蹙眉消化英格雷的話。

英格雷的腦子醺醺然，突然間又竄出一個擔憂。喬柯既未表現得驚慌，也未嫌棄他，只是有點掃興的感覺。只是，就算他的耳朵再靈，若不是之前就曾聽過，即便聽到了也不會認得才對。「這個，你以前——」他碰了碰喉嚨，手順勢揮下軀幹。「——你以前聽過類似的？」

「噢，有。」喬柯點點頭。

「怎麼聽見？在哪裡？」

喬柯聳聳肩。「我出發前，去森林邊找歌女為我的遠行祈福，她當時就發出同樣神祕怪異的聲音。」

森林邊的歌女，森林邊的歌女……這些話像松針酒的氣味一樣，直衝腦門。喬柯看起來像一個普通人，他身上沒有惡魔的氣味，沒有獸魂，也沒有被詛咒糾纏不放。喬柯回望著英格雷，目光單純，一臉好脾氣，像牛眼一樣地單純無邪，很容易讓人誤以為他憨傻——一個致命的失誤。

帳外甲板上砰的一聲響，銀鏈叮噹響，低沉的熊嚎仰空一嘯，隨即一聲尖叫剎然而止。

「法法守夜站崗，終於不再一路睡到天亮了。」喬柯欣慰地說，站了起來，他用鞋尖戳了戳奧托風，但奧托風只是咕噥著挪了挪身子。喬柯的大手伸到英格雷手肘下，撐起他。

「我沒有，」英格雷說：「喝啐……」腳下的甲板開始像翹翹板，又像盪秋千般搖晃，但帳篷的布幔文風不動，顯示今晚既無風，也無浪。油燈的燈火微弱。喬柯笑著用力拖著英格雷，朝帳篷口走去。兩人出帳走進金光燦燦的夜色中，看到法法在繃緊的銀鏈末端，嗅聞著一具趴在划手座上動也不動的黑影。喬柯低語安撫著寵物，冰熊對獵物也失去了興趣，走回桅杆邊砰地趴下。船身一陣動盪，英格雷被震得東倒西歪，喬柯抓著他手臂的手也收緊。

「英格雷大人，」蓋斯卡的聲音從陰影中冒出來。他清清嗓子，爬了起來，向前走進夾在跳板邊的號燈的光圈中。他瞥向法法，眼眶周圍映出微微的白光。

「噢，蓋斯卡，」英格雷說：「『小心熊來了』，」英格雷吟唱完，笑了笑。大個子的腦袋瓜裡是有源源不絕的詩句，但他一定不知道這句。「對，我正要去見我的黑特渥大人。黑特——渥。」

「黑特渥大人，已經睡下了。」蓋斯卡的聲音恢復莊重及漠然的語氣。「他要我轉告——等找到你後——轉告你，你可以明天一大早去見他。」

「啊，」英格雷故意咕噥著，哎喲。「那我最好去睡覺了，是吧。」

「你喝夠了嗎？」蓋斯卡嘀咕著。

「你的朋友？」喬柯的下巴朝蓋斯卡揚去。

「算是吧，」英格雷說，但喬柯似乎當真了，將英格雷交給了蓋斯卡。英格雷抗拒著。「我不需要……」

「英哥里大人，謝謝你大駕光臨，還有其他的事也謝謝你。能把奧托風喝倒的人，隨時歡迎光臨。希望在東尹家能再和你見面。」

「我……我也是。幫我跟親愛的法法道別。」他舌頭不利索地想繼續向王子體面地告辭，但蓋斯卡一直把他往跳板那裡拽去。

他現在這個狀況，走跳板變成了一項挑戰：它跟著船身晃動，而且它好窄。英格雷打住，思考了一下，手腳並用地爬過去了。成功上了碼頭後，他翻身坐在船塢上。

「看到沒？」他對蓋斯卡說：「我哪有醉。喬柯是王子，要打好關係啊，做外交。」

蓋斯卡低吼一聲，拽起英格雷，拉他的一隻胳膊搭到自己肩上。「還真偉大，你明天自己去跟黑特渥大人解釋。我要睡覺了。現在，給我起步走。」

英格雷的腦子還算清醒，但沒有力氣，只能努力讓一隻腳跨到另一隻腳前。一路折騰後，兩人穿過了城門，走上聖王鎮黑暗彎曲的街道。

蓋斯卡氣沖沖地說：「我滿城到處找你。我去那棟房子找，他們說你去了神廟。我去神廟，他們說你被海盜帶走了。」

「不是，他比海盜更可怕，」英格雷咯咯笑。「是一個詩人。」

蓋斯卡轉頭盯著他。即使街上很暗，英格雷也看著出來對方覺得他腦子有問題。

「神廟有三個人說，他們看到你迷惑並制住了一頭大冰熊。一個說那是災神顯神蹟，另外兩個說不是。」

英格雷想起當時浮現在腦海裡的聲音，打了個哆嗦。「你也知道，看熱鬧的人總喜歡添油加醋。」他覺得步伐穩定多了，抽回搭在蓋斯卡肩上的胳膊。反正，以後不可能再有惡熊出現在喪儀上，所以他也不會再露陷了。不會再有神來刺激他，而且動物和人不一樣，牠們比較容易控制。「別被他們糊弄了，蓋斯卡。我哪能命令你——」他汲取出那個溫熱絲絨狀低沉激盪的音調：「——**定住**，然後你就會突然——」

英格雷發現自己落單了。

他轉身，看見蓋斯卡被僵在牆上掛燈的光芒中。

英格雷的腹部揪了一下，瞬間發冷，「蓋斯卡！這不有趣！」他掉頭，氣沖沖地往回走。「別玩了。」他推了蓋斯卡胸口一下。蓋斯卡晃了一下，但仍然沒動。他伸出包著繃帶的手，那隻手都在顫抖，抓住蓋斯卡的下巴。「你是不是在開我玩笑？」

只有蓋斯卡瞪得大大的眼睛，能夠移動。

英格雷舔了舔嘴唇，退開，喉嚨緊得說不出話來。

他做了兩個深呼吸，再次汲取那個音調：「**移動**。」

蓋斯卡的麻痺解除了。蓋斯卡倒抽一口氣，踉蹌地退到牆邊，動也不敢動。

兩人喘著氣，對視著彼此。英格雷突然清醒過來，連忙伸出雙手試著安撫蓋斯卡，並祈禱蓋斯卡不要落荒而逃。

蓋斯卡緩緩拔劍。片刻後，他慢慢地開口，音調深沉濃厚：「軟禁之所就在轉角了。泰斯寇已經在那裡等你，準備服侍你就寢。你能自己走回去嗎？」

英格雷用力吞嚥。他強迫自己擠出聲音：「應該可以。」

「好，很好。」蓋斯卡貼著牆退走，接著轉身快步走進黑暗中，還時不時地回頭確認。

英格雷咬著牙，幾乎不敢喘氣，也轉身朝反方向走去，繞過了轉角。一盞吊燈掛在那棟房子的大門邊，安穩地投射出光芒，引導他進門。

12

英格雷只輕輕敲了大門一下，穿著睡衣的門房就立刻包裹著毛毯前來開門。英格雷進門後，門房將門牢牢鎖上，代表他是今晚最後一個晚歸的人。門房遞過來一座玻璃燭檯，讓英格雷能照路上樓。

英格雷接過燭檯，咕噥著道謝，拖著步伐上樓去。樓梯間有火光閃爍，原來是一張桌子上放了一盞油燈，而通往三樓的階梯上，也放了一支蠟燭。蠟燭邊，伊佳妲貴女裹著可能是黑袍之類的衣物，整個人蜷縮成一團。英格雷在狹窄的樓梯中轉身，劍柄哐啷撞上了木扶手，伊佳妲驚醒，抬起了頭。

「你安全回來了！」伊佳妲一邊沙啞地說，一邊揉眼睛。

英格雷眨眨眼，吃驚地回想著，上次為自己擔心、等自己回家的女人是……他想不起來有這麼個人。他沒看到她的女監護，也沒看到泰斯寇。「我不應該安全回來嗎？」

「蓋斯卡大約三個小時前來找你，說你沒去黑特渥大人那裡！」

「噢，對，我遇到別的事。」

「我以為你出大事了，滿腦子一直在胡思亂想。」

「妳的胡思亂想包括一隻六百磅的大冰熊，和一個海盜詩人嗎？」

「沒有……」

「那妳胡思亂想的，還不算大事。」

伊佳妲蹙眉，起身走下樓梯，嗅聞到他呼出氣息中那顯而易見的酒氣。「你醉了？」

「以我現下的狀況來看，是的。雖然我能走，能說話，還能操心明早的事。我整個晚上和二十多名南島狂人混在一起，喔，還有那頭冰熊。他們請我喝酒吃肉。妳有看到泰斯寇嗎？」

她的頭朝英格雷關上的房間一揚。「他拿著你的東西進房了，現在可能等你等到睡著了。」

「也是，很正常。」

「我的信呢？我擔心它被搞丟了。」

噢，她擔心的、等待的，是她那封信的下落。「安全地送出去了。」英格雷想了一想。「總之，信是送了出去。至於盧柯司祭安不安全，我就不得而知了。他穿著打扮都像是神職人員，卻又不是。」

「你之前提過，你認為我的案子會到哪一種神職人員手中。那麼這個人，你覺得他是正派，或者非善類？」

「我……不認為他是能被收買的人。但這不表示他會站在妳這邊。」英格雷遲疑了。「他被神靈憑依過。」

伊佳妲歪頭。「你現在的樣子，也有一點像被憑依過的人。」

英格雷一凜。「妳怎麼知道？」

陰影跳動，伊佳妲伸出蒼白的手指，似乎想去感覺他的臉。「有一次我看到父親的手下，被自己的馬拖著跑。他的傷不重，但爬起來時，全身抖得很厲害。你的面容比較鎮定，不像他又是血又是泥土，但你的眼神跟他一樣，有些……狂亂。」

英格雷想要傾前靠上她的手時，她卻收回了手。「我今晚過得很特別。神廟出了一點事。對了，盧柯明天會來找妳。而我，我想我有麻煩了。」

「來，跟我說說。」伊佳妲拉他坐到她身旁的階梯上，目光裡帶著不安的憂心。

仍帶有醉意的他，在描述與冰熊的對決及神明的現身時，時不時吃螺絲又大舌頭，聽得伊佳妲既是倒抽了兩口氣，又同時忍不住輕笑出聲。她把英格雷笑得有點愣住，呆傻了片刻。她著迷地聽著喬柯、他的船和他的詩句。「我原本以為，」英格雷說：「法法身上發生的事是災神所為，為了懲罰那個不忠的聖獸服事。但剛才和蓋斯卡走來時……又發生了一次。那個異語。我不知道那是狼魂，還是我自己的聲音。五神啊，我都搞不清楚何時是我在主導自己，何時才是它。狼魂以前從沒這樣說過話，它以前壓根沒說過話。」

伊佳妲若有所思地說：「沼地人曾認為，那些詩歌是具有魔法的。在很久很久以前。」

「或者，很搖遠的地方。」森林邊的歌女……「我的問題是當下，此時此刻，而且十分緊迫。溫索知不知道這一類的法力？他也有這種力量嗎？如果有，他怎麼沒對我們施法？喔，還有，我猜他昨天趁晚餐時，溜出去偷看了妳的信。盧柯司祭說信被拆開過。」

伊佳妲坐直起來，屏息問：「噢！那信裡說了什麼？」

「我沒看，但應該都是我們在紅壩鎮發生的事。所以溫索再回到餐桌時，就已經知道了我身上的詛咒，而且知道我瞞著他。妳在後來的交談中，有覺得他有什麼不一樣嗎？」

伊佳妲蹙眉。「好像更加殷勤，像在哄我們對他開誠布公？」

英格雷聳聳肩。「也許吧。」

「英格雷……」

「嗯？」

「你對掌旗手有什麼了解？」

「幾乎跟對獸巫一樣，所知不多。我讀過一些達澤卡人所寫的，與古野林交戰的紀錄。達澤卡人對我們的掌旗手相當警戒。獸魂戰士，以及所有氏族軍隊，都會誓死捍衛領土；若是掌旗手不退，戰士們會戰到最後一兵一卒、在所不惜，無論男人——或女人，如果溫索所說是真的。因此，奧達爾的軍隊會集中火力，在最短時間內先攻下掌旗手。傳說，掌旗手還有一項任務，就是割斷傷重的己方士兵脖頸。野林戰士視此為榮耀，並在臨死前會向掌旗手致意，為掌旗手祈求保佑。」

伊佳妲打了個哆嗦。「我都不知道這些。」

伊佳妲陷入沉思，英格雷看不出來她在想什麼。她在受傷樹林的夢境？但已死的戰士是不可能要求他們的掌旗女，執行這可怕的儀式。

伊佳妲說：「你下次問溫索聖樹的事，看他怎麼說。」

「哈，又一個我不想赴約的面談。今晚發生的事，溫索肯定會不高興。雖然看似鬧劇，但我引起了神廟的高度注意。我很擔心盧柯。」

「為什麼？他既然是哈拉娜的朋友兼導師，人品不會差的。」

「喔，他當然會是一個很好的朋友，而且還是個很難擺平的敵人。若他站到了我們的對立面，麻煩就大了。」會不會是他以小人之心度君子之腹？他想起樺林地那些全心投入的司祭，是如何折磨他，將他的狂暴抑制住，使他恢復清醒。這段傷痛的過往，造成他總是分不清哪些是朋友、哪些是敵人。

伊佳妲有些沒耐心了。「所以你認為你是站在哪邊？」

英格雷愣住。「我……不知道。我覺得所有事物從身邊不斷被抽離，自己彷彿被困在原地打轉。」

他抬眼對上她的眼，她的雙眼在陰影中變成了琥珀色。那雙瞳孔在昏暗中放大，好似要把他吸進去。他似乎要掉入那兩道深潭中，盡情狂飲。她無疑擁有世俗認為的美麗身軀，更有豹魂令人心懾的狂野。但還有……別的，他想碰觸那個極為重要的東西……「我支持妳，妳不是一個人。」

「那麼同理，」伊佳妲吐出一口氣。「我也支持你，你不是一個人。」

噢。時間和心臟都沒停止，但他飄了起來，彷彿站到很高很高的地方，但沒下墜，而是輕飄飄地懸浮著。「妳這個可愛的邏輯學家。」

兩人的唇一瞬間貼在了一起，伊佳妲眼眸閃動著光采。

她的唇好柔軟，像日光一樣溫暖。初次的接觸是如此純潔的，帶點猶疑，但震驚滾竄過他的身體、腹部，隨即震向四肢百骸；他的手顫抖著。他摟住她的腰，抱住她的後腦杓，手指伸進她鬆軟的黑髮中。一隻溫暖的胳膊環住他的肩，搓撫著他的背，緊緊抱住他。緊抓著他上臂的手指也在顫抖著。她張開了唇。

第一波震撼過去後，情慾湧入，燒灼著他的腰，照亮他的意識。他有多久沒這樣摟抱一個女人了……不，他從未像這樣摟抱一個女人。熱吻激盪，他迫不及待地探索她的唇，白皙的雙手同樣激動地緊緊抱住他，柔軟的身體緊貼向他。兩人的呼吸融合了，心跳共振。

靈魂交融在一起……

這吻浪漫得魔幻，不，這吻並不浪漫，根本是驚天動地。她嗆了一下，他倒抽一口氣，兩人分開，但身體仍然交纏在一起。當慾火褪去時，兩人倒像是抱在一起溺水的人。

她的眼睛好大，黑色瞳孔外圍著一圈細細的金環，閃閃發亮。「你……？」伊佳妲對著喘著氣的他說：「你做了什麼？」

她放開了一隻手，緊抓著胸前的黑袍。「剛才是什麼？」

「我不知道。我從沒……像這樣感覺……」

地板傳來吱呀一聲。英格雷猛地彈起身子，他房間的門打開了。伊佳妲雙臂交抱，動也不敢動，暗罵一聲。英格雷挑眉看著她，伊佳妲對他皺臉，英格雷轉身看到泰斯寇探出一個腦袋，張嘴打著哈欠。

「大人？」泰斯寇說：「我聽到有人說話……」他眨眨眼，瞪著坐在樓梯上的兩人。

伊佳妲起身，抓起蠟燭，目光熾烈地瞥了英格雷一眼，跑上了樓梯。

英格雷愣住，真想揚劍砍了僕人的腦袋。可惜樓道太窄，揮灑不開手腳，不方便在這裡砍人的腦袋。他只能長長地嘆口氣，把自己撐起來。

泰斯寇意識到自己的不識相，乖覺地躬身恭迎主人入房。這個畸足小伙子，是英格雷剛成為黑特渥親信時被分派給他的，當時小伙子的職訓只完成了一半。英格雷讓泰斯寇服侍自己的日常瑣事，而他不冷不熱的態度，也消除了小伙子最初對他壞名聲的恐懼。不過，那天他抓到泰斯寇偷竊他的物品，毫不客氣地對他展示了自己的壞名聲。事後，黑特渥的其他僕人聯手狠狠教訓了泰斯寇一頓，以免泰斯寇被免職，他們其中一人必須頂替他的位置，成為英格雷的僕人。

英格雷讓泰斯寇脫掉他的靴子，交代了幾句，接著倒頭躺到床上，卻睡不著。

他思緒混亂，睡不著，又太醉了思緒不清，然而身體實在太累，坐不起來。血流像在血管裡嘶嘶竄流，在他耳裡轟鳴。他對樓上的任何動靜太過敏感。伊佳妲的呼吸是否仍和他同調？他仍然情慾澎湃，什麼都敢做，若她能感覺到他的心跳和動作，就像他感覺到她的……

兩人絕對是在相遇的當下，就陷入了彼此的魔力中。他覺得自己和她已密不可分，像兩隻被拴在一起受訓的獵犬。那誰是訓練的獵師？獵物又是什麼？鏈條厚實的卡栓喀嚓一聲扣上，聲波撞擊著他的骨頭，一條比蛛絲還細的鏈條連接他們彼此，卻比鐵還堅硬，切不斷也扯不開。

他不需要聽到床板吱軋一叫，就知道她在床上翻身。他清楚她的一舉一動，就像知道自己的。他在灰暗中伸出一隻手。這是我的幻想。我瘋了，一頭栽進這註定沒有回應的情慾裡。真的沒有回應嗎？他的唇角短暫地扯出一抹痴笑。

他想必是睡得非常沉，因為泰斯寇又差點把他拖出棉被拽到地上，這才叫醒了他。看得出來泰斯寇有些進退兩難，既害怕他的起床氣，又怕沒遵從命令叫醒他；英格雷吞了下口沫，為了讓僕人安心，他清楚表明沒遵守命令的下場會比較慘。他忍著疼痛，坐了起來。

為了維持新上的繃帶的整潔，他讓泰斯寇服侍自己洗漱、剃鬍、穿衣；繃帶上還是有棕色的血跡，但沒時間更換了。他拔掉了左手手腕的髒繃帶，起碼那裡的傷口已結痂，有些已長出粉色的新肉，或剩下淺淡的瘀青，再用灰、深灰相間的長袍袖子一遮，就能掩蓋過去。配上佩劍、佩刀，換上乾淨的靴子後，他最起碼還能見人，只要對方願意忽略他那紅腫的眼睛和蒼白的臉。

他有些反胃，拒絕了麵包，灌了一大口茶後便輕手輕腳地下了樓。他抬眼穿透兩層樓的木板。伊佳妲還在睡，很好。

室外的空氣冷冽潮濕，他在微弱的曙光中穿街過巷。走到聖王鎮的另一端時，他的腦袋仍然疼痛，卻清明了些。

破曉後，世界開始出現了色彩。黑特渥宅邸寬廣的正面石牆，染上了一絲暖暖的奶油色調。厚實的石砌正門前，小房間裡的夜班門房立刻認出了英格雷，開了一扇小門，引他進入寂靜且富豪的昏暗中。英格雷回絕了下人的奏報，逕自爬上樓梯，朝黑特渥的書房走去。僕人已開始忙碌工作，他們靜靜地拉開窗簾，照料爐火，運送用水。

英格雷繞過轉角後，眨了眨眼，有些遲疑。因為黑特渥書房外的牆邊，正倚靠著拜斯特王子的掌旗手，鹿棘家族的錫馬克（Symark）大人。錫馬克向他點頭打招呼。

「王子殿下在裡面嗎？」英格雷低聲問。

「對。」

「你們什麼時候到的？」

「大約兩個小時前抵達聖王鎮城門口。王子殿下將輜重隊伍扔在了新神廟附近，我們徹夜騎馬趕到這裡。」錫馬克邊說邊抖了抖肩膀，揮去外套上的乾泥塊。

「是你嗎，英格雷？」黑特渥在房裡大喊：「進來。」

錫馬克聞言挑眉，英格雷溜了進去。黑特渥坐在書桌前，作勢要他關上門。

英格雷躬身向王子暨元帥行禮。王子伸著靴腿，躺靠在黑特渥對面的椅子裡。英格雷隨即轉向黑特渥行禮。兩人點紛紛頭回禮，英格雷雙手負在身後，等候進一步的命令。

拜斯特王子同樣風塵僕僕，一臉疲憊。他比弟弟波列索王子要矮一些，也比較瘦削，但仍然有著鹿棘的家族特徵：矯健的身手，棕髮，長下巴，不蓄鬍。他的眼神比波列索更加精明，若他跟波列索一樣好色和暴躁，那麼他隱藏得很好。拜斯特王子是在三年前，於聖王長子比薩（Byza）王子病死後，才成為聖王的繼承人。在承擔繼承人的重擔之前，他一直在軍中發展，嚴苛的軍中生活使他無暇培養比薩王子那般長袖善舞的交際手腕，更沒工夫像波列索那般胡作非為。

黑特渥大人今天的著裝不像往常一般樸實俐落，而是一身的悼喪官服，封印鏈條沉重地掛在毛邊短祭袍上。他應該隨時準備出發，加入波列索的迎靈隊伍，然後一起於下午進入東尹家。封印官屬於中等身材，不高不矮也不胖不瘦，中年人，即使身處高位，從不耽溺於聲色犬馬、豪奢放逸的生活。英格雷突然驚覺，盧柯司祭與黑特渥在氣質上有些相似，溫和謙恭中藏著精明幹練，這讓他不禁好奇也感到不安。

從英格雷剛剛逐漸恢復的感官來判斷，眼前的封印官和王子身上，都沒有不尋常的氣味。但這點並未令他心安許多。魔力只會在特定情況和時間下，有時才會發生效用；但權勢和手腕的威力卻是無時不刻地存在，而書房裡的這兩個人，正好驗證了後者。

黑特渥順了順日漸稀疏的頭髮，瞪了英格雷一眼。「你也該出現了。」

「長官。」英格雷不卑不亢地回應。

黑特渥聽他不冷不熱的回答，眉毛一揚，更犀利地問：「你昨晚去了哪裡？」

「您聽聞我去了哪裡，長官？」

看他接招接得如此滴水不漏，黑特渥的嘴角微微一彎。「今早從男僕那裡聽說了一個亂七八糟的八卦。我相信，你昨晚沒有真在神廟大殿中，對一頭發狂的大冰熊施法吧？究竟出了什麼事？」

「我是在前來找您的路上，順道去神廟辦理一件私事，長官。所以恰巧遇到那個服事的聖獸失控，他在過程中受傷了。我，嗯，就出手協助制伏了那頭熊。騷亂平息後，盧柯司祭要求我安全地將客人送回到碼頭，而我遵照辦理了。」

黑特渥聽到盧柯的名字，眉頭一動。看來黑特渥知道盧柯是誰，或者說知道盧柯的真實身分。

英格雷繼續說：「冰熊的主人，喬柯，自稱是從南方島嶼來的王子，擺了宴席盛情邀我共飲。既然對方是王子，我只能恭敬不如從命，以免傷了兩國的和氣。結果，那些島民的佳釀太過醇烈，他們的吟詩作樂也沒完沒了，我脫不了身。後來，是蓋斯卡救了我，但當時已經太晚，您已睡下了。」

拜斯特王子不屑地輕哼一聲，也瞥了英格雷蒼白的臉一眼，顯露出這位王子是個自律律人皆嚴謹之人。很好。故事就此打住恰好，讓他們以為昨晚只是一個蠢蛋喝醉了，總比牽扯出禁術，給自己招來致命危機。

英格雷補上：「盧柯司祭當時就在現場，見證了神廟的冰熊危機，您可以找他求證。」

「他那個人的確值得信任。」

「就我所知也是如此，長官。」

黑特渥聞言，手一僵，洩露了他真實的心思。他蹙眉，繼續問：「好了，昨晚就此揭過。我怎麼聽說你此次運送波列索王子的任務，過程十分精采，但你在信裡都沒提到。」

英格雷低頭。「蓋斯卡寫給您的信裡，都說了些什麼？」

「蓋斯卡給我的信？」

「他沒寫信向您報告？」

「他是昨晚跟我說的。」

「不是之前？」

「不是，怎麼了？」

「我推測他在打探我的一舉一動，並向您報告。」

「你親眼看到的？」

「沒有。」英格雷坦承。

黑特渥又蹙眉了。

英格雷深吸一口氣。「途中發生了一些事，是蓋斯卡也不知道的事。」

「例如……？」

「您是否早就知道，波列索王子在研究並實行禁術？獸祭？」

拜斯特王子聞言一震，黑特渥皺著臉說：「烏克拉是跟我提過一些，但應該都是些謠傳。殿下年輕氣盛，我們把他扔在那麼偏遠無聊的地方不管，實在是個錯誤決定。死者為大，我相信你遵照了我的囑咐，抹除了所有的證據吧。」

「那些不是下人們亂嚼舌根的謠傳。那些獸祭儀式都是經過嚴謹且認真的籌畫，我不知道殿下是否受到他人的蠱惑，但結果卻造成他，恕我直言，造成他走火入魔。這令我納悶，他的祕密行事，究竟有多長時間了？溫——或許在過程中，有非法巫師介入協助殿下。伊佳妲貴女親耳聽到殿下高談闊論，說獸祭能給予他至高無上的法力，稱霸於野林地所有家族之上。殿下企圖強暴她的當晚，他吊死了一頭花豹，而她為了自保，擊斃了殿下。」

黑特渥不安地瞥了拜斯特一眼，而王子一直陰沉著臉，蹙眉仔細聆聽。黑特渥說：「伊佳妲貴女親耳聽到？這不是很弔詭嗎，你應該能看得出來。」

「我親眼目睹了被勒斃的花豹、絞刑用的繩索、遺體上的符文和凶案發生的寢殿。烏克拉和幾位侍從可以為我作證。我相信伊佳妲貴女所說無誤，我打從一開始就相信她，並且後來發生的一場意外，更加證實了她的話屬實。」

黑特渥翻手一揮，示意他繼續。封印官的神情複雜，但明顯不悅的情緒居多。

「這場意外讓我意識到……顯露出……」英格雷沒想到會這麼難以說出口：「東尹家這裡或別的地方，有人預謀企圖截殺我的犯人。但我一直沒查出來這人是誰，他的動機又是什麼。」他一邊說，一邊偷瞄拜斯特的反應，只見王子十分震驚。「但此人行凶的手段，卻是一目了然。」

「所以殺手是誰？」

「我。」

黑特渥眨眨眼。「英格雷……」他口氣裡帶著警告意味。

「我四次暗殺都失敗了，再加上我們在紅壩鎮遇到的一位神廟巫師的協助，我才搞清楚，有人在我身上下咒，操控我行凶。這位神廟巫師是哈拉娜司祭，她曾是盧柯司祭的弟子。哈拉娜說，這不是普通的術法，而且與災神無關。」

黑特渥上下打量他手下的這位劍客。「英格雷，我知道——目前為止——你不是在胡說八道。但我不能理解的是，怎麼可能有人能躲過你的截殺，更何況是一個普通女人。」

英格雷一陣尷尬。「因為她會泅泳，而這只是她的強項之一。哈拉娜在紅壩鎮幫我清除了詛咒，大家也都鬆了一口氣。」已經夠接近真相了。「解咒的經過十分詭異。」

「蓋斯卡也是這麼認為的。」黑特渥嘀咕。

英格雷冷靜且鎮定地說：「如此遭人利用操控，我十分憤怒。」

他原本只打算冷靜地表達自己的不滿，但內心實在太過激動，雙手不禁開始顫抖，不知不覺中說出了真心話。拜斯特對英格雷的語氣及訴說的內容嗤之以鼻，但注視著他的黑特渥卻愣住了。

「不知那個人是不是您？」英格雷鏗鏘有力地質疑。

「不是，英格雷！」黑特渥說。他瞪大了眼睛，放在桌面的兩隻手也未伸向他的法劍劍柄。但英格雷看出他在竭力克制。

四年多來，英格雷目睹黑特渥權衡利弊，顛倒黑白。現在的他，是否又在玩弄權謀了？英格雷的太陽穴跳動著，血流加速。難道黑特渥也被人利用，責任並不在這位封印官身上？他突然想到，自己可以不用再胡亂臆測。

「告訴我實話。」

「我沒有！」

現場一陣沉默，如此的寂靜和壓抑，比尖銳的斧頭還嚇人。拜斯特也僵在椅子上，動也不敢動。

應該適可而止了。

「很高興聽您這麼說，長官。」英格雷假裝鎮定地說，做出從容不迫的讓步。找個台階下吧。「聖王的病情如何了？」

黑特渥注視著他，不吭聲。良久後，他才抬手指了指愣在一旁的拜斯特。

拜斯特地看了黑特渥一眼，隨即會意過來，舔了舔唇說：「我來之前去看了父王。他的情況比我想像的……更糟。他尚且認得人，但話已經說不清楚了，肌膚發黃，羸弱無力。不久他就又睡著了。」王子頓了一下，聲音變得飄渺：「他的肌膚像紙片一樣薄。他一直……他從沒……」他在失控前打住了。

「你們必須，」英格雷謹慎地說：「開始討論王位繼承人的推舉事宜了。」

黑特渥點點頭，拜斯特也無奈地點頭同意。拜斯特垂著眼，目光裡的警戒褪去大半，只是望著黑特渥，無聲地打探英格雷適才的僭越行徑是否常見、並不足以為意。但黑特渥只是沉著臉，瞧不出任何端睨。

英格雷說：「波列索王子冒險涉足禁術，他十之八九也在覬覦王位。」

「但他的繼位位分在我後面啊！」拜斯特反駁。「曾經。」

「這一點是有可能被更改的。利用術法，可以神不知鬼不覺地剷除擋路的障礙。就我親身體驗到的。」

黑特渥突然敏銳起來。「他說得沒錯，」他低聲說：「最近私下的買票活動十分活絡，我就納悶究竟是誰在搞鬼……」

「目前拜斯特殿下繼承王位的阻礙有多大？」英格雷詢問黑特渥，頭朝拜斯特一歪。「因為波列索殿下的喪禮，現在眾多達官顯貴都聚集在東尹家，若是這段時間內聖王駕崩，王位推舉將會立刻被提上日程。」

黑特渥聳聳肩。「我們都知道鷹沼家族（kin Hawkmoors）和他們東邊的派系，早已虎視眈眈。他們連續四代與王位絕緣了，為了延續祖先榮耀，此次更是勢在必得。不過我判斷，他們尚未鞏固足夠的票源，但那些尚在觀望的選票……若波列索殿下生前真的暗中密謀王位，那麼他掌握的票源現在也失去對象了。」

「這些失去對象的票源，有可能轉投到殿下兄長的陣營嗎？」英格雷瞥了拜斯特一眼，拜斯特繃著臉，似乎仍在消化弟弟弒兄奪嫡的可能性。

「也許不會，」黑特渥低語，眉頭皺得更深了。「狐荊家族（kin Foxbriar），儘管他們自己知道與王位無緣，但假若候選人勢均力敵，他們手上的選票將成為扭轉局勢的關鍵，所以不可能輕易表態。如果多次推舉下來，都沒有產生絕對性的王位繼承人，很可能就要訴諸武力了。」

拜斯特聞言並未感到欣慰，但他的手堅定地握住了劍柄，黑特渥注意到後伸手安撫他。

「假使拜斯特王子不幸遇害，」英格雷謹慎地說：「其實，無論他是否存在，在我看來，那人能驅使詛咒殺人，就能驅使詛咒扭轉選票結果。」

英格雷以為他震住了黑特渥，引得封印官跟著他的思路走，但他錯了。

「的確，」黑特渥呼出一口氣。他的平靜轉換成冰冷的犀利。「好——英格雷——你能感應到這一類的詛咒嗎？」

「我現在可以。」

「嗯。」他估量著英格雷。

看來，在黑特渥眼裡，我是安全可靠的。也許吧。

黑特渥哼唧一聲，又嘆了口氣，抬手順了順頭髮。「我想賄賂、施壓，還有脅迫和斡旋，這些足以搞定王位繼承的問題。」他抬眼看著英格雷，瞇起眼冷冷地說：「你推測是誰下的詛咒？如果不是我的話。」

英格雷聳聳肩，以示道歉。沒有歉意的道歉。若你看重自己的生命，守住你的祕密，以及我的……

「我現在還沒有確鑿的證據，不能隨便毀謗。」

黑特渥皺著臉。「看來，你謹言慎行的優勢，還沒被你拋棄。你應該知道，這類事件的調查是神廟的職權。」

英格雷點了一個頭，十分不快。他要將那個對自己下咒的人——無論是巫師或獸巫——繩之以法。雖然他還不確定自己願意付出多少代價去整倒那人，但知道黑特渥會是他最堅強的靠山，內心鬆快許多。希望剛才的探試，沒有給自己的牆角挖洞。

既然黑特渥並未參與暗殺伊佳妲的策畫，那麼，也許可以請求他為伊佳妲主持公道？要在此時提出嗎？否則何時才有機會再與拜斯特面對面商討？他做了一個深呼吸。

「此外，還有伊佳妲貴女的事。若不想讓波列索殿下生前的胡作非為被揭露，就別將她送交法官審判。直接讓陪審團判她是出於自我防衛，或者，出於意外而誤殺，然後放她走人。」

「她殺了我的王弟。」拜斯特的口氣中，帶著一絲些微憤慨。

「那麼就以古野林法處置她，讓她付出適當的血償，不能再多。」英格雷謹慎地說：「如此，既保全了王室顏面，正義也得到伸張。」

「這個先例一開，對王室只有傷害，沒有好處。」黑特渥說：「那就像在鹿棘和其他家族的領土上，宣稱開放狩獵。父神紀律會費了那麼多的心思消除狩獵傳統，是有充分理由的。否則有錢人很可能會大張旗鼓地追獵窮人的性命。」

「有錢人現在不也還是在追獵窮人的性命？」英格雷說。

黑特渥警告地說：「總之她必須死，只是可以讓她死得痛快些。也許直接給她一劍，避開絞刑或火刑。」

而我就是那個行刑者。「但還有一些……疑點沒有釐清。」他不想亮出這一張牌，只是他們的結論實在不樂觀。他必須將自己的想法種在他們腦子裡，等待時間發芽茁壯。*若我怕東怕西、顧忌太多，會不會就此弄巧成拙，反倒害了她的性命？*「我想她是被神明憑依過的人。你們這麼做，是兩敗俱傷。」

拜斯特哼了一聲。「一個女兇手？我不相信，不然，讓神派一位使者來為她說項。」

英格雷屏息，像被人揍了一拳般嘴裡吐出口氣。*眾神已經派了一位使者，只是這位使者笨嘴拙舌。祂們應該要派一位智謀才對……*

這條路行不通，那換一條。「殿下，大人，請問聖王的君權法力，什麼時候變得如此世俗空洞了？這曾經是神聖不可侵犯的，怎麼能像在市場買菜那樣討價還價？什麼時候，宣誓效忠神的戰士變成了市場小販？」

他的話起碼激怒了黑特渥。「我是在執行神賜予我的能力，這包括了思考和判斷，以及我的職責和手段。我在你出生前就在野林地服侍了，英格雷。我的服侍經歷沒有所謂的黃金時代，一直都是鋼鐵般火裡來水裡去。」

「神透過我們的手來管理這個世界，若我們失職了，祂們還能委託誰？」

「英格雷，注意你的態度！」

拜斯特揉著眉毛。「夠了，到此為止！我得去梳洗更衣了，我還要去和迎靈隊伍會合。」王子起身，呻吟著伸展了下肢體。

黑特渥跟著站起來。「沒錯，殿下。我也必須出發了。」他挫敗地看著英格雷。「等你恢復冷靜後，我們再討論，英格雷大人。別跟其他人提這件事。」

「盧柯司祭想找我談談。」

黑特渥吐出一口氣。「盧柯，我知道。就我的經驗來看，那傢伙只會幫倒忙。」

「我冒著極大的風險衝撞了神廟。」

「喔？這可新鮮了。不過我看你是根本不要命了，現在誰都敢衝撞。」

兩人對視良久，直到拜斯特王子走到門邊時，黑特渥只能停下對峙跟上去，揮手讓英格雷退下。

「你最好不要欺騙盧柯。我晚點找他聊，之後再找你。」黑特渥垂眼看著英格雷的手。「別弄髒了我的地毯。」

英格雷一凜，連忙用左手捧住右手。右手的繃帶已濕掉，血滲了出來。

「你那手又是怎麼——算了，晚點再告訴我。跟我一起出席喪儀，穿得正式一些，」黑特渥交代。

「是，」英格雷躬身退出。房門外，正在別處欣賞黑特渥壁毯的錫馬克一看到他們出來，便快步趕到王子身旁。

這麼說來，黑特渥在採取行動前還會再想想。但這沒有令英格雷完全放心。

東尹家的早晨完全活了過來，四處熙來人往，英格雷朝河邊走去。

伊佳妲醒了，他能感受得到。醒了，但並不憂慮。這讓他稍稍放心了些。他這才意識到自己的心有多急切地想保護她，想急匆匆地往家裡趕。這奇怪的感應是雙向的嗎？他必須回去問她。他掉頭，著急地朝那棟窄房而去。

門房再次引他入內。英格雷仰頭一看，伊佳妲在樓上，應該和女監護鎖在房內。英格雷突然意識到，這幾位馬河的僕人，外加他這一個受傷的劍客，是足以防止一個手無寸鐵的天真女孩逃亡，但完全無法抵擋外敵的入侵。英格雷可以能擊退一個敵人——一些或者幾個——但對方若是殺意已決，必定會傾巢而出，伊佳妲的下場顯而易見。

但對於一些巧妙又難以解釋的攻擊……結果就很難說了。他體內那莫名其妙的力量也令他煩惱不安。馬河伯爵顯然也知道英格雷新獲取的法力威力；溫索之前所暗示的訓練，搞得英格雷心煩意亂。

門房遞上來一封微皺的信。「神廟信使送來這個給您，大人。」

英格雷拆開封蠟，是盧柯司祭寫來的短信，字跡整齊且粗短鋼硬。

我今天無法赴約，必須處理你昨天協助我們發現的神廟內部紀律問題。這我還得跟你說聲謝謝。明天，王子喪禮一結束，我會立刻前去找你和伊佳妲貴女。

英格雷能夠理解，神廟必定著急地想趕在喪禮之前，導正服事們的散漫紀律。他在對方短短的字裡行間所感受到的惱怒，應該不完全是出於他的想像。英格雷吁了口氣，如釋重負與失望在他心中交戰。

盧柯的確讓他感受到威脅，但他想不出誰還能為他解惑，與他一起討論昨天在神廟大殿上，他那在腦海裡聽到的笑聲。儘管，他打從心底希望盧柯說那只是他的幻覺，但如今這種可能顯得越來越渺茫。

他上樓讓泰斯寇為他更換繃帶，清洗沾到血的衣服。新縫合的傷口安然無恙，也長出了新肉。然而這些尚未復元的傷口使他困擾。每次的出血都有合理的解釋，大多是出於他的不小心；他緊繃地想著，這些血簡直就像不潔的祭酒一樣。*而小型術法用小血償祭祀，那麼大型術法又要付出何種程度的代價？*

床鋪在召喚著他，他立刻躺倒下去。他一點胃口也沒有，但睡眠也許能幫助傷口癒合。然而一躺下後，他的思緒就飛轉起來。他一開始就認定那些人暗殺伊佳妲的動機，必定和政爭有關，再不然就是報仇。也許這樣的推測是源於長期待在黑特渥身旁，耳濡目染所致。他試過擴展思路，卻只是讓他的想法顯得更加散亂且愚蠢。*我知道時間正一天一天減少。*這樣只能做個無力的蠢蛋的日子，何時才能結束？這些惱人的思緒，在他的精疲力盡中終於漸漸模糊褪去。

他睡得比預期中得久，醒來後口乾舌燥，但卻像是償還了欠身體的債，整個人顯得神清氣爽，食欲也回來了。他讓泰斯寇下去交代，他和犯人將在起居室享用晚餐。他再次套上早晨進城穿的衣服，並決定之後應該要用薰衣草水梳理頭髮，想著明天讓泰斯寇去買一些；刷完牙後，又一次剃鬍，等全部打理完畢時天色已暗下了。他做了個深呼吸，接著走下樓梯。

他轉進起居室時，看見伊佳妲已經在燭光中等著。她身上穿著奶油色洋裝，整個人像燭光般散發光芒。她迴過身，對他微微一笑，英格雷也跟著嘴角揚起。

英格雷忍著不要像隻惡狼般地撲向她，因為那個討厭的女監護正雙手交抱，嘴巴噘得高高的，就站在伊佳妲的身旁。他瞥了餐桌一眼，十分失望，因為餐具似乎擺了三人份的。馬河的僕人，當然就是馬河的間諜。若是不客氣地趕走她，很可能招來不必要的禍事。

更何況，他已覺察到自己心緒不穩，但必須守護住他和伊佳妲的名節，否則他的職務會遭到汰換，無法再就近保護她。不過微笑無傷大雅，於是他笑了，還藉著行禮牽起她的手一吻。她肌膚帶有的體香，如此靠近的距離，使他全身的感官敏銳起來。她被吻得一凜，這更令他心神俱醉。

她用指甲掐入他肌膚裡，抓住唯一的機會向他打暗語：我也感受到了。伊佳妲客氣地一笑，那是在豪門貴族生活下培養出來的儀態。英格雷拉開椅子協助她入坐，男僕端來飯食上菜。

「這好像是我第一次看您換下騎裝，穿上其他的服式，英格雷大人。」聽她的口氣，似乎很滿意眼前他的變化。

英格雷摸了摸黑色短上衣。「黑特渥夫人希望大人的部屬在她的屋簷下，都必須穿著得體。」

「她的眼光很好。」

「喔？那就好。」英格雷差點被酒嗆到。「那就好。」他思緒混亂，既要照顧到自己的熱情澎湃，又要警醒兩人所處的政治和性命危機，最後甚至想起了那個神祕之吻。叉子上的食物滑落到他大腿上，他偷偷撿了起來。

「盧柯司祭沒來。」

「噢，對。他送來了短信，說明天喪儀結束後過來。」

「昨天神廟的冰熊事件，有什麼後續發展嗎？」

「還沒。但謠言已傳到黑特渥大人的耳裡。」

「今天和封印官的會談進行得如何？」

英格雷不解地歪頭。「妳怎麼知道？」難道妳能感應到我在哪裡？我的感受？就像我能感應到妳的一樣？

伊佳妲微微點了個頭，緩緩說道：「緊張。不安。還有……發生了一件事。」她的目光似乎鑽透了他的肌膚。她瞥了女監護一眼，後者正一邊咀嚼一邊聆聽。

「沒錯。」英格雷深吸一口氣。「我認為這位封印官值得信任。不過，他的考慮都是出於政治角量。而我越來越不認為，妳的問題單純與政治角力有關。不過我沒想到拜斯特王子也在場。他一聽到我血償的提議很不以為然，但起碼我在他心裡種下這個念頭了。」

伊佳妲用叉子撥開麵條。「神應該對政治沒興趣。祂們只關心靈魂。英格雷大人，若想揣測祂們的心意，就要從靈魂這方面著手。」她抬眼，蹙著眉頭。

有女監護在旁盯梢，英格雷和伊佳妲只好聊起了日常瑣事；伊佳妲輕聲地描述了今天讀到的一本老舊家政書籍，那顯然是這棟房子裡能找到的唯一一本書。之後，兩人不再說話。這不是他期望中的燭光晚餐，但起碼他們都還活著，在同一處屋簷底下呼吸。看來我得提高我的社交水準了。

大門上一陣敲門聲響起，門房拖著腳步前去應門，隨即傳來交談聲；英格雷全神警戒，這才意識到他將佩劍留在樓上，身上只帶了腰刀。不久他隨即認出來者的聲音是溫索，他稍稍放鬆下來。他站起身，溫索走進了起居室，女監護慌忙地起身行禮。

「英格雷，伊佳妲貴女，」溫索向兩人點頭致意。他穿著喪禮官服，整個人有些黯淡，一臉疲倦。他體內的黑暗沉靜不動，似乎顯得麻木或被壓制下來。溫索掃視了下在場的椅子後，對女監護說：「妳可以退下了。把妳的餐盤帶走。」

女監護欠身行禮，拿了餐食迅速退離房間，並自動關上了房門。

「您用餐了嗎？」伊佳妲貴女客氣地問。

「隨便吃了一些，」他擺擺手。「我喝酒就行了。」

伊佳妲為他斟酒，溫索拿起大酒杯往後躺靠，伸直兩腿，腦袋往後一仰。「妳在這裡住得舒服嗎，貴女？我的僕人有好好看待妳的需求嗎？」

「是的，謝謝。物質上的一切都足夠，我缺少的是新的消息。」

溫索的笑容黯淡了些。「關於妳的事，沒有什麼新消息。王子的遺體已停放在神廟內。明天的這個時候，這整齣鬧劇就會結束了。」

然後伊佳妲的審判就會開始？「溫索，我一直在想……」英格雷簡潔地覆述了一遍他的血償提議。「若你想挽回家族名譽，這會是個好辦法，應該好好考慮一下。若能同時說服鹿棘和獾岸家族的話。當然，要由你出面去遊說。」

溫索銳利地看著他。「我看，你這個獄卒的立場不中立啊。」

「若你想要找其他立場中立的獄卒，請自便。」英格雷冷冷地反駁。

溫索舉杯向他致敬，仰頭喝酒。片刻後，他說：「不過間接證據來看，既然我到現在都還沒因異端罪名遭到逮捕，就表示你們守住了我們的祕密。」

「對，截至目前為止，我一直避免提到你。我不知道這個情況還能維持多久。不過，我自己是倒楣得引起了神廟的注意。你聽說冰熊事件了嗎？」

溫索撇撇嘴。「今天停柩儀式上，真正虔敬的時間很短，所有人大部分的時間都在聊天。沒錯，我聽說了。我聽到的都是一些可怕的打鬥情節，眾說紛紜。不過，我很可能是唯一一個聽出其中蹊蹺的人。恭喜你，對自己有了新發現啊。只是我沒想到，你這麼快就學會了這種力量。」

「我的狼魂從沒這樣說過話。」

「聖獸從不說話，說話的必定是人。獸魂和宿主是一體的兩面，相互交融後，可以隨時切換。」

英格雷思量著溫索的話，似乎有些啟發，又仍覺得曖昧不明。他決定先撂過另一個聲音不提。

「而且，」溫索補充：「你的狼魂之前被禁錮住，即便它就在你體內，也是與你隔離開來的。這點非常清楚，不會有錯。讓我好奇的是，它是如何被釋放的。」溫索挑眉，示意要他說明。

英格雷忽略他的暗示，轉移話題：「那麼，那種力量還能讓我——我們能做什麼？」

「異語，實際上是一種微妙又強大的力量，比你想像地更接近一切的根源。」

「既然我對這方面幾乎一無所知，你也就不用如此隱晦地描述了，溫索。」

溫索聳聳肩。「事實上，森林部族的獸巫擁有另一些祕術，看透一切的識力，能療癒身體和心靈的創傷、高熱，或其他血脈流傳的隱疾。有時，他們能跟蹤心靈陷入黑洞的人，並將他帶出來。有時則會反過來，將人推入心靈的黑洞，或阻撓人的療癒直至死亡。這種仍然是黑暗的巫術，需要以人命做祭品。」

例如我被下的詛咒？英格雷暗自納悶。

「這種強大的力量，」溫索壓低了音量：「即使在古野林最輝煌或最慘淡的時期，都不算強大。只有在面對排山倒海的外來侵犯時，獸巫和獸魂戰士才會大量出現。這對你應該很有啟發，英格雷。我們現在算得上是形單影隻、人數太少，守住祕密才會安全。」

伊佳妲深吸一口氣說：「我聽說奧達爾大帝在最後一役時，單單用武力就打倒了古野林的巫術。武力和勇氣。」

溫索哼了一聲。「達澤卡人最會編故事欺瞞後世。奧達爾召集了所有神廟聖徒和巫師助陣；是神明的背叛，他們才能在聖樹那裡將我們殲滅。」

英格雷推敲著伊佳妲的話頭，繼續接下去：「對了，你們家的藏書室裡，有沒有什麼關於血地的記載，而且是達澤卡文獻裡沒有的？」

溫索詭祕地笑了笑。「受夠了他們杜撰出來的故事？」

英格雷說：「無論古野林施用了什麼邪惡的祭典，最終結果就是奧達爾獲得勝利，這點毫無疑問。」

溫索聞言一震，激動地說：「不是邪惡，是強大，是孤注一擲的搏命。在之前的世代，我們的土地已被達澤卡人佔去了一半，奮勇的青年都死在達澤卡人的長矛之下。」

「我所讀到的軍報資料，顯示奧達爾的軍隊組織嚴謹，而且訓練有素、賞罰分明；以當時的水準來看，他們的物資補給動線十分先進。」英格雷說：「他們在森林裡開路，所以能以最快的速度截擊。」

「沒那麼快。但確實，他們的入侵行動就像瘟疫一樣席捲了各氏族的領地。當時他們掌握了所有資源，也佔領了我們半數以上的戰士和物資，單憑勇氣已不足以阻止他們的進逼。當時的聖王是一位真正的人民之僕——是馬河的先祖——他召集所有氏族的獸巫，舉行了一場盛大的儀式，賦予獸魂戰士無堅不摧、百折不撓的神力。這些金剛不壞的戰士，將達澤卡人成功趕回到餌河對岸，永遠不敢再犯。這些戰士的身體和精神將與神聖的野林結合在一起，被它具有的生命力不斷療癒，直到獲得勝利。他們為鼓舞士氣而創作的詩歌傳唱了足足三天，戰士們的歌聲融合成氣勢澎湃的莊嚴歌曲，而且歌聲前所未有的整齊一致。這股氣勢，隨著歌聲充斥在森林的每處角落。」

伊佳妲聽得相當入迷，低聲問：「所以後來是出了什麼狀況？」

溫索搖搖頭，嘴唇緊抿得蒼白。「奧達爾若不是取得了巫師和神的支援，以迅雷不及掩耳的速度大舉來犯，我們不會慘敗。他們的一支武裝步兵，以空前的速度穿過森林和山丘，在不休整的情況下趁著黑夜發動攻擊。那是大儀式後的第二個夜晚，大家全沒防備，獸巫們因為儀式而精疲力盡，聖王也已進入施術狀態，但部分戰士沒有。」

「你們——我們有反擊？」伊佳妲追問。

「喔，猛烈地反擊。但奧達爾的軍隊人數多出我們三倍。我——沒人想到他能在那麼短的時間內，徵集到那麼龐大的軍隊，並且帶著如此龐大的軍隊遠征。」

「但可以自癒的獸魂戰士很難被打倒才對，怎麼會這樣？」

「他們的身體被埋進坑裡，頭顱被埋在一哩外的另一個坑中，即便是如此神奇的戰士，也會逐漸死去。達澤卡人率先擒獲聖王，也就是我們的法術咒語的核心；他們打斷他的手腳，扔進第一個坑洞，再用無數具無頭的戰士屍體掩埋他。聖王苟延殘喘了數個小時，才被自己同袍的鮮血淹死。」溫索的眼裡閃躍著燭光。

「奧達爾的軍隊從黑夜殺到日落，」溫索繼續：「每個人最後殺得腰部以下都濺滿了鮮血。有些人對於他們的所為崩潰了，坐倒在地上，前後搖晃地流淚哭泣。他們殺光了與聖樹相連的所有能找到的野林人，獸巫、獸魂戰士、手無寸鐵的追隨者，男人，女人，孩童都一個不留，絕不留下後患。他們剷平所有建築，殺光野生動物，砍掉那棵祭樹，將一切焚毀殆盡。他們在隔日結束前，才砍掉聖王長子的頭顱，而這位大王子在死前從頭到尾目睹了一切。他們確定聖地內只剩下了樹木後才撤軍，並封住了入口，似乎想將他們的罪惡隱埋在我們的土地上。雨水來了，降雪來了，許多冬天過去了，一個接一個的世代死去，聖樹被遺忘，連帶過去所有的風光榮耀也淹沒在時光長河中。」

英格雷調整呼吸，他被溫索慷慨激昂的古老故事搞得心神俱盪。溫索還會揭露什麼樣的古老祕聞？

「他們說奧達爾因為部落背叛條約而發怒，他事後對屠殺之事很後悔。他捐贈了許多祭品給神廟，祈求寬恕。」英格雷說。

「那是他的神廟！」溫索苛斥：「他左手得到，卻是右手付出，還真是慷慨得很。在高壓逼迫下簽定的條約不算條約，那是打劫。達澤卡人好戰又貪得無厭，永無止盡地侵犯他國，他們所謂的條約，只是自欺欺人的幌子。」

「我不知道，」英格雷謹慎地說：「根據文獻記載，達澤卡人並不是一開始就立志殲滅野林地。兩個世代以來，他們都是悄悄侵吞。每一次設定國界就駐軍防衛，而沒有組織的氏族部落在他們的防線之外，零散成一小塊一小塊，最後達澤卡的國境防哨站才得以深入到野林境內。這個模式代代不斷複製。」

「你是半個達澤卡人，英格雷。」溫索的慷慨激昂消失了，口氣變得冰冷。

「現今這個時代，大部分人都是。」

「沒錯，我知道。」

「但一些氏族戰士逃到了邊境地帶，」伊佳妲專注地凝視著溫索，大腿上的雙手絞在一起。「他們——我們的先祖繼續反抗。時機一成熟，我們就獲得了勝利，野林地就此復興。」

溫索冷哼一聲。「奧達爾的王國後來陷入王位鬥爭，承繼的子孫一個比一個昏庸，野林的傳統文化被破壞殆盡。一百五十年後，古野林只剩下空殼子，成為被人嘲笑的落後文化，它的精華與美麗都消失不見，被蓋上達澤卡五神信仰的戳記。那些重建聖王王朝的人，壓根不知道自己究竟遺失了怎樣的文化內涵，還自詡為野林文化的復興者。那些自由自在的森林生活早已不復在，被塵封在馬路和作坊之下；樹木被砍倒、變成了城鎮，石頭被扛去打造一座座奧達爾的神廟。一百五十年的辛酸血淚，換來了一無所有。這些人還沾沾自喜，而這些新一輪形成的世家大族、位高權重的王位授命伯爵，以及王位授命大司祭，是多麼荒唐的模仿、多麼扭曲的復興；而他們吹噓的王權毫無文化根基，他們寶座上除了男人的屁股，根本什麼也沒有。他們應該在最後背叛的那一日，在廢墟中哀悼痛哭。」

溫索一口氣說完後，才終於注意到兩位聽眾的眼睛都瞪得大大的。「好了！今日的講課就到此為止，孩子們。」他吐出一口氣。「我有點失態了。今天是既忙又漫長的一天，我該回家了。」他緊抿著唇。「回到我的妻子身邊。」

伊佳妲壓著嗓子問：「她還好嗎？」

「不是很好。」溫索回答。

英格雷突然擔憂起，伊佳妲將承受多少這方面的壓力。法拉公主是渴望血債血還的鹿棘家族一員，她不會想要金錢，只會想辦法擺脫那濃濃的罪惡感。而法拉的話顯然能一定程度地影響溫索或拜斯特。

溫索連人帶椅後退，捏了捏眉間後起身。英格雷注意到他眼下出現了黑眼圈，面容也顯得太過蒼老。

英格雷送溫索出門，隨即溜回起居室，在女監護回來前關上門。伊佳妲蹙眉看著英格雷走回來，坐到她身旁的椅子上。

「真不知道……溫索都做了什麼夢？」伊佳妲緩緩地說。

「什麼？」

伊佳妲兩指輕點著桌緣。「當他訴說血地之役時，不像是讀或聽來的，更像是親眼所見。」

「妳是說，就像妳之前那樣？但是在另一個時空裡？」

「我想我的夢是在當下這個時空。為什麼他夢見的是過去呢？他又為何會夢見我的人？」

英格雷注意到她無意間透露的佔有慾。「溫索似乎認為他們是——曾經——他的人。」英格雷遲疑道：「溫索的父親和祖父都是出了名的歷史狂，我父親和姑姑聊起他們的時候，都透露出這樣的訊息。在溫索小時候，他們並沒有將這份熱情強加於他身上——就我所知。但溫索長大後閱讀他們的著作，可能受到一些影響。他一定是瘋狂地為自己的遭遇找答案。」一會兒後，英格雷又問：「妳之後還有沒有再夢到受傷樹林？」

伊佳妲搖搖頭。「那沒……沒必要了。那個任務，無論是什麼，都已經指派給我了，沒必要再來一次；自從那之後，也沒有任何褪去或改變。」伊佳妲在他臉上搜尋。「直到你出現在我身邊，就這樣。」

兩人終於又單獨相處，英格雷渴望再擁她入懷激吻，卻又害怕。如此的親密，是否還有別層意義？他包著繃帶的手向她的移去，握住她，那雙迷人的唇對他微微一笑。

她瞇起眼睛。「氏族獸巫，獸魂戰士，掌旗手，聖樹。這些象徵古野林的記號，為何現在會在這裡出現？而我們三人更是環環相扣——你和溫索因為血緣和悲劇，我和他是因為……最近的事件，你和我則是……」她深吸一口氣。「我們一定要找出原因。」

「我們應該先想辦法活下來，伊佳妲。」

「我不太確定，」伊佳妲淡淡地說：「活下來是否真正有意義。」

英格雷緊握住她放在桌上的手，扯痛了傷口。「妳千萬別找死！」

「為什麼不？你想過沒有，當尋求死亡成為你的唯一任務？」伊佳妲調皮地皺眉。「最近看來，你才像那個專門找死的人呢。」伊佳妲靠了過去，英格雷愣住，在害怕又雀悅交織之際，伊佳妲的唇吻上了他。但這次，只是肉體上的親吻，只是溫暖的觸碰。

英格雷還來不及熱烈地回擁她，房門就喀嚓一聲開了。女監護走了進來，面無笑容地看著他們。英格雷只能放開她的手，退了開來。他意識到自己的呼吸太急促了。

女監護欠身行禮。「抱歉，大人。伯爵囑咐我，要時刻待在貴女身邊。」

「我很感激他的細心體貼。」伊佳妲淡淡地說，英格雷也聽不出來她究竟是誠心，還是諷刺。她仰頭飲盡杯裡的酒，放下酒杯。「我們可以回那個鬱悶的房間了嗎？」

「只要您高興就行，貴女，伯爵是這麼交代的。」

在女監護古板固執的舉止下，英格雷意識到對方真正的不安。單單是伯爵的世俗權力就能震懾住他的家僕，而家僕們是否感應到——或親身經歷過——更多其他東西？

「也許早點準備就寢也是好事一件。」英格雷不情願地妥協。「我明早還要陪黑特渥大人出席喪禮。」

伊佳妲點點頭，站起身。「如果你回來能跟我說說喪禮的經過，我會很感激。」

「當然，伊佳妲貴女。」

英格雷看著她從身前走過去，出了起居室。可能是他想太多了，怎麼感覺伊佳妲一走，起居室頓時暗了一個色度。

14

上午時分，英格雷抵達神廟廣場時，現場已是人潮洶湧，擠滿了虔誠、或假裝虔誠的哀悼者。他在人群外圍看到了蓋斯卡的手下，顯示黑特渥大人已經抵達。英格雷加大步伐，從人群中擠過去。認識他的人，都紛紛立刻讓道給他。

秋高氣爽，烈陽高照，他一走進柱廊的陰影中，鬆了一口氣。他最體面的朝服又重又悶，深色的無袖長袍垂到腳踝，總是會跟他的佩劍打架。陽光射入神廟的中庭，聖火在高臺上熊熊燃燒，他眨眨眼以適應光線。

他看到了黑特渥夫人，以及黑特渥的長子和蓋斯卡，英格雷來到她身旁，躬身行禮。夫人點頭回禮，並打量著他的裝扮，似乎十分滿意，並向旁挪了挪，騰出空間給他，讓他和蓋斯卡伴隨在身後的左右兩側。蓋斯卡侷促不安地斜睨了他一眼，不過除此外，關於那晚的事，蓋斯卡似乎未再有其他影響，英格雷只暗自期望對方能夠守口如瓶。

聖火臺的另一端，英格雷看到了烏克拉保安官，以及波列索王子的其他首席侍從；很好，這群隨著王子流放出去的家僕，遵照指示回到了東尹家。烏克拉客氣地對他點頭致意，但其他隨護靈柩回都的侍從都迴避他，不知是在迴避他不屑的眼神，或只是單純地怕他。

小石徑傳來聖詩班的歌聲，回音使合唱歌聲聽起來又遙遠，又憂傷。合唱服事群身著藍綠紅灰白的各色袍子，呈五行五列的隊形緩步進入殿中，東尹家的大司祭肅穆地尾隨在後。大司祭後面是六人舉抬的靈棺，黑特渥也在其中，另外還有野豬灘的伯爵兄弟倆，以及三位王位授命伯爵。

薰香朝服下的王子遺體應該用藥草緊緊包裹住，但他腫脹的臉仍然暴露了出來。因為延遲下喪，遺體已開始腐爛，靈棺理應必須闔上。但因為死者是王子，需要越多人觀容越有保障，以防將來有人冒充王子。

靈棺之後緊接著的是王室親屬。拜斯特王子衣著光鮮，但一臉的疲倦，在錫馬克的伴隨下，捧著捲起的三角軍旗象徵著哀悼。之後，馬河伯爵扶著法拉公主走過去。公主身著樣式簡單的黑色服裝，端莊嚴謹，棕髮往後梳，沒有任何珠寶或髮帶的裝飾；在如此相襯之下，那張臉蒼白得可怕。她的身形沒有兄弟的高大，鹿棘家族的長下巴特徵也因此在她身上淡化了許多；她並不漂亮，但她是公主，高貴的身分和氣質足以彌補所有的缺陷。然而今天，她只是一臉的憔悴枯槁。

伯爵的馬魂動也不動，看起來只像一團陰鬱的黑影。*我一定要找出溫索是如何做到的。*英格雷逐漸明白，溫索多年來在擁有神識的人們之中穿梭是如何不被識出，但代價應該不低。

幸好聖王沒被人從病床上拽起塞到輪椅或擔架上，勉強參加兒子的喪禮。那場景會有些荒唐，像尾隨著一具靈棺的另一具棺木。

英格雷跟著黑特渥夫人進入隊伍，走進子神殿中。寬廣的鋪石大殿滿滿都是人，王室親屬之外的悼念者陸續進入。抬棺人將靈柩放到子神聖壇前，聖詩班換上另一首頌詩，菲里汀（Fritine）大司祭往前一站，主領波列索王子的悼念會。英格雷叉開雙腿站好，兩手揹在背後，準備好迎接繁瑣冗長的哀悼文。不過，幸好，那些上臺的哀悼人都言簡意賅，也都沒提起王子的尷尬死因。黑特渥甚至只講了幾句陳腔濫調，傷痛王子的英年早逝。

神廟中庭傳來窸窸窣窣的聲音，人群向兩旁分開，讓道給神聖的聖獸。面容肅穆的聖獸服事中，有三個不是前天他在神廟看到的服事。法法被換成了一隻長毛白貓，貓咪溫馴地窩在白衣女服事的懷中。牽著的紅銅小馬的男孩仍然相同，馬兒與前天看到的也是同一匹。那名男孩的專注力都在聖獸和大司祭身上，但他還是瞥到了高出黑特渥夫人一顆腦袋的英格雷，兩眼瞬間瞪得老大。

聖獸在極其小心的帶領下來到靈柩前，領受神的指示，以決定哪位聖神要接收波列索王子的靈魂。若有神願意接收的話。沒人寄望於女神的藍母雞或母神的綠鳥，不過紅銅小馬一被帶上前後，立刻引來眾人注目。小馬幾乎沒有什麼反應，和另外的灰狗、白貓一樣。聖獸服事們顯得十分擔憂，拜斯特王子則是一臉陰沉，而法拉公主一副快暈過去的樣子。

難道是波列索王子罪大惡極到被子神拒絕，但這可是他最大的希望，而連災神也不願接引的話，他註定會成為孤魂野鬼嗎？而被那些遭到他殘殺、攝取的獸魂，會被困在物質世界和靈魂界飄盪，永生永世受苦，就像之前英格雷向伊佳妲預測的那樣？

大司祭招手要拜斯特、黑特渥和盧柯司祭上前說話。那個司祭一直躲在後面，英格雷剛剛完全沒注意到他。隨後，聖獸服事們又一次帶領聖獸到靈棺前，再次領受神的旨意。

英格雷突然受不了殿內的高熱和緊繃情緒。神殿彷彿晃動著向他撲來，他的右手開始抽搐。他無聲地退到牆邊，讓肩靠在冰涼的牆面上。但還是不夠。當紅銅小馬再次被帶上前時，他同時兩眼一翻，癱倒在鋪石地板上，劍鞘發出微弱的啷噹聲響。

他來到了另一個地方。之前他曾到過這個無邊無際的空間，那次是進來參與戰鬥。但這次似乎不是被叫進來打架的。他仍然穿著朝服，仍然有著人類的下巴……

一排散發著秋天氣息的大樹之外，一個紅髮青年現身。高個子，穿著皮製獵裝，弓和箭筒斜揹在背上。青年的眼神像小溪一樣清亮，鼻子上有雀斑，咧著大大的嘴笑著；祂的步伐很大，頭上戴著秋葉編成的花環，有棕色的橡葉、紅楓葉、黃樺葉。祂撮唇為哨，甜美的尖哨像箭矢一樣穿透英格雷的靈魂。

一匹銀尖黑毛大狼從霧氣中跳出來，牠張著大嘴跑向青年，舌頭傻傻地斜掛在唇外；大狼匍匐在青年腳邊，舔著祂的腳，側滾翻起肚子讓青年搓揉摸玩。大狼肩頸的鬃毛上，也戴著和青年類似的秋葉項圈。大狼似乎也在笑，青年站了起來，分腿而立，蓄勢待發。

一頭步伐高貴的花豹出現，牠小跑步而來。一臉困惑的伊佳妲走在牠身旁。花豹的肩頸戴著一個紫黃秋花做的花圈，一條編織鏈條延伸至伊佳妲的手腕，環繞住那隻手的手腕，看不出到底是誰在牽著誰。伊佳妲穿著圓點黃色連身衣裙，也就是英格雷初次見她時的那件，也是她遭遇波列索王子侵犯的那件；衣裙上的血跡鮮紅刺目，像繡在胸前上的紅寶石般。她一看到陽光燦爛的青年，臉上的困惑變成了雙眼瞪大，顯得欣喜又害怕。花豹磨蹭著青年的另一條腿，力道大到差點把祂撞倒，牠波浪起伏的呼嚕聲，宛如鋸齒狀的歌聲穿透空氣而來。

青年抬手一指，英格雷和伊佳妲同時轉頭看去。

波列索王子僵立在他們面前，一臉的痛苦。

王子也穿著死亡當晚的短外套，蠟黃的肌膚上塗著畫著各式顏料和粉末。那些無聲的色彩讓英格雷看得頭痛，色彩的搭配既混亂且衝突。就像一個不通文墨的人，聽到一個陌生語言就咿咿呀呀地胡亂回應，或是模仿著大人的幼兒，拿筆在紙上隨便亂畫。

波列索的肌膚幾近透明，肋骨下有一團螺旋狀的黑影，黑影又吠又吼又呼嚕又哀鳴，有野豬、狗、狼、雄鹿、獾、狐狸、鷹，甚至還有一隻嚇壞了的家貓。是初期試驗時攝取的？黑影的確蘊含著力量，但雜亂無章。他想起伊佳妲的話：他整個人變得像一座鳥獸園，發出各種嗥叫。

神說話了：「它帶著這些東西，不能入我的門。」

伊佳妲上前，伸出兩手做祈禱狀。「您希望我們怎麼做，聖神？」

神看著他們兩個。「解放他，若你們願意，他就可以進來。」

「您是要我們來決定另一個人的永生？」伊佳妲倒抽一口氣。

秋之子神戴著花環的腦袋，微微一歪。「妳不是已經為他做過了一次決定？」

伊佳妲張口又闔起，雙唇微抿，又害怕又是敬畏。

英格雷覺得自己也應該敬畏得跪下去，但當下只感到暈眩和憤怒。一股慚愧湧起，即使他怒火沖沖，他仍然好羨慕伊佳妲的從容。感覺就像英格雷是透過山洞的小口看太陽，而伊佳妲看到的是整顆赤陽。如果我睜大了眼睛，神光會不會照瞎了我？

「您會——您會接引他嗎？」英格雷又驚又怒地問。「他之所以遭到殺害全是自找，他心懷惡意又狂暴殘忍。他覬覦不屬於他的權威勢力。若我的推測無誤，他甚至陰謀殘殺了自己的王兄。他很可能會強暴伊佳妲得逞，為了自己的痛快再次屠殺他人！」

子神豎起雙掌。祂的手似乎在發光，彷佛陽光照在小溪上，波光粼粼。「我的恩典像河流從這雙手流出，狼先生。難道你要我按照人一生的善惡好壞，斤斤計較，用滴管來分配恩典？若你站在及腰的淨水中，有人卻在乾枯的岸上口渴難耐，你會用小湯匙舀水給他嗎？」

英格雷困窘地呆站著，但伊佳妲仰頭堅定地說：「不會，至少我不會。把河水給他，用大水浸潤他。

他受苦對我沒有好處，他無處可去，我也不會感到快樂。」

子神燦爛地對她笑了笑。銀線般的淚水滑落伊佳妲的臉，宛如恩賜。

「不公平，」英格雷低語：「對那些……努力奉公守法、善良正直的人來說，不公平……」

「但我不是掌管公理正義的神，」子神咕噥著：「你們想跟父神談一談嗎？」

英格雷用力吞嚥，也不知道子神是不是認真的。若他回答想呢？

「讓伊佳妲做決定吧。我盡量配合。」

「哎呀，你別想袖手旁觀，狼先生。」子神指著波列索。「他帶著這些混雜的獸魂，無法入我的門。這扇門不是獸魂走的。把它們趕出來，英格雷。」

英格雷瞪著波列索肋骨的裡面。

「要我清理這座……籠子？」

「你要這麼理解也可以。」子神蹙起紅銅色眉毛，但兩個眼睛閃著淘氣的光芒。大狼和花豹就匍匐在那兩條瘦長的腿邊，深邃的眼睛靜靜地、定定地看著他。

英格雷用力吞嚥。「好，我該怎麼做？」

「叫它們上前。」

「我……我沒聽懂。」

「比照你的先祖，在古野林淨身祭典那樣做。你不知道嗎？氏族獸巫幫每位死者淨身包裹下喪，但獸巫都是自己人淨化自己人的亡魂。無論是獸魂戰士或偉大的獸巫，在生命結束後都會互相扶持淨化，然後穿過神之門。它們手拉著手，潔淨的靈魂像沒有盡頭的河流流淌著。」子神的聲音變得輕柔。「把不快樂的獸魂叫喚出來，狼崖的英格雷。以歌聲讓它們安息。」

英格雷站在波列索王子面前，王子的眼神驚恐，但滿是哀求。伊佳妲那晚的眼神，必定也是驚恐又哀求。而你是怎麼對她的？你有心軟嗎，下流的王子？

再者，我又不會唱歌。

英格雷意識到伊佳妲正看著他，眼神充滿了信心和希望。

我不是個慈悲心腸的人，貴女。所以要跟妳借一些來用用。

他做了個深呼吸，向內觀探，探進比之前更深的深處。簡化步驟。用眼睛撿選出一個螺旋黑影，伸出手，發令：「**來。**」

第一個獸魂跳了出來，慌張地從他指間溜走。英格雷看了看子神。「它去哪——？」

發光的手指對他擺了擺。「沒事，繼續。」

「**來……**」

一個接著一個，宛如黑色的河流流出了波列索的身體，化進黑夜中——但現在應該是上午？管他現在是哪個時辰。他們應該飄盪在當下的某個時空中。最後，仍然靜靜站在他面前的波列索，褪去了身上所有的污跡。

紅髮子神現在騎著紅銅小馬，朝王子伸出一隻手。波列索震了一下，抬眼又是害怕又是迷茫地望著祂，伊佳妲倒抽一口氣。王子爬上了小馬，坐在子神後面。他的面容十分迷茫，卻透著一絲絲喜悅。

「我想他的靈魂仍然還有創傷。」英格雷不解地說。

「啊，我知道一個十分厲害的療者，我們現在正要過去找他。」子神燦爛地笑著。

「子神大人——」英格雷說，而子神正驅策著沒上馬具的小馬掉頭。

「怎麼了？」

「若是每一個氏族獸巫送一個亡靈上路，而下一個又送走那獸巫……」他艱難地問：「那最後剩下的獸巫呢？」

秋之子神意味深長地看著他。祂伸出一隻發光的手指，輕拂過英格雷的前額。英格雷以為祂不打算回答他，但祂低語：「我們會知道的。」

祂輕踢小馬的肚子，騎馬離開了。

英格雷眨眨眼。

他正躺在堅硬的石板地上，身體半歪扭著，瞪著子神殿的拱頂，瞪著一圈俯視他的驚慌的臉孔——蓋斯卡、一臉擔憂的黑特渥夫人，以及兩位陌生男子。

「發生什麼事？」英格雷低聲問。

「你昏倒了。」蓋斯卡蹙眉說。

「不是——靈棺後來怎麼樣了？現在狀況如何？」

「秋之子神接走了波列索王子，」黑特渥夫人回頭瞥了一眼。「那匹漂亮的小馬一直磨蹭著它——神的指示十分清楚。這下大家可以鬆口氣了。」

「是啊。我認識的人，有一半打賭他會被災神接走。」蓋斯卡咧嘴笑得很開心。

黑特渥夫人蹙眉制止。「拿這種事打賭十分不敬。」

「是的，夫人。」蓋斯卡趕緊附和，受教地收起笑瞇瞇的臉。

英格雷撐坐起來，倚靠向牆壁。一陣天旋地轉，他用力閉上眼睛，再張開。在剛才的異象中，他一直沒感受到自己身體的存在，但現在一陣陣的顫慄卻從腹部竄起，然而他不覺得冷，而是肉體似乎經歷了什麼驚嚇，但神智又告訴他並沒有這回事。

黑特渥夫人傾前，一隻手貼在他汗濕的額頭上。「你生病了嗎，英格雷大人？你的額頭有點燙。」

「我……」英格雷本能地想要反駁，拒絕當眾暴露自己的軟弱，但卻立時打住，決定順水推舟，立刻逃離這尷尬的處境。「……恐怕生病了。請恕我早退，也幫我跟您的丈夫說聲抱歉，」我必須去找伊佳妲。他撐起自己，扶著牆往外走。「我不想在喪禮中，把早餐都吐到神廟地板上。」

「也好，」黑特渥夫人強烈認同。「去吧。快，蓋斯卡，扶他一下。」她看到蓋斯卡扶住英格雷的手臂後，就轉身去找她的兒子。

前方的聖壇上，唱詩班又唱了起來，排好隊形引領送喪隊伍往外走，人群紛紛後退讓路。幸好有這些聲音掩蓋住他製造的騷亂。透過人群，他好像看到盧柯司祭朝他倒下的方向望過來，但他並未對上司祭的眼睛。他扶著牆，一方面是有個支撐，另一方面也可以避開人群，他往外開溜。兩人一退到柱廊上，換成他拉著蓋斯卡往前走。

「放開。」他甩掉蓋斯卡的手。

「可是英格雷，黑特渥夫人說——」

他尚未使出異語來命令蓋斯卡退下，蓋斯卡就在他的怒目下，立刻自覺地退開。蓋斯卡一臉困惑，看著英格雷從擁擠的廣場中穿行而過。

來到通往聖王鎮的階梯時，英格雷幾乎是跑了起來。他不管不顧地三階跨作一步地衝下階梯。過了被覆蓋的河流時，他放足奔跑，長外套在腳踝處被甩來甩去。衝回到那棟狹長樓房前時，他砰砰地敲門，站了一會兒後，雙手撐在膝頭上氣喘吁吁。他差點就要讓自己剛才編的謊言成真，差點吐了出來，胃跟肺皆在劇烈翻騰。門房開門，吃驚地看著他踉蹌進了門。

「伊佳妲貴女——在哪裡？」

門房還來不及回答，樓梯就傳來砰砰的腳步聲。伊佳妲跑了下來，女監護追在後面喊：「貴女，妳不能——快回來躺——」

英格雷挺直身體，抓住她的手，她也抓住他的。「妳有沒有——」

「我看到——」

「來！」他拉著她進了起居室。「別進來！」他回頭大吼。門房、門房的兒子，以及女監護和女僕都像被強風吹掃的落葉，被嚇得往後一彈。英格雷用力關上門。

兩人顫抖地擁抱在一起，些許的濃情蜜意搭配了深深的恐懼。英格雷不清楚兩人的顫抖是出於哪種情緒。「妳看到什麼？」

「我看到祂，英格雷。我聽到祂說話。這次不是在夢中，也不是在黑暗——而是白天的異象，十分清楚。」她推開他，看著他的臉。「而且我還看到你。」她無法置信地說：「你和神明面對面，甚至跟祂理論！」她抓住英格雷的肩膀，搖晃著他。「英格雷！」

「祂接走了波列索——」

「我看到了！喔，子神慈悲，我的罪過被卸掉了。」淚水從她肉身的臉上滾落，就像在異象中一模一樣。「還有你的慈悲，英格雷，你所做的高貴舉止……」她冰冷的唇吻上他溫熱汗濕的額頭、他的眼皮和臉頰。

英格雷稍稍退開，咬牙切齒地說：「我很少如此輕易放過一個人。這種事不該發生在我身上。」

伊佳妲瞪著他。「在我看來，這種事比你想的還常發生在你身上。」

「不！對……五神啊。我覺得，自己好像是雷暴中的不潔的閃電。剛剛喪禮上發生的事，我必須遠離那種異事……但怪事總會偏離原有的目標，改朝我而來。我不，我不能……」

伊佳妲的左手安撫地捏了捏他的右手。她低頭一看。「噢。」

可憐的繃帶浸滿血，傷口又裂開了。伊佳妲一言不發地朝邊櫃走去，在抽屜裡翻找，找出一條亞麻布。「來，坐下。」她拉著英格雷到桌邊坐下，拆下染紅的繃帶，拿新布重新仔細包紮。兩人的氣息緩和了下來。伊佳妲雖然沒有狂奔穿過半座王都，但在英格雷激動的逼問下，她也心神激盪。

「傷口要找療者處理一下，」伊佳妲說著，打了一個結。「看起來不太妙。」

「這我就無法否認了。」

伊佳妲傾前，撥開他額前一縷汗濕的髮絲。她的目光打量著他的臉，英格雷不知她在想什麼。伊佳妲的面容柔和下來。「我可能謀殺了波列索——」

「不，妳只是殺了他。」

「但幸好有你，我才沒出手將他與神隔絕。這對我的意義很重大。」

「嗯，既然妳這麼說，那就算是吧。」若他的行為取悅了伊佳妲，那就值得了——取悅了伊佳妲和子神。「這事就到此為止。波列索確實不該獲得救贖，但事已至此，我們就不要再糾結了。我們是成全了神的願望，現在事情告一段落，我們又被丟到一旁，要自己去面對和處理我們的困境。」

伊佳妲嘴角一彎。「這話的確像英格雷會說的話。英格雷，悲觀主義者，凡事只看黑暗面。」

「眼前一團亂，有人總要現實一點。」

現在她的眉毛也上揚了。她正在對他笑。「只看不好、黑暗的一面，可不能算是現實。所有的色彩也都屬於真實。這也是我不應該得到的救贖。」

英格雷應該要感到被冒犯。她的笑聲並未完全鼓舞他，他覺得自己像是漂浮在翻騰的熱泉中。

伊佳妲深吸一口氣。「英格雷，一個靈魂因獸魂而被困在物質世界，這種事都能讓神煩惱，並顯現奇蹟找我們來幫忙解決，那麼四千個被獸魂困住的靈魂呢？」

「妳是指妳的受傷樹林？妳的夢境？」

「我不認為我們完成了神的旨意，我們甚至可能還沒開始呢。」

英格雷抿了抿唇，順著她跳躍性的思考想下去。真希望剛才的淨化，沒有看起來的那麼容易。若淨化一個靈魂都會讓他恐懼……「我們根本就不應該開始，但現在我有可能會被燒死，而妳會被絞死，所以其他事情先暫放一邊吧。不是說妳錯了，但事情有輕重緩急。」

伊佳妲激動地搖頭否定。

「我仍然沒搞清楚這夢究竟想要我做什麼，但我看見了它要你做什麼。你的狼魂使你成為了野林的氏族獸巫，最終極的一個——而神也用自己的聲音證明了——那你就是它們最後的希望。淨化它們——血地那些陣亡的戰士，未接收過淨化，永遠解脫不了。我們必須去那裡一趟。」坐在椅子上的她一震，好似就要跳起來、衝到正午的大街上。

他抓緊她的手，不讓她跑走。

「事情沒那麼簡單，妳在軟禁中，還在等著上法庭，而我是看管妳的人。」

「你不是說過要帶我逃走。現在我知道要去哪裡了，你沒看出來嗎？」她的目光熾烈。

「之後呢？也許我們還來不及做什麼，就被逮了回來，妳的處境會更糟糕，而我會被抓走，跟妳隔離開來。先解決了東尹家這邊的問題再去吧。若妳的人真的等了四百年，它們可以再多等一下的。」

「是嗎？」伊佳妲的眉頭皺得更深了。「它們真得還能再等嗎？你怎麼知道？」

「一次專心做一件事，急事先辦。」

伊佳妲的右手貼在胸口上。「我覺得這是最緊急的事。」

英格雷咬牙。她熱情、可人、美麗，又是被神憑依的人，但不表示她什麼都是對的。

不只是被神憑依的人，還是神介入而獲得救贖的人。難怪她現在像一團火一樣，他很可能融化在她的光輝之中。

但她只有靈魂和罪惡被救贖了，她的人和罪行仍然困在人世，以及東尹家的政治亂局中。無論神給了他什麼使命，都不能由著她任性而為。

他深吸一口氣。「我沒夢見過那片樹林，只聽妳說過那些飢餓枯槁的鬼魂。妳真的認為，它們能困在那座受詛咒的森林裡四百年？」

他覺得荒唐，但伊佳妲十分嚴肅以對。「我的確這麼認為。或許有什麼還在運作，支撐它們逗留在人世。還記得溫索說過，那個被奧達爾打斷的大儀式？」

「我不相信溫索的話。」

伊佳妲不解地看著他。「他是你的表弟。」

英格雷不確定她是在支持還是反對溫索的話。

「我不了解溫索，」伊佳妲繼續說：「但他說的這個部分，我是相信的，打從骨子裡相信。大儀式將獸魂戰士與野林的生死存亡綁在一起，直到勝利降臨。」她面容忐忑不安起來。「但勝利沒有來臨，不是嗎？後來，重現的野林文化與之前消失的不再相同，而是以全新的面貌展現。溫索認為這是一種背叛，但我不認為。時空背景已經不一樣了，不再是過去那些人們所知的世界。」

房子大門傳來一陣敲門聲，英格雷嚇了一跳。門房拖著腳步去應門，低聲交談的聲音傳了進來，聽不清他們說了什麼，但口氣像是在拒絕什麼。英格雷被這不識相的打斷氣得咬牙切齒。

現在又來什麼事了？

15

有人敷衍地敲了起居室的門一下，門隨即被推開。門房在門廳大喊：「……別這樣，司祭，您不能進去！狼大人命令我們不要——」

盧柯司祭跨過門框，用力關上門，將門房慌張的嘮叨阻擋在外。司祭仍然穿著稍早英格雷瞥見他時的白袍，比他在辦公處所穿的乾淨新穎許多，不過依舊沒有任何階品的標記。這份低調，在講究階級品級的神廟鎮裡讓他形同隱形。司祭算不上是氣喘吁吁，但臉色通紅，一副在正午烈陽下快步而來的模樣。他頓了一下，整理衣服和調整呼吸，看著英格雷和伊佳妲的目光既犀利又困惑。

「我雖然只是個低階聖徒，」他指著自己終於說話了，他的手逗留在胸前。「但我看到了，絕不可能弄錯。」

英格雷舔舔嘴唇。「還有多少人看到，您知道嗎？」

「就我所知，現場只有我一人擁有神靈之眼。」他歪頭。「你呢？你知道有其他人看到了嗎？」

溫索。既然能引起盧柯的注意，那麼應該也躲不過溫索的眼睛。「我……不確定。」

盧柯不相信地皺了皺鼻子。

伊佳妲探試地說：「英格雷……？」

「啊，」英格雷跳了起來，為兩人引薦，藉機避開盧柯的追問。「伊佳妲貴女，這位是盧柯司祭。

我，呃——將你們的事都跟對方說了一些。司祭，您請坐……？」他指向第三張椅子。「我們一直在等您。」

「好的，不過，」盧柯嘆口氣，坐下後一隻手上下搧著，替臉降溫。「你剛剛真是讓我出乎意料。」

英格雷唇角一彎，對他一笑，在伊佳妲身旁坐了下來。「我也是。我不知道會……也沒打算……您當時看到了什麼？從您的角度？」他並不是指盧柯當時所站的位置，而盧柯似乎也懂，所以英格雷沒進一步解釋。

盧柯深吸一口氣。

「聖獸被帶到王子靈棺前時，我就擔心會是那樣的結果。這是我們一直在避免的事，因為會造成死者親屬慌亂，若發生在王子身上，就更麻煩了。所以聖獸服事都收到指令去，嗯，想辦法放大聖獸的反應，讓神的旨意清楚地呈現在觀禮群眾面前。只是放大而已，並非竄改或干預。有時的確會發生前天那樣的騙局，或等等我們即將探討的情況。近期，服事受到賄賂和威脅而暗中動手腳的事件，早已不是新聞了，紀律會正在想辦法扼止。若不矯正，這一類的貪腐會越來越猖狂。」

「他們不怕神明懲罰？」伊佳妲問。

「神的懲罰也需要看時機，也要天時地利人和。」盧柯打量著英格雷。「就神的懲罰來說，你那天的表現實在是震懾全場啊，英格雷大人。我從沒見過哪個陰謀會自揭瘡疤，甚至讓犯人和主使人紛紛現行招供。」

「那真是我的榮幸。」英格雷低聲地說。他遲疑了一下又道：「今天早上就是第二次了。三天之內，我……遇到第二位神明。冰熊事件似乎只是個序幕——那時我遇到的是您的神，災神就在那頭倒楣大熊的靈魂裡。」

「也應該是祂，畢竟是在喪禮上發生的異事。如果是真的話。」

「我與冰熊對決時，腦海裡冒出一個聲音。」

盧柯一凜。「那聲音說了什麼？你記得清楚嗎？」

「壓根忘不了。那個聲音說：『我看見我兄弟的小狼，在一具更好的皮囊裡。很好。禱告繼續。』然後那個聲音就開始大笑。」英格雷不快地說：「那似乎對後來的事沒什麼用處。」三人陷入一陣沉默。他又說：「而且嚇到我了。現在想想，我當時的反應根本太過鎮定。」

盧柯往後一坐，噘唇沉思。

「大熊裡面的神明，是您的神嗎？」英格雷打探。

「噢——」盧柯擺擺手。「——不容置疑。了解災神的人，都清楚祂顯現的跡象。尖叫、爭吵、繞著圈跑的人們——唯一缺少的是燒起來的東西，我當時差點以為你不打算讓那個實現。」他隨即安撫道：「不過，那位服事身上的燒傷，幾天內就會痊癒了。他是活該，根本不敢抱怨。」

伊佳妲挑眉。

英格雷清了清嗓子。「但今早的不是您的神了。」

「對，算是好事吧。是秋之子神嗎？我只看到在你昏倒時，牆邊有些微的騷動；接著小馬顯示神諭時，有橘色的火焰竄起，我還感覺到一個存在。但你知道，不是透過眼睛看到的。」

「我現在知道了，」英格雷嘆息著：「伊佳妲也在那裡，在我的異象裡。」

盧柯的腦袋猛地轉向伊佳妲。

「讓她來說吧，」英格雷繼續：「這算是她的……她的奇蹟。」不是我的。

「你們兩個分享了同一個異象？」盧柯吃了一驚。「快告訴我！」

伊佳妲點點頭，注視盧柯片刻後，似乎下了決心要信任他，隨後又瞥了英格雷一眼。

「異象發生得很突然。當時我在樓上的房間，突然全身熱得受不了，感覺自己倒在地板上。女監護以為我昏倒了，將我抬到床上。上次在紅壩鎮時，我還能感應到周遭的環境，但這次……我完全進入了幻象中。我看到的第一個影像是英格雷，他穿著朝服——就是現在這一身，但我之前沒看過他穿這套衣服。」

她頓了一下，打量著英格雷的服裝，似乎想說些什麼，又搖搖頭繼續：「他的狼就跟在他腳邊。好大的一匹黑狼，而且十分帥氣。我用花鏈牽著我的花豹，花豹將我往前拉。接著，子神就從森林裡走出來……」

伊佳妲淡淡地敘述著，說的跟英格雷的經歷一模一樣，只是從另一角度切入。覆述子神的話語時，她的聲音微微發顫。她一字不漏地引述，與英格雷記憶中的差不多，當時似乎跟英格雷一樣地震撼，因而那些話被深深烙印在腦海中。伊佳妲同樣引述了他對子神的質問和不滿，英格聽了連忙挪開目光，牙關緊咬。

她眼角噙著淚水。「……英格雷問子神，最後一位獸巫的下場會是如何，因為沒有人為他淨化，但子神沒有回答。似乎祂也不知道答案。」伊佳妲吞嚥了下。

盧柯傾前手肘撐在桌上，用掌根揉眼。「麻煩啊，」他咕噥著，「現在我想起來，當時為何會害怕打開哈拉娜的信了。」

英格雷問：「您認為這個異象會影響伊佳妲的案子嗎？若能作為證詞，她又該如何準備？我想——我猜——您應該早已聽說了她的案子。」盧柯和黑特渥雖然不同輩分，氣質也不同，但兩人同樣地精明。

「喔，有的。神廟的閒言碎語傳得比宮廷的更嚴重。」盧柯輕咬下唇。「我相信，父神紀律會指派了五位法官進行審前調查。」

這個消息所透露的信息意義重大；一般的案子，或被當成普通案件處理的案子，會有三位法官主審，或者一位，若被告的運氣特別差，就會遇到實習的服事做主審。「您知道這五位法官的性格和處事風格嗎？」您知道如何對付他們嗎？

盧柯挑眉。「他們出身世家大族，經驗老道又做事嚴謹，很可能明天就會開始審訊目擊證人。」

「啊，」英格雷說：「我看到烏克拉保安官到東尹家了，野豬岬的所有家僕都有跟著他過來。所以法官們真是一點時間也沒浪費啊。他們會傳喚我去作證嗎？」

「殿下死亡時你並不在那裡，所以應該不會。你有話要跟他們說嗎？」

「也許……沒有。我不確定。這五位法官處理怪力亂神的案子，經驗多嗎？」

盧柯咕噥一聲，往後一坐。「這就是問題所在。」

伊佳妲蹙眉問：「怎麼說？」

盧柯估量著她。「無論是怪力亂神或聖潔虔誠，這都屬於內心的活動，因此這方面的證詞很容易渲染造假。證人會說謊，也會自欺欺人，他們或動搖或害怕，最後往往會睜眼說瞎話。而且人性有時候就是不理智。在父神紀律會中，初出茅廬的法官很快就會學到教訓，一開始就排除或過濾掉這一類的證詞，可以省下大把的時間；不用被氣得半死，而且判斷的準確度會提高九成，或者更多。所謂的呈堂證供，都是被精挑細琢、嚴格篩選出來的。按照規定，神廟派出的這三位德高望重、目光犀利又靈性高的法官，必須為各自掌握到的證詞負責，並向其他兩位證明證詞的可靠性。」

「您自己就是一位靈性高的神職人員，不是嗎？」伊佳妲說。

「我只是其中一個，神廟裡有很多這樣的人。」

「那這個房間裡，就有三個！」

「嗯，靈性高，或許吧，但還少了神廟委派和德高望重這兩個條件。」他目光漠然地掃過英格雷和伊佳妲。

英格雷想到，哈拉娜應該會是一位令人信服的證人，但遠水救不了近火，除非使用拖延戰術，再派人去沙特葉把人請來。這也不失為是個方案。

伊佳妲揉著額頭，略帶哀傷地問：「您相信我們嗎，博學司祭？」

盧柯抿唇。「當然，我當然相信你們。災神助我。但我個人的信服，以及法庭要求的證據，是兩回事。」

「個人？」英格雷說：「您不是神廟的發言人嗎，司祭？」

盧柯做了一個含糊的手勢。「我掌管著神廟紀律，同時也接受它的規範。雖然我勉強也是被神憑依過的人，知道很多事，但未知的更多。我從不確定自己這有限的能力，是因為我未能好好接受，或是神壓根沒有恩賜給我。」他嘆息。「你的主人黑特渥，一直拒絕去理解這點。他纏著我，要求我協助他完成不合適的事，遭到我拒絕後又十分不悅。紀律會裡的巫師確實在他的掌控下，但神明不會辦任何人的差事。」

「您跟他說『不』？」英格雷對他有些另眼相看。

「經常。」盧柯皺著臉說：「一個偉大的聖徒——沒人能對他頤指氣使。明智的神職人員只會跟隨聖徒，無論禍福好壞。」

盧柯沉思著，英格雷看著他，納悶對方是不是想起了某些刻骨銘心的經歷。「我這個聖徒呢，什麼也不是。」

「我也是，」伊佳妲激動地說：「但……」

盧柯抬眼看著他們兩人。「你們說的是真的。然而，你們兩人被憑依的次數，比其他虔誠之人應得的都還要多。神靈憑依之所以稀少，是為了讓神能透過聖徒來到這個世界。傳說中，獸魂促使古野林戰士更向他們的神敞開，就像我們的聖獸為我們領受神的旨意。對於古野林傳說，我原本不以為意，但現在我覺得它們的可信度很高。」

所以我目前的特赦處境，跟溫索認為的一樣嚴重？英格雷決定要好好思考這個問題。「伊佳妲跟我一樣無辜，攝取獸魂根本不是我們的意願，是他人強加在我們身上。她不能像我一樣獲得特赦嗎？供認她有豹魂，是為了幫她洗脫誤殺的罪行，不是將她推向另一個火坑。」

「這問題十分有趣，」盧柯說：「我們的封印官黑特渥怎麼說？」

「我還沒跟他提到豹魂的事。」

盧柯挑眉。

「他不喜歡複雜的人事物。」英格雷虛弱地說。

「你在玩什麼把戲，英格雷大人？」

「若不是哈拉娜的信，我也不打算告訴您。」

「你應該有想過把信扔掉吧？」盧柯溫和地提出質疑。這個司祭是否內心也希望他這麼做？

「我是想過，」英格雷坦承：「但扔了信也解決不了問題。」他又說：「抱歉，司祭，但同樣的問題回敬您，您又在玩什麼把戲？我覺得您的忠誠似乎有雙重標準。」

盧柯舉起一隻張開的手。「有人私下說，大拇指象徵著災神，因為祂總是用大拇指干涉正義之秤，按祂的旨意傾斜。這的確是事實，但幾乎每一條律法的制定都是事後諸葛，是災禍後的補救措施。我的紀律會累積了一大堆這類的律法，而且持續增加中，英格雷大人。我們只是在按需供貨而已。」

這還是看不出來他究竟是盟友或敵人，英格雷不悅地想著。

大門又傳來敲門聲，伊佳妲抬起頭。英格雷屏息等待，十分害怕這次是溫索，擔心他跟盧柯一樣飛快料理完喪禮的事趕了過來。但他聽到門房似乎在和來者爭論，所以應該不是溫索。不久後，門被推開來，門房謹慎地稟報：「有信使來找盧柯司祭，大人。」

「很好。」英格雷說，門房鬆了一口氣，退出去。

一名男子從門房身邊擠了進來，他穿著波列索王子侍從的制服，但沒攜帶佩劍，有些畏畏縮縮，應該是王子的家僕。男子年約中年，有些駝背，一臉雜亂的鬍子。「抱歉，司祭，我有急事必須——」他的目光落在英格雷臉上，瞪大眼睛，話頭立刻打住。「噢。」

英格雷面無表情地看著他，瞬間腦袋轟的一聲響，察覺到這個人帶著惡魔的氣息，一股雷雨的氣味緊緊纏繞著他。是盧柯的巫師假扮的，前來向主人匯報神廟事宜？不對，盧柯似乎也不認得他，而且盧柯也僵住了。他也聞到了惡魔的氣息，或察覺到。

重點是那個人的聲音，不是外貌。英格雷在腦海裡刮去他的鬍子，讓他年輕了十一歲。「是你！」家僕倒抽一口氣。

英格雷猛地站起，力道大到掀翻了椅子。家僕後退了幾步，放聲尖叫，轉身逃了出去，將門砰地關上。

「英格雷，怎麼——？」伊佳妲問。

「他是卡里爾！」英格雷撞開她，追了出去。

英格雷衝過兩扇門，狂奔到街上；那人已經繞過彎道消失了，但腳步聲仍自迴盪，一名路人震驚的目光都告訴了英格雷他逃亡的方向。英格雷撥開外套，握住劍柄衝了上去，繞過房子時正好看到卡里爾回頭張望，然後鑽進一條小街。英格雷也鑽進那條小街，逐漸加大步伐。一個盛怒的年輕人，能追上一個陷入恐懼的中年人嗎？

那傢伙是個巫師。五神名號在上，即使追上他，我又能做什麼？英格雷咬牙，奮不顧身地撲向卡里爾，揪住他的領口並抓住一甩——卡里爾砰一聲撞上邊牆，英格雷整個身軀壓上去，將他固定在牆上，怒瞪著他。

卡里爾喘著氣，哀求：「不要，不要，救命……！」

「那就施法定住我啊，怎麼不施法了？」英格雷咆哮。溫索說過，巫師和獸巫實力相當。英格雷腦子轟轟作響，納悶他們兩個誰會比較厲害。

「我不敢！它會再次掌權、吞噬我！」

英格雷瞬間愣住，勒住卡里爾喉嚨的手放鬆了一些。「什麼？」

「惡魔會——會再一次控制我，如果我再召喚它出來。」卡里爾結結巴巴地說：「您不需、需要怕我，英格雷大人。」

「從我父親遭受的痛苦看來，你實在沒什麼說服力。」

卡里爾用力吞嚥，避開他的視線。「我知道。」

英格雷的手又放鬆了一些。「你來這裡做什麼？」

「我是跟著司祭來的，從神廟一路跟來。我在人群中看見他。我想……要試試向他臣服。卻沒想到遇到你。」

英格雷退開，挑眉說：「這我不反對。走吧。」

他拽著卡里爾的胳膊，拉著他回到了狹長房子。卡里爾一臉慘白，全身發抖，不過等他呼吸恢復正常時，已經不像之前那樣驚恐了。英格雷推他進入起居室，關上門，此時的卡里爾已經鎮定下來，還瞪了英格雷一眼後，才撣了撣衣服站到盧柯面前。

「司祭，受福之人，我，我，我……」

盧柯犀利地看著他，指了指被撞倒的椅子，伊佳妲立刻把它扶正。「坐。卡里爾，是嗎？」

「是，司祭。」卡里爾坐了下來。伊佳妲回到自己的座位，英格雷抱胸斜倚在牆邊。

盧柯抬手貼著卡里爾的額頭。英格雷不明白那兩個人在幹嘛，只見卡里爾變得更加放鬆，惡魔的氣息也淡化許多。他的喘息緩和下來，目光飄遠，似乎想起了沉重的往事。

「你真是波列索王子的家僕？」英格雷的下巴朝他的服裝一揚。

卡里爾的目光聚焦在英格雷臉上。「是。他、他讓我隱姓埋名，做他的貼身男僕。」

「所以你就是協助他操練施展禁術的人。我……果然，禁術背後真有一個巫師存在。但我沒在野豬岬看到你。」

「對，我一直躲著你。」卡里爾吞了吞口水。「烏克拉率領家僕，昨晚深夜抵達王都。我除非跟他們走，否則回不了東尹家。我，我沒辦法更早到。」最後一句話應該是對盧柯說的。

「王子的家臣侍從中，還有別人知道你真實的身分嗎？」英格雷追問。

「沒有，只有殿下知道。我——我的惡魔堅持保密。它甚少向波列索殿下提要求，而這是少數的一個。」

「也許吧，」盧柯溫和地打斷他們：「你從開始說起，卡里爾。」

卡里爾垂頭喪氣地說：「哪個的開始？」

「從你迫切要找人招認時說起。」

卡里爾忽地抬眼。「您怎麼知道？」

「我從那些調查中讀出來的。要調查你真是不容易。」

「我早該猜到的！」卡里爾顯然對盧柯十分敬畏。

盧柯舉起了根手指，制止他。「我是從信件的銷毀猜出你已經走火入魔。」

卡里爾垂著腦袋點了點頭。「沒錯，受福之人。從此，我、我的奴隸生活開始了。」

「嗯。」盧柯的推測得到證實，得意地淺淺一笑。

「但不是我的夢魔的開始，」卡里爾繼續：「因為最可怕的夢魔早已開始了。樺林出事後，我陷入內疚，極度地沮喪絕望，惡魔因而趁機崛起，控制了我的肉體和神智。我，我們，它和我的肉體一起逃亡，它控制著我的肉體，對此樂此不疲，我們開始了流亡生涯。它一直想辦法躲開神廟，試圖隨心所欲、為所欲為。我根本控制不了它。有好幾個月，它甚至想嘗試痛苦的滋味——」克里爾在回憶的同時顫抖著。

「——很快的，它那短暫的熱忱過去，換上了別的娛樂。幸好它對事物的熱度很短暫。波列索找到……我們……將我們安插在他身邊服侍；它其實受不了那種安定的無聊生活，可又離不開王子。他們成了莫逆之交，狼狽為奸。」

盧柯傾身向前。「後來你是如何拿回掌控權的？這種事很罕見，尤其在惡魔控制了巫師之後。」

卡里爾點點頭，有些畏懼地瞥了瞥伊佳妲。「是她。」

伊佳妲震驚了。「什麼？」

「波列索殿下死的那晚，我就在隔壁房間，協助他向花豹施法。牆上有個暗洞，拔掉了堵在洞中的石塊，就能透過石洞窺探和竊聽。」

伊佳妲的表情凝重起來，卡里爾在那個表情下退縮起來。他是不是——縱使有被惡魔佔據心魂——當時有成為她被施暴的旁觀者？英格雷抓緊了搭在劍柄上的手。

卡里爾在他們的怒視下繼續說：「波列索殿下相信藉由攝取獸魂，能讓所有世家大族誓心效忠他。按照他的理論，那頭花豹代表妳的家族，伊佳妲貴女，因為妳父親有喬利的昂血統。他打算利用花豹將妳的神智與他聯結，讓妳成為他的情婦。他一部分是因為情慾，但也想在正式登上政治競場之前，先測試一下掌控他人的能力；也因為他當時已經半瘋了、猜忌心重，唯有用強硬的控制，才敢讓任何女人接近他。」

「難怪，」伊佳妲的聲音有些顫抖。「他連獻殷勤都省了。」

盧柯靜靜地說：「企圖操控他人，是十分嚴重的罪行，根本就是褻瀆。即便連神都視自由意志是神聖的。」

「你們本來就打算將豹魂渡給伊佳妲？」英格雷聽得有點糊塗了。「是你把豹魂渡給她的？」就像以前將狼魂渡給我？

「不是！」卡里爾頓了片刻，又重新振作起來。「是殿下攝取了豹魂，才剛攝取成功，貴女就掙脫掉他，然後……事情就失控了。貴女不知道哪來的勇氣，抓住戰鎚朝殿下揮擊，殿下的死……殿下的死打開了一扇通往神的門。事情發生得很突然，當時殿下的靈魂離開了肉體，而我還在安置豹魂，而神明……那一切的驚嚇……我的惡魔……殿下的靈魂瘋狂掙扎，但掙脫不了，它掙脫不了那個存在的控制，進退不得。」

「尚未固定的豹魂掙脫出來，闖進……不對，被喚進入貴女的身體。我聽到一陣弦律，就像破曉時分遠方傳來的狩獵號角，震得我的心臟都快爆了。我的惡魔尖叫倒地，放開了對我神智的掌控，向內竄逃，躲到最深處，緊緊地縮成一個結。它現在仍然躲在那裡——」卡里爾抬手貼在胸口上。「但我不知道它會乖乖窩在那裡多久。」片刻後他說：「然後我就跑掉了，躲到我的房間。我哭了一陣子，哭到喘不過氣來。」他又開始嗚咽了，在椅子上前後搖晃。

盧柯吐出一口氣，搓揉著頸背。

站在牆邊的英格雷大吼。「我要聽更早之前你幹的好事，卡里爾。」

卡里爾更害怕了，一聲不吭地垂著腦袋。

英格雷激動地喘著氣，興奮又恐懼。總算有一些真相了。他打量著模樣悽慘的巫師。但是還不夠。

「你是怎麼搭上我父親的？或者，是他去找你的？」

「英戛列夫大人來找我的。」

英格雷聞言眉頭一蹙，盧柯則點了點頭。

「他的妹妹，馬河夫人，逃到你家尋求救援。她說，她兒子溫索被古野林的惡靈附身。」

盧柯抬頭。「溫索?!」

英格雷嘀咕一聲咒罵。卡里爾的一句話，將他們一手的牌全攤在桌上了，而且就攤在盧柯面前。

「等等……惡靈附身，是在溫索母親過世前發生的？不是之後？」

「確實是之前。夫人認為，惡靈附身是發生在溫索父親過世的期間，大約四個月前。在那之後，男孩變得十分古怪。」

故事才剛開始，溫索的謊話就被戳穿了。不然，就是卡里爾在說謊，或者這兩個人都說謊；然而真相只有一個。「繼續。」

「他們商討出一個計策救溫索。夫人不敢去向神廟求救，害怕驅邪失敗，神廟會把她兒子燒死。」

卡里爾用力吞嚥。「所以她打算以毒攻毒，用古野林法術對抗古野林法術。」

沒錯，神廟巫師沒趕出他的狼魂，而溫索的母親另辟蹊徑驅邪，並沒有做錯。英格雷陰惻惻地說：「我十分清楚他們的計畫結果如何！害死我父親的病狼——是意外，或是設計好的？」

「我、我至今也還是不知道。馴獸人臨終前告訴我，而且他那時已經半瘋了；他、他說沒人賄賂他那麼做，這點我十分肯定。他沒想到他的動物會染病，不然他必定更小心！」

伊佳妲好奇地問：「樺林出事時，小溫索在哪裡？」

「就我所知，他母親將他留在了馬河堡。夫人打算求援成功後，再讓他知道。」

這暗示……「她怕兒子？又想救他？」英格雷問。

卡里爾遲疑了，然後又低頭。「是的。」

所以……詛咒可以施在一個人身上，操控他去殺人，那麼，如果把詛咒施在一匹狼身上——或馬身上，會不會比較簡單？馬河夫人摔馬而死，可能不是意外？太荒謬了，你在懷疑溫索殺害了自己的母親？英格雷的腦袋又在轟轟響了，頭疼難耐。

但至少解開了他父親為何要他攝取狼魂的謎團。為了親情而涉險，好意，誤判……神祕的陰謀？又或者有其他意圖，卻失控了？躲在背地裡操控的黑手，是企圖殺害英戛列夫大人，或者只是對他的狼下手？「我的狼——我的狼身上有什麼，使得牠被渡來的過程那麼詭異？」

卡里爾無助地聳聳肩。「狼魂上身對你造成如此大的損害，我推測牠應該跟染病的那頭一樣。」

是溫索送來的嗎？他是不是握著一條看不見的鏈條控制著我，而且從樺林就開始了？英格雷牙關一緊，肩膀用力一撐，推離了牆壁，舒緩僵硬的肌肉。伊佳妲見狀，憂心地蹙起眉頭。

盧柯揉著眉間，緊閉著雙眼。

「英格雷大人，伊佳妲貴女，你們最近都見過馬河伯爵，而且不只是以肉眼。你們對這個……指控，有什麼看法？」

「您也見過他，」英格雷警覺地探試。「您感應到什麼？」

盧柯怒視著他，英格雷以為他要疾言厲色地說「是我先問的！」但對方只是做了個深呼吸，說：「他的靈魂很黑暗，感覺他不只追求，更熱愛死亡遊戲的刺激。我十分擔心他，也為他周遭的人擔心，但沒想到會發生這種事。」

「英格雷……？」伊佳妲說。她上揚的口氣，明白地透露了未出口的問題：我們不應該說吧？

溋索說得對，一旦神廟開始調查，必定一查到底。沉默是最安全的保障。而且，最好趕在神廟正式問審卡里爾之前，徹頭徹尾將他問個遍。他陰鬱地想著，不知接下來還會發現哪些被溋索說中的事。

「對，溋索身上也有獸魂，但我不知它是正是邪。我以為那也是卡里爾的傑作，但現在看來不是。」

「不，不是，」卡里爾咕噥著，又前後搖擺起來。「不是我。」

「你稍早前並沒有說到這點。」盧柯的口氣突然變得冷漠。

「對，我沒說。」英格雷也以同樣冷冷的聲調回應。

「這個指控太過武斷，」盧柯喃喃道：「消息來源值得商榷，沒有實物證據，而且對象是位居第三高位的伯爵。神啊，這一天還能再帶給我什麼樂趣呢？不，不要回應，拜託。」

「神啊，」伊佳妲說：「你們記住他說的話了嗎？」

盧柯瞪了她一眼。

英格雷也認為卡里爾的供詞有待商榷。為何犧牲一個孩子去解救另一個？兩個家族斷了子嗣，會有什麼好處？原本對於這樁往事的真相，他還有一些畏縮、不敢面對，但現在一心只想理出來龍去脈。

「把我們父子變成獸魂戰士，如何救得了溫索？」英格雷問。

「馬河夫人沒跟我說。」

「什麼，你竟然沒問？你是個巫師，只因為一個女人的話，就將神廟的紀律拋在腦後，這也太荒唐了吧。」

卡里爾盯著地板，委屈地嘟囔：「她是神靈憑依的人。最……最可憐的人。」

英格雷靈光一閃，不禁全身冷顫。如果攝取獸魂使得波列索與神隔絕，那麼英戛列夫大人呢？他父親的喪禮在他恢復正常前早已結束，他想問都沒得問。沒人告訴他，他的父親已與神隔絕。沒人告訴他，英戛列夫大人是在大家的默許下，未經正式的葬禮程序便黯然下葬。

父親必定與神隔絕了。樺林沒有獸巫為他淨化靈魂。

噢，等等。有一個不是嗎？只是當時還未發現。英格雷的心一揪。也許我能……？

意識到這點，他心慌意亂，不悅地瞪著卡里爾。而盧柯的沉默更讓人猜不透。兩個人的目光撞上，英格雷意識到，這裡打算先搜集、再慢慢消化資訊的人，不只他一個。司祭忽地站了起來。

「你最好跟我回神廟，卡里爾，我才可以想辦法保你安全。我們要針對這些事再談談。」

私底下，當然。

卡里爾點點頭，有氣無力地站了起來。英格雷咬緊牙關。保什麼安全？誰會威脅到他的安全？卡里爾的惡魔重振旗鼓了？還是溫索？或神廟的追根究柢？或者是英格雷？喔，盧柯的確需要防止我傷害卡里爾。

他看著牧羊人帶著迷途的羊走出了大門。盧柯向他和伊佳妲承諾——或威脅——他很快就會再來找他們。女監護見他們正式結束了祕密會談，趕緊來到伊佳妲身旁，催促她上樓回房。伊佳妲儘管繃著一張臉，但沒有反抗。

英格雷一步二階地回到他的房間，脫下朝服，換上方便活動的便服，以免衣服老是跟劍鞘打架。他要出門找人，半刻不能延遲。

16

在暮光中，英格雷穿過彎彎繞繞的聖王鎮街巷。他繞過專供碼頭居民崇拜的河人神廟（Rivermen's Temple），經過市政廳以及廣場後面的街市。市場快要結束了，雨篷下只剩幾家小販，墊子上散放著各式各樣的貨品：殘敗的剩餘蔬果，垂頭喪氣的鮮花，賣不出去的皮件，一堆堆被翻亂的新舊衣服。他爬上山坡，進入王宮宮城邊的豪宅區，刻意繞小道避開黑特渥的宅邸，以免撞上熟人。

馬河伯爵位於王都的宅邸，是法拉公主的嫁妝之一，正面的石牆雕刻著跳躍中的鹿隻，正是鹿棘家族的家徽。只有門上的橫幅展視著在餌河上奔騰的駿馬，標示著這裡是伯爵的住所。

住所，但不算是家，這是從那位穿著制服的門房那裡得知的。伯爵和公主去參加喪禮及之後在王宮舉行的喪宴，尚未歸來。英格雷說服門房，謊稱封印官黑特渥有重要書信交給伯爵，逕行被門房帶到溫索的書房，並給杯了酒，讓他慢慢等候。

酒他碰也沒碰就放到了一邊，並且煩亂地在書房內踱步。午陽灑在厚地毯上。書架上只有一半的書籍，大部分是大冊書本，堆滿了跟著房子一起繼承來的灰塵。厚實的雕花辦公桌，整齊乾淨，上面沒有待辦的文件和書信；一處私密的抽屜被上了鎖。剛好，此時走廊上響起了腳步聲，接著，書房的門打了開來。這次的會談本來就已經夠棘手，若再被抓到他偷窺伯爵的信函書信，情況只會更複雜，儘管溫索應該不會太意外。

伯爵仍然穿著喪禮上的那套黑色朝服。他一邊抖掉外套，一邊用肩膀頂開門板走進來，關上門。他把外套掛在手臂上，圍著英格雷打轉，英格雷也繞著他打轉，兩人保持著距離。伯爵將外套扔到椅子上後坐下，傾前靠在桌子上，一動也不動，全身緊繃地面對站著的英格雷，對兩人間逐漸高張的情緒毫不退讓。他盯著英格雷，若有所思地喃喃自語著，算是對英格雷打了招呼：「好，好，好。」

英格雷在靠近書架的地方站定，雙手抱胸。「你看到了什麼？」

「我冒險和神廟裡擁有神識的人接觸時，一定會將所有感官收起。但我單憑腦子去推斷，也猜得出來。秋之子神不可能接收未淨化的波列索，但祂接收了。現場只有兩個人能夠扭轉這個結果，而我清楚那個人不是我。因此毫無疑問的，就是你，獸巫。」他微微鞠了一個躬，曖昧不明，似乎還帶著些微的挖苦意味。「若法拉能理解這一切的話，她一定會感謝你，狼大人。」

英格雷也微微點了個頭，回敬他的挖苦。「現在似乎能指引我的，不只你一人了，馬大人。」

「噢，找到新朋友啦——且等祂們背叛你吧。若神只是利用你，表兄，那也是為了祂們自己的好處，不是你的。」

「也是，但我似乎被賦予了為人贖罪淨化的使命。我可以幫你從祕密重擔中解脫，消除你對神廟火刑臺的恐懼。若我企圖移除你的馬魂，你怎麼說？」英格雷猜想，溫索應該寧願被剝皮，也不願失去馬魂。

溫索噘唇。「啊，問題是我還沒死啊。靈魂一旦在活物體內生根，就不會拋棄它們忠誠的伙伴，就像你不可能奪走我的生命，卻還讓肉體活著。」英格雷不太確定他說的是真是假，但溫索又補上：「不相信？那就試試吧。」

英格雷舔了舔唇，半閉上眼，感官向內在深處探去。這次雖然沒有神明的啟發護航，但有了上次的經驗，他比照辦理就是了。他感應到溫索體內蜷起的陰影，伸出手，低沉地說：「**來**。」

他感覺自己像是在拉扯一座山。

蜷起的陰影稍稍鬆開，但沒有跟隨他。溫索挑眉，微感詫異地倒抽了口氣。「力道很強。」他坦承。

「但還是不夠。」英格雷也承認。

「對。」

「這麼說來，你也不能淨化我。」英格雷舉一反三。

「你活著的時候，不行。」

英格雷謹慎地感應，在兩股勢力中——溫索和神廟——權衡利弊，為自己尋求最大的庇護。他必須在還能做選擇的時候，選擇一方依附，否則就是背叛雙方。依附一邊強大的盟友，去對抗強大的敵手，總比引來兩股勢力的敵對強上百倍。但他應該選擇哪一方？他深深吸了一口氣。「我下午偶遇一位舊識，我們談了很久。」

溫索揚起下巴，無聲詢問。

「卡里爾。記得他嗎？」

溫索鼻翼歙動，倒抽一口氣。「啊。」

「巧合的是，他正好也是你要找的巫師。你記得你曾堅持說，波列索殿下必定收買了一位非法巫師？卡里爾就是那個人。我在野豬岬沒看到他，是因為被他認了出來，躲著我呢。」

溫索的眼睛閃著亮光。「也不算巧合吧。非法巫師本來就不多，再加上神廟加大力度掃蕩，他們人數就更加稀少了。波列索可能聽說過他，並暗中找到他。」他遲疑片刻。「你們聊得很開心吧。卡里爾有活下來嗎？」

「暫時吧。」

「他在哪裡？」

「我不是很清楚。」

「要不了多久，我就會厭煩在這裡跟你打哈哈。今天夠累了。」

「很好，那我就說重點。我有問題問你，溫索。你為什麼要驅使我去殺伊佳妲？」英格雷在試探他，等著看這盲目的一箭能射到什麼獵物。

溫索動也不動，氣氛緊張逼人，但他眼裡閃過一絲怒火。「你這個想法從何而來？卡里爾嗎？一個不可靠的原告。」

「不是，」英格雷引用他剛才的話：「那時只有兩個人能夠扭轉這個結果，而我清楚那個人不是我，因此……」片刻後，他又補上：「我必須問清楚你是如何下咒。我懷疑你用的是巫術。」

溫索沉默半晌，好似在挑選一個合適的答案。「某種意義上來說，算是吧。」他嘆口氣，從他繃緊的肩膀來看，他似乎勉強做了個決定。「我不後悔這麼做，因為若是成功了，我的人生會變得簡單許多。我只能說我用錯了方法，因為結果太出乎意料之外。我並不是針對你而來的。」

「那你是針對誰？」英格雷挺直身子，繞著伯爵打轉。「一開始，我以為是跟王都的政權角力有關。」

「那只是間接動機。」

英格雷沒去理會腹部的顫抖，以及耳裡的轟鳴。他現在是一頭霧水，只想搞清楚情況。「究竟是怎麼回事，溫索。」

「你認為呢？」

「我以為，你會想盡辦法守住你的祕密。」

溫索歪頭。「曾經是。」他輕聲地說：「但沒多久，我……嗯，不再掙扎了。」

英格雷覺得自己好像一圈蓄勢待發的彈簧，雙手撫弄著刀柄。溫索並沒錯過他的動作。

「如果我用古老的方法，強行幫你解脫呢？」英格雷也輕輕地說。「無論你有什麼法力，只要我砍掉你的腦袋、丟進鸛河裡，一切就都會化為烏有。」

起碼溫索認真考慮了他的威脅。「你若真那麼做了，損失是你無法想像的。你如果想擺脫我，就別用這個笨方法。我的繼承人。」

英格雷憤怒地眨眼。「我才不是馬河家族的繼承人。」

「法律上、財產上不是。古野林的繼承法則中，兒子之外，就是侄子了。既然我殘弱的身體無法給法拉一個孩子，你就是我的繼承人，你應該能活到我下一次死亡吧。我也不希望這樣，但我無法選擇，你明白吧。是詛咒挑選了你。」

英格雷愣在原地。這個轉折太突然了。溫索這一招反擊太厲害，打得英格雷暈頭轉向，像是掉入無邊無際的黑暗中。他放鬆了握著刀柄的手。「下一次死亡？」

「記得我跟你說過，獸巫的獸魂是如何創造出來的嗎？代代傳承，死亡疊加在死亡上。人的靈魂也可以比照辦理。曾經是。」

「喔，天啊，溫索，你又要講睡前故事了？」

「我保證，這個故事會讓你睡不著。」他深吸一口氣。「我的靈魂，是馬河十六個世代以來，父傳子代代傳承下來的結果，沒有中斷過，只是有幾代是透過庶子傳承。這算是一種邪惡的遺產吧。我肉體上的死亡並不會讓我從凡界解脫，靈魂也會進入下一代的子嗣中。那個人就是你。我身上的血，因為你父母各自家族的關係，而在你體內流竄，但因為狼崖門風奔放剽悍，你承繼了家族狂暴無禮的標誌。」

溫索皺起臉。

英格雷試著想像：不是一頭累世的野獸，而是一個累世的男人？一個世代累疊的獸魂，會融合、轉化成一個強大的怪物，那麼世代累疊的人魂呢？「你跟我說了很多謊話，溫索。為什麼這次我要相信你？」

英格雷踱步靠向桌子，溫索轉頭面向逼近的威脅，眼神堅定晶亮，情緒複雜，英格雷分析不出對方究竟是什麼情緒，那眼神既憤怒又藐視，傷痛又冷酷，好奇又充滿敵意。「要不要我演示給你看？但你可能會為自己的武斷而後悔。」

「好啊，溫索，」英格雷屏息道：「這一次就跟我說實話。」

「既然你如此咄咄逼人……」溫索轉身面對著他，兩張臉的間距只有幾呎，他抬起兩隻粗短的手抱住英格雷腦袋的兩側。「我是野林地的最後一個聖王，應該說是古野林，與現今這個冒牌貨做區別。」

英格雷往後退開，卻被書桌擋住。「你說的是……那個死於血地、真正最後一位的聖王。」

「是，也不是，看你如何看待這件事。」伯爵的手指按著英格雷的太陽穴，費力繞著小圈圈，他繼續說：「我是年輕的王位繼承人，在草原上沿著餌河狩獵時，奧達爾尚未出生。達澤卡人來了，侵壓我的部落，侵佔我們的土地，砍伐我們的森林，派傳教師玷污我的神壇；他們的士兵前來拖回傳教師的屍體。最後我的子民奮勇反抗，失敗了，我目睹父親的死亡，我們的聖王死了。」

隨著溫索的話語，一個個畫面在英格雷腦海裡綻放，栩栩如生。這異語，讓我想起我從未見過的事物。黑暗的森林，綠色山谷，木柵欄包圍著枝條搭起的小民居，茅草屋頂上的排氣孔冒出刺鼻的炊煙。騎士穿著煮過後堅硬的皮製盔甲，衝出了村子的閘門。騎士們滿身是血，疲憊地騎馬歸來，他們粗糙的兵器在清冷的空氣中叮噹作響。冬天的霧氣中傳來有氣無力的交談聲，是英格雷陌生的語言，卻讓他想起喬柯王子源源不絕的詩句。

「部落進行了王位推舉，我成了新王，成為一支嚴峻民族的領袖，並且有子嗣追隨、作為我的最佳後盾。我成為他們的火把，在日漸嚴苛的局勢中為他們熊熊燃燒。我們熱血沸騰。但神否定了我們的努力和犧牲，將祂們的臉看向他處。」

一個黃褐膚色的年輕人，面容焦慮又堅定，光裸的肌膚上畫著符文，在搖曳的火光中高高站在橡樹枝幹上。一件滑軟的亞麻露背背心掛在他的脖子上，四肢有鮮血從仔細劃出來的刀傷中流出。他高舉雙手，激昂地發言，隨即像跳水人那樣，從高高的崖壁上一頭跳下——就在快撞到地面時，脖子猛然一扭……溫索張大的眼睛，顫抖著。那是其中一位王子嗎？是聖王送去與神溝通的使者……？一個個畫面川流似地流過，英格雷感覺自己像是被按壓在水中，腦袋漲得快要爆開。溫索的喃喃叨絮，激發出訊息量龐大的圖像。

「我們將聖樹編進咒語中，以求戰無不勝，攻無不克，身為聖王的我，就是整個咒語的中軸。」繚繞的歌唱聲，像翅膀一樣拍擊著夜空。樹木好似在歌聲的輕拂下顫動。那低沉的合唱使英格雷的汗毛根根豎起。

「但我們無法承受毫無休止的戰爭，若是我倒了，咒語將分崩離析，所有與之結契的人會立刻魂飛魄散。因此我的長子……」

一個蓄鬍的金髮年輕人，忠誠的面容上刻劃著壓力造成的早熟。無論是五官面容，或臉上沉重的壓力，都與橡樹林的黃褐膚色年輕人相似——是兄弟，還是表親？

「……那個與我共同運作、無上的結契，王權、靈魂、戰馬、戰車，全都連結在一起，不分地點、時間，不計肉身是如何倒下，直到勝利來臨。」

溫索停住。「你應該看出來了，這個故事接下來的走向……」

英格雷張著的嘴巴咕噥一聲，既不是尖叫，也不是嘆息。溫索挪了挪身子，站到英格雷的正面，英格雷沒退開，而溫索說話時的氣息輕拂在他臉上。

「奧達爾的軍隊在第一時間抓住了我，殘害我的肉身，用王室戰旗包住我，拋進他們挖出的第一個坑洞。敵軍還沒收兵，就開始了屠殺。我被鮮血和泥土淹死悶死……」

畫面中的腥臭味令英格雷反胃，那裡面有內臟黏液、鮮血和尿液。

「……我在孩兒的肉身中復活，當時他已經是半個大人了，被關在監獄中。我們的眼中沒有恐懼，斧頭像情人的吻落在我們脖子上。我以為一切都結束了。慘敗的灰燼散滿在我口中……」

已被血腥味浸透、冰冷的樹樁碎片，擠壓進英格雷逐漸輾長的喉嚨。視線之外，有一人強撐著疲憊的身體咕嚕一聲，弧光落下，喀嚓一聲打碎了他的哀慟，脊椎骨應聲斷裂。

「……接著，我在次子的肉身中復活，所在之處已是數哩之外的邊界。我藉著異語的帶領，千辛萬苦地逃出血地的大屠殺。次子並沒做好準備接納我，我必須與他較勁，爭取話語權，操控肉身的行動，並讓他的眼睛重新綻放光芒。我們當時都有些瘋狂，我們三人，被困在了他的軀殼裡。但最後我贏得了他的肉身，開始反攻奪回野林地。」

英格雷大口吸氣，強迫自己說話，以確認他仍在自己的腦袋中。「我好像聽說過這位馬河王子。他是知名的戰神。他縱橫沼澤地區二十年，直到被擊潰而死亡。」

「擊潰，沒錯。但死亡——不完全是。我的孫子，我佔有他的肉體時，他大約二十歲。那時，聖樹已是廢墟了……」

一片濕糊糊的森林，在冰冷的迷霧中顯現出它光禿禿的樹幹，掙扎著從泥濘中重新繁盛起來。樹幹歪歪扭扭，長著一顆顆的囊胞，冰冷的汁液從囊胞中溢出，凍成眼屎一般的冰晶。

「……在那裡與咒語結契的戰士都死絕了，有的死於戰場，有的死於意外或壽終正寢，包括逃過大屠殺、幸運活下來的人。除了一個人。」

溫索直視英格雷的目光，變得縹緲夢幻。那些畫面圍繞著他的瞳孔打轉，突然像從排水口洩出一樣，消失無蹤。溫索說過，眼神是不會騙人的。也許吧，但英格雷也知道如何睜眼說瞎話，半真半假之中另外再加上隱藏不說的部分，足以瞞天過海。我相信我所看見的，但那些我沒看見的呢？

「復興起義遭遇到重大挫敗，因為遭到流放的馬河王室血脈，在短時間內，相繼死亡。我發現自己被困在一具無用的孩童身體中，而我的躁動吞噬了他，被人當成瘋子對待。三十年後，再加上又一具肉身的死亡，我終於又贏回了領導權。但那時已沒有氏族願意跟著我，為復興誓死血戰。於是我改變策略，從朝堂政局入手，將野林地贏回來。我累積財富和權勢，學會低頭斡旋。我等待時機，在達澤卡王室產生矛盾裂痕時從中挑撥離間，讓他們無法補救。」

畫面淡去，好似褪去的熱血退化了視覺，變成一團蒼白無力的鬼魂。「那個就是被尊稱為復辟功臣的馬河伯爵，對吧？」英格雷無力地說：「也就是你的前身？」

「對，還有他的兒子，他兒子的兒子。我從一具肉體換到另一具，積累了無數世代的生命。但我的子孫們不願再臣服於我了。他們說，神都是累積靈魂而不摧毀，而這也是證明我不是神的一項證據。侵入人的神智，就只能有一個靈魂主導，否則會陷入精神錯亂，所以我沒有選擇的餘地。

「一百五十年來，我奮鬥、謀劃、流血、死亡，犯下損壞我的靈魂的大錯，像食人者一般地吞噬我代代的子孫。最後，光榮降臨了，我復興了野林地。但新王朝失去了傳統文化，沒有了土地的歌曲，沒有了古老的森林法術。它攙雜了五神的信仰，而我也無法從代代循環的苦痛中解脫。我的戰爭結束了，但勝利沒有到來。從此，馬河伯爵一脈變得孤癖，隱遁於世俗之外……」

「你不能破解詛咒，從中解放出來嗎？」英格雷低語。

溫索的聲音變得粗啞，面容慘淡。「你以為我沒試過嗎？」

英格雷被他吼得一愣。「看來，你需要一個奇蹟。」

「喔，神明早就在獵捕我了，」溫索的笑容變得諷刺。「祂們不斷騷擾我，祂們想要我，但我不要祂們，英格雷。」

英格雷強迫自己提高音量。「那你想要什麼？」

溫索的面容變得縹緲，好似哀愁早已變成了石頭，嵌在了靈魂裡。「我想要什麼？經過百年來的努力和磨難，我想要的可多了。不過我現在的欲望的確變得比較簡單，可能是心境也蒼老了吧。我想要第一任老婆回來，想要兒子們再像那天早晨一樣……」

影像回來了，是一道五彩繽紛的光線。一名男子、一個笑得很開心的女子，還有一群年輕人，沿著餌河蘆葦蕩邊緣，騎馬奔馳，驚喜地看著一家灰鷺振翅起飛，衝進金黃色的曙光中。

馬河伯爵哭了。**你該死，居然讓我想起這一幕！**剛才的腥風血雨、落寞絕望都瞬間淡化。他顫抖的手緊緊箍著英格雷的臉，手指快將英格雷的臉掐出烏青。「**我要我的世界回來。**」

*啊，這顯然不是溫索設計好的畫面。*過去的，就是過去了。英格雷抿了抿唇。「你無法辦到的，沒有人可以。」

金光瞬間滅寂，孤寂的黑暗再度回來。絕對的黑暗。英格雷知道那些影像畫面結束了。

「我知道。所有神賜予的奇蹟，都不可能滿足我的想望。」

「你害怕神會毀了你嗎？」

溫索又是一抹苦笑。「我沒有害怕，那正是我所祈求。」

「或者……你害怕祂們的天譴？害怕祂們將你的靈魂禁錮在無窮的折磨中？」

溫索傾前，趾高氣昂地說：「那，」他的氣息輕拂過英格雷的耳畔。「就太多餘了。」他終於放開了英格雷，退開幾步。他歪著頭，打量著英格雷的表情。「但如果你運氣好，活得夠久，你會知道的。」

英格雷覺得這個人真的瘋了，滿嘴胡說八道，但溫索傳送給他的影像太過栩栩如生，已烙印在他腦海中。他原本是前來戳破溫索所謂的真相，但絕不包括剛才的一切。他踉蹌地癱坐在書桌上，緊抓著桌緣以穩住顫抖的身軀。他所受到的震撼，絕逃不過溫索的眼睛。

不要相信……他也希望自己能夠做到。

英格雷直覺認為這個故事有很多漏洞。其中最大的漏洞，就是伊佳妲的受傷樹林中的鬼魂大隊。馬河伯爵為血地哀慟，卻完全沒提到這支遭到遺棄、受詛咒的軍隊？溫索下咒除掉伊佳妲，他的確坦承了犯罪——在不得已的情況下坦承，但仍然沒解釋他的動機。這兩個沒說出口的事實，會有關聯嗎？

門上響起一個敲門聲，兩人都被嚇了一跳。「什麼事？」伯爵厲聲大喊，他的語氣給出了明白的指令：不准進來。

「大人，」門外的一等僕人盡責地稟報：「公主殿下準備出發了，她請求您同行。」

溫索緊抿著唇，一副不耐煩的樣子，但仍然大喊：「跟她說我馬上來。」門外的腳步聲走遠了，溫索嘆口氣，轉身對英格雷說：「我們要去探視她的父王，今晚註定不好過了。你和我再找時間繼續。」

「我也想繼續。」英格雷坦承自己的想法，又想了一想，覺得對方的話有些曖昧——是繼續聊下去？還是繼續活下去？但他決定不多做解釋。

溫索打量著他，依舊警惕著。「你明白，我們的家族詛咒是可以過渡到了你的家族。我一旦死去，就是你災難的開始，而且不可逆轉。」

「那你為何不趁現在殺了我？」英格雷一點也不懷疑溫索會對他下殺手。

「因為可能會引發更大的麻煩，這點我還在研究中。目前看來，你死了，詛咒只會找下一個替死鬼，例如你樺林的堂表兄弟，那麼，事情可能會更棘手。除非你有達澤卡血緣的私生子，但我知道你沒有。」

「我……就我所知沒有。你不知道在我之後的下個繼承人是誰？」

「世事無常，我無法控制的事太多。你很可能死在達澤卡，法拉很可能懷孕。」溫索撇嘴。「生生死死，誰又知道。有些問題，時間自然會給出答案。我很久以前就學會了要順其自然。」他又來回踱步，彷彿想甩脫身上的緊繃。英格雷也希望自己有力氣站起來，像他那樣。

溫索踱到書房盡頭，又一次繞了回來。「看來，我們只能同舟共濟了，不管願不願意都逃不了。你到我身邊服侍如何？」

英格雷震了一下。他有好多問題想問溫索，而溫索也可能是唯一有答案的人。待在他身邊，必定能挖掘出更多答案。而且，若我拒絕了他，我還能活多久？他決定先敷衍一下。「我欠黑特渥大人很多恩情，沒有打算離開他家，他也不太可能放我走。」

溫索聳聳肩。「如果我去跟他要人呢？他應該不會拒絕公主駙馬這樣一個小小請求吧。」是，但我可能會預先知會黑特渥，讓他有心理準備如何推辭或拖延。「好，如果黑特渥大人答應讓我走。」

「真是忠心。你都這麼說了，我也不好再說什麼。」

「我承認，你的提議的確很吸引我。」

溫索乾笑一聲，應該也聽出來英格雷在搪塞他。「我相信。」他嘆口氣朝房門走去，暗示此次談話結束，英格雷當下順從地跟了上去。

「今晚再告訴我一件事。」英格雷走到正門時說。

馬河伯爵挑眉算是應允。

「我認識的那個小溫索，他現在呢？」

馬河伯爵抬手抵額。「他的回憶還在，只是淹沒在那些記憶的潮流裡了。」

「但成年後的溫索沒有回憶嗎？他被摧毀了？」

伯爵聳聳肩。「十四歲的英格雷現在在哪？若不在那裡——」他指著英格雷的腦袋。「——而是在渾沌中？他們都是受害者，有一個共同的敵人。若這世上有比神更令我痛恨的，那就是時間。」他比了比手勢示意送客。「再見。可以的話，明天來找我。」

英格雷總感覺哪裡不對勁，但頭暈眼花地無法思考。幾分鐘後他回過神來，發現自己已回到了街上，對著落日餘暉眨眼。仍舊屹立不搖的東尹家，讓英格雷有些恍若隔世。在剛剛經歷的短暫的永恆中，這座城市應該早已徒剩破瓦殘礫，連一面牆都不復存在。

就像一直以來的我？

世代的裂痕，不被言說的沉默，未說出口的事實。就一個活了百餘年的靈魂來說，溫索為何突然變得著急起來？是什麼促使他不再蟄伏，一反常態地積極作為？對英格雷來說，溫索一直是個壓抑的人，隱然的怒火深藏在他心中。

英格雷甩了甩隱隱作痛的頭，轉身朝封印官府邸而去。

17

走到半途時，剛剛接受大量訊息的副作用浮現，英格雷感覺膝蓋癱軟無力，只好在沿街房子的牆墩上坐了下來，兩手撐在大腿上，背倚靠著被曬得暖洋洋的石壁。他頭暈眼花地眨著眼，深呼吸，並活動臉部肌肉以清醒頭腦。這股後勁的感覺十分古怪，好似狼魂又再度發作，將他帶回過往時光；又像他從夢境逃出來，被狠狠摔回現實。不過，這次都只是心智上的活動，與肉體無關，他昇華進入一種自由的狀態，不再需要苦苦掙扎求生。

一名已婚婦女經過，盯著雙手環抱、前後搖晃的英格雷片刻。也許是他的性別、年齡和身上的武器，那個婦女不敢多作停留，一語不發地走開了。此時，身體上的顫抖褪去，英格雷的思緒又活動起來。

溫索的那些床邊故事真實存在。五神啊。

他糾正自己，是馬河的故事。在那具殘弱變形的軀體裡，究竟還有多少溫索的影子殘存？

又一想，他突然羨慕起馬河了。長生不死啊！一個人擁有那麼多的機會，能糾正錯誤、重頭再來，怎麼會得不到幸福快樂？畢竟有那麼長的歲月累積財富、權勢和知識。他同時也想著，馬河經歷生生死死，但詛咒如影隨形，擺脫不掉累世的恐慌。*火刑是一種痛苦的死亡方式，我並不推薦。*溫索曾經這麼說過，當時英格雷只覺得他在開玩笑。現在回想，溫索的語氣還滿像是鑑賞家在評鑑一件藝術品。

靈魂古老不死、對於生死的操之在手，當真能使一個人更加奮勇殺敵？溫索的許多祖輩……*更正，*

是許多的馬河伯爵都死於非命。一個人老早就預知自己的宿命悽慘，不會活得惶恐不安嗎？兩個最怪誕的結局，英格雷剛剛在心智和肉體上才與馬河經歷過，僅僅是回想起來，就讓他反胃想吐。更多的悲劇，好似在兩面鏡子裡，一個人的影像不斷反覆上演；想到這些人只能活在過去，他的胃又是一陣翻攪。

英格雷突然意識到：他現在沒有孩子，此時擔心這些為時過早，但一想到有了孩子後，一股保護欲莫名其妙地湧出。回想起小時候的他，十分需要父親的關懷，再加上與父親的快樂回憶……也許是出於天性吧，英格雷起碼知道一個父親應有的樣子。

馬河看著自己的子孫成長，十分清楚等待著他們的命運是什麼，他又是什麼樣的感受？會告知他們、向他們發出警告嗎？像他剛才警告英格雷一樣？或者隱瞞真相，悄無聲息地侵佔子孫的肉體？在什麼年齡？對於馬河，對於他的子嗣，侵佔一個懵懵懂懂的孩童，或害怕的少年，或心智成熟、有主見的成年人，有什麼差別？無論如何，馬河有大把的時間一一去發現其中的差異。

那些被侵佔了的人魂又去了哪裡？它們被禁錮住，默默忍受，又不被摧毀……感覺詛咒偷走的不只是生命，而是永恆。這些殘破的靈魂被帶入下一代、下一個世紀，成為一個錯亂的累世靈魂。馬河有沒有——這個問題使英格雷思索了好久——馬河有沒有提前殺了一個特別摯愛的子嗣，好幫他從累世的恐懼中解脫出來？

*應該發生過一、兩次吧。*四百年的漫漫時光中，馬河族長經常出現暴斃早夭的情況，其中肯定有幾個是馬河的傑作。

身陷危險、法術、奇蹟、長生不死……精神錯亂，或接近精神錯亂的輪迴中，溫索的冷漠和機辯變得可以理解了。他時而的憤世疾俗或畏卻，仍然讓英格雷難以捉摸，但英格雷不會再以衡量普通人的眼光去論斷對方。他仍然不了解溫索，但至少溫索向他坦承了自己的心路歷程。*要看一個人的靈魂深處，*

英格雷。伊佳妲如此說過。她說得沒錯。

在溫索之前，這個混雜的累世靈魂經歷了多少代的重疊，才使得溫索變成一個殘弱不堪、心神紊亂又不復清明的人？在外人看來，他的病弱像是某種遺傳疾病，一代代的血親在少年或中年時變得痴傻。

再一代的疊加吧。下一代的靈魂轉換將會是另一個光景，若英格雷能活到那個時候。他的狼魂會改變這一切。另一個光景，但不是必然的，很好。

不，一點也不好。

自從接受了狼魂，今天是英格雷所經歷最驚心動魄的一天，先是子神顯靈，後來溫索又給他看了一系列可怕的影像。他現在最渴望的，就是拖著疲憊的身體回家，緊緊抓著伊佳妲，大聲把這些信息告訴她。家？那棟狹長的房子當然不是他的家；但只要有她在，就是我的家。戰場的一片混亂中，高高舉起的軍旗為迷失了方向或受傷的士兵，標示著重新聚集的地點，士兵們重新找到一個彼此信賴的伙伴；背貼著背，共同禦敵。

一定要警告她，這致命的靈魂轉體之事。溫索得知自己承繼這份恐怖的遺產很多年了，而英格雷居然對此一無所知，這令他十分不安。而英格雷的肉體何時會被侵佔，完全取決於溫索。馬河隨時可能按自己的意願，拿刀往脖子一劃，進行下一次的靈魂轉體。儘管……他被附身後，伊佳妲應該是野林地唯一能透過異象接收他解釋的人。接收，但不一定能理解。現在透過英格雷的嘴巴，以英格雷的聲音，將溫索的謊言告訴她，如此必定更有信服力。

他強迫自己站起來，繼續往前走，盡可能不讓自己像醉酒的人一樣東倒西歪。走了幾步後，他的胃舒服多了，神智也清醒許多。他來到黑特渥府邸正面的黃色石牆前，這是過去四年來他所謂的家，然而他如今猶豫起來。剛才的驚慌失措中，他的第一個反應就是回來找他的庇護人；但現在，他突然不知道要跟黑特渥說什麼，但封印官稍早曾囑咐英格雷去見他，起碼他應該去看看是否有新指令。他轉了進去。門房提醒他：「大人在開會。」

英格雷好想掉頭回家，卻仍是慎重地說：「跟他說我在等他，請求面見。」

門房送了紙條進去，過不久就出來了。「大人請您去書房參加會議，英格雷大人。」

英格雷點點頭，爬上寬大的樓梯，轉進熟悉的走廊。他繞過一個正往牆上燭檯點燈的僕人。他敲了敲門，黑特渥回應：「進來。」

他轉動門把側身進去，一看到裡面的人，就立刻想轉身逃走。圍繞著黑特渥書桌的，有拜斯特王子、盧柯司祭，以及王位授命人大司祭，也就是野豬灘家族的菲里汀。蓋斯卡緊張地站在門邊，好像在向主人報告一件棘手的事。所有人的目光都轉過來，盯著英格雷。

「剛好，」黑特渥說：「我們正聊到你呢，英格雷。你好點了嗎？」

黑特渥的神情，帶著幾分的嘲弄。英格雷評估了下，決定最好別直接回答，於是只點了點頭，然後打量著那些意料之外的觀眾。

大司祭菲里汀，是野豬灘雙胞胎族長的叔伯，因為兄長眾多，族裡的領地和位分早已分配光，於是他將生命都奉獻給了神廟。一個出生於貴族的神職人員，前途無量，同時也能嘉惠於他的家族；禮尚往來，他的家族受惠後，也會好好報答神廟。他於七年前攀上職業生涯高峰，被任命為東尹家的大司祭，同時加封為王位授命人，成為位高權重的貴人之一。

依照英格雷的觀察，菲里汀和黑特渥都是十分現實的人，兩人勢力旗鼓相當。透過他們兩人，聖王鎮和神廟鎮經常呈現你上我下，你下我上的平衡狀態，而非對立——通常——而已。眼看著王位繼承人推舉迫在眉睫，兩人的關係也緊張起來，黑特渥將菲里汀歸為中間遊走派，而大司祭因母親的關係，與鷹沼、狐荊兩大家族有血緣關係。再加上他總是說神職人員必須超然於世俗之上，從不表態，顯然深知立場曖昧的好處。

至於這位大司祭對他的狼魂包容度有多大，英格雷也不太清楚。他的特赦是前任大司祭簽可的。這份特赦書他細心保存了十多年，現在就鎖在這棟府邸樓上他的房間裡。英格雷不知道菲里汀對於獸魂的排斥，是出於對神的忠誠或只是個人原因，因為他顯然跟黑特渥一樣，深受獸魂神祕的吸引。他又是如何看待盧柯的？

而盧柯呢，他正咬著指關節，盯著英格雷瞧，眼神犀利，令人很是不安。英格雷對他點了個頭，等著某人開口，繼續會議。他絕不先開口說話。五神啊，我現在的腦筋，完全不適合面對這個危險的伙伴。

大司祭開門見山地說：「盧柯司祭告訴我們，你聲稱今早在神廟經歷了一場奇蹟。」

英格雷納悶，若他回答：不，是我允許奇蹟的發生，因為神很謙卑地請我成全祂一件事。不知道菲里汀會如何反應。不過，他還是回應：「我沒有任何實證，來證明我所經歷的奇蹟。或者說，我是這麼被告知的。」

盧柯被他盯得不安地挪了挪。

「我當時也在場。」大司祭冷冷地說。

「對，您是。」

「我什麼也沒看到。」大司祭的神情既憂心忡忡又懷疑，但憂心忡忡的成分更多。

英格雷低頭，保持超然的態度，想藉此激怒他人、讓其他人先表態。

拜斯特王子滿懷希望地說：「有人認為，既然秋之子神接收了波列索的靈魂，這就是一個證據，充分說明波列索並沒有施行禁術、攝取獸魂。」

「每個人都可以按自己的想法發表聲明。」英格雷友善地附和。「若明天早上，卡里爾的屍體被發現在鸛河中載浮載沉，那就死無對證，再也沒有人可以反駁這道聲明了。我當然更無權反駁。」

大司祭全身一震，似乎對英格雷隱含的詆毀感到很生氣。或提議，或威脅，或反威脅？英格雷不清楚大司祭是如何詮釋他的話。盧柯精明的眼睛換上了一層好奇，盯著英格雷。

「這種事不會發生，」大司祭說：「卡里爾正在嚴密的監禁下。邪不勝正，公理正義終會彰顯。」

「好。既然如此，儘管波列索的靈魂已被救贖，最起碼他的好行為會得到他應得的審判。」

拜斯特王子皺了皺臉，顯得很不是滋味。

黑特渥語氣堅定地說：「來，跟我說說，英格雷大人。你是什麼時候、又是如何發現伊佳妲貴女也遭到獸魂的污染？」

啊，他們打算開始對質了，想聽聽他的說法。他只能照實說出：「離開野豬岬的第一天。」

黑特渥保持貫常使用的技倆，冷靜地問：「你不認為，需要跟我說一聲？」

站在對牆前的蓋斯卡，始終盡可能地縮小自己的存在感，現在聽了黑特渥的口氣，更是盡全力地把自己縮小。蓋斯卡，你的信不是寄給黑特渥的話，究竟是誰？馬河嗎，所以他那時才能即時趕過去？若真是如此，蓋斯卡現在還是他的眼線嗎？

英格雷回應：「我一抓到當面稟報的機會，就把問題告知神廟的管理階層，也就是哈拉娜司祭。她指示我回來找盧柯司祭。」某方面來說，他並沒說謊。「我期待他的進一步指示，因為這事必定引起神廟的高度關注，但倒楣的是，後來發生冰熊事件，就擔擱了。等到今天下午我們又有機會面談時，我們的注意力又被其他事情吸引去了。」其他事情？但也只是事情的一體兩面吧；除了神，還有誰能看到事情的全面？這個新想法令他有些不安。唔，將一切都推到那位聖徒身上——而聖徒正敬佩地看著英格雷聲東擊西，半真半假地瞎掰——再看看這個房間裡，有誰敢質問他。

顯然黑特渥真不知此事，因為他已皺著眉頭打算先暫時休兵。「好，這事就此揭過。那女孩會按照一般的庭審程序處置。現在我們聽到一個更緊迫的指控。卡里爾指控，馬河的溫索伯爵也有獸魂，你怎麼看？」

英格雷深深吸了口氣。「如此重大的指控，應該由神廟來調查比較妥當吧。」

「神廟調查的話會發現什麼？」

溫索掩藏祕密的手段高明嗎？不管如何，絕對比英格雷高明許多。「這完全取決於他們的調查能力，長官。」

「英格雷，」黑特渥警告人時，總會咬牙說話，嚇了蓋斯卡和拜斯特一跳。英格雷立正站好。「那位伯爵可是王位授命人之一，而我們就快進行王位推舉了。我認為他會是王室一脈繼承人的堅實後盾。」

他的下巴朝拜斯特一揚，王子感激地對他點點頭。菲里汀眨眨眼，一聲不吭。

黑特渥繼續道：「如果卡里爾指控不實，我需要知道！我不能在這個時候亂逮人，承受失去伯爵支持的損失。」

「嗯，」英格雷淡淡地說：「這麼說來，您的解決辦法就很簡單。您可以等得到他的一票後，再逮捕他。」

拜斯特王子當場就上鉤了。黑特渥似乎還在考量他的提議。而菲里汀面無表情，英格雷不禁又納悶，他究竟承諾了將票投給哪一位候選人。

他這麼提議，會不會提高卡里爾在鸛河裡漂浮的機率？*我在乎嗎？*英格雷嘆口氣，*也許吧。*英格雷悲涼地發現，這個房間裡沒有一個人值得他全然的信任，能讓他說出馬河最新揭露的信息。*我需要伊佳妲。*

英格雷雙手負在背後。換我了。「大司祭，您是神學專家，又是王位授命人之一，您必定知道其他人不知道的事。想請教您——在神學上，古野林王朝和現在這個在五神信仰中復興的王朝，有什麼實質上的不同？」

黑特渥瞪著他，一副在問：五神啊，你從哪裡冒出這樣一個問題，英格雷？但他只是往後一坐，打手勢請菲里汀回答，顯然很好奇這個答案會向哪裡發展。

菲里汀手指輕敲著椅子扶手。「古代聖王是由十三支氏族族長推選而出；新王朝，是由八位家族族長，外加五位神廟授命人，共同推舉而出。王室一脈，長子擁有優先繼承權——」他瞥了拜斯特一眼。「——這是仿照達澤卡的制度而產生。後來，因為聖王推舉制度能避免部族之間發生王位爭奪，得以讓王位在和平狀態下完成世代交替，所以繼位的聖王更象徵了君權神授，更加名正言順。」他更進一步向拜斯特點點頭，暗示著所以我們就保持原狀吧。

「我想問的，與政治無關。」英格雷說：「古代聖王本身就是一位獸魂戰士嗎？或者……一位獸巫？拋出這麼一個特殊名詞究竟是好是壞，等等就知道了。

盧柯挺直身體，整個興致都來了。「這種說法我也聽說過。古代聖王是許多部族儀式祭典的核心人物，也許他們的本質更偏向巫，而非神聖。」

英格雷試著想像最近幾代的聖王，哪一個有巫的特質，但的確沒有。事實上，他們也絕非神聖。

「所以說……神祕的法力……完全從聖王身上消失了？」

「是的？」盧柯說。

英格雷搞不清楚盧柯提高尾調是表示同意，還是鼓勵他繼續追問。「所以……留下了什麼？現在是什麼，使聖王之所以神聖？」

大司祭挑眉。「五神的恩賜。」

「抱歉，司祭，但我每週做禱告時，都會得到五神的恩賜，但我並沒有因此而神聖。」

「沒錯。」黑特渥的聲音小到幾乎聽不到。

英格雷繼續說：「神恩賜給聖王的，絕對不只是願望成真的恩慈，所以還有什麼？」

大司祭聲音洪亮地說：「還有禱告。五位王位授命人大司祭，會禱告祈求神的指引，最後進行投票，並各自請求自己的神賜予徵兆。」

那些所謂神的徵兆，英格雷本人也送出過幾次，只不過是以錢袋的方式顯現而已。但這並沒令他覺得自己就是神的使者。「還有什麼？聖王繼位後會有什麼改變？神對聖王的恩賜，絕對不同於一般的恩賜。」他的聲音有些緊張，透露出了內心的急切。他用力吞嚥了下，調整自己控制好情緒。五個古氏族已退出了政治舞台，其中三支滅絕了，兩支衰敗；五位神職人員順理成章接替他們的位子，誰又能說他們不是代表自己的人民呢？但如此的推舉制度，的確曾經一次讓馬河成為了巫師聖王，成為一個前無古人後無來者的聖王。哎，他的驚世之舉，從此也就沒停止過了，不是嗎？現今君權法力的架空，會不會是因為長生不死的馬河掌控了什麼，某種他應該移交給下一代聖王的特權？

一直忐忑不安的拜斯特打斷了他們。「若指控溫索的罪行屬實，我實在擔心我王妹的安全。」因為伊佳妲的遭遇，英格雷對法拉公主沒什麼好感，但考量到溫索母親的下場，他不得不認同拜斯特。「您的擔心確實有理，殿下。」

黑特渥聞言挺直身體。

英格雷補充：「封印官大人，聽說馬河伯爵隱約表示過，想挖我過去加入他的團隊。我請求您，若是他來找您，請您千萬不要答應放我走。我擔心我當面拒絕他，會衝撞到他，引來不必要的敵意。」

黑特渥蹙著眉頭，開始傷腦筋，反倒是大司祭瞪大眼睛說：「兩個異端男人同處一棟房子內？他究竟想幹嘛？」

「大司祭，您太早下定論了，」英格雷指出：「伯爵是遭到指控，但尚未被定罪。」

菲里汀轉身。「盧柯……？」

盧柯兩手一攤。「我需要更仔細的觀察，而且還需要神的幫助，這我不能強求。」

菲里汀轉回來，對著英格雷蹙眉說：「我希望你能對我坦承，英格雷大人。」

英格雷聳聳肩。「這要看您問什麼而定，大司祭。若您希望我為別人看不見的異象做見證，那我必須要全盤招出來才行；斷章取義容易造成誤會。我知道您並不認為我是神的信使，被神派來向您傳達祂的旨意。」

菲里汀消化著英格雷的話，英格雷續道：「至於溫索，他現在才來認我這個表兄，也太晚了吧。」又是一句半真半假的推托之辭。

拜斯特氣憤說道：「你是想把我妹扔在一棟你自己也不敢去的房子裡？」他橫眉怒眼，接著緩緩地說：「你不是對黑特渥很忠心嗎？」

他從未背叛過我。尚未。英格雷點點頭。

拜斯特繼續說：「若指控屬實……誰能保護公主不被她丈夫的異靈作祟傷到，或者在必要時把她救出來？你可以隨侍在一旁監督通報，還有報告……」

「奸細嗎？」菲里汀興致勃勃地說：「黑特渥你說，他可以去當間諜嗎？」

英格雷挑眉。「現在您是想要我發假誓效忠伯爵嗎，大人？」他甜甜地問。

「英格雷，住嘴。」黑特渥喝斥：「在這個會議裡，把你的幽默收起來。」

「那算是幽默？」拜斯特嘀咕。

「差不多了，再不制止的話，不知道從他嘴裡還會吐出什麼來。」

「你怎麼受得了。」

「他這旁敲側擊、充傻裝愣的功夫，有時還真有效。他那獨特的處事風格，總能給我帶來意外之喜，這是一般循規蹈距之人做不到的。我也搞不清楚，這究竟算是他的天賦才華或是詛咒。」黑特渥往後一坐，銳利地看著英格雷。「你做得到嗎？」

英格雷猶豫著。答應了，他就可以正大光明地做牆頭草，遊走於兩大勢力之際，還能收集資料、拼湊出真相的原貌，及時制定應對策略。

他也可以拒絕。

「我承認，」他緩緩地說：「我也渴望多了解溫索一些。」他問拜斯特：「您為何突然在四年後才開始擔心妹妹的安全？您之前都沒擔心過？」

拜斯特有些尷尬。「過去四年，我確實很少關心她。她大婚後我們只見過一次，也甚少通信。我以為父王會幫她挑一個好夫家，而她也過得很好。我也有自己的事務要忙。直到今日上午，她跟我說——是我問她的——說她過得很不快樂。」

「她都說了什麼？」黑特渥問。

「關於野豬岬的意外，她不是故意的。她覺得波列索變得太荒唐，所以希望波列索能和伊佳妲貴女，嗯，情投意合，也許那女孩能治得了波列索。法拉至今膝下無子，不過我必須說句公道話，我不認為這是她單方面的問題。她認為，丈夫的目光都落在她新來的侍女身上，畢竟那女孩是伯爵帶來給法拉的。」

最後一句倒是新消息。伊佳妲一直以為那份工作是她獾岸的舅母幫她找的，卻沒人仔細推敲過，這位舅母會記得有她這麼個姪女嗎？難道溫索想找一個子嗣，來取代英格雷？或者，他對伊佳妲有別的打算？應該是有別的打算吧。他絕不會無緣無故費盡心思，而他的動機也絕不是一般男人的動機。

「伊佳妲貴女聲稱，伯爵對她並沒有非分之想。」英格雷插話：「我向您保證，她或許天真到必須等到男人伸出下流的手，才會恍然大悟，但溫索不是那種下流之輩。我認為法拉殿下對這整起事件需要負起一定的責任。但我也承認，波列索踏上歧途，的確需要及早制止。」黑特渥瞪了他一眼，提醒他注意分寸，他只好向被懟得很尷尬的王子道歉：「抱歉，忠言逆耳。」

拜斯特不滿地嗯了一聲。儘管不滿，但也無從反駁。

大司祭清清嗓子。「我留意到，英格雷大人，透過你向盧柯司祭坦承的見證顯示——以及其他證據——你的狼魂似乎解禁了。你違反了特赦法規。」

他的口氣平淡，沒有恐嚇，沒有恐懼，僅僅是想向他施壓。而英格雷很清楚如何應對單純的施壓。「這不是我的意願，大人。」這個說法因為無法求證，所以很安全。「是哈拉娜司祭幫我破除詛咒時發生的意外。所以在某方面來說，狼魂的解禁，算是神廟本身的手筆。」對，將責任推給不在場的人。「雖然不能說是神的旨意，但已有兩位神明藉由我的狼魂完成了祂們的願望。」菲里汀是不是愣了一下？英格雷深吸一口氣。「現在您不也是想利用我，去保護法拉公主？這很奇怪，您怎麼會將一個如此重要的任務，指派給一個您不信任的人。又或者，你想先榨乾我，再來收拾我？我警告您，我可是會泅泳的。」

菲里汀思考良久，精明地拒絕上鉤。「你不覺得，這個任務能保證你還有利用價值？」

「這我明白。」英格雷飛快地向他鞠了個躬。「我好像變成了您的下屬了啊，大司祭。」

黑特渥聽著他們兩人唇槍舌戰，不安地動了動。並不是他感受到威脅，而是他習慣以懷柔的手段，感化英格雷順著他的意思走。對於黑特渥的以柔克剛，英格雷還是心懷感激的。

「既然您如此強硬，」英格雷說——黑特渥皺皺臉，斜睨他一眼——「我就接受任務，做您的間諜，以及公主的貼身護衛。」他向拜斯特點了點頭，拜斯特終於願意對他展露一絲笑意。

「這樣，我們要重新安置凶犯了。」黑特渥說：「既然溫索成了嫌疑犯，那麼他對伊佳妲貴女的體貼照料也值得存疑。是該將她移到一處更安全的地方。」

英格雷聞言呆住。他們要把伊佳妲從他身邊帶走？他謹慎地說：「這樣會不會打草驚蛇，讓溫索知道你們在懷疑他？」

「不會，」大司祭說：「喪禮之後，更換凶犯的監禁地是必然的。」

「她目前的居所十分合宜，」英格雷反駁：「她沒有企圖逃跑，並且相信神廟會還給她一個公道。我也說過，她那個人十分天真。」他特意補上最後一句，來譏刺菲里汀。

「是，但你不可能同時護衛兩個地方。」拜斯特的意見十分符合邏輯。

黑特渥終於留意到英格雷的慌張，舉起手制止。「這個我們稍後再商量。謝謝你願意配合我們，完成這件棘手的工作，英格雷大人。你認為你多快能潛伏到馬河身邊？」

「今晚？」拜斯特提議。

不行，我必須先見見伊佳妲！「我擔心，若我在他來向您要人之前就過去，會令他起疑。他來要人時，大人您也不能答應得太爽快。而且我現在需要進食和睡眠。」至少他真的需要睡眠。

「我希望現在就有人去保護我的王妹。」拜斯特說。

「也許您可以親自去拜訪她。」

「我沒有可以對付溫索的巫法！」

這麼說來，您終於相信您需要沒被燒死的我了？很好。「現下有沒有神廟巫師能暫時去保護公主？」

「合適的，都派出去執行任務了，」盧柯說：「我會想辦法盡快召回一、兩個。」菲里汀點頭贊同。

「別擔心，殿下，」黑特渥打斷張口要說話的拜斯特。「今晚是無法採取任何行動了。」他撐著書桌，哼唧一聲站了起來。「英格雷，跟我來。」

英格雷向坐著的達官貴人告退，並向蓋斯卡鞠躬行禮，吊一吊他的胃口。若蓋斯卡當真是馬河的間諜，馬河知情後，又會如何應對？雖然馬河應該早已料到卡里爾會指控他。起碼蓋斯卡能夠作證，這份指控並非出自英格雷。對，先放過蓋斯卡，由他去吧，看看結果是否真如我推測的一樣。

英格雷跟著黑特渥走下昏暗、鋪著地毯的走廊，走出書房的耳力範圍之外。「大人？」

黑特渥轉身面向他，人就站在燭檯的下方。燭光勾勒出他困惑的神情。「之前，我一直相信溫索的票會投給他的內兄，所以之前的任何重大決策他都有參與。現在我開始懷疑，他是否也像波列索一樣，有自己的打算。」

「除了他對伊佳妲莫名其妙的興趣，他有什麼動作嗎？」

「現在回想起來，他以前的動作都值得推敲。」黑特渥搓揉著額頭，緩緩閉上眼睛又張開。「你護衛法拉公主的同時，眼睛擦亮點，找出證據，尤其是他覬覦下一任聖王之位的證據。」

「我相信溫索的興趣不只是政權。」英格雷說。

「這個說法無法令我放心，英格雷。尤其是一位狼大人將王權和法力結合在一起的時候。我很清楚，你剛才在裡面隱瞞了很多事情沒說。」

「沒有根據地胡亂猜測，只會讓事情更複雜。」

「沒錯，我要事實。我不願因為錯誤的指控，得罪一個寶貴的盟友，更不想毫無防備地被一個危險的敵人暗算。」

「我對此事的好奇程度跟您一樣，大人。」

「很好，」黑特渥拍了拍他的肩頭。「去吧，去吃你想要的食物和補充睡眠。你看起來像盤子裡的一條死魚，你知道嗎？你確定今天早上的事不是因為你生病了？」

「我還真希望是因為我病了。盧柯沒把我的口供向您報告？」

「你所謂的異象？噢，有，聽起來好像一個可怕的故事。」他遲疑片刻又道：「不過，拜斯特聽了倒是感到如釋重負。」

「您相信嗎？」

黑特渥歪頭。「你呢？」

「噢，」英格雷喃喃道：「當然。」

黑特渥站得直挺挺的，打量著英格雷的眼神，片刻後，不安地垂下眼簾。「我沒有那個榮幸參與那個插曲……所以你和子神究竟都談了什麼？」

「我們……在爭辯。」

黑特渥嘴角一彎，乾笑起來。「為什麼我一點也不詫異？真希望神能把你肚子裡的壞水都抽出來。希望祂們的運氣比我好一點，能從你那裡得到直接的答案。」他說完，轉身打算走開。

「大人。」英格雷突然叫住他。

黑特渥轉回來。「是？」

「如果，嗯……」英格雷用力吞嚥，以濕潤乾澀不已的喉嚨。「我要請您幫一個忙。如果接下來的幾天，我的表弟溫索突然暴斃，請您一定馬上將我送去讓神廟審訊。而且，一定要盧柯手下最厲害的巫師負責審訊。」

黑特渥蹙眉看著他。眉頭越皺越深。他嘴巴微張許久。「我想，」他終於回答：「你就打算這樣簡單扔下一句話，然後拍拍屁股走人，嗯？」

「正如您想咒罵我的，沒錯。」

「我認為你把咒罵和詛咒搞混了。」

「是咒罵。」

「……很好。」

「很好。」

英格雷鞠躬行禮，退開了。黑特渥並沒叫住他，卻暗罵一聲，罵聲飄到樓梯口，鑽進英格雷耳中。

18

伊佳妲坐在樓梯口等著。門房開門迎接英格雷進入玄關，英格雷見她抱著自己，蜷縮在樓梯入口的幾個台階上，這次她將自己抱得很緊。女監護坐在她上面的台階上，十分不安。伊佳妲跳起來，目光搜尋著英格雷的臉，英格雷不知道她在找什麼，但她似乎發現了什麼，她連跑帶跳地跑向他，抓住他的胳膊，拉他進起居室並甩上門，將一臉不悅的女監護關在門外。

「那是什麼，在不久之前？」伊佳妲問：「你出了什麼事？」

「妳——妳也看見了？」

「影像，英格雷，可怕的影像。不是神的，我發誓。你出門沒多久後我又昏倒了，但這次並沒暈過去，而那些畫面比記憶還清晰，不是幻象。英格雷，我看見血地，我看見我的人！它們不像受傷樹林那般殘破不堪，而是之前……它們還活著的時候。」她遲疑片刻。「它們陣亡的時候。」

「妳有感應到溫索嗎？妳有看見他，或聽見他的聲音嗎？」

「沒，不是……不是現在的他。我想，這些畫面是在你的腦海中，對不對？」

「是。過往的畫面，對吧？古野林。血地的大屠殺。」

她打了一個冷顫，抬手貼著她的脖頸，英格雷腦海裡又響起斧頭劈碎骨頭的碎裂聲。她也感覺到了。

「為什麼我們會有這種感應？我們之間怎麼了？」她問。

「那些畫面和影像……是溫索放到我腦海裡的。他不是妳這類的獸魂戰士，而是我這種獸巫。他比獸巫更高級。迷失在時間長河裡，同時享有可怕的法力和痛苦。他認為——聲稱——他是聖王。」

「但打從我出生以來，鹿棘老伯爵就是聖王了，怎麼可能有兩個聖王？」

「這其中的謎團我也還沒有弄清楚。我去找溫索，是打算跟他攤牌，逼他說出實話，結果反而被他的影像弄得……」

英格雷扶著她坐進椅子中，自己在旁邊的椅子坐下，四隻手仍在桌上緊握著。英格雷敘說著這次和伯爵的面談。伊佳妲似乎只共享了那些神祕的影像，但不包括他們的對話；伊佳妲過去幾個小時必定又是迷惑，又是混亂，即使現在聽他訴說，她的眼睛也睜得大大的，身體發顫。

「溫索宣稱我是他的靈魂繼承人，無論他和我的意願如何，我的肉體都被禁錮在他的咒語中。我不知道這有多久了。過去我和他之間，可能還有別的表堂兄弟，而近期這些人都死光了，但……但事情很可能要追溯到我父親的死亡。這裡面有許多疑問，我至今仍不清楚父親攝取狼魂的動機究竟是什麼。」

「我的另一個夢，」伊佳妲低聲說：「被火光包圍的騎士，被牽著躍過灰燼的那匹狼。它們就是代表你們兩個。」

「妳這麼認為？也許吧……」

「英格雷，我認出了聖樹，我認出了我的人。我跟它們被綁在了一起，就像我跟你被綁在了一起那樣，但我不知道這是怎麼做到的。如果溫索說的都是真的，那麼他跟它們也綁在一起了。」

「溫索的故事充滿漏洞，但他沒說謊。」英格雷肯定地說：「這些連結是所有故事的關鍵。」

「這樣，我們連成了一個圈。你和我綁在一起，我和我的鬼魂綁在一起，它們和溫索，而溫索似乎和你綁在了一起。難道溫索想利用我們，施行某種高深的法術？」

「我不確定。但溫索想做的絕不只如此。首先，選擇我做他的靈魂繼承人不是他自己的意願，否則他不會選我，而是別人。這個詛咒的設計，必定是為了在混亂的戰場上起作用，而混戰中，聖王和大王子很可能同時陣亡——這也是在血地之戰發生的真實情況。靈魂轉體必須在新聖王沒有意識到的情況下悄悄發生，因此詛咒必須與受傷樹林裡的戰士亡魂結契在一起。那就像整個古野林，透過溫索來挑選它的繼承人。」這個觀點解開了許多疑問。

伊佳妲瞇起眼睛。「那我們三個是不是應該去一趟血地？但去了又該怎麼做？」

「而且誰又會將我們推向結局？神嗎？」英格雷咕噥著。他往後躺靠，蹙著眉。「詛咒的箝制越來越緊。單單是馬河伯爵們與戰士亡魂，就已經代代相傳了十六個世代。而妳——妳從外面闖了進來，詛咒更突然挑選了我。詛咒的界線，不再是從前那樣了。介於生與死，靈與肉之間的界線；血緣與血緣之間，野林和外界的界線……百年來，這些界線第一次出現了變化，無法掌控的變化發生了。」

伊佳妲搓揉皺在一起的眉頭。「我在詛咒裡扮演了什麼樣的角色？一隻腳踩在裡面，一隻腳在外面——我這樣算是詛咒的一份子嗎？我活著，他們死了；我是女人，他們是男人——大部分吧……我的豹魂甚至不是野林的物種！今天早上，波列索的事我什麼也沒做，只是站在旁邊嚇得喘氣。你才是神要的人，英格雷，你能淨化戰士的亡魂！」她停留在他臉上的目光，自信而熾烈。

「就像供人進進出出的一扇門，」英格雷緩緩地說：「半進半出，就像妳的血緣，半個野林人，半個喬利昂人。我想，妳也是神要的人，但不是溫索要的。妳的戰士亡魂不也挑選了妳？它們從那晚睡在受傷樹林的人之中，挑選了妳。」

伊佳妲躊躇，隨即挺直身子。「對。」

「所以，」英格雷疲憊的思緒沒有整理出答案。「看過那些影像後，反倒引出了更多問題。溫索現在想盡辦法要看緊我，他討好地要求我做他的侍從……嗯，不是討好，而是強迫。」

她臉上又多了一層擔憂，皺了皺眉頭。

英格雷繼續道：「黑特渥沒想庇護我，反而要我去溫索那裡任職，為他監視溫索。卡里爾指控溫索也有獸魂，但神廟和黑特渥尚不確定這個指控是否屬實。我沒告訴他們真相。我不確定說了會產生什麼樣的後續效應，也不確定溫索打算多快揭開他的陰暗祕密，更不清楚我在這團亂麻中的下場。更糟的是，拜斯特開始害怕他的這位妹夫，要我去保護公主殿下。」英格雷皺了皺臉。

「拜斯特的擔心應該不是多餘的，」伊佳妲緩緩地說：「我不想在我的災難裡，再多添一個鹿棘亡魂。」

「妳不了解——如果我被困在馬河府邸，他們會打算另外安置妳，讓其他人來看管妳。也許把妳關到別的囚牢，這樣外人很難接觸到妳，妳也逃不掉。」

伊佳妲緊張起來。「我這個時候絕不能……絕不能被關起來，在事情接近結尾的時候，在該離開的時候。」

「事情接近結尾的時候？妳是指什麼？」

伊佳妲挫敗地握拳。「這件事——這場搜索狩獵，神已經快接近祂的獵物了。你沒感覺到嗎，英格雷？」

「有感覺到。我現在的壓力大到快把我壓垮了，但我沒看見，沒有清楚看見。」

「這個溫索究竟想做什麼？」

英格雷搖搖頭。「我一直不清楚他的目的，只知道他要守住他古老的祕密。他腦袋裡有太多東西，以至於他無法專注於當下，但這並不會減少他的攻襲性。他真正害怕的是什麼？畢竟他又死不了，也殺死不了他。」處決應該制止不了馬河。囚禁的話，一旦溫索狗急跳牆，他很可能走向極端再次逃脫，再深的地牢、再嚴密的囚牢，都關不住他。這麼一想，英格雷絕對不希望溫索被囚禁起來，這樣英格雷要承受的風險就太大了。

伊佳妲困惑地咬唇。「百年來，伯爵的靈魂都沒被神接走，他是如何做到的？」

英格雷頓了一下，思考其中的漏洞。「他佔領繼承人的肉體時，通常是自行舉行儀式。我相信他已熟知如何透過儀式達成他的目的。若其中有幾場儀式發生失誤，也不過就是讓幾個人與神隔絕。」

這又引出了一些奇怪的問題。馬河一次又一次地看著自己的遺體下葬，會是什麼樣的感覺？離開父親的肉體，附身到兒子身上，再以兒子的肉身出席父親的喪禮，卻清楚當下死去的不是父親，而是兒子，那又是什麼樣的感覺？

伊佳妲點點頭，似乎也在思考類似的問題。她輕敲著桌子。「若神把神廟扯進這場詛咒中，神廟他們會怎麼做？」

「不知道，施用法術，或禱告祈求奇蹟吧。」

「眾神已經介入很深了，但似乎完全不是透過神廟的手。」

「似乎好像是如此。」英格雷嘆息。

「那我們現在怎麼做？」

英格雷搓揉著疼痛的頸背。「等吧。先什麼都不做。我去馬河那裡當侍從，監視他，但不只是為了黑特渥。也許可以找到一些線索，一些目前缺失的關鍵信息。」

「你會遇到什麼樣的危險？」伊佳妲愁容滿面。

英格雷聳聳肩。

伊佳妲不滿地說：「在這段閒置的時間裡，我感覺自己嚴重失衡了。」

「什麼閒置？」英格雷哼了一聲。「今天都快把我累死了。」

伊佳妲惱怒地揮揮手。「是我被監禁在這棟房子裡，哪也不能去！」

英格雷傾身向前，有些遲疑，還帶有一絲不確定的害怕。他吻了她。伊佳妲沒有退開。這個吻沒有驚天動地的感覺，他對她的迷戀並沒有改變，只是第一吻的震撼仍然存留在他心裡，從未褪去。他感覺得到有股暖流在兩人之間流淌。他的激動因為疲憊而平靜下來，親吻的喜悅因極度的不安而淡去。伊佳妲用力回抱他，但不是那種慾望或愛的擁抱，而是深深的信任。她信任他整個人，包括狼魂。英格雷內心像著了火般，不禁全身顫抖。

伊佳妲退開，撫順他額前的髮絲，笑容裡帶著憂心。「你吃飯了嗎？」伊佳妲先回到了人間現實中。

「還沒。」

「你看起來好累，應該吃點東西。」

「黑特渥也這麼說。」

「那你的確需要吃東西了，」伊佳妲說：「我去請廚房做點東西。」

英格雷將她的手背貼在自己抽搐的前額上，然後才放她走。

走到一半，伊佳妲回頭說：「英格雷……」

「嗯？」趴在桌子的英格雷，抬起頭等待著。

「如果溫索真是古代聖王，而你是他的繼承人……你是怎麼想的？」

恐懼驚怕。「總之，不是什麼好事。」

她搖搖頭，朝外走出去。

翌晨，英格雷睡得比打算得晚了些，而他的工作新指令比他預期的早到了，是蓋斯卡送來的。他一邊調整上衣和腰刀一邊下樓，到玄關會見他的前副官。蓋斯卡壓低聲音貼著英格雷耳畔說話，而門房拖著腳步走出玄關朝廚房而去，一邊喊著兒子。

「你要去找馬河伯爵報到了。」

「已經談好了？那麼快。那我的囚犯呢？」

「我會接替你的職位，看管這棟房子。」

英格雷一凜。「是誰的決定？黑特渥，還是馬河伯爵？」

「黑特渥和大司祭的。」

「他們打算把她換到別的地方去？」

「我還沒接到這方面的指令。」

英格雷瞇眼，打量著緊張的蓋斯卡。「你昨晚開完會去向誰奏報了？」

「什麼向誰奏報？」

英格雷悠哉地向前跨出一步，將蓋斯卡逼到牆邊，一隻手撐著牆，目光鎖定蓋斯卡的眼神。「你可以直接了當地承認，你去找了馬河。若溫索真心想要我的忠誠，像我對黑特渥那樣，我不久後就會成為他的親信。」

蓋斯卡目瞪口呆，隨後搖了搖頭。

「沒錯，蓋斯卡。我知道你寫信向他奏報。」英格雷只是探試性地一問，但蓋斯卡聞言一震，英格雷知道自己猜對了。

「你怎麼——我想奏報就奏報，又沒什麼害處！而且他又是黑特渥大人的盟友，我以為我是在幫大人的朋友。」

「一定還有豐厚的報酬吧。」

「嗯……我不是有錢人，而伯爵又出手大方。」蓋斯卡蹙眉，小心翼翼地問：「你是怎麼知道的？我確定我寫信寄信都很小心地避著你了。」

「溫索抵達中鎮的時機太剛好了。當然，還有其他的細節。」

蓋斯卡垂下雙肩，皺起臉。

蓋斯卡的挫敗，是因為懊悔受到錢財誘惑、背叛了黑特渥，還是單純只是被逮到了，而有些羞愧？

「順著坡道往下墮落了？受賄或行賄，都只會讓人越來越脆弱，所以我從來不做那種事。」英格雷對他邪肆一笑，想把這抹精明的笑容烙印在蓋斯卡腦海裡，時時不忘。

蓋斯卡虛弱地問：「你要揭發我嗎？」

「我去向黑特渥告狀了嗎？」

「這不是答案。」

「的確。」英格雷嘆口氣。「你自己去自首，別等別人去告密，黑特渥大人只會斥罵你一頓，不會解除你。黑特渥並不期望手下完美地忠誠於他，他更在乎你能老實地承認你自己人性的極限。這能讓他放心。」

「那你的極限是什麼？他在你的極限範圍內，找到什麼能讓他放心的？」

「我們讓彼此保持警覺。」英格雷上下打量著蓋斯卡。「嗯，你也不錯，他們可能派來更糟的監護人。」

「或者更難看的被監護人。」

英格雷語氣不再戲謔，換上了純粹的威脅。「伊佳妲貴女在你管轄下時，你最好以最嚴肅的謙恭有禮來對待她，蓋斯卡。不然，黑特渥、神廟、馬河和神的怒火加起來，絕不是你能承受的。」

蓋斯卡在他的怒視下顯得顫顫巍巍。「你別唬人，英格雷。我又不是什麼怪物！」

「但我是，」英格雷深吸一口氣。「清楚了嗎？」

蓋斯卡大氣也不敢喘一口。「很清楚。」

「好。」英格雷退開，其實他並沒有碰到蓋斯卡，蓋斯卡卻像被人掐住一樣，全身癱軟下來，不斷摸著脖子，好似在探查瘀青或齒痕。

英格雷大步回到樓上，叫醒泰斯寇打包行李，轉移陣地到馬河府邸。他回憶著昨晚和黑特渥的會談，以及它可能產生的效應，同時鑽進蓋斯卡的回憶和理智中，一一過濾他會透露哪些訊息給馬河。只要英格雷不笨到在伯爵面前假裝沒事，他並不認為馬河在知道他是間諜後會惶恐不安。伯爵必定從蓋斯卡那裡打聽到英格雷並未洩露他最隱密的祕密，整體看來，蓋斯卡的小背叛還真有點好處。

泰斯寇扛著英格雷的行李下樓後，英格雷跑上三樓敲伊佳妲的門。他聽到了門閂滑開的聲音，頓時心情鬆緩了些。門開了，女監護疑惑地看著他。

「伊佳妲貴女，我有話跟妳說。」

伊佳妲側身經過女監護，來到狹小的走廊上，滿臉的憂慮和疑問。

英格雷低頭對她說：「我今天就必須去馬河伯爵那裡報到，蓋斯卡會取代我看管妳。」

伊佳妲聽到熟悉的名字，臉瞬間發亮。「這不算壞事。」

「也許吧。我會試著回來找妳談談，一旦我找到，嗯，事情有了眉目後。」

伊佳妲點點頭。她的表情比較像是在思考，而非慌張，但英格雷看不出來她在想什麼。她知道的不比他多，但總能一針見血地指出矛盾點。他應該很快就會需要用到她的這份才華。

英格雷抓住她的手，取代在女監護的監視下必須放棄的吻別。兩人之間那股奇怪的暖流，仍然在四手交握中流淌。「如果他們給妳換了地方，我會查出來的。」

伊佳妲點點頭，放開了他，「我也會留意你的動靜。」

他微微躬身，隨即強迫自己離開。

英格雷重複昨天的路線穿過聖王鎮，泰斯寇扛著他的行李跟在後面，氣喘吁吁。馬河的門房顯然在等他們，因此他們立刻被引到英格雷的新房間。這次不是屋簷下方的狹窄僕人房，而是三樓的大客房，客房裡還有一個給泰斯寇的凹室。他留下僕人整理行李，一個人去參觀府邸。不知道馬河是否期望他清空在黑特渥那裡留下的個人物品，若是他沒這麼做，伯爵又會如何解讀。

經過二樓的一間起居室，他欣賞著樺木雕刻成的裝飾板條，卻瞥見法拉公主和一位貼身侍女在裡面。主婦裝扮的侍女正低頭做女工，法拉公主一隻手搭在窗簾上，悲涼地看著窗外，晨光灑落在繃緊的臉上銀光閃閃。她的長臉蒼白，黃褐洋裝包裹著她結實嬌小的身體。英格雷想著，等她老了，一定又矮又胖。英格雷不知碰到了什麼，發出吱嘎聲響，引得公主轉過頭來，黑眸瞪得大大的。她認出他了。

「英格雷大人——是嗎？」

「公主殿下。」英格雷隨意行了個禮，抬手貼在胸口上，隨即放下。

公主上下打量他，蹙眉說：「拜斯特昨晚告訴我，你會過來做我丈夫的侍從。」

「還有……您的。」

「是的，他跟我說了。」公主瞥向貼身侍女。「妳先出去，門別關上。」侍女起身欠身行禮，從英格雷身邊快步而出；法拉公主比了比手勢請他進房。

公主謹慎地打量著朝窗戶走去的英格雷。她小聲地說：「王兄說你會保護我。」

英格雷不帶感情地小聲回應：「您覺得自己需要保護嗎？」

公主比了個不確定的手勢。「王兄說，溫索涉嫌一項重罪。你認為呢？」

「您的判斷是什麼？您不知道答案嗎，公主殿下？」

公主搖搖頭，但這不算是在否定答案。她抬起長長的下巴。「你也不能嗎？」

「體內有獸魂同伴的人，例如我，並不一定就是壞人，端看他做了什麼。我必須這麼相信。我得到神廟的赦免，這就是一個證據。這麼長時間以來，您一直沒察覺到丈夫的不尋常？」

她濃密的黑眉蹙起，面容顯得更悽涼。「不……有吧。我不知道。他從一開始就很奇怪，但我以為他只是陰晴不定、喜怒無常。我試著逗他開心，有時候似乎有效，但他總是又掉回到情緒的黑洞裡。我向母神祈求指引，也試著做好妻子的本分，就像神廟教導的那樣。」她的聲音顫抖，但沒哽咽。她的眉頭蹙得更深了。「可是，他卻帶了一個女孩回來。」

「伊佳妲貴女？您不喜歡她——從一開始就是嗎？」

「喔，從一開始——」公主憤怒地雙肩顫抖。「應該是從一開始吧。但溫索……一直護著她。」

「女孩對伯爵的百般呵護有什麼反應？您有跟她坦白地談過嗎？」

「她只是裝作沒這件事，回以假笑。我笑不出來。我看著他的眼睛跟著她打轉——婚後，我從沒見過他這樣不斷盯著其他女子過，但他就是不停盯著她看。」

英格雷提出一個問題，引導法拉的記憶回到野豬岬，儘管沒這個必要。他在這個公主身上沒看到心機陰謀，沒看到高壓威逼，只看到濃濃的傷心困惑。她身上也沒有任何神祕力量，溫索似乎沒向她施咒。為什麼沒有？

然而，公主的心思全集中在另一件事上。「王兄的指控……」她低語著。她的目光突然銳利起來。「很可能是真的。我看著你也感覺不出什麼，若你體內真的藏有狼魂，那跟男人的其他罪行一樣，什麼都看不見。這解釋了……很多。」她深吸一口氣，突然問：「你是如何得到神廟特赦的？」

英格雷挑眉。「應該是……被派來調查我的那位神廟調查員很慈悲吧。他很同情我這個生病的孤兒。後來，我證明了我控制得住這副病體，面試官都很滿意。當然，他們的滿意只夠給我特赦，卻不夠將城堡主人的位置交到我這個年輕人手中。後來……黑特渥接受了我，提供我庇護。」

「溫索也能很好地控制他的獸魂，就連我也察覺不出來，這能成為證據為他爭取特赦嗎？」公主問，聲音裡透著一絲惆悵。

英格雷抿了抿唇。「您得去問大司祭，這不是我能做決定的。」公主是在想辦法保護和拯救丈夫嗎？溫索是否能通過神廟嚴苛的檢驗，就如英格雷多年前所經歷的一樣？馬河隱藏的祕密太多，但同時，他也有更多的法力去承受那些折磨。如果他願意的話。也許在折磨的逼迫下，他會將那些古老祕密一一坦露出來，設法取得神廟的特赦。

事實上，一般人可能會以為，獲取特赦一事將佔去他所有的心思。但他追求的是其他目標，並且矢志不渝。究竟是什麼呢？

無論出於什麼個人理由，公主顯然認為溫索遭指控擁有獸魂一事，可能性非常高。她的表情就像是一個長年百思不解的女人，終於發現端倪，再順藤摸瓜，其他剩下的拼塊便會一一顯形。她很害怕，為了丈夫，也為了自己。

「您怎麼不親自去問溫索？」英格雷問。

「他昨晚沒來我房間。」公主搓搓臉，揉揉眼睛。她十分用力，把臉和眼睛都搓紅了。「最近他經常沒回房睡覺。王兄什麼也沒跟他說，但我不知道……」

「溫索已經知道有人暗中指控他。您去問他，並不會洩露王子殿下或其他人的祕密。」

公主虛弱地看著他。「他什麼都告訴你了？」

「我是他在世上最親近的表兄了，」暫時吧。「在這場危機中，溫索需要家人的支持，除了我，他沒有別人了。」

公主絞著手。「這麼說來，我應該為你感到慶幸。」

等著瞧吧。可惜的是，他不能抱持著對她背叛女侍的不屑，同時又協助她建立信心。英格雷猛然一凜。他感應到有東西正在接近，接著才聽到那微微的腳步聲從走廊傳來，一個人在門口清了清嗓子。

「英格雷大人，」溫索真誠地打招呼：「他們跟我說你到了。」

英格雷隨意地鞠了個躬。「馬河伯爵。」

「新房間滿意吧？」

「滿意，謝謝。泰斯寇高興得都快飛起來了。」

「那就好。」溫索向妻子打了個招呼，態度極其地客氣謙恭。「請跟我來，英格雷。夫人，我們先離開了。」

公主也同樣彬彬有禮地回禮，只是肢體略微僵硬，洩露了她內心的慌亂。

英格雷跟著溫索走出去，轉了兩個彎，來到溫索的書房。溫索將門牢牢地關上，英格雷立即轉身過去，不願意背對著他。馬河若下定決心，隨時能用術法發動攻擊。但事情證明，英格雷頸背的汗毛是白豎起了。溫索僅招手要他坐下，自己則一屁股靠坐在書桌邊緣。他一隻腿前後搖晃著，瞇著眼睛打量英格雷。

「黑特渥放人放得很乾脆。」溫索說。

「蓋斯卡跟你說了原因嗎？」

「喔，說了。」

「拜斯特殿下很擔心他的妹妹，而法拉殿下妄想拯救你。真不知道你哪裡值得她愛了。」

「我也不知道。」馬河皺了皺臉，一縷灰金鬈髮滑落到他面前，他絞弄著頭髮，整個人看起來有些緊繃。「我猜，可能是婚前她的女家教教了太多情詩，腐化了她的腦袋。在我埋了大量的妻子後，我現在不允許自己溫柔多情。我也說不清這些女人對我的意義是什麼。這也是現在的我所附帶的凶險之一。」

「就像親吻一具屍體？」

「就像一具被親吻的屍體。」

「她似乎一無所知。」

伯爵聳聳肩。「有些念頭早已被我丟棄了——習慣性地丟棄。這場婚姻的一開始，我的確想再要一個兒子，因此，肉體必須要能……興奮。幸好，這具肉體還年輕，而單純的溫索一定很享受和他的公主魚水之歡。」

馬河在和新娘共度春宵時，會允許那個半毀的靈魂浮出嗎？對於法拉公主來說，夜晚那個激情難耐的男孩，到了早餐時卻像冰山一樣陌生，她會是多麼地困惑？馬河是不是根據所長，不同的任務就召出不同的靈魂？這樣公主必定被搞得暈頭轉向，精疲力盡地試著跟上丈夫變化如潮汐的情緒。

現在的溫索心情似乎不錯。英格雷決定抓住機會。「你為什麼帶伊佳妲貴女回來做侍女？從結果來看，這個決定顯然是錯誤的。」

「事後看來，也許吧。」

「公主殿下認為她是新來的馬河傳種母馬。」

他的臉陰沉下來。「看吧，我就說法拉太浪漫了。」

「既然不是，那麼……是為了受傷樹林？而且不單單是因為伊佳妲繼承了那座森林。」英格雷套話時向來不會透露信息，但現在的情況，這樣也許能啟動唧筒唧出更多的水。「她跟我說過，她夢到過那座樹林。」

「啊，對，」溫索嚴肅地說：「所以你真的知道這件事。我還一直納悶呢。」

「她也跟你提過？」

「沒有。但從另一個角度來看，我也跟她同處在那個夢境中。那不只是一場夢而已，而是一個事件。即使她表現得像是神的貓爪，但她要想攪亂我的一池春水，至少得先激起一些漣漪，才能碰得到我。」溫索嘆息。「之後，她令我困惑異常。於是我把她帶到府邸，就近觀察她，但我沒發現任何異狀。若她是神施放的餌，我會拒絕上鉤。她在聖樹過夜的那晚，明顯被詛咒結契了，但她仍像一般無知的女孩一樣，沒有神靈之眼，也沒有法力。」

「直到野豬岬。」

「沒錯。」

「這些都是神的企圖？包括波列索的死？」

溫索深吸一口氣，思索片刻後說：「與神對抗，感覺就像在下棋，而你的對手是個會比你多算好幾步的人。但就算是神也有極限，不可能無窮無盡地算下去。我們的自由意志，模糊了祂們的視覺，即便如此，祂們的眼睛仍然比我們銳利。神不制定計畫，也不玩利用欺騙的手段。」

「那你為什麼要我去殺她？只是以防萬一？」英格雷若無其事地說，假裝只是好奇心重，隨口問問。

「不是。她一旦殺了波列索，她的命運就是上絞刑臺。一個無辜的處女被聖繩吊死在一棵樹上，周遭還有司祭歌唱送行，簡直完美象徵了一位古野林使者的犧牲。死亡為神開啟了一扇門。她以那樣的方式死亡，將會打開聖樹向神敞開，而四百年來，聖樹一直阻擋著祂們的介入。」

「但若她被謀殺就不會將聖樹打開？差別在哪裡？」

溫索只是聳聳肩，起身準備轉頭走開。

「除非──」英格雷往下思考。「──那個詛咒的目的，不只是謀殺而已。」

溫索轉了回來。他的臉上掛著譏諷，卻用憤怒偽裝起來。英格雷見狀，知道自己挖到礦脈了。「詛咒會將她被殺害的靈魂與你的緊緊結契在一起，直到詛咒淡化成虛空，將她、以及她和聖樹的連結，隔絕在神之外。它是一個古老詛咒的變體，我在這個詛咒身上獻出太多鮮血了；但我還是太過草率。」

「了不起，」英格雷咆哮，再也掩藏不住怒氣。「謀殺和隔絕神，一步到位。」

溫索雙掌一攤，一副你又奈我何的模樣。「更糟的是，我這是多此一舉，因為她的豹魂也會把她隔絕在神之外。如果我早知道她身上有豹魂的話……我沒料到神會有這麼一招棋，這我承認我輸了。我現在仍然看不清棋局的現狀，我和神是棋逢敵手、僵持不下呢，或者都是波列索愚行的受害者？又或者，還有更多謊言藏在其中？」他遲疑停頓了下。「要想將你和她的靈魂緊緊捆綁在一起，就必須先殺了她。不過雖然沒成功殺掉她，但詛咒仍然起效了，不是嗎。」溫索冷冷看著他，英格雷突然意識到，這裡挖礦的人不只他一個。等等，馬河是在說，英格雷和伊佳妲之間萌發的情愫，是他的傑作？

英格雷突然沉默了，溫索隨即體貼地補上：「你是不是想像自己愛上了她，表兄？或者她愛上你？哎呀，我必須出手打碎那個甜美的幻想。老實說，我一直以為你的心很硬、很理智呢。」

英格雷差點上鉤，跳起來撲了過去。哎，差點就咬餌被拉出水面，尾巴還一直滴著水。但他瞬間想起不久之前，他差點在溫索不著痕跡的勸說下，拿刀割斷自己的脖子。這個男人根本不需要術法就能支配我。英格雷和伊佳妲之間不尋常的連結，也許真的是溫索的詛咒的副作用，但溫索現在已不能再操控詛咒了。而他不喜歡失控的感覺，尤其是在他快接近目標核心時。無論他的目標是什麼。無論你最初動了什麼手腳，現在我和伊佳妲之間的關係，早已發展得超出你的想像，溫索。英格雷勉強擺擺手，敷衍過去。「隨便你怎麼說。現在我既然成為你的手下，你要指派什麼樣的職務給我，大人？」

溫索有些懷疑英格雷的淡然，但並沒有進一步追逼。「老實說，我還沒有時間思考這個問題。」

「你可以直接創造出一個職務給我，對吧？」

「沒錯，在這方面我還滿像神的。也許我應該給你一匹馬。」

「黑特渥幫我省了這筆開銷。我有需要都是騎他的馬，而馬都是他在餵的。」

「喔，你可以把馬養在我的馬廄裡，開銷都算我的。這樣才顯得我很看重你。」

英格雷立刻想起，溫索的母親是死於所謂的摔馬意外中。但他最後只說：「那就謝謝你了，大人。」

「上午你就放鬆放鬆吧。稍後，隨我一起外出。」

「任憑您的差遣，表弟。」

溫索嘲弄地說：「我相信。」

英格雷逕自把他的這句話當成退下的指令，退出了書房。

無論溫索究竟打什麼主意，顯然事情並沒有完全按照他的計畫走。看得出來，他有一個堅定的目標要達成。若他當真像黑特渥所擔心的，在打聖王王位的主意，那麼其動機也絕非黑特渥所能想像得到。

我也想像不到。現在還無法。英格雷搖搖頭。接下來的幾個小時，他要好好想一想。

19

英格雷在馬河府邸做了地毯式的探索，在當天就已熟悉屋子的每一個角落，但並沒有什麼收穫。溫索數星期前就來到了東尹家，服侍在病情嚴重的聖王身旁，而法拉公主當時在野豬岬逗留數日後，不久也尾隨著他抵達。因為夫婦倆甚少回來居住，這棟王都府邸裡的家具陳設甚少。沒有古老的祕密埋藏在這裡，儘管五神知道英格雷能在馬河堡發現什麼。但伯爵的城堡在餌河中部、距離王都的兩百哩之外，在王都的事情完全終了前，誰也不會回去城堡。

下午，馬河伯爵前來履行他的恐嚇，噢，不，應該說是如約前來引領英格雷前去馬廄。馬廄就在坡角下幾條街之外的一棟石屋，世家大族大部分的牲畜都放養在鸛河沿岸，以及玻璃廠和皮革廠上方的牧場裡。馬河家的也不例外，但有些牲畜飼養在鎮內，以方便馬伕調派和安排騎乘工具，並供應信使專用。受惠於伯爵的身分地位，他在馬房裡也享有特殊待遇：他的馬欄位於中央走道，地上鋪著彩色石板，牆是打磨光亮的橡木，鐵柵欄上裝飾著盤繞的銅葉。一看到伊佳妲亮眼的栗馬，在雅緻的馬欄裡不斷咀嚼草料，英格雷愣了一下。

英格雷克制住自己不去撫摸牠，以免被踹。「我認得這一匹——牠應該是你的馬。」

「沒錯，」溫索心不在焉地說：「牠對法拉來說太活潑。我很高興能找到別人來駕馭牠。」

溫索在對面的馬欄前停下來，抬手一指，一匹深灰色的閹馬對著他噴氣，但英格雷一靠近牠，牠便咕噥一聲，退了開來。「牠的名字叫狼，」馬河溫和地說：「因為牠的毛色。但現在看來，實在是命中註定。顯然這種命定不是我能對抗的。牠是你的了。」

闇馬高大俊美，肌肉結實，四肢修長，帶著斑紋的毛髮被馬伕刷洗得發亮。英格雷估量這匹馬的爆發力絕非凡響。但除此之外，牠有沒有暗藏著可怕的詛咒，預備附到他身上？這點英格雷看不出來。溫索是在用牠來收買他？很可能。總之，既然是禮物，他也不能雞蛋裡挑骨頭。「謝謝，大人。」英格雷也溫和地說。

「想試跑嗎？」

「稍後吧。我沒穿皮護具。」自從有了狼魂，英格雷遇到陌生的馬時都會十分謹慎。他喜歡私下在密閉空間裡，與新朋友彼此熟悉；在那樣的環境裡，害怕的馬兒比較願意讓新主人反覆操控，反覆上下馬，直到人和馬彼此了解，或彼此精疲力盡。而這一匹，看來需要一些時間和體力才能馴服。

「啊，可惜。」

英格雷從眼角瞥到兩個馬欄之外有動靜，那裡關的好像不是馬。他蹙著眉頭走過去，側身瞄向馬欄一眼。他頓時嚇了一跳——一頭低頭吃草的有角公鹿，猛地抬起了頭，咕噥一聲往旁邊踱開。牠撞了附著板子的欄杆兩次，將附近的馬兒嚇得躁動起來。

「你的出現讓牠不舒服。」溫索低語，口氣帶著冷諷。

俊美的公鹿在裡面轉了幾圈後，在馬欄最裡側停住，但還沒能放心地低頭吃草。牠水汪汪的黑眼睛瞪著兩個男人。英格雷判斷牠被捉來已有一段時間了，因為牠不再掙扎反抗；剛被捕捉到的公鹿，經常會在瘋狂逃亡時害死自己。

「你打算拿牠做什麼？」英格雷問，他的口氣比預想的更輕柔。「當晚餐？還是送給岳父的禮物？」

溫索又會把牠打造成什麼樣的容器？

溫索站在英格雷後面，嘴角微撇，目光越過英格雷的肩頭，打量著那頭緊張的公鹿。「想要跟目光遠大的對手對峙，最好多做一些備用計畫。機會是給準備好的人。走吧。」

溫索頭也不回地走出了馬房。英格雷跟在後面，問：「你最近會騎馬鍛練身體嗎？我記得你以前一看到馬就很興奮。」事實上，馬兒一直是讓那個遲緩的小溫索，喋喋不休的話題之一。

「以前，是嗎？」馬河厭厭地說：「如今，我厭馬就像厭妻一樣，敬而遠之。牠們的壽命如此之短，我都懶得殺來吃。」

英格雷無言，默默地跟著他爬上山坡。

英格雷琢磨著溫索瘋狂的邏輯。溫索殺害伊佳妲的動機，以及他的果斷放棄，都流露著詭異，但不像是謊言。而且，溫索對付神的怪誕策略，以前必定奏效過。他把伊佳妲視為神拋給他的誘餌，這點，他的判斷沒錯。單單是這個警鐘，就足以驚動他、激發他的惡狠，採取陰謀以自保。他逃了四百年，絕不甘願功虧一簣。

聖神一定會採取守株待兔的策略，任由溫索盡情撒潑，直到他自投羅網。這可以解釋他們在過來東尹家的路上相遇時，溫索對他們那種怪異的熱絡；那個人必定在思考之後的五子該如何下。對，但他的敵人必定也是。

英格雷突然有一個見解，頓感不安：在那場命運的終局裡，也許誘餌一直都不是伊佳妲。也許是我。

若真是如此，溫索必定將生吞了我。

隔天，法拉公主被傳喚到法官面前，針對波列索王子之死被問訊。公主的第一個反應是氣憤，聖王的女兒居然像尋常人一樣被叫到法官前問訊，成何體統。不過英格雷覺得，她是以自尊受損來掩飾內心的恐慌。但精明如黑特渥，他請出了拜斯特王子前來傳召。拜斯特王子一心只想找出真相，便冷靜地說服、安撫了妹妹的緊張。

於是，英格雷跟著小隊伍爬上山坡，朝神廟鎮前進。小隊伍裡，有拜斯特王子、牽著公主溫順坐駕的掌旗手錫馬克，以及陪著法拉前去野豬岬的兩位貼身侍女和兩位男侍。來到神廟大堂，錫馬克前去打聽法官問訊的位置，法拉公主則領著侍女到母神殿中跪禱。也不知公主是否想呼喚神的慈悲，儘管過往歲月裡，神一直忽略了她的禱告；亦或她只是想藉禱告為由，找個隱密的地方，沉澱自己，鎮定下來。

英格雷站在拜斯特身旁等待著，此時，一個人從女神殿中走了出來，兩人不期而遇。

「英哥里！」

喬柯王子開心地揮揮手，大步穿過石板地，經過聖火臺來到英格雷面前。來自小島的巨人身後，如影隨形的還是奧托風。英格雷不禁納悶，這個年輕人是否在女漢子姊姊的指示下，一定要保準姊夫周全、完好如初地回到家。喬柯仍是那一身豔俗的小島服裝，不過左臂厚厚的二頭肌上，綁著一條鮮藍色的穗帶，那是向春之女神祈求來的。

「喬柯，你怎麼會在這裡？」

巨人聳聳肩。「我來商討司祭傳教師的事，但他們要我再等等。今日，我是來見他們的頭兒，大司祭，不想再跟那些笨蛋職員糾纏了。」

「你祈求了約見？」英格雷的下巴朝喬柯的左臂一揚。

喬柯右手往藍穗帶一拍，大笑道：「也許我應該祈求的！就讓神去指示他，對吧。」

英格雷覺得秋之子神才是喬柯的保護神，又或者，根據前幾天發生的事，也許是災神。儘管向災難之神祈禱，並不是個安全的做法。「春之女神不會是你的保護神吧？」

「喔，祂是啊！祂給了我很多恩賜。今日，我向祂祈求詩句。」

「我以為災神才是詩歌之神。」

「喔，沒錯，我向祂祈求飲酒歌。還有，關於牆倒下，全部陷入大火中，對，那種令人頭髮站起的歌，那些歌很棒！」喬柯揮動雙手，模仿史詩悲劇的表演。「但今天不行。今日，我要寫一首歌給我美麗的布蕾卡，告訴她，我在這座石頭城裡有多麼想她。」

他身後的奧托風又大翻白眼。英格雷知道，他的白眼不是針對歌而來，而是王子對他姊姊的求愛。英格雷想到，女神不只是處女的神明，也跟少年學業、民間秩序，還有抒情詩有關。

拜斯特抬頭仰望著喬柯，兩人的身高差距實在顯著。「這位該不會就是你那冰熊的主人，英格雷？」他問。

英格雷渴望否認一切和冰熊的關聯，但他有社會責任。「抱歉，大人。這位是喬柯・阿福拉佩卡（Jokol of Arfrastpekka）王子，這位是他的親友奧托風。喬柯，這位是鹿棘的拜斯特王子，聖王的兒子。」他補上最後一句，以免喬柯需要有人指點一下東尹家上層政局的門路。

但喬柯的反應很平淡，他抬手比劃了五神教儀，低頭打招呼，拜斯特也隨之回禮，兩人就像兩個平起平坐的部落酋長。但不可否認的，兩方之間的較勁懸滯在空中。

兩個王子相互間的無聲較量被錫馬克打斷了，他拽著一個灰衣服事回來。神廟建築群是逐年加蓋出來的，像一盤大雜燴，現在有了嚮導，拜斯特立即親自去母神殿喚回王妹。

喬柯見狀，便向英格雷告別。「我一定會再試試約見這位大司祭。這可能需要一些時間，所以應該現在開始努力，是吧？」

「等等，」英格雷說：「我告訴你，你去找一個人。兩條街後面的一棟樓房，二樓，不——你還是找個人帶路。」他衝出去抓住一位路過的白袍男孩，看樣子是災神的奉侍，剛從中殿稀疏的人流中走出來。「你知道盧柯司祭的辦公處所怎麼走嗎？」英格雷問男孩。

男孩警惕地對他點點頭。

「現在帶這位殿下去找他。」他把一臉困惑的喬柯塞給男孩。「跟他說，英格雷大人為他的混亂，再送來一份禮物，請他笑納。」

「這位盧柯可以協助我約見大司祭？」喬柯滿懷希望地問。

「是，不然他也會自己去找大司祭，威脅把法法送給他。他肯定會把你的事放心上。」英格雷笑著說。對於那位白色的惡作劇之神而言，這實際上也是種祈願方式吧。

「他是神廟裡的權威人士？」

英格雷聳聳肩。「他是神隨叫隨到的權威人士。」

喬柯噘唇想了想，點點頭後開心起來。「非常好！謝謝，英哥里！」他跟著男孩走開，奧托風隨即跟上去。

英格雷以為自己聽到了有人在耳畔大笑，但不是錫馬克，他只是面無表情地盯著某個東西看。也許是中殿格局所造成的回聲吧。英格雷甩甩腦袋，讓自己清醒一些。不久，拜斯特帶著女士們回來了，他立即打起精神，專注在護衛工作上。

拜斯特打量著中殿，又怪怪地瞥了英格雷一眼，眼神裡帶著不安和疑問。英格雷突然想到，這一行人上次出現在這裡，是兩天前波列索王子的喪禮上。難道拜斯特是在納悶，該不該相信英格雷所說的，他這位獸巫淨化了自己王弟的靈魂一事？又或者他相信了，卻又擔心另一項更棘手的問題——這事會不會造成什麼後遺症？

灰衣服事引領他們繞過神廟，進入迷宮般的辦公樓。有些樓房很新，是為了專門目的而建造，但大部分都是徵收而來、改造過的老舊房子。他們從兩棟前高官府邸之間穿梭而過，這裡吵雜忙碌，一棟如今是災神紀律會的棄嬰收容所，另一棟是母神的醫務院，療者和綠衣服事的腳步聲迴盪在柱廊之間，寧靜的花園裡有病患和他們的照顧者。

來到下一條路，一行人走到一棟三層樓高的大樓前，黃石牆與黑特渥宮殿相同，是奉獻給父神紀律會用來作為圖書館和會議室。環繞著寬廣大廳的樓梯，最後引領他們來到一間寂靜的鑲板房間。

問訊應該已經開始了，因為英格雷看見兩個野豬岬的侍從從房內走出來，臉上的神情又驚恐又放鬆。兩人認出王子和公主，倉促讓路，躬身行禮。拜斯特微微點了個頭，但法拉的脖子硬到不行，強撐著一位公主的體面。一進門，他們就遇上一個熟人，法拉公主一看見他，便像受驚的馬兒輕哼了一聲。原來那個人是波列索王子的保安官烏克拉。烏克拉躬身行禮，也是一副侷促不安的樣子。

房間最前端放著一張長桌，五名男子坐在後面，背對著拉上窗簾的窗戶。五人之中，兩位穿著灰黑色袍子，肩上掛著父神紀律會的司祭紅穗帶；另外三個，則戴著王宮法庭、法官室的鏈條。側邊的小桌子端坐著一位拿著羽毛筆的書記官，桌上有墨水和紙張。牆邊還擺放著幾張長椅。在書記官附近的房間尾端那裡，長椅上坐著另一位司祭，身材瘦長，灰髮雜亂，與袍子顏色差不多。他的紅穗帶之間夾雜著一條金線，代表著他是法學的資深學者。一位法官的法學顧問？

法官全體起立向王子和公主致意，兩位奉侍手腳麻利地走上前，為兩位鹿棘成員尊貴的臀部搬來軟椅。英格雷趁他們忙碌之際，繞道接近烏克拉，烏克拉緊張地吞口水，但仍然回禮打招呼。

「你接受問訊了嗎？」英格雷客氣地問。

「我是下一個。」

英格雷壓低聲音。「那你打算實話實說呢，或者睜眼說瞎話？」

烏克拉舔了舔嘴唇。「您覺得，黑特渥大人希望我怎麼做？」

他還認為英格雷是黑特渥大人的人？他是裝傻呢，或者消息不靈通？英格雷換主人的事都傳遍王都了。「假使我是你，我會更擔心黑特渥未來主人的意思。」他的下巴朝拜斯特王子一揚，烏克拉順著他的目光，警覺地瞥過去。「他現在是很年輕，但他不會一直年輕。」

「他應該會希望，」烏克拉側身，壓低音量：「保護王妹的名譽和面子吧。」

「是嗎？」英格雷虛以委蛇。「我們等著瞧吧。」他向拜斯特王子招手，王子好奇地走過來。

「什麼事，英格雷？」

「殿下，烏克拉保安官不清楚，您是希望他全盤托出呢，還是有所保留，以保護您王妹的名譽？這關係著您的名譽，我只能讓您來做決定。」

「噓，英格雷！」烏克拉緊張到不行，害怕地回頭瞄了法官席一眼。

拜斯特愣了一下，謹慎地說：「我答應法拉，這裡不會有人羞辱她，但在法官和神的面前，我們當然要遵守據實以答的誓言。」

「殿下，您已開始為您未來的法庭樹立榜樣了。忠言逆耳，真話都難免不堪入耳，但若您不鼓勵實話實說，我相信您未來過濾假話的技巧會越來越強，因為您的王朝，無論多短，都會充斥著謊言。」英格雷一副無論王子殿下如何做選擇，都與他無關、他只管照做的模樣。

拜斯特撇撇嘴。「黑特渥還真說對了，你誰都敢得罪？」

「我只得罪我欣賞的人，而黑特渥大人是我最欣賞的主子。不過話說回來，黑特渥大人也不是任人擺布的傻子。」

「確實。」拜斯特瞇眼，轉身對烏克拉說：「據實以報。」他深吸一口氣，又補上：「必要時，法拉我來應付。」英格雷聞言，不禁又驚又喜。

烏克拉瞪大眼睛，躬身行禮後退開，應該是想趕在英格雷進一步找麻煩前開溜。軟椅搬來了，英格雷向拜斯特恭敬地行禮，朝後方的長椅走去。那裡能監督整個房間和那扇門。

一個疑問竄過他腦海：若是波列索有個正氣凜然的朋友，在關鍵時刻給與他精神上的支撐，他還會走上歧途、回不了頭嗎？波列索是王室子嗣中最頑劣的一位，也許誰也救不了他。

法官低聲商議後，召喚烏克拉上前宣誓，接受問訊。烏克拉雙手負後，兩腳分立，以軍人的姿態穩著身軀，接受問訊。法官的提問直擊核心，顯然法官團已掌握了野豬岬事件的輪廓。

就英格雷所掌握的事件經過，烏克拉的確完整地描繪了波列索王子致死的過程。他沒有省略那頭花豹，以及他對波列索王子之前「涉獵」的質疑，不過他倒是很巧妙地將自己隱匿不報的共謀嫌疑，推托到一位資深家僕理應對主子效忠的理由上。不，烏克拉並沒察覺到波列索王子的貼身男僕，就是非法巫師卡里爾。（所以，法官知道卡里爾的存在——是從盧柯那裡得知的？）坐在旁邊的法學司祭遞了張紙條給一位法官，法官照著紙條問了兩個一針見血的問題。

儘管烏克拉處處都在設法保全自己，但發生在波列索寢殿內、伊佳妲獻祭的醜陋經過，都完整呈現出來了。法拉公主繃著臉，這應該是她第一次完整聽到自己拋棄貼身女侍之舉，在野豬岬引起的後續效應。她並沒有羞愧地落淚，不過她的臉已僵硬得猶如木雕一般。很好。

烏克拉一結束問訊，立刻以最體面的方式開溜了。接下來，法官召喚了法拉公主。英格雷假裝奉承地上前扶她起身，趁機在她耳畔說：「我會知道您有沒有說謊。」

法拉冷冷地看著他。「我會怕你嗎？」她喃喃道。

「您是想親自送上把柄，讓我當做武器嗎，公主殿下？」

法拉遲疑了。「不想。」

「好，這才是我的好公主。」

英格雷捏捏她的胳臂，放開了她。公主驚恐地看向他，想了一想，目光突然堅定起來，似乎眼前有一條之前沒看到的新路，浮現出來。

法官對於她的提問都簡短有力且謙恭，合情合理。公主的實話跟烏克拉一樣，對於自己的過失輕描淡寫，關於她的嫉妒也都一筆帶過。英格雷心想這樣也好，而他認為最關鍵的一個事實——是波列索主動開口索要伊佳妲，法拉只是毫不猶豫地答應了，並非伊佳妲主動勾引，她本人也不願意留下——也被清楚地描繪出來。法官團圓融地向公主致謝，公主聞言緊閉眼睛，終於可以鬆口氣，便轉身離去。

既然法拉開了頭，兩個資深貼身女侍也照實回話，甚至還透露了一些法拉不知道的小道消息，這些對波列索更是不利。拜斯特不悅地垮著臉，但並未介入，不過法官們也並未忽略王子的存在和神情變化。那位法學司祭也經常往拜斯特王子的方向瞥去。若拜斯特選擇在關鍵時刻打暗號：蹙眉、輕哼一聲或挪動身體，司祭會更改問題嗎？會偏向他的王弟？也許吧。不過，王子仍只是聆聽著，保持中立，讓真相凌駕一切之上。英格雷希望，他現在應該對血償這個主意另眼相看了吧。

審訊結束，他們一行人起身，窸窸窣窣地往外走去。英格雷吩咐男侍去找他的同伴，把公主的坐騎牽出來，男孩用力點了個頭，高亢清脆地回應：「是，英格雷大人！」然後蹦蹦跳跳地跑走了。法學司祭這時轉頭過來盯著英格雷，蹙眉並走過去，彎身在一位法官耳畔低語。法官聞言挑眉，點點頭，朝英格雷瞥了一眼，也低語回應。接著，法官舉手大喊：「英格雷大人！能談一下嗎？」

他的語氣客氣，但明顯在下命令，不容英格雷拒絕。英格雷點頭，停下了腳步。拜斯特護著王妹走出了房門，見狀蹙眉，又想護著王妹趕快離開，又想留下來聽聽他們為何喊住狼大人。

「我會趕上你們，殿下。」英格雷對他說。拜斯特神情了然，點點頭後跟著王妹走出去了。

英格雷像烏克拉那樣站著，試圖隱藏住內心的不安，站在法官桌正前方。他沒想到自己會被問訊，一點心理準備也沒有。

法學司祭站在同僚後面，雙臂交抱於胸，兩眼直盯著英格雷。司祭那鷹鉤鼻外加上內收的短下巴，活活脫像一隻在淺水區踱步的鸛鳥，全神貫注在水中的魚。「就我所知，英格雷大人，你在波列索王子葬禮上，有段與此案關係密切的經歷。」

這個人必定跟盧柯談過。那位災神司祭跟這位父神學者都說了些什麼？聽說，這兩個紀律會彼此間甚少交流。「我熱暈了，至於其他細節應該無法成為呈堂證供。」

他噘唇，竟然點頭表示同意了。但又說：「現在不是正式庭審，只是問詢。你應該注意到，我沒要求你宣誓。」

這算是某種合法的通融嗎？他看見另外兩位法官微微點頭，顯然是如此。書記也放下了羽毛筆，儘管她興致盎然地盯著英格雷瞧。看來，這段談話不會列為紀錄。看著他們，英格雷不確定這場問詢對於他是利，還是弊。

「你以前曾熱暈過嗎？」王宮法院的法官問。

「……沒有。」

「請描述你的異象。」法學司祭說。

英格雷眨了一下眼。若他拒絕回應，他們會不會加強施壓的力道？一旦他們迫不得已逼他宣誓，那麼無論他說與不說，下場都不會太樂觀。還是說吧。「我看見我、伊佳妲貴女，以及波列索殿下與神隔絕的靈魂，處在同一個……地方。一個無邊無際的地方。我的視線能穿透波列索殿下的身體。他體內充滿了死獸的靈魂，彼此翻攪壓制，一團混亂，而且都很痛苦。然後秋之子神出現了。」英格雷舔舔嘴唇，努力保持語氣的平穩。「子神要求我，把那些獸魂從波列索殿下體內召喚出來。伊佳妲貴女表示贊同，我也是。子神接納了殿下的靈魂後離開了，接著，我就在神廟地板上醒過來。」如此簡明扼要，既像狂人的坦率，又隱藏了複雜的細節。

「如何做到的？」司祭好奇地問：「你如何把獸魂召喚出來？」

「那就像一場夢，司祭。夢裡的事，是沒有道理可言的。」

「然而……？」

「我……接收到一種聲音。」沒必要說明如何接收，或是誰賜予的，對吧？

「是那種超脫自然的異語？兩天前，你對發狂的冰熊用的那種聲音？」

兩名法官聞言，抬起了頭。

該死。「我聽別人說過這個字眼。」

「你能再示範一次嗎？」

不是他不能，而是擔心會當場定住他們，把他們嚇得逃竄；他也擔心把解禁的狼魂收壓在心口下方無形的小球裡時，會嚇到他們。笨蛋，反正他們又看不到。「我不知道。」

「明確地說來，」司祭乾脆俐落地往下說：「伊佳妲貴女的罪行，是出於體內豹魂的作祟。神廟歷朝歷代教導我們，這一類遭受污化的靈魂會與神隔絕，而你和王子殿下的異象正驗證了這點。」

「是肉身已死的亡魂。」英格雷慎重其事地糾正。因為他和伊佳妲身上都有獸魂，但神跟他們都交談過。英格雷意識到，神並沒跟波列索交談。他很想更進一步解釋古野林獸巫是如何淨化死去戰士的靈魂，但後來又覺得不妥。否則，這樣又要解釋他是如何知道的。

「如此更精準。很好，那我現在的問題是：若未來伊佳妲貴女被判處了死刑，你，英格雷大人能否像淨化波列索王子那般，為她移除獸魂？」

英格雷呆住了。第一個湧回腦海裡的記憶是溫索對伊佳妲的顧忌，因為伊佳妲是古野林與神之間的溝通使者，藉由獻祭她，向神開啟聖樹。

溫索之前還以為伊佳妲遭到獸魂污化後，神與她之間的關聯就徹底斷絕了。既然英格雷能夠淨化靈魂，那就不算徹底斷絕。五神啊，詛咒祂和祂們五個。這就是他們兩人，不神聖的神聖使命？這就是祢將我們逼到這個地步的原因？思緒翻攪之下，英格雷試探地問：「您為何這麼問，博學司祭？」

「這在神學上很重要，我想探究清楚。死刑處決，是物質世界針對罪犯肉體的處罰。至於靈魂方面，處決與其他死亡方式一樣，都不能決定罪犯的靈魂是得到拯救，或與神隔絕；而將靈魂與神隔絕，是罪大惡極的罪行，陷執行處決的相關官員於不義。當處決有可能造成靈魂與神隔絕時，必須立刻中斷。」房間一片沉默。司祭隨即激動地問：「你明白我在說什麼嗎？」

英格雷明白。心裡怦怦鼓動著，體內的狼爪子扒抓著，被鏈條扯住了。若回答我能淨化伊佳妲的靈魂，他們就會堂而皇之地吊死她。若他說不能……他就是說謊，還有呢？英格雷低語：「那只是……」

他清了清嗓子，強迫自己恢復正常音量。「那只是一場夢，司祭。您聯想得太多了。」

一道溫暖、帶有秋意的聲音，在他的耳畔，在他的腦海裡低語：**若你在這一群人面前，否認我和你自己，狼兄弟，那你面對更大的場面時，你如何應對？**

英格雷不知道自己的臉是否有瞬間刷白，因為好幾個法官注視著他的眼神，突然變得十分警戒。他努力穩住身軀不讓自己搖晃，或者，是五神不讓他昏倒。如此戲劇化的轉變，就像拍著他的背，提醒著他的不坦承。

「唔，」司祭瞇起眼又說：「因為這一點很重要。」

「把問題簡化來看，如果我沒有這個能力，那您的論點就純粹只是推測而已。如果我有……我拒絕行使這個能力。」**不要這麼做。**

「我們能強迫你嗎？」司祭的口氣並非恐嚇，只是十分好奇。

英格雷笑了起來，但那絕不是善意的笑容；幾個人本能地後退。「你們可以試試。」他喘口氣。在這種情況下——在伊佳妲的屍體被抬下來、躺在他腳邊的這些情況下——他才意識到自己狼魂的能耐有多大，直到他們也把他吊死方休。

「嗯，」司祭神情莫測高深，似乎很滿意。「很有趣。」他垂眼望著法官團。「你們還有問題嗎？」

年長的法官十分不安地說：「現在沒……沒有。謝謝，司祭，呃……謝謝您精闢的論點。」

「是啊，」另一位咕噥著：「您總能把問題弄得複雜到別人想像不到的地步。」

法學司祭微微歪頭，眼睛一亮，將那個法官的話當成了恭維，而非發牢騷，儘管法官的口氣無庸置疑。

「那麼謝謝你，英格雷大人。」

一聽到這句話，英格雷立刻點頭行禮，隨即轉身，克制住逃跑的衝動，走了出去。轉進門外的走廊後，他長長地深吸口氣，但還沒完全鎮定下來。後面傳來了腳步聲。他回頭一瞥，那個奇怪的司祭跟著他出來了。

高瘦的司祭比劃著教儀打招呼，他的動作很快但精準，一點也不馬虎。英格雷點頭回禮，手放到了劍柄上，又覺得自己反應過度，隨即把手負到背後。「請問有事嗎，博學司祭？」也許讓這司祭翻過走廊欄杆，頭朝下落地？

「抱歉，英格雷大人，但我剛才意識到，我是在你們一行人進來之前，就做了自我介紹；你們進來後我並未再介紹自己。我是沙特葉的奧斯文司祭。」

英格雷眨眨眼；腦筋打住，隨即又朝新方向爆衝而去。「哈拉娜的奧斯文？」

司祭微微一笑，居然害羞起來。「在我所有的頭銜裡，這個是最實實在在的。對，我是哈拉娜的奧斯文。她跟我說了很多你們在紅壩鎮的事。」

「她還好吧？」

「很好，我很榮幸地告訴你，她生了一個小女孩。我向春之女神祈求，讓她長得像母親多一點，千萬別像我，不然長大了肯定會怨我。」

「她一切平安就好了，母女都是。哈拉娜司祭擔心我。」不只一件事。他碰了碰仍然包著繃帶的手，想起當時在二樓的那個房間裡，陷入狂亂的他差點就要拔劍相向了。

「你要是多了解她一點，就會知道她並不擔心你。」

「什麼？」

「她會嚇死你，就像嚇壞我們那樣。但我們總能活下來。你看，她要我來這裡，還把我趕了出來。大部分的女人在孩子剛出生時，都會這麼對待可憐的丈夫，只是她的理由不一樣。」

「您跟盧柯司祭談過了嗎？」

「談過了，我昨晚一抵達就去找他了。」

英格雷小心地用詞遣字：「哈拉娜要您過來，是為了誰？」英格雷這才後知後覺到，這位司祭剛才提出的法學論點，其實是想幫伊佳妲擺脫死刑，而非推她入火坑。

「嗯……嗯，現在就有點難說了。」

英格雷想了一下。「為什麼？」

奧斯文不發一言地琢磨了半晌，才抓著英格雷的胳膊，拉他繞過轉角，遠遠離開那扇門；剛才有兩個看起來像是野豬岬的家僕，被一位灰袍奉侍領入房內。奧斯文倚靠著欄杆俯望著天井，英格雷配合著他，安靜地等待著。

奧斯文再開口說話時，聲音變得很古怪。「我知道，你經歷了很多不尋常的事，以及神聖異象。聖神們，在你清醒狀態下的異象裡，當面和你交談。」

「不是！」英格雷本能地反駁，隨即打住。還要繼續裝傻嗎？「呃……算是吧。我最近發生很多奇怪的事，多到快被壓垮了。這種事，我永遠都無法習慣。」

奧斯文嘆息。「我無法想像有人能習慣這種事。你必須理解，我這輩子從沒直接經歷過這種神聖異象，儘管我很努力服侍神，也盡力發揮了我的天賦。但哈拉娜除外，她是我這輩子經歷過的唯一奇蹟。那女人似乎有源源不絕的恩賜。我曾經指控她偷走了我的恩賜，她卻反控我，說我娶她只是為了分享神的恩賜。神打從她的夢經過的次數，就像在花園裡散步那麼地尋常。而我，只夢到過全身光溜溜地在以前的神學院裡亂跑，拚命趕赴一場已經遲到的考試，可我壓根不知道有那場考試。」

「是暗示您要參加那場考試，或者放棄？」英格雷忍不住問。

「都是吧，夢境想傳達的蘊意可能很多。」奧斯文蹙眉。「之後，我又做了幾場夢，在一棟崩塌的房子裡踱步，而我沒有維修它的工具……算了。」他深吸一口氣，鎮定心緒。「我小女兒出生後的那晚，我又和哈拉娜共眠一張床，我們兩個都做了一個很奇怪的夢。我在尖叫中驚醒，而她卻很興奮。她說，那場夢在指示我們立刻啟程前往東尹家。我覺得她瘋了，她根本還不能下床！她說可以在馬車後面放一張貨板，讓她躺在上面，一路休息到王都。我們吵了一整天。隔晚，夢又來了。她說夢的指示很明顯了。我說她對嬰兒有責任，還有其他孩子，她不能丟下他們，更不可能帶著孩子長途跋涉，涉足險境。她終於妥協了，而我因辯贏了她而得意洋洋。我當天下午就騎馬上路。跑了十哩後，我才意識到自己被耍了。」

「怎麼說？」

「我離開後就不能繼續反駁她，以及阻止她了。我相信她已經在路上了，而且比我晚不了一天。不知道她會不會帶孩子上路？只要一想到這裡，我就全身發抖。假如你在我之前見到她或她的忠僕，請轉告她，我在母神醫務院對面的愛莉絲旅店，訂了一家人的客房。」

「她會帶那兩位我在紅壩鎮遇到的家僕嗎？」

「噢，會，柏南和荷橘。他們不會離開她一步。柏南是她剛成為巫師時成功治療的病患；他企圖吞石頭自殺，荷橘帶著痛到尖叫的他來找哈拉娜時，他已奄奄一息、神智不清。哈拉娜施法炸碎他體內的石頭，他立刻將碎石排泄出來；只花了一天的工夫，他就能笑著站起來走路了。從此，無論哈拉娜突發什麼奇想，他們都形影不離。」奧斯文哼了一聲。「以我在父神的恩慈裡所接受的深奧訓練，我能發表出最精闢的論文，但就是不能說服她那種人……袖手旁觀。真是不公平。」他的口氣哀怨，但就是生不了哈拉娜的氣。

「那場夢。」英格雷提醒他。

「噢，對。抱歉。我很少像這樣嘮叨。也許那場夢說明了我的哈拉娜……我跟盧柯司祭描述過，現在跟你再說一遍。夢裡有五個人：哈拉娜、我、盧柯，以及另外兩位我從未見過的年輕男子。直到今天遇到拜斯特王子，他是其中一個。他一走進房間，別人報上身分後，我差點從椅子上摔下來。另一個陌生男子，如今仍然成謎，他十分高大，有著長長的紅髮，說著別的方言。」

「啊，」英格雷說：「那個人一定是喬柯王子。您遇到他時請轉告他，幫我送一條魚給法法。您現在也許還來得及追上他，我讓他去找盧柯了，他現在應該還在那裡。」

奧斯文瞪大眼睛，挺直身子就要衝出去，卻又搖搖頭，繼續說：「夢裡……我是發號指令的人，但我實在不知道如何描述。我們五個都是被神憑依的人。更糟的是，神把我們像盔甲一樣穿上，讓我們去做什麼。我們終結了什麼……」

祂們現在不斷騷擾我。馬河曾經這麼說過，看來他說得沒錯。「若您知道夢境想要傳達的意思，請說出來。夢裡還有其他人嗎？」例如我，或者伊佳妲？

奧斯文搖搖頭。「目前只有五個。夢境似乎還沒結束，搞得我很煩躁，但哈拉娜卻一副興致勃勃的樣子。我開始害怕睡覺，但又渴望著、想知道得更多，只是現在卻弄得我得了失眠症。哈拉娜會一頭闖進黑夜裡，而我需要知道跳板在哪。」

英格雷冷笑。「有人跟我說——那個人與神有十分長期的交流，時間長得超出我的想像——他說，神之所以不將道路明白地攤在我們面前，是因為祂們也不知道路會通往何處。我現在還不知道他說的對不對，但起碼知道，我們所經歷的人生苦難，絕不是因為祂們在戲弄我們。」

奧斯文輕敲著欄杆。「我和哈拉娜曾經為了神的預見能力，爭論許久。祂們是神，必定無所不知，必定知道其他人不知道的事。」

「也許，天下沒有人無所不知吧。」英格雷淡淡地說。

奧斯文的神情，就像被人灌下一匙難喝的藥水，不知如何是好。「我該是去找盧柯了，也許那個喬柯知道些什麼。」

「我懷疑，不過還是祝您好運。」

「我們應該很快會再見。」

「這些天，再也沒有什麼能嚇到我了。」

「我要如何聯絡你？盧柯說你現在在馬河伯爵那裡當間諜。那位伯爵似乎也與這一團混亂有關。」

英格雷咬牙。「幸運的是，這消息早已洩露，馬河已經知道我是他身邊的間諜。」

奧斯文激動地搖搖頭。「無論是有人洩露，或是有人嚼舌根，這個謎團總歸是緊密難解的。盧柯說，他也做了類似的夢。」

他也被捲入了。「目前請先與馬河保持距離，他是個危險人物。若您想見我，派人去伯爵府邸通知我，但信裡別提任何重要訊息，以免在我拿到信之前被人偷窺。」

奧斯文點點頭，蹙了蹙眉。兩人一起走下迴旋樓梯，來到街上。英格雷向司祭道別，轉身快步走下山道，朝聖王鎮走去。

20

英格雷穿過通往下城、被覆蓋的河流，轉過一個彎，發現一輛馬車擋住了他的去路——竟是哈拉娜。他一點也不覺得詫異。

那兩匹壯馬滿身風沙，汗水淋漓，跛著腳站在路邊，有些躁動不安；而柏南坐在駕駛座上，鬆鬆地托著馬韁，手肘支在膝頭上。馬車後方，綁著一匹沒上馬鞍的坐騎。荷橘蹲在柏南的後側方。哈拉娜一隻手撐起車罩的前支杆，一隻手為眼睛遮光，打量著前方太窄、馬車過不去的巷子。

荷橘敲著柏南的肩膀，指著英格雷大喊：「你看！你看！」

哈拉娜猛地轉過頭來，臉上一亮。「啊，英格雷！太棒了！」她拍了柏南另一側的肩膀。「看到沒，我就說了。」鐵匠無可奈何地點點頭，似乎有些不悅。哈拉娜從他身邊擠出來，跳下車，走到英格雷面前。

她不再穿著寬鬆且破爛的袍子，換上了簡潔俐落的一件深綠色外套的休閒裝，搭配淺色的亞麻連身裙，不過腰部被綳得緊緊的。她沒配戴肩帶，是為了隱姓埋名？她仍舊是矮矮胖胖的，但比先前苗條了許多，整齊的髮辮成花冠狀盤繞在腦袋上。沒看到孩子，也沒任何混亂的連帶跡象。

英格雷微微躬身行禮，她行五神教儀回禮，只是她的教儀含糊了些。「真是高興在這裡遇到你，」她說：「我正在找伊佳妲。」

「您打算怎麼找？」他忍不住問。既然孩子出生了，哈拉娜應該可以隨意運用法術找人吧。

「我習慣隨興亂逛，看看會發生什麼。」

「這樣似乎……不太有效率。」

「你的口氣跟奧斯文一樣。若是他，他會畫出這座城的平面圖，標記出嚴謹的搜尋路線。但找到你的話，事情會快上許多。」

英格雷試著理解她古怪的邏輯，但隨即打消了念頭。「說到奧斯文司祭，他要我轉告您，他在愛麗絲旅店預訂了你們一行人的客房，就在神廟山丘上，母神醫務院的對面。」

柏南聞言，輕輕哀吟了一聲。

「噢！」哈拉娜的臉又亮起來。「你們見過了，太好了！」

「您一點都不詫異？」

「奧斯文有時是古板得要人命，但他不是笨蛋。他當然會猜到我們會來。不管如何。」

「司祭先生不會給我們好臉色看的，」荷橘憂心地說：「他以前都沒有這樣。」

「啐，」奧斯文的夫人啐了一口。「你們不也是活下來了。」她轉回來看著英格雷，口氣認真起來。「他跟你說我們的夢了嗎？」

「說了一點。」

「伊佳妲在哪裡？」

路過的路人看起來都像是尋常百姓，但英格雷不願冒險。「我不能被人看見和您說話，被偷聽到也不行。」

哈拉娜的下巴朝有罩馬車揚去，英格雷點點頭。他跟隨哈拉娜爬進篷車裡，爬過行囊包袱，坐在一個皮箱上，笨拙地調整佩劍的位置。哈拉娜盤腿坐在堆著厚厚毛毯的貨板上，興致勃勃地看著他。

「伊佳妲被安置在距離碼頭不遠的私宅中，」英格雷低聲說：「目前的監護人是蓋斯卡，黑特渥的手下，但房子是馬河伯爵的。房子裡的僕人都是伯爵的人，而蓋斯卡這個人也不值得信賴。您千萬不要單獨過去，讓盧柯司祭帶您去。您可以藉口是去進行審訊前的例行健康檢查，這樣才可以屏退僕人，私下和伊佳妲說到話。」

哈拉娜瞇眼。「有意思。法拉的丈夫對伊佳妲不友善——或者是對她太過友善？還是那個卑鄙公主的問題？」

「法拉的問題可多了，但溫索對她這個貼身女侍的興趣，不是她想像中的那種情慾。溫索有法力，以及祕密的圖謀。黑特渥剛把我安插到他府邸做間諜，就是想找出他的圖謀究竟是什麼。我不希望再把水攪得更混濁。」

「你覺得他很危險？」

「是。」

「對你很危險？」哈拉娜挑眉問。

英格雷咬唇，說：「他被懷疑身上有獸魂，像我一樣。這個懷疑……沒有錯，但並不完整。」他遲疑了下。「我們在紅壩鎮破除的詛咒——就是他下的。」

哈拉娜吐出一口氣。「為什麼不逮捕他？」

「不行！」英格雷激動地喊出來。哈拉娜睜大眼睛看著他，他壓低聲音：「不行。首先，我還無法證明他的罪行，再者，會打草驚蛇、引發災難。」起碼，是我的災難。

哈拉娜眨眨眼，友善地說：「喔，英格雷大人，你可以跟我多說一些的。」

英格雷好想全部傾吐出來。「我想……還不行。我正處在……我尚未……我也是隨興亂逛，看看會發生什麼事。」

「喔，」哈拉娜恍然大悟，一臉的憐憫。「你的那種處境，我很清楚。」片刻後，她又補上一句：「的確很為難。」

英格雷順了順頭髮。傷口縫合處的頭髮長了出來，也該拆線了。「我不能再逗留了。我必須追上拜斯特王子和法拉公主。您丈夫早上參加了伊佳妲一案的問訊，他知道的會比我多。盧柯也知道一些內情，而我不知道——」英格雷有些結巴。「——能不能相信您。」

哈拉娜抬頭，微微歪向一側。她淡淡地說：「我想你沒有羞辱我的意思。」

英格雷搖搖頭。「我現在身陷謊言、半真半假，以及在詭異的故事中跋涉。所謂的合法，所謂的顯而易見的事——例如逮捕溫索——可能現在不是正確的時機，雖然我解釋不清楚。所有的真真假假、虛虛實實，實在說不清。眾神似乎也大氣不敢喘一口。有事情要發生了。」

「什麼？」

「我要是知道，我要是知道——」英格雷聽到自己的語調緊繃起來，趕緊打住。

「噓，別急，」哈拉娜好似安撫一匹馬勸慰著他：「你可以試著慢慢信任我。最起碼不用急，一次說一點，聆聽，然後等待會發生什麼事。」

「若是您，您做得到嗎？」

「除非我的神強迫我，不然我可以。」

「您的神，而不是您的神廟上司。」

「我代表著自己的意志。」

英格雷點點頭，深呼吸。「那您去問伊佳妲。她是目前為止唯一一個，我打從心底全然信任的人，我什麼事都跟她說了。至於其他人，我只敢透露一些。我和她生死攸關——」他的聲音顫抖，哽咽起來。「——不只是男女之情而已。我們曾經兩次、同時在清醒的狀況下，經歷同樣的異象。她能告訴您更多的細節。」

「好。我會想辦法去見她。」

「我不知道我和神追求的，是否一致。但我十分肯定，神和溫索的目標南轅北轍。」他皺起眉頭。「奧斯文說你們在夢中終結了什麼。我不知道那是什麼意思。」

「我們也不清楚。」

「會不會是神指使我們去毀滅什麼？」哈拉娜並沒有帶孩子同行——是為了趕路，還是不想分心？又或者為了孩子們的安全？

「也許吧。」她的口氣平靜。

「您這麼說等於沒有回答，司祭。」

她笑了笑，英格雷覺得她的笑容帶著一絲譏諷。英格雷也報以同樣的笑容，然後探頭掃視車外的動靜。他回頭補上：「如果您現在去找盧柯，也許您的丈夫還在那裡，而且也可能還會遇到一個從小島來的紅髮男子，他說話帶著濃濃的口音而且含糊，可能是酒精的關係，也可能是被春之女神親吻過，或者以上皆是。」

「啊哈！」哈拉娜坐挺起來，興奮地說：「這是我夢境的一部分，我一定要去弄清楚。他像外表一樣地親切迷人嗎？」

「我……回答不了這個問題。」英格雷一頭霧水地說。他蹤身跳下馬車，溜到車子的一側，抄捷徑朝馬河府邸而去。

伯爵的門房低聲知會他：「公主殿下和王子殿下在樺林廳等候您，英格雷大人。」

英格雷會意地點了個頭，立即爬上樓梯。那個廳房就是英格雷第一天報到時，偶遇公主的起居室；也許它素淨安詳的色彩和陳設，給了公主一份安寧，成為了她最喜愛的避難所。起居室內只有幾個人，拜斯特和錫馬克邊聊邊吃著麵包和起司，法拉躺靠在美人榻上，一個女侍拿著一塊濕布放到她額頭上。空氣中，飄散著清冷的薰衣草香。

英格雷一踏入房中，公主立即聚精會神地坐了起來，憂心忡忡地看著他。她面色蒼白，眼周出現灰暗的眼圈，英格雷想起伊佳妲提過，公主有頭痛的毛病。

「英格雷大人，」拜斯特殷勤地請他坐下。「看來，那位博學祭司祭拖住了你。」

英格雷只是點點頭，不打算提到哈拉娜。

法拉公主直接跳過寒暄，開門見山地問：「他都問了什麼？有問到我的事嗎？」

「他沒再問起您，殿下，也沒問到野豬岬的事。」她聞言鬆了口氣，躺靠回去。「他的問題都是跟……」他猶疑了一下。「……神學有關的。」

拜斯特卻不放心，憂心地問：「跟我王弟相關的？」

「間接相關，殿下。」其實是可以向王子據實以告，但英格雷不想現在就透露他與奧斯文司祭的另一層關係。「他想知道，我在伊佳妲死後能否為她清除豹魂，就像我為波列索殿下所做的那樣。我說我不知道。」

拜斯特的鞋尖在地毯上來回滑動，他意識到自己又下意識地滑腳，不禁蹙眉停住。他抬眼看著英格雷，聲音變得猶疑。「你真的看見神了？面對面？」

「我覺得，祂就像是一個年輕的森林領主，俊秀帥氣。我感覺……」英格雷頓了一下，不知道該如何形容。「您看過孩童用手對著牆，利用陰影比出各式各樣的小動物。那些陰影不是手，只是手創作出來的。而我看見的年輕人，就是神的陰影，簡化成我能理解的輪廓。而我看不到的是無垠的浩瀚；也許是怕我……承受不了，祂才簡化成陰影，讓我容易吸收消化。」

「祂有指示你任何……與我有關的事嗎？」這個問題十分自我中心，但拜斯特的口氣充滿期待，弱化了那份倨傲。他瞥向專注聆聽的王妹。「與我們這些王室子嗣有關的事？」

「沒有，殿下。您覺得祂應該要嗎？」

拜斯特似笑非笑地說：「現在局勢不明，我希望能獲得一些明確的指示。」

「那您找錯寶庫了，」英格雷苦澀地說：「神給我的，都只是一些暗示、謎語和令人發瘋的模稜兩可。至於我的異象，我覺得它是專門為波列索殿下而來的。當時，神的注意力都在波列索殿下身上。若我們的時刻到來，也可能會有相同的待遇。」

法拉公主一隻手在大腿處的裙子上搓揉，顯然跟王兄一樣緊張。兩道濃密的眉毛，蹙著深深的豎溝，仔細琢磨著英格雷暗諷式的寬慰。

「我昨晚跟盧柯司祭談過，」拜斯特頓住，從眼角瞥了王妹一眼。「法拉，妳看起來不太好。妳真的不去躺一下？」

公主的女侍點頭附和。「我們可以把寢殿裡的簾子拉起來，殿下。房間會變得很暗，正好可以讓您休息。」

「那好，」法拉傾身，呆呆盯著腳看，一會兒後才在女侍的攙扶下起身。拜斯特跟著也起身。

英格雷抓住機會，看似安慰卻又笑裡藏刀地說：「殿下，請保重，沒想到您會受到這麼大的打擊。但若是最終判決是自我防衛，您現在就白操心了。」

「我只是做我該做的事。」公主冷冷地回應，但神情短暫地放鬆不少；可能的撤銷指控，對她來說是新的希望。她客氣地向英格雷點頭道別，隨即抬手按壓著太陽穴。拜斯特瞥向英格雷，眼神更加地好奇。英格雷不知他這樣透過一絲一縷的勸說，像在編織蛛網般，能否讓對方消除將伊佳妲送上絞刑臺的念頭——而不是更集中、戲劇化的方式。若是如此，非常好。他跟溫索一樣，喜歡拐彎抹角地要點小詭計，屢試不爽。

拜斯特送王妹出去，隨即將王妹交給女侍照顧，來回掃視走廊後，回房將門關得死死的。他蹙眉看看錫馬克，又看看英格雷，不知是否在比較兩人的戰鬥力或精明程度。錫馬克比主人年長幾歲，是個叫得出名號的劍客；也許拜斯特認為錫馬克有能力抵制發狂的狼大人吧，最起碼他們兩人聯手，應該能壓制得住英格雷。若王子真是這麼想，那他就是在自欺欺人，而英格雷並不打算消除他這種誤解。

「我剛才說了，我和盧柯談過。」拜斯特繼續說。他回到放著托盤的桌子邊坐下，打手勢讓英格雷也坐。英格雷拉來椅子坐下，專心聆聽。「災神紀律會派盧柯和兩位高超的神廟巫師，仔細盤問卡里爾。」

「很好，希望他們將他吊在火上烤問。」

「差不多吧。他們也不能逼得太過火，以免激得他的惡魔捲土重來。盧柯向我保證，卡里爾自己就十分害怕惡魔再次控制他，根本不需要拷問。」他皺起眉頭，似乎有些質疑。

「我理解。」

拜斯特往後一坐。「更令我困擾的是，卡里爾招認了我王弟的確有暗殺我的計畫，正如你所預料的。你是怎麼知道的？」

所以他才會勸公主回房休息，好方便三人商討這令人痛心的事實。英格雷聳聳肩。「我不是先知。凡是覬覦王位，手中掌握的王牌又弱於您、處於劣勢的人都會這麼做，這很合理。」

「沒錯，可他是我的——」拜斯特打住，咬著唇不說話。

英格雷抓住機會，拋出另一條線，「看來，伊佳妲貴女不只救了自己的命，也救了您的。她還救了波列索的靈魂，免除他犯下大錯的機會。這也可以說是您的神的旨意，只是透過她的手來實現。」

拜斯特頓住，也許在琢磨他的話。他又開口說：「我不知道自己做了什麼，讓王弟這麼恨我。」

「我相信他的心智早已錯亂。是他自己的非分之想促使他鋌而走險，最後神智失常。這些與您無關。」

「我沒留意到他會……迷失到這種地步。當初一發生虐殺男僕的事件，我就書信向父王請命回來一趟，但父王要我留守崗位。現在看來，當時我真應該回來，絕對比在邊境研討如何削弱一座裝備不良、有反意的城堡和殲滅幾個土匪窩，要來得強上百倍。父王應該是想保護我，不受醜聞的牽連。」

或者，是為了讓他避開更陰險的陰謀？又或者，將拜斯特隔絕在邊境的這個主意，是某人推波助瀾的結果？當時，馬河的蹄印有介入嗎？

拜斯特嘆息。「我一直期望父王能親手將王冠交到我手上，就像之前的鹿棘聖王一樣。父王早在三年前就為我的王兄比薩鋪好了路，準備將王位傳給他，只是沒想到王兄英年早逝。現在，我只能自謀生路，否則王冠會落入他人手裡。」

「比薩殿下是患病身亡，對不對？」英格雷當時被黑特渥派去低港（Low Ports）送信，錯過了王子的喪禮。拜斯特在比薩王子過逝後幾個星期內，就接下了王子統帥的旗幟。波列索的荒唐失序，是步上比薩的後塵嗎？

「是破傷風。」拜斯特在回憶中身軀微微顫抖。「當時，王兄派遣我到舵港附近的海軍軍營接受訓練，他正在籌備新船的試航工作。同時患病的還有幾個人。五神保佑，我逃過了一劫。但我至今仍然不知如何面對失去親人的傷痛……眼看著父王每況愈下，我實在是不知所措，只能日日祈求五神，保佑父王康癒。」

在幾個星期前，英格雷才得以親睹病中的聖王一面，當時聖王尚未中風癱瘓。但即便是那個時候，聖王就已是全身蠟黃、腹部腫大、雙頰凹陷，行動遲緩且說話含糊不清。「我想，我們現在必須為王上祈求別的祝福。」

拜斯特移開視線，沒有反駁。「卡里爾對波列索的指控，若當真是事實，我已經不知道自己還能相信誰。」他挪回目光看著英格雷，眼神古怪。

「每個人都有自己的一套識人準則。」

「這牽扯到每個人的識人能力。說到這裡，容我問一句，你現在對我的妹夫已經有什麼初步看法了嗎？」

「還沒有。嗯，不算全面。」

「他跟波列索一樣危險嗎？」

「他……更聰明。」英格雷慢慢意識到，拜斯特也不是個省油的燈。「沒有冒犯的意思。」英格雷連忙補救自己的失禮。

拜斯特皺皺臉。「相信他至少沒有波列索那麼瘋狂。」

莫格雷沉默以對。

「是個能信任的人，是吧？」

「我什麼都不相信。」英格雷迴避他的問題。

「你不相信神？」

「祂們是我最不信任的。」

「嗯。」拜斯特搓揉著脖子。「眼下諸事紛擾，即使繼任了王位，我也不會多麼開心。但我不會束手就擒、任人宰割，將王位拱手讓給一個怪物。」

「很好，殿下。」英格雷說：「堅持下去。」

一直抱臂在旁默默聆聽的錫馬克，起身走到窗戶前，查看陽光斜射的角度，然後轉頭無聲地詢問主人。拜斯特對他點點頭，哼的一聲撐起身；英格雷連忙跟著站起來。

拜斯特抬手理了理頭髮，英格雷很肯定，這個習慣性動作是學自黑特渥。「今日你還有其他建議要向我提出嗎，英格雷大人？」

英格雷只比拜斯特年長一、兩歲，王子絕不可能因此將他視為權威顧問。「殿下，政權方面，您最好向黑特渥大人請益。」

「那其他方面呢？」

英格雷遲疑了。「神廟事務，菲里汀是最佳人選，但要注意他會偏袒自己的家族。若想資詢，嗯，實用性的神學，就找盧柯。」

拜斯特聽到「實用性」三個字，眉頭一動，但沒吭聲，片刻後才問：「為什麼？」

英格雷伸出一隻手，用大拇指一一碰觸其他四指，從小指到食指。「因為拇指可以碰觸到其他四指。」這句無厘頭的話不知從他腦袋哪裡冒出來的，連他自己都不禁愣住。

拜斯特似乎也覺得此話蘊意深刻，意味深長地看了英格雷一眼，下意識地握拳。「我會牢記你的話。請保護好我的王妹。」

「我竭盡全力，殿下。」

拜斯特點了個頭，打手勢示意錫馬克帶路，兩人走了出去。

英格雷巡視了一圈，法拉公主的確回到了寢室休息，而伯爵出門去了王宮。是什麼把溫索吸引去王宮的？看來，那比在家等待問訊的結果更有意思。不出所料，溫索並沒有陪伴妻子出席問訊；溫索總是有意避開神廟山。但無論伯爵意圖為何，他已經照料病重的岳父數個星期了，而且英格雷都不在場。英格雷猶豫著要不要追去王宮找他。

要去王宮與溫索鬥智，比起使劍的強壯臂膀，那會更需要機智；但若是身體又不聽大腦的指揮，那就更糟了。英格雷最後決定先去廚房覓食，並在廚房僕役指桑罵槐的抱怨下享用了一餐。飯畢，他尋到泰斯寇，逼迫他將玩骰子作弊贏來的錢還給洗碗工。他的僕人暫時被他唬住了，英格雷隨即要他幫忙拆線，並重新包紮右手。長長的鋸齒狀撕裂傷似乎已經癒合，但仍然脆弱。泰斯寇重新包紮完右手後，他輕輕碰觸紗布。這早應該癒合了。

秋日薄暮從窗戶鑽了進來，英格雷正坐在新床鋪上冥想。公主的親人新喪，不再出席黑特渥舉行的歡樂晚宴，也順帶減輕了英格雷隨駕赴宴的工作。若是馬河伯爵在此時派他出去執行暗探任務，他要如何保護公主，又要如何拯救伊佳妲？派黑特渥的人替他出任務，他則潛行在東尹家暗中監視馬河？這個方案似乎太過複雜、充滿不確定性。眾所周知，他現在是馬河的手下，這個處境開始綁住了他的手腳，黑特渥當時應該沒料到這點。

他能公然挑戰馬河嗎？他們兩個似乎勢均力敵，都擁有同質的獸魂法力。馬河比他更熟練法術的施用，但他不是更強壯嗎？而在那個由異象構成、無邊無際的神聖世界中，力量又具有什麼意義？

他又要如何練習、增強力量？拿什麼來練習？

狼魂的爆發力，從來都沒有經過事先排練，它只在必要時，在迫不得已的情況下發生。還有那個異語——他能反抗它的建議嗎？違抗或者破壞呢？它會隨著時間褪去嗎？就像哈拉娜讓那個侍衛自以為是豬的幻術，一樣能逐漸消褪嗎？英格雷知道，他不可能找到自願者來測試他的能力。他突然想到，哈拉娜也許是最佳人選，而奧斯文可以在一旁做紀錄。一想到那個畫面，他不禁忘了自己的處境，露出一抹微笑。

*我的狼魂幾歲了？*這個問題突然困住了他。他小心翼翼地向內觀看，感官知覺朝內在集中。累世的狼魂似乎融合成和諧的一體，它們的界線似乎具有穿透性；世世代代的一群狼融合成一匹狼，這是馬河伯爵未曾達到的境界。馬河體內的獸魂，百年來相互糾纏折磨、自相殘殺。英格雷細細品味閃過腦海的狼魂記憶碎片，從最初狼魂入體的可怕，到近期的異象。但古怪的是，氣味的記憶力比視覺的更敏銳。一個如今是窮鄉僻落的氣味，居然和古時的山林小鎮沒有區別。

突然間，一個最獨特的記憶碎片浮現出來。是一匹小狼，正撕咬著一塊煮過的皮盔甲，是個比牠還大的胸甲。皮盔甲罩住了小狼，但小狼樂此不疲。皮盔甲的狀態還算新，被小狼拖到了一個陰暗、白煙騰騰，類似走廊的陰暗角落。盔甲的設計十分有特色，胸口處用滾燙的烙鐵，在皮件上烙出一個齜牙咧嘴的狼頭剪影。*我的狼與古野林一樣古老，甚至更久遠。*

與溫索的馬魂一樣古老嗎？肯定更古老，因為他的狼是外來物種，經過不斷地馴化超過四百多年後，才被血腥收割。四百多年來，牠有一段時間在康東的高山上徜徉，這是留存在狼記憶裡的白色山峰畫面所透露出來的訊息。那是一段很長的快樂時光，數隻被馴養的狼住在某個早已被遺忘山谷裡的小村落，那裡四季輪迴、世代的交替慢吞吞地滾動……不幸的磨損可能會縮減狼魂累世的疊加，但這種事並沒有發生。這暗示著，有一隻手可能數百年來操控著這些機率的發生。不，必定是如此。他的悲觀如此糾正他。

英格雷暗想，如果再次遇見神，必定要好好地詢問一番。我可以現在就問神，我可以禱告發願。但他不想，禱告就像將手插進神廟的聖火中，永遠拔不出來、難以自拔。與神交談，會是比較安心的方式，因為祂們往往不會回覆。

他往後躺倒，搜尋伊佳妲那股推動水車般的水流感覺。那安寧的水流聲，立刻安撫了他。此時此刻的她沒有痛苦，沒有疲乏，只是濃濃的無聊。但這不表示她很安全，在那棟狹長房子內，腐敗的安逸氣息透露出這樣的訊息。馬河曾說英格雷和伊佳妲的這種連結，是他謀殺詛咒中無意間產生的殘餘物，也許是吧。但在邪惡的技倆中，不也總會時不時有良善的救助出現？他必須想辦法私下見她一面，而且要快，必須要能溝通交流。這種微妙的感覺，能夠再具體一些嗎？單數表示是，雙數表示否。嗯，也許不必用如此幼稚的方式，但那必定有著可能性。

他的沉思被一個敲門聲打斷，伯爵召他前去隨護。英格雷裝備好武器、抓起朝服長披風，下樓來到玄關。馬河就站在那裡，他才剛回來不久，現在又準備出門。

馬河低聲向一位緊張兮兮的馬伕交代事情，結束後，他向英格雷客氣地點了個頭。

「去哪啊，大人？」英格雷問。

「聖王王宮。」

「你不是才從那裡回來?」

溫索點點頭。「快到時間了,我想聖王撐不過今晚。他的臉色今天特別地蠟黃——」溫索比了比自己的臉。「——是這一類死亡非常明顯的症狀。」

沒錯,經歷過生生死死的馬河,當然會知道這一點。現在玄關裡只有他們兩個,已有僕人前去催促法拉公主;英格雷壓低聲音說:「我應不應該懷疑,這是你的暗殺計畫促成的結果?」

溫索平淡地搖搖頭,並未被激怒。「他的死亡是自然的,根本不需要暗殺。以前,我可能會想辦法加速他的死,或者推遲他的死亡。現在,我純粹就是等。日子一天天過去,水到渠成。」他吐出長長的一口氣。

死亡對溫索來說,再熟悉不過,他自然不為所動,然而他沒精打采的厭倦模樣,怎麼看都像是在偽裝,彷彿戴上了面具。他暗中有謀畫,所以有些緊張,並且不時朝樓梯瞥去,查看法拉是否下來了。不久後公主終於出現,穿著黑衣,一臉蒼白,態度冷淡。

英格雷拿著提燈,在前帶路穿過聖王鎮逐漸黑暗的街道;他注意到,他是此行唯一一個侍從。夜晚的空氣冷濕——圓石路在夜半的水氣下,必定濕滑——但頭頂出現了第一群星星,預告了今夜無雨。溫索仍舊刻意彬彬有禮地挽著妻子。英格雷將所有的感官擴展到最大,並未發現任何埋伏在暗中的威脅。

其實,我們才是威脅的來源,溫索和我。

火把搖曳的火光,照亮了聖王王宮的入口。如今的王宮只剩「聖王」兩個字,才能讓人聯想到古代圓木和梁木建起的王宮建築,現在的王宮跟東尹家其他豪宅一樣,都是石造建築,建造於達澤卡全盛時期的末期。

兩位宮門侍衛快步將鍛鐵大門大大拉開，躬身迎入公主和駙馬。他們的神情姿態似乎有些窘迫尷尬，因為心裡很清楚，今晚聖王即將與死亡同行，即便是再銳利的矛劍都無法將他們的王上搶奪回來。英格雷三人在宮僕的帶領下，穿過一條條昏暗且霉味充斥的走廊，雖然距離聖王寢殿尚遠，但領路的宮僕都壓低了聲音說話，語調顫抖。

前方，宮燈燈光灑入廊道，打在光亮的地板上。英格雷做了個深呼吸，調整好自己，然後才跟隨伯爵和公主踏進寢殿。

21

聖王寢殿裡，並沒有英格雷想像的那麼多人。一位綠袍療者和他的服事就坐在簾床床頭，一臉的沮喪無奈，顯然聖王已是藥石罔效。一位父神紀律會的灰袍司祭也在等待著，卻是一副嚴陣以待，隨時準備上陣的姿態。前廳之外，在隔牆的後方，一組神廟五重唱詩班傳來悶悶的聖歌。他們的歌聲吵啞疲倦，應該很快就要中場休息了。

英格雷打量著病床上的聖王。他身上沒有英格雷或溫索那類的黑暗侵擾；不是獸巫，不是巫師，更非聖徒，只是一個男人，一個即便是臨終前也眾所矚目的人。有時黑特渥感慨懷舊時，會說起這位聖王的漫漫王位之路。這位老聖王從父王手中接過王子統帥帥旗後，在現在快被世人遺忘的邊境戍守、建功立業，使得達澤卡人不敢再犯。英格雷最初搭著黑特渥的順風車剛回到東尹家時，聖王還矍鑠健壯，儘管頭髮已花白，儘管已經歷不少人生苦難。但在過去幾個月病魔的折磨下，他急速衰老，好似在彌補原來應有的老化速度。

現在，他的生命即將走到盡頭。英格雷希望法拉公主已跟父王做過告別，因為今晚才做已經太遲了。薄薄的肌膚上，浮現一塊塊的老人斑點，透著一股死黃，的確像黃蠟一般，那也正是溫索所說的死亡症兆。更甚者，聖王的呼吸聲十分沉重刺耳，每口呼吸之間會停頓片刻，揪住所有人的目光，直到胸口再次起伏。

法拉公主面色蒼白，但十分鎮定，她比劃了教儀，在父王蠟亮的額頭上印上一吻，然後退開。父神司祭伸手搭在她肩頭，低聲安慰：「他這一生過得很充實，無怨無悔，殿下。別害怕。」

法拉回望他的目光，既無恐懼，也無慰藉，其實她的眼神根本空洞一片。英格雷詫異地看著公主，因為她居然沒有吼回去；換作是他，那個司祭在這種時刻還敢跟他講這種廢話，他一定會拔劍，穿透對方的胸口。

公主只是低語：「我的王兄拜斯特在哪哩？他應該到了才對。還有大司祭呢？」

「他稍早前還在，殿下，而且待了很久，晚點就會回來了。大司祭和黑特渥大人應該會跟著他一起回來。」

公主點點頭，抖開他的手後走開了。司祭的手懸在空中，不知如何是好，似乎想追上去再安慰一下。但幸好最後他放棄了，任由公主沉浸在麻痺的哀傷中。

馬河兩腳微微分立，肅然地看著一切，扮演著妻子的最佳支柱和一位稱職的朝臣。他神情嚴肅，十分符合現場的氣氛，但在英格雷眼中，他卻像是一隻守在老鼠洞口的貓。這個房間裡，除了馬河這個苟延殘喘多時的古老靈魂，以及即將駕鶴西歸的老聖王，還會發生什麼？馬河已在東尹家逗留數個星期，他究竟在等什麼？若是守在這裡對他的謀畫那麼重要，那麼他之前被派出去迎接波列索靈棺的那幾天，絕對是氣急敗壞、焦慮恐慌。

這個房間裡有兩位聖王。為何可以有兩位？

英格雷曾在黑特渥的會議廳裡提出一個問題，但他沒有得到滿意的回覆，現在又冒了出來。是什麼使聖王之所以神聖？英格雷也猜測不出答案。但他推測，馬河必定知道。

他突然意識到，馬河的馬魂不再緊緊蜷縮在一起，似乎正隨著其血流沖刷過他全身。它悄然行動——

不——是泰然自若。此時此刻，馬河的緊繃和毅力都超出了常人。

英格雷感覺到自己血流加速。他一直以為他的狼魂，以及馬河的馬魂，會因為累代疊加而更像是狼或馬，但似乎不是這樣；事實上，這些聰慧的靈魂好似朝某個中心點匯聚，越聚越密，越來越濃。它們兩個十分相像。伊佳妲曾經這麼說過。的確如此。

唱詩班結束一首聖歌，停了下來；外頭傳來窸窣的腳步聲，顯示著他們進入了中場休息。母神服事被派去走廊迎候拜斯特王子；司祭走到寢殿的一側，準備倒水喝——這時，簾床傳來費力的一聲呼吸，之後，再也沒有下一個呼息出現。

法拉公主全身一僵，眼眶盈滿淚水，但沒有淚珠落下。馬河向前遞給公主一條蕾絲手帕，她顫抖地接了過來，馬河退開。馬河一句廢話也沒有，其實他一句話也沒說。

不過他的確後退了一步，踮腳直到幾乎腳尖站立，兩臂平伸，好似養鷹人在喚回他的鷹。

英格雷全神戒備，伸長脖子，加大所有感官官能。他無法像聖徒那樣看見靈魂，但感應到靈魂像線軸般快速轉動，像一股完整未損的芳香，旋繞著穿透空氣預備離開。五神啊，他之前就有過如此的感應；所以這次，他能明確辨識出那團浩瀚的存在。他頸毛瞬間站立起來，彷彿黑暗中有人對著他吹氣。這個存在，他無法描述，它在他瞳孔撐大、竭力看清之前，就帶著它的戰利品一閃而逝。

那神祕的芳香繚繞不去，清涼且複雜，像春天森林裡的流水、松樹、麝香、泥土、陽光——笑聲也是氣味的一種？他嗅聞著，神清氣爽、激動高亢、不能自已，他昂著脖子跟隨那股氣味，徒勞地張大眼睛，撐大鼻孔。他氣急敗壞地大口吸氣。他該怎麼做？敲昏法拉？抓起馬河過肩摔？在這森林芬芳中，他不能拔劍像個瘋子亂劈。芳香中沒有任何邪惡，但有危險、力量和榮耀。沒錯。

英格雷留意到馬河的腦袋往後一抖，將君權法力吸入。伯爵微微踉蹌幾步，好似大鷹落到了他伸張的手臂上。他緊閉雙眼，雙臂交抱，心滿意足地吐出一口氣。之後他眼皮彈起，兩眼熊熊燃燒。

天啊，竟然會如此之快！剛才究竟發生了什麼？馬河當然沒有——沒有截下聖王離去的靈魂，並像攝取其他獸魂那般吸入它，疊加到他已經扭曲的黑暗儲存上。他長生不死的詛咒，不禁捕捉了靈魂和肉體，還留下自己空殼一般的屍體。英格雷不解地問溫索：「你是不是偷了神的恩賜……」

馬河露出難得的歡笑，差點卸下英格雷的防備。「這個——」伯爵兩手比著自己的身體，往下一拂，一口氣說下去：「——從來都不屬於神，是我們自己創造的。它屬於這裡。兩百五十年前，被人從我手中奪走，現在它回來了，暫時回來一段時間。」

父神司祭顯然也注意到靈魂的離體，快步走回聖王床側，而療者正彎腰做最後的確認。兩人低聲嚴肅地交談。司祭在遺體上比劃教儀，隨即也在自己身上輕觸五個神聖部位，開始吟誦祝禱。

所以，溫索又揭露了另一個謊言，或半真半假的謊言；英格雷已經習慣了，不再感到詫異。這個房間沒有兩個聖王，而是兩個部分的聖王，好似兩個跛子，需要彼此攙扶才得以完整。現在它們又成了一體，一個完整的圓。看著對方那一抹君王的微笑，英格雷沉重地顫抖。

「現在當務之急——」溫索喘一口氣，舔了舔拇指，按在英格雷額頭上。英格雷往後一躲，但沒能躲開。他感覺喀嚓一聲，他和伊佳妲的連結斷了，就像某個實體斷掉一樣，他好想尖叫罵人。他深吸一口氣，但還沒結束，連結又連接上了，但不是跟伊佳妲。他發現自己能清楚地感應到馬河的靈魂。那份君王的氣勢，就要凌駕於英格雷的驚慌之上，彷彿一位優秀的騎師跨上一匹稚嫩的小馬。這感覺幾乎鋪天蓋地壓垮他，模糊他的視覺，幾近壓折他的膝蓋。馬河深鎖眉頭打量著他的臉，滿意地點點頭。「很好……」他拉長尾音，嘆口氣。「可以了。」

法拉轉頭看著丈夫，眼睛瞪大，倒抽一口氣。若她的肉眼看到了一成英格雷所感應到的那份拔地而起的榮光，那她當然應該詫異。馬河舔了一下拇指，也按在她的額頭上，上前抱住她，額頭貼著她的，在別人眼裡只會以為他在安慰公主，或為公主祈福。他退開後，法拉的眼睛閃閃發亮。英格雷納悶，他現在自己的眼睛是否也像公主的一樣。

馬河摟著公主的腰，轉向父神司祭。「我內兄回來後請轉告他，我帶公主回家休息了。她的頭痛症又犯了。」

司祭對伯爵的態度瞬間變得親切，激動地點頭表示理解。「當然，伯爵大人。請節哀順變，公主殿下。您父王的靈魂去了一個更好的地方。」

馬河撇嘴。「其實，所有人都是向死而生的。人生閱歷越是豐富，對於死亡，就越能看得開。」

司祭一凜，面對伯爵冷僻的人生看法仍想說點什麼。「我不確定……」

馬河舉掌喊停，司祭立刻打住。「**平靜**。我們早上──應該要中午了──會過來，協助拜斯特殿下安排後續事宜。」

「是，大人。」司祭躬身行禮；站在床另一側的療者，也跟著躬身行禮。

「英格雷……」馬河轉過去面對他的侍從，唇角一彎，給了英格雷一抹最莫測高深的微笑。馬河的聲音低沉陰森，震動了英格雷的每一根骨頭。「**起步**（注）。」

英格雷又憤慨，又像是被魔怔，慌張地躬身，跟著主人向外走去。

馬河並未指派任何女僕或男侍帶路，只是輕推著妻子，帶著英格雷快步穿過黑暗的走道。又一聲

「**平靜**」，宮門守衛向他們鞠躬行禮，問也不問地放行。他們踏上黑暗的街道，越來越清冷的空氣中，霧氣也越來越濃重。他們轉過第一個街角，英格雷回頭看見一列搖晃的街燈。空氣中傳來人語聲，拜斯特和一位貴族快步走了回來。太遲了。是黑特渥的聲音，他在回答王子。不知黑特渥是否帶著裝有聖王封印的橡木盒，以及那把銀斧，要到床前劈開木盒。

馬河這一行並沒有提燈，又都穿著黑披風，步伐輕盈，所以王子他們應該不會注意到。他們走下山道，走了幾條街後，並沒有轉向馬河府邸，而是繼續朝陰影中的馬廄而去。馬廄的門大大地敞開，橫梁上掛著燈，燈火在草的清香中柔和地燃燒著。

一個馬伕從牆外的長椅上慌張爬起，畏畏縮縮地向伯爵一行人躬身行禮。「全都準備好了，大人。衣物都放在馬具室裡了。」

「很好。等一下。」

馬河催促法拉和英格雷走到他前面。英格雷經過時，看見左手邊馬河的栗馬和那匹叫做狼的灰馬，都已裝上馬鞍和馬轡，後面還綁著鞍囊。對面一匹棗紅母馬也是同樣的裝束。經過公鹿的欄位時，公鹿咕噥著，甩甩頭，尖形鹿蹄緊張地踩踏著厚草墊。

馬河指著一盞燈，英格雷伸手取下，帶路領著他們穿過敞開的馬具室的門。牆上的釘樁上，掛著閃閃發亮的皮具和金屬用具；空蕩蕩的鞍架上，放著三套騎裝。其中有一套是英格雷自己的騎裝，下面放著他的靴子。另有一套女裝，深酒紅色，金線裝飾圖紋。馬河指著那些騎裝說：「穿上，」他指示著法拉和英格雷：「準備好騎行。」

注 原文為「Heel」，是用來訓練動物聽指令的術語。

法拉的面容冷硬，脫掉寬大的斗篷，任由它掉落在地板上。「我需要人幫我解釦子，我的大人。」法拉淡淡地說。

「啊，是。」馬河皺起臉，熟練地幫她解開背部一排的小珍珠鈕釦。英格雷脫掉朝服披風、鞋子，以及銀線縫合的短上衣；法拉的連身洋裝和襯裙，也落在了她的腳邊。英格雷穿上了騎裝，綁緊束帶，在這樣一個突發的親密時刻，充斥了新鮮感、困惑和恐懼，一切禮儀上的講究都顯得做作和多餘。英格雷穿上靴子，直起身子，然後繫好皮帶，插好腰刀和劍鞘。而他這位不潔的主君大人，仍然全心投入在妻子複雜的著裝工作中。

伯爵舉高手為法拉套上外套時，他腰間嶄新的發亮的皮鞘，吸引住英格雷的目光——原來那裡藏有一把刀。新的刀鞘，是新的刀？英格雷默默地走出馬具室。伯爵一意孤行，執迷瘋狂，英格雷阻止得了他嗎？若真想出了戰略，他到時真能採取行動嗎？他是不是顧慮太多了？*伊佳妲，妳現在如何呢？*他無法再感應到她了。眼前的這一刻，伯爵早已籌謀準備妥當；他控制住了英格雷，是否打算同時襲擊那棟狹長的房子？

英格雷持續後退，拉開了公鹿的欄門，拉開了門。他的手指已經麻木。「**去吧**。」他低語。公鹿原地蹦跳了兩次，發出類似冰塊碎裂的噴氣聲，然後從他身旁竄出；鹿蹄敲著刮擦著彩色地磚，瞬間奔進了黑暗的城市裡，消失無蹤。馬河探出頭來喝斥：「**別動**。」英格雷順從地僵在原地，等待著。

英格雷呆站著，內心掙扎……他幾乎一動也不動，但實際上也不怎麼想動。伯爵換好騎裝走了出來，他的一隻手緊抓著公主的上臂。馬河斜睨了空馬欄一眼，只是邪笑。「你差點嚇到我了，」他經過英格雷時說：「虧你想得到。也許我也該給你上口套。」

他沒再多說什麼，只是拽著法拉，朝不安的栗色母馬走去。

「我怕那匹馬，我的大人。」法拉顫抖地說。

「妳不需要再怕牠了，我保證。」伯爵低語。有隔板擋著，英格雷只能透過纏繞著蔓藤裝飾的鐵柵欄，看見馬匹抖動的耳朵，以及馬河的金髮和法拉的黑髮，但他聽到一聲低低的嘶鳴，以及刀刃劃過的聲音。伯爵低聲了幾句，英格雷雖然只捕捉到幾個字，卻令他血液加速，手臂上的汗毛站起。隨即砰的一聲，有東西重擊在肉體上，一聲哀鳴，拴在隔板上的韁繩劇烈一扯，牆壁跟著震動起來──碩大的肉體摔倒在地上，抽搐，終止。

兩顆腦袋回到了走道上。法拉倚靠著馬河，全身劇烈顫抖。黑暗中，看不出她的衣裙是否被噴濺到了馬血。「你究竟對我做了什麼……？」法拉哀求地發問。

英格雷感應到，法拉體內有一股強有力但害怕的黑影，絞扭著下墜。

「噓，」馬拉安撫著她，又用拇指按在她額頭上，公主水汪汪的眼神，煥發出別樣的神采。黑色的馬魂也安靜下來，但只是麻木呆滯，並沒有冷靜下來。「會沒事的。走吧。」

焦慮的馬伕又過來了。「大人？剛才是──」

「把馬牽出來。」

三匹裝了馬鞍的馬，被牽到了馬房前黑暗的空地上。馬伕和馬河協助法拉上馬；馬河親自檢視她的鞍帶，將她的腳放入馬蹬中，撫平她的片裙，握住她顫抖的手，讓她緊抓著韁繩。

「上馬，」馬河命令著英格雷，將灰馬的韁繩交到他手裡。英格雷照做，但灰馬上竄下跳，拱背反抗。馬河回頭瞥了一眼，有些不耐煩地拋下一句：「**平靜！**」灰馬立刻冷靜下來，英格雷在馬背上坐定，但心裡仍有些忐忑。伯爵走去關上馬欄的門。

馬伕彎身，兩手十指交叉上翻，打算協助伯爵上馬，但伯爵看也不看，踩著馬蹬自行上馬。他俯身，掌心按在馬伕的額頭上。「**回家睡覺。忘記這一切。**」

馬伕的眼神朦朧起來，轉身打了一個哈欠。

馬河抬手指示英格雷和法拉。「**跟上。**」他掉轉馬頭，驅策坐騎走進霧濛濛的黑夜。馬蹄刮擦過陡峭的圓石路，蹄聲迴盪在聖王鎮街道兩邊的房子之間。

他們經過空蕩蕩的市場廣場時，馬河側身，手按在腹部，無聲地作嘔。他吐出一團又黑又濕的東西在石板地上。英格雷經過時，嗅聞到一股酸腐的血腥味。*他使用異語時，也像我一樣會出血？似乎是。*他之前施用詛咒驅策英格雷殺人時，又白吐了多少血？

東南城門值勤的侍衛在馬河的命令下，輕易就對他們放行了。他甚至沒用異語，就使得侍衛恭敬地向他行禮送行。出了城，踏上砌石馬路，馬河朝馬腹一踢，馬匹放足奔跑起來。一行人來到了第一座村莊，在十字路口左轉，朝鸛河而去。背後的山脊線上，早到的淺淡曙光騰起，一顆凸圓的月亮突破雲層冒出來，將他們的影子長長地打在前方的道路上。

我們究竟要去哪裡？他為什麼要帶上我們？抵達目的地時，又要做什麼？

剛剛完全沒機會通風報信，英格雷挫敗地咬牙切齒。不然留下一個線索也好……不知明天一大早，馬廄的人發現了三匹馬和一隻公鹿失蹤，還有一匹母馬死在血泊中，以及馬具房裡的一堆朝服，會採取什麼樣的行動？他們三個的確疾速地悄悄離開了東尹家，但不會沒人發現。單單是公主失蹤，就會引來追捕。*馬河必定打算在追兵到來前完成計畫，我應該想辦法拖住他嗎？*

英格雷的職責是監視馬河，保護公主。第一項任務，目前看來還算順利，至於第二項，則有些岌岌可危，於是他一直騎伴在公主的身邊，緊跟不放。他已經放走了公鹿，卻似乎徒勞無功。他擔憂馬河會拿公主獻祭，但想了一想又覺得不太合理。公主現在已有獸魂，也不是處女，不可能吊死她，派她做使者去與神溝通。從馬河藐視一切的神態來看，他也不見得想與神溝通。而且，今晚一連串怪事發生時，眾神又在哪裡？

公鹿象徵著鹿棘家族，馬象徵著馬河。公主因為婚姻成了馬河家族一員，無論當初她有多麼不情願，除她之外，不算太久遠前鹿棘家族裡尚有一、兩個新娘嫁入馬河家。英格雷突然意識到，馬河的妹妹、女兒、孫女，必定已經婚配。若把馬河當成一個人，而非數十個馬河，由此來看，當下的家族紐帶似乎在他的陰謀中具有一定的關鍵地位。

氏族，氏族，究竟何為氏族？

傳統上，聖王的掌旗手必定是其親族。錫馬克是拜斯特的表弟，之前又是比薩王子的掌旗手。剛崩逝的聖王，也曾有一位跟隨多年的掌旗手，他於半年前壽終正寢，此後，老聖王一直沒再任命其他掌旗手——也許當時聖王已預知命已不久矣，無須再找人替補那樣一個尊貴的位置？又或者遭到別有用心的馬河的阻攔？聖王需要一位出生背景足以匹配的世家弟子擔任掌旗手，或女掌旗手？英格雷瞥了法拉一眼，她的面色蒼白且陰鬱。她是個會騎馬的女騎士，但今晚的奔波應能測驗出她的耐力。

黑特渥必定會嚴斥他的失職，若他能活著見到黑特渥的話。英格雷暗下決定，他一定會活著，接受黑特渥的斥責，直到他消氣。若再幸運一些，他和法拉都活了下來，那麼伊佳妲的案子就會出現轉圜；針對伊佳妲豹魂的指控和懲罰，必定同等施行到公主如今的馬魂事件上。*針對這類案子，我可以插手。若我不能，奧斯文必定可以。*

一行人接近了鸛河，在沿河大道上轉向北行。從寬闊河面反射出來的月光，穿透河岸邊的樹木照射過來，從他的眼角不斷倒退。在馬蹄躂躂及皮衣吱嘎聲中，英格雷聽到微弱的流水聲，以及落葉飄落的沙沙聲。

他驅策灰馬向前，趕上馬河。「陛下，我們要去哪裡？」

馬河轉過來，在英格雷的那聲尊稱下笑得白齒發亮。「你猜不出來嗎？」

北方。他們可以逃入康東流亡，但英格雷不認為那是他們的目的地。若按照信使的速度，兩天後，就能抵達渡鴉嶺山腳……

「受傷樹林。血地。」

「準確來說是聖樹。很好，我聰明的小狼。」

英格雷等著，但馬河不再吭聲。片刻後，伯爵策馬快跑，另外兩匹馬噴著氣追了上去。

英格雷的理智似乎尚在，馬河的君權法力侵佔的是他的情緒。多麼詭異的巫咒——不，這不只是詛咒，不是他在紅壩鎮擊潰的那種附身寄生詛咒。這次的更強大、更古老。比馬河本身更古老？可他並不未感受到詛咒本質上應有的邪惡，儘管它是透過馬河那雙古老黑暗的雙手傳遞出來的。

歷代聖王可怕的威權……令眾人匍匐，渴望汲取恩德；這是王權所賦予的、超出有形實質的獎賞。至於聖王是否能創造出豐功偉業的政績，則必須等到蓋棺才能論定，但世人就是趨之若鶩地臣服於王座之前。難道世人是期望，君王能夠履行王權所承諾的為民服務，讓他們能夠安居樂業？

至少，在幾百年前，馬河的君權法力受益者，只有他自己。他只將君權法力視為傳家之物——這份傳統可追溯到遠古、尚無文字出現的時代，那時氏族部落早已在那片廣袤的森林裡紮根。無論他們發展出何種王室祕術，都早已流傳了好長、好長一段時間了。

古老的世家大族為了延續血脈、保護氏族利益，成為了自大自傲、殘暴冷酷，又滿手血腥的一群瘋子。要想氏族血脈耀眼的榮光，在優勝劣敗的淘汰賽中延續下去，必定需要更多的熱情和執著。對於奧達爾大帝的恐懼，能促使他們團結一心、奮力反搏，但恐懼也能像暴風中的落葉，令他們分崩離析。馬河究竟凝聚了多少的能量？又消耗了多少去發動聖樹大儀式？直到碩果豐收時，他又要損耗多少？若他已是苟延殘喘，這次將會是他最後的機會，那他的第一步又會是什麼？

上升的月亮遇上升騰的霧氣，使人間在翻騰的光影中滾動。聖王抬手往下一揮，示意兩名跟隨者策馬狂奔，沿著筆直平坦的河道上疾馳。快馬似乎追著雲朵飛了起來，英格雷在冷風中淚水直流。灰馬在他胯下輕鬆地奔馳，英格雷熱血澎湃，仰頭，張口享用疾馳退後的夜空、拋開失敗的擔憂，就算前方等著他的是斷垣殘壁；此時此刻，在銀光包圍中的他，是如此地光芒萬丈。

22

月兒高掛山頭時，汗水淋漓的馬匹已是疲憊不堪。一般王室信使會在一定距離後更換馬匹，而他們的馬匹已多跑了好幾哩。就在英格雷猜測馬河大約是想跑死牠們之際，馬河終於允許牠的大馬放慢速度，疲倦地緩步而行。幾分鐘後，馬河領著他們離開道路，朝林間一棟面河的農舍而去。門廊橫梁上掛著一盞燈，燈火在銀藍色月夜下，微弱地燃燒著。

門廊欄杆上，綁著三匹馬。他們下馬時，一位馬伕匆忙地從被褥中爬起，為他們更換馬具。馬河只允許英格雷和法拉吃了幾回夾著起司的麵包，喝幾口麥酒，到屋後如廁後隨即催促他們上馬，回到原路上。法拉的面色蒼白憔悴，卻仍在聖王強大的意志下，迫使自己上了馬，再次催馬狂奔。

他們沿著河道翻過一座山頭，在另一座舊農舍停下來時，英格雷也疲累到在馬鞍上搖搖欲墜。深夜中，他們沒遇到其他騎士，靜悄悄地飛奔過一座座村莊，深入越來越窄的鸛河上游。法拉幾乎是直接從馬鞍上摔進丈夫的懷中。

「陛下，她今晚不能再騎馬了。」英格雷低語。

「不錯。即使是你和我，也無法毫不休息直奔目的地。我們在這裡休息一下。」

這次的休息顯然也是事先安排好的。一個面容驚懼的女孩從農舍中走出來，帶著法拉進入屋子。伯爵跟著另一個早已安置在這裡的馬河馬伕，牽著馬繞到屋後，來到一間東倒西歪的馬棚。伯爵見到三匹新馬，滿意地咕噥一聲。這些馬也不是農家的用馬，而是伯爵馬廄裡的良馬。

看來，這次的騎乘是精心安排的。追兵的目光會放在路邊的旅店，以及其他可以租馬的馬行，卻徒勞無功地找不到目擊證人和被丟下的馬。即使權勢熏天如拜斯特王子和黑特渥，派出大匹人手、沿著鸛河一直找到北境挨家挨戶地查問，那也得要耗去大量時間，進而錯失良機。而且從東尹家出發，通往四面八方的馬路也有十幾條等著他們盤查。

我該在什麼樣的時機奮起反抗？英格雷有些絕望地思忖著。就在他的意志和智力被激發出來的那一剎那。若是逃出溫索異語的影響範圍，能破除他目前虛假的平靜嗎？若是分散溫索的注意力，能否削弱他的君權法力？英格雷猛然察覺到，他自己對於這份君威的渴望，就像狗渴求主人給一根骨頭，又似一個男孩渴望父親的一笑。搖尾乞憐的卑微，令他咬牙切齒，再一想到這個馬河輕輕鬆鬆就竊取了英戛列夫大人來不及享受的兒子忠誠，就讓英格雷不禁怒火中燒。但他仍舊像個又冷又累的小孩黏著爐火般，對他的主君亦步亦趨。

英格雷跟著溫索坐在門廊地板的一個坐席上，兩條痠疼的腿懸空掛在廊緣外，一起凝望著下沉月光下的河谷。馬伕又送上了簡單的飲食——麵包和火腿——只是這次配上了一壺新釀的紅酒。這裡農場的葡萄園必定陽光雨水充足，因為那紅酒在舌尖上又甘美又滑順，簡直就像酒中黃金。他的主人不斷向他敬酒，他已喝得有些飄飄然。他可以以疲勞做藉口，就像醉酒的人可以藉口睏乏而起身走人，若他願意的話。英格雷又喝了一口酒。

「好美啊。」英格雷的下巴朝清冷月光下的景色揚去。

溫索撇撇嘴，古怪地苦笑一下。「我看夠了月亮的沉落。」他又補上一句：「趁還能享受，好好欣賞吧。」

伯爵語帶雙關的評語令他不安。「我們為什麼策馬奔馳？我們在跟誰競賽？東尹家來的追兵？」

「那也是原因之一。」溫索挺直背部。「時間不是我的朋友。拜鹿棘狡猾的慣例所賜，他們總在聖王在位時，就推選出兒子為繼任聖王，所以鹿棘已佔據了王位一百二十年。打斷這個慣例對我來說，比什麼都重要。我必須抓住機會。」他抿唇。「否則至死方休，就名不符其實了。」

所以，黑特渥的猜忌是有道理的；馬河的確覬覦王位，且暗中動了手腳，操控王位授命人，包括競爭對手的生死？「您做了這麼多，真能讓您重登王位？」

馬河哼了一聲。「我現在就是聖王，哪來的重登王位之說。」

他的確需要某些遺失的拼塊，才能成為真正的聖王——那些在先王靈魂離體時，在漩渦中脫離的那一部分。某些……法力，或者野林地的碎片：但絕不是政治性質的東西。「我的意思是，名正言順的聖王之位。贏得推選，接受萬民擁戴。」英格雷說。

「若我想要的是這塊愚昧土地的聖王之名，早在幾年前就能得手了，英格雷。」馬河淡淡地說：「而且是在一副較健壯的肉體裡。」

我有一副較健壯的肉體。英格雷不禁如此聯想。不過也是，若溫索想要贏得推選，他們應該是朝東尹家奔去，而非離開。看來溫索有別的意圖，他想要的更多，更多某些常人想不到的東西。英格雷克制住濃濃的倦意，對抗空肚下腹引起的醉意，拒絕馬河君權法力的催眠，試著保持頭腦的清晰。

「既然您不想贏得王位推選，您想要什麼？」

「拖延王位推選。」

英格雷眨眨乾澀的眼。「我們逃出來就能拖延？」

「絕對可以。單單是少了一位王位授命人——」馬河指著自己。「——就足夠了。再加上拜斯特會在父王喪禮前，發現法拉失蹤而分心。我還預備了其他幾項干擾。我為各個候選人預備了好幾位代理人，等他們浮上檯面，就足以為候選人的位置鬥爭數日了。」他的表情似笑非笑。

英格雷無言以對，儘管王位空位期這個詞在他腦海裡轟轟作響，令他憂心且心情沉重。他試著在溫索君權法力的迷惑下所產生的虛幻忠心裡，拾取片段的理智，問：「那頭公鹿的用途是什麼？」

「怎麼，你還沒猜出來？」

「我以為牠是您要渡給法拉的獸魂，使她成為獸魂戰士，或從她父王身邊奪取某物。但您選擇了那匹母馬。」

「在與神對弈的棋局中，有時天外飛來的一筆，比起深思遠慮更具效果。即使是祂們，也做不到面面俱到、能堵死所有機會。那頭公鹿，在我手中已累積了四代鹿魂，但聖王死時，那頭公鹿尚未準備完善。我不知道這是否是神的手筆讓聖王的死期提前，延後公鹿的完善。」

「您的意思是，把法拉變成一位……獸巫？或變成某個人？」

「某個人，但我一直沒決定是誰。若不是確定掌握了你，我很可能冒險讓尚未準備好的公鹿上場。你的狼魂更穩定，雖然不太聽話，但更強壯，更好。」

英格雷拒絕對他的稱讚搖擺尾巴，雖然很難。對誰更好？他精疲力盡地試著將拼塊拼湊起來。一個獸巫，一個掌旗手，一個聖王，以及神聖的聖樹。當然，還有血。聖樹那裡必定有血。結合這一切，以達到……什麼？絕不單單是為了世俗目的。溫索究竟圖謀著什麼，逼得神必須親身介入世俗、加以阻擋？權勢熏天之外，溫索還有什麼更大的野心？

什麼比聖王王位更偉大？溫索的野心，是奪取凡界之外的一切？在古老的傳說中，四神成了五神；五神會再成為六神嗎？

「那您打算把自己變成什麼？神，或半人半神？」

溫索被酒嗆到了。「啊，年輕人！這野心也太大了！你不是才聲稱你見過神。去睡吧，英格雷，你已經在胡說八道了。」

「所以是什麼？」英格雷固執地追問，但一邊又站了起來。

「我已經跟你說過我想要什麼，是你自己忘了。」

我要我的世界回來。溫索曾經聲嘶力竭地對著英格雷如此吼叫。他沒有忘記，就算想忘也忘不掉。

「我沒忘，但那是不可能的。」

「到此為止吧。去睡覺，我們晌午出發。」

英格雷踉踉蹌蹌地走進屋內，找到為他準備的床，躺下。儘管累壞了，他仍然兩眼瞪著黑暗的上空。馬河對他的束縛絕不是絕對的，不然他不會如此痛苦。溫索的君權法力，病態地安坐在他變形扭曲的肩上，就像君王鍍了金的盔甲，那初出火爐的閃亮盔甲，穿在了乾癟老人的身上。人和君權法力的不協調，就連英格雷也能感應到從裂縫流滲了出來。

即便是不協調，英格雷仍能感受到那股君權法力，像火爐裡的熱氣直撲而來。在古野林時代，君權法力即便是落在一個戰績普普的戰士身上，也必定光芒萬丈地籠罩著他。他不禁納悶，若君權法力恰恰落在一個不平凡的人身上呢？當他將靈魂獻給神聖的義務責任時，並像鐘擺規律地不斷奉獻自己。如此的毅力，必定能呼風喚雨。他趕緊揮開那浮現的畫面。

他眼下的任務，一是窺探馬河的祕密，二是保護法拉，都使他必須留在馬河身邊。也許現在嘗試逃跑會太過倉促。

最好哄得馬河放鬆警戒，等待時機？或者相信自己的直覺和判斷，繼續追隨馬河？禱告？

他成年後，就不再做睡前禱告了。但睡夢中，神有時候會走進來，並與他交談。他的夢從來不像哈拉娜的夢境，不是神會走進來散步的花園。但在這個殘存的夜晚，他祈求神來支配他。

英格雷不管昨晚夢到了什麼，都在醒來時消失得無影無蹤。馬伕搖醒睡夢中的他，他驚坐起來。馬伕留下洗臉盆、食物和飲水；不一會兒，他們就在溫索的帶領下上路。

山坡小路進入了偏遠的農村，上午的天光下，路上出現了農車、貨運火車、緩行的騎士，以及羊、牛和豬。溫索不再像昨晚那樣狂奔，而是不引人注目地緩騎，並隨著路況的陡峭或難行，更換著小跑或行走的模式。這速度當然不用說，也是經過算計的，以最少的時間繞完最長的山路。過午一個小時後，他們迎來了另一座破舊農莊，草草解決了一頓飯，又換馬上路。

英格雷打量著法拉。過去一天，大事接二連三發生，先是神廟問訊，再是奔赴臨終的父王，最後就是這一趟催命騎行；這些若發生在任何女人或大部分男人身上，沒有人能承受得了。如此堅強的體力和毅力，應該是拜她的獸魂所賜，而這個認知不只震驚了她自己，也令英格雷大開眼界。源於他處的力量……也許，掌控權並不在她手中。

從溫索的君權法力對他的影響看來，英格雷不禁納悶，同樣的法力對女人會產生什麼樣的效應。他觀察法拉對溫索的態度，她簡直就像是英格雷的女性版。她落在昇華後的丈夫身上的目光，充滿崇拜且痴亂神迷，會不自覺地張口，一副饑渴的模樣。但她並不快樂。她擁有所有女人渴望的一切，卻又是……一場虛空。溫索的目光除了冷淡的盤算，沒有任何回應，彷彿她是強加於他的包袱、一個帶有羞恥印記的正統，而她就在他的蔑視下瑟瑟顫抖。法拉也許不算聰明，也不勇敢，但也不是任人玩弄背叛的對象。她曾經反駁溫索的無神論，儘管下場悲慘。她在他眼裡，只是家財一般的存在嗎？

英格雷呢？英格雷反思。他和他的狼魂這輩子已分隔不開了，但他覺得，他的狼魂比他更臣服於馬河的巫咒之下。不過他的邏輯思考部分比較自由。他曾經一次禁錮住他的狼魂，當時他年紀更小，更害怕、更不知所措。若聖王控制他的狼魂，他當真就掌控了英格雷的全部？

既然他求快。那我就反其道而行，求慢。

馬河再次放慢速度成步行，並不時向左方搜尋。終於，他策馬走上一條雜草蔓生的小徑，朝河邊而去，馬蹄連走帶滑地從稀疏的松樹之間，滑下長長的邊坡。腳下的泥土變成了石頭，眼前並沒有搖搖欲墜的木橋，而是鸛河上游的一片淺灘。渡鴉嶺聳立在面前，豐沛的泉水滾滾而來。這道淺灘，與上次押運王子靈棺墜入、差點造成悲劇的那條不同，床底不是爛泥，但河道寬敞，而且儘管此區進入了乾燥的秋季，經常狂砂大作，灰塵朦朧了藍天，但河水水量卻很充足，也比較深。

伯爵驅馬過河，尋找水位較淺的地方下馬。法拉順從地跟了上去。若我不停下來思考一番——英格雷策馬超前法拉，等到河水深及馬腹、馬蹄半漂浮起來時，他用靴刺踢了馬腹一下，扯動轠繩，他的馬側身撞上了她的。

兩匹馬瞬間傾倒，法拉掉下了馬背。英格雷已從馬蹬抽出雙腳，滑下馬鞍，從法拉的馬身旁溜過，及時抓住了公主。

公主的一隻腳卡在馬蹬中，她的馬載浮載沉，很可能將她拖到對岸。英格雷施力一扯，將她的腳拉了出來。法拉才哭了一聲，腦袋就迅速沉入水中。馬河掉轉馬頭，剛好看到英格雷和法拉被沖向下游，英格雷努力將她拉回水面之上。

「**靜止！**」伯爵大喊。

英格雷聽令頓住；異語可以指揮人或動物，但對滾滾川流毫無作用。河水清涼，但不算太冰。這次，英格雷的腦袋成功地避開了一顆巨石；但這次，他的同伴並不會泅泳。法拉亂抓亂踢，英格雷必須重新調整抓她的位置，結果自己也沉了下去，兩人奮力地想掙扎出水面呼吸。

他的腿能碰到石子河床，但他仍然三次將他們推回了湍急的水流中。直到河床變寬、水流減緩後，他們被沖進一處水位較淺的地方，就連法拉的腳也能踩到河床。兩人狼狽地又滑又踢，朝岸邊走去。

英格雷來回掃視著河岸。他們流經了一大片糾結纏繞的樹叢、一道高聳的峽谷，河水在那裡洶湧澎湃，現在一直往下游延伸而去的，是茂密凌亂的小柳樹群。看來，溫索沒辦法在短時間內找到他們，尤其他應該會停下來拉回那二匹馬。英格雷清楚這一鬧會拖延很長時間，不過他希望能再拖延更久些。

法拉被嗆得連連咳嗽，臉也被凍成了奶白色。她被英格雷拽起、踉踉蹌蹌地拖著走。英格雷知道她壓抑了很久，但幸好她沒當下就爆發、放聲大哭。

「你救了我！」她喘著氣說。

英格雷目前並不想多做解釋，只能敷衍。「我只是盡我的職責，殿下。而且這是我的錯，是我的馬絆倒才撞翻妳的。」

「我以為我——我以為我們會淹死。」

我也以為。「不會的，殿下。」

「我們是不是……」法拉猶豫了一下，黑眼睛轉回來看著他：「我們成功逃脫了嗎？」

英格雷深深地吸了一口氣，緩緩吐出。他們和聖王的距離的確拉開了，但遠遠不夠。溫索取代了伊佳妲的那份心靈感應，仍然十分清晰。他感應到伯爵十分著急，不過並不慌張。「我不認為。但我們可以拖延時間。」

「拖延?為什麼?」

「一定有人跟在我們後面,一定有人會來追您。也許追兵追上的速度,會比溫索預期得快。拜斯特殿下必定派出大批人馬來找您。」

伯爵預計王子會在隔天才發現他們三人失蹤,但伊佳妲當時應該就已感應到了。她會以為他被殺害了嗎?她能發出警報嗎?向盧柯,或向哈拉娜?蓋斯卡會聽她的話,深夜追蹤他們的下落嗎?他雖然恐嚇過蓋斯卡要善待她,但光有威懾可能遠遠不夠,他真恨自己當初手下留情。五神幫幫她,幫幫我們。祂們不是極度關注事件的發展嗎?那祂們現在在哪裡?可惡。

法拉站在一束陽光下,瑟瑟發抖,沉重的濕衣裙緊貼著結實的軀體,頭髮打結,濕亂的髮辮掛在臉上。英格雷自己也好不到哪裡去,濕皮衣和皮褲隨著他的動作吱呀吱呀作響。他往旁站開一點,拔劍,徒勞無功地想刮出皮件上的水。

「溫索要帶我們去哪裡?」公主問,聲音打顫:「你知道嗎?」

「聖樹。血地。現在叫做受傷樹林。」

「伊佳妲的那片樹林?她的土地嫁妝?」公主驚訝地瞪大雙眼。「所以這一切都是為了她?」

「正好相反。那片樹林是溫索想要的,而不是樹林的女繼承人。那片樹林十分古老,而且受到詛咒。」

法拉用力擠擠臉,疑慮略微消除,但隨即又緊張起來。「為什麼?他為什麼把我從父王身邊拉走,他究竟想幹什麼壞事?他為什麼要巫化我,用這、這……」她轉了一圈,搔抓著胸口,似乎想把入侵的獸魂挖出來。

英格雷抓住她冰冷的手,握住。「別抓,殿下。我不知道他為什麼要您。伊佳妲認為,我註定要幫樹林裡的鬼魂淨化獸魂，就像我幫波列索殿下做的那樣。若這就是溫索要我做的事，我不明白他為何不直接說。這又不是什麼見不得人的事。」

公主抬頭看著他，眼神熱切。「你也能幫我把身上這可怕的東西清理掉嗎？就像你幫我王弟做的那樣？現在？」

「不能在您還活著的時候。古野林獸巫似乎都是在戰士死亡後，才能為它們淨化。」

「那你最好活得比我久。」公主緩緩地說。

「我不知道。我不知道未來會發生什麼。」

公主的臉更呆滯了。她咬牙說：「我現在就可以讓你活得比我久。」

「不可以，殿下！」他握得更緊。「事情還沒糟到這個地步，但我可以向您發誓，若我們真的陷入死地，我一定按照您的意願嘗試看看。」

她回抓著英格雷的手。「也許，也許吧。」她放開英格雷，抱住自己，肩頭聳了起來。

現在看來，若他真能像淨化波列索那般，在她死後為她淨化，那麼他之前認為法拉已失去做獻祭使者的資格，的確有待商榷。這是不是溫索拉他跑這麼遠的目的？合理嗎？不太合理，但現在看來似乎還真有點道理。

「你也不能在溫索活著的時候，為他淨化。」公主繼續說，眉頭皺在一起。

「溫索，嗯，溫索跟您不一樣，他體內不只有一匹馬魂。佔領他的是……」一個靈魂，一個連環體……這些都是他自己聲稱的。總之，就是古野林最後一位聖王，與神隔絕的亡魂。」恐怕不只是聲稱而已。

「他之所以活著——無論他願意不願意——是因為一個依附在血地的巨大詛咒。」

公主的聲音沙啞。「你認為他瘋了？」

「是，」英格雷不情願地接著補上：「但他沒有說謊。」法拉久久地盯著他。英格雷都以為她要問：你覺不覺得，你也瘋了？而他自己也沒有這個問題的答案。但公主只是說：「他變化時，我能感覺得到。昨晚他又變化了，在父王過世的當下。」

「是。溫索收回了老聖王的君權法力，或某個君權遺失的部分。現在他……嗯，我不確定他究竟是什麼。但他在跟時間賽跑。」

公主搖搖頭。「溫索從來不在乎時間。這方面，他很令人生氣。」

「溫索體內的東西，並不是真正的溫索。我一直提醒著自己這點。」

公主揉著太陽穴。

「您的頭又痛了？」英格雷好奇地問。

「不是。只是覺得你說的事很詭異。」

他們如何加長拖延時間呢？分頭行動，讓溫索花更長的時間搜尋？好主意。他可以回到河裡，河水可以消除聖王的法力，讓河水再往下沖幾哩，直到溫索抓到他。他試著回想剛才他們是否經過即將會出現瀑布的跡象。但似乎沒有。他不能丟下這個女人，讓她一個人在荒野中發抖，等著她所嫁的怪物找到她。「拜斯特殿下令要我保護您，所以我們不能分開。」

她感激地點點頭。「請別丟下我，大人。」

「溫索首先會沿河搜找。我們最起碼要深入森林一些。」

這麼做並不能擺脫溫索；他已經感受到兩人之間的連結被拉緊了。但實話說來，他對血地越來越好奇。他想親眼見一見，也需要見一見它。最直接的方法，就是讓馬河帶他過去。但不能太快。溫索掌控了英格雷和法拉，也許得到了他所需的部分食材，但英格雷並不認為他所需的全部食材都已到位。我需要伊佳妲。這點我很確定。馬河是否知道了這點，所以才把他們分開？相信神，相信祂們會提供支援？不見得吧。他突然納悶，神是不是也很難信任英格雷，就像要英格雷信任祂們一樣。他忽然有個荒唐的衝動，想讓祂們見識一下，該如何讓他相信祂們。

無論他臉上現出了什麼樣狂喜的神情，都讓法拉不自覺地後退。

「我會跟著你。」她小聲地說。

兩人轉身，徒手撥開枝葉，跋涉進了樹叢。他們翻過腐爛的樹幹，經過漲水時漫上來的第二處石岸，深入陰暗的樹叢中。走出樹叢後，兩人穿過陽光閃閃的草原，長長的紫薊和割人的野草，在兩人的濕衣服上留下一塊塊的芒刺。他們鑽進有刺的灌木群中，嘴巴掛上了精緻的蜘蛛網。如此步行一段路也好，至少衣服容易乾一些。

但說時遲那時快，有某種大型野獸穿越樹叢的聲音傳來。在這片荒野中，沒有野獸比那個搜尋他們的人更加危險了；那個人就已足夠危險。英格雷聞聲愣住，握住劍柄，法拉躲在他身旁——馬河騎著馬從一閃一閃的陰暗中冒出來，大馬不悅地噴著氣，馬腳不斷被地上的雜草和蔓藤糾纏住。

溫索回望著兩人，吐出長長一口氣，似乎又是生氣，又是鬆了口氣。隨著聖王的接近，一股熱氣逐漸逼來，將英格雷想要逃跑的欲望消融得一乾二淨。他恭敬地抬手行禮。

「謝謝，英格雷大人。」溫索騎著馬上前。

「陛下。」

「我的馬摔倒了，」法拉自動解釋起來：「我差點淹死，是英格雷大人及時拉起了我。」

英格雷並沒有糾正她，其實是「我爬到英格雷大人的身上」。只是看事情的角度不同而已。他當時幾乎是被按在水中了。

「是，我看到了。」溫索說。

但沒看到全部，否則你不會誠心地謝謝我。溫索是在打量著英格雷，但目光中沒有猜疑。

「幫她上馬。」溫索伸出手，英格雷十指交叉，讓公主沾滿泥土的靴子踩上，他用力將公主往上一拱，協助她坐到丈夫身後。他跟在馬的後面，朝上游走去，大馬踩倒長草，頂破蜘蛛網，為小心跟在後面的英格雷開了路。

三人花了超過一個小時才又找到路，向東又走了超過半哩後才來到河邊，兩人的馬就綁在那裡。英格雷一看到法拉的馬兒腳扭到了，不禁暗自竊喜。溫索取下那匹馬的馬鞍，交給英格雷綁在溫索的馬鞍後面，再一次將法拉撐坐到他後面，然後朝西緩緩而去。

他們至少拖延了四個小時，也許抵達下一個休息處之前，能再拖延更長的時間。不夠。這只是開始。

在三人轉入小路，來到一處又破又髒的小屋之前，英格雷又添加了兩個小時到他的拖延計畫中。這裡只有腐爛的圓木柵欄提供保護，但根本阻擋不了野獸或壞人。太陽如今已經西斜，馬河蹙眉盯著穿透林間射下來的黃色斜陽。

「今晚不能趕路了，看來月亮要到半夜才會出現。」他咬牙。「就算趕到了下一個換馬站，也無法在破曉後出發，不然會在山裡迷路。我們整整延遲了一天。好吧，休息吧，你們會需要的。」

溫索並不介意這裡的破敗髒亂，法拉也就不敢發怨言。那個被拖來服侍法拉的女人很骯髒，面色灰黃，無牙，操著一口聽不懂的方言，法拉只好拉著英格雷來充當女僕。英格雷最後淪落到在她門口打地鋪，睡在一張毛毯上，並拿了一塊破爛的窗簾遮住門，法拉很感激他體貼的保護；而英格雷沒說出來的是，睡在門口只是一個藉口，用來婉拒那塊長滿蟲子的稻草貨板床。

假使溫索有躺下休息，英格雷也沒看到他睡在哪裡。

儘管床和寢具都十分窮酸，身心透支的他和法拉都睡到很晚才起床。三人並未匆忙著裝，而是從容地準備好才上路。溫索領著他們又回到了鄉間小路，其中有些路段僅僅算是小徑吧。這條路，沿著右手邊的渡鴉嶺山腳下而過。

渡鴉嶺山勢崎嶇，但不高，綠色與棕黃交錯的樹梢上不見新雪或陳雪，但時不時出現垂直下削的大石塊，被陽光照耀得像冰塊般晶瑩透亮。陡峭的溝壑將地勢切割得起起伏伏，遠看像一張滿是皺摺的毛毯。秋日將夏天青翠的草木換上了金黃色彩，有些地方像是被劍劃了一刀，潑濺出一抹抹的血紅，再以深綠色的松樹和冷杉勾勒出輪廓。從一處隘口望出去，起伏的山巒一層層淡化成藍色的霧靄，與地平線無縫結合，好似這些山坡正步步走向無邊無際的仙境。

英格雷納悶，奧達爾大帝究竟是如何率領大軍疾速通過這樣的地勢，並且對那位古達澤卡大帝的敬意油然而起。奧達爾即便沒有聖王的法力，但他的領導力必定高人一等，不同凡響。

三人繞過突然緊縮的狹窄河谷地帶，周遭的山嶺好似綠色矛頭拔地而起。河谷中有個採礦小鎮，英格雷這才猛然意識到，這裡正是獾橋，他們已進入獾岸家族的領地。白煙從小鎮中，以及周邊偏遠的山谷中冒起，標示著精鍊廠的所在，煙霧加深了秋霧的濃度。不知伊佳妲的繼父家在哪裡。那棟五角神廟是由大圓木搭起，聳立在城牆之上，從遠方一眼看去十分顯眼。

沒多久後，他們走上一條較寬大的馬路，從小鎮上方穿過石橋過河。拱橋下方，大量的木頭和桶子順著河水而下，男人和男孩拿著杆子敏捷地在旁邊監視操控著。三人遇上了二輪馬車、趕著聖獸的村夫，以及拉著貨車的驢子。馬河立刻加快了速度，轉向上游而去，他刻意避開了一個十字路口，然後朝西進入林中的小徑。

馬河打量了太陽的角度，加快步伐跑了一小段路，但小徑越來越窄，只能謹慎緩行。馬蹄在陡峭的山道上爬上又滑下，不過更多是在爬坡。最後他們右轉進入一條荒煙小路，爬了一小段山路，又下行進入一座隱祕的小谷地。

沒有小屋或農舍等在這裡，只有一座野營地。兩個馬伕看見他們騎過去，跳了起來，跑過來接過馬匹。另有三匹馬被拴在林中，只是這次的，是三匹健壯的短腳馬，而非之前適合長跑的良馬。

法拉此刻是精疲力盡，緩慢而僵硬地下了馬，陰鬱地看著這座搭在冷杉林中的土棚。棚內已打了地鋪，待遇比昨晚的更加窘迫。若是她之前參加過王室狩獵並野營過，那也是住在高級的帳篷裡，有溫柔體貼的女侍服侍，舒適愜意。而這裡，為了速度和效率，一切都可以犧牲。我們是輕裝出行，而且不會久待。

「帶來了嗎？」馬河問較年長的馬伕。

馬伕挺腰，低頭。「是的，大人。」

「拿出來。」

「是，大人。」

馬伕將疲憊的馬匹交給較年輕的同伴，拐著弓形的雙腿朝營地走去，俯身在一疊包裹上。馬河、法拉和英格雷跟了上去。馬伕抽出一根七呎左右的長杆，杆上包著老舊乾硬的帆布，並用細繩捆住。馬河嘆口氣，滿足地接下杆子，兩隻手合握住帆布上的細繩，豎直杆子，立在他的靴子邊。他額頭靠在杆子上，緊閉上雙眼。

英格雷領著疲憊的法拉來到一席鋪蓋前，協助她坐下，而不是直接讓她癱軟摔坐在地。她抬眼看他，眼裡無光，英格雷轉身回到馬河身旁。馬伕走開回去協助安頓馬匹。

「那是什麼，陛下？」英格雷問。那東西令他汗毛直立。

馬河嘴角一彎，但並沒有笑意。「真正的聖王必須有他專屬的聖旗，英格雷。」

「那當然不是您在血地使用的王旗。」

「那面旗早已被割成碎片，和我一起被埋葬了。這面，是我最後一次名符其實當上聖王時的用旗──至少在那些效忠我的忠心氏族眼裡，我是聖王。當時，我襲擊了奧達爾大軍，阻止他們越過沼澤邊境。我最後一次戰死後，將王旗收了起來，再傳給我的兒子和子孫。雖然保存它並沒什麼意義，但我就是很高興能擁有它。我把它藏在馬河堡的梁椽裡。三百年來，它一直躺在那裡，等著好日子的到來。好日子總歸是來了。」

馬河將它小心地倚靠在大松樹上，幾根低垂搖盪的樹枝為它遮蔭。接著他伸個懶腰，盤坐在一席鋪蓋上。英格雷跟隨他的動作，發現自己居然睡在馬河和公主之間。他瞄向旗杆。「它讓我……它有某種魔力，陛下。」坦白說，那面旗只會令他打冷顫。

馬河得意地抿唇。「很好，我聰明的小狼。你如此精明，有沒有發現掌旗手的另一項功用？」

「什麼？」英格雷遲疑了。溫索就算不騙他、不嚇他，也會令他覺得自己像笨蛋，英格雷悶悶不樂地思忖。

「但你淨化了波列索，這不算小功勞。」馬河若有所思地說：「我的確厭煩了一直提點你，這是最後一次了。」他瞥了法拉一眼，似乎在確認她也在聆聽。這引起了英格雷的注意，因為馬河除了下達命令，幾乎都在迴避著看她或跟她說話。

「您說過，掌旗手割斷重傷戰士的喉嚨，將它們帶離戰場。」英格雷說。多麼恐怖的任務——英格雷突然意識到這任務不止於此。可怕又鬼魅般的，等等……

馬河深深吸口氣。「綜合來說，被割斷喉嚨的獸魂戰士，必須經由活著的同袍為他淨化靈魂，靈魂才能回歸到神那裡。但陣亡沙場的戰士在倉促混亂間，經常得不到合適的淨化儀式，有時候甚至連把遺體收走的機會都沒有。沙場上，即使是受傷的戰士也會遭到遺棄，更別提那些陣亡的。留存在凡界的靈魂，都需要附身在一具活體上，這是他們被教導的正統說法。戰士的幽魂不能像孤魂野鬼一樣隨處飄蕩，因此掌旗手負責將幽魂結契在自己身上，就像被靈附身那樣，帶著幽魂找到他的氏族獸巫，為它淨化；即使是在倉促間，只要是獸巫，不論他屬於哪一個氏族，都可以進行淨化。」

「五神啊，」英格雷低語：「難怪戰士會誓死保護掌旗手。」溫索將伊佳妲與他結契在一起，是否與這古老的傳統有關？

「沒錯，因為掌旗手承載著陣亡戰士死後適得其所的願望。所以，任何由獸魂戰士統領、或包含獸魂戰士的核心部隊，必定都有這一類神聖的掌旗手。」馬河說。

「而現在，聖王的掌旗手……」馬河拖長了尾音。他挺起胸膛，繼續說：「也身負著同樣的任務，要為主君淨化，因為聖王身上都有氏族獸魂。不是所有推選出來的聖王都有，但在動蕩年代，許多聖王通常都有獸魂。但無論主君是否是獸魂戰士，聖王的掌旗手還有另一個神聖的任務，而這個任務不論是主君陣亡、戰事潰敗，或死於其他死因，都必須徹底執行。你可能認為聖王戰死沙場，就表示戰敗了。給我水。」溫索舔了舔乾燥的嘴唇，盯著自己的大腿，背部垂了下去。

英格雷瞥向那一疊包裹，看見一個軟軟的水袋，走過去拿來遞給他。溫索仰頭喝了一大口，完全不介意那上面的霉味。他嘆口氣，用一隻手撐著自己，彷彿說故事的負累壓得支撐不住自己。

「聖王掌旗手的職責之一，就是在主君死後，與主君的君權法力結契，然後轉交給下一任推選出來的聖王。如此，神聖的野林法力才能一代代流傳下來，直到……現在。」

「鹿棘大人——剛過逝的聖王——他前天崩逝時，身邊沒有掌旗手。」英格雷突然說：「這是您的安排？」

「是，是我數個必要但不完全的安排之一，」溫索低語：「若空位期那麼容易出現，那麼之前早已發生數次了。或者說，是設計吧。」

他皺皺臉，深吸一口氣續道：「聖王的掌旗手，因為傳統，以及其特殊的職責，需要幾個特質。他——或者她——」他瞥向法拉的眼神，變得銳利。「通常必須是出身同一個氏族，血緣親近，但不一定是王室血脈。聖王親自挑選，由王室獸巫進行結契儀式——若聖王本身就是獸巫也可以——並在氏族大會中，接受獸魂戰士的擁戴。而現在我們三個，就可以進行一個小小的結契儀式，雖然無法進行任職典禮。任職典禮不是以歌唱的形式呈現，而是在靜默中進行。古野林最後一位聖王掌旗手，應該與她的主君並騎。」他瞥向法拉的目光，陰鬱中帶著嘲諷。

法拉咬牙想說話，但溫索抬手阻止了她；他的唇蠕動，無聲地說著異語。這次，英格雷清楚感應到，詛咒像口套一樣纏繞住法拉，並在法拉的恐懼和憤怒加持下，在她身上打了一個結。她的嘴唇蠕動，閉闔，抿緊，然而她的眼睛在燃燒著怒火。

「為了什麼？」英格雷低語。馬河絕不會無緣無故跟他們說那麼多。現在回想起來，馬河早在數天前就開始訓練他了。

溫索蜷著背，猶豫著，隨後哀吟一聲把自己撐起來。他轉頭朝陰暗處吐出一口血，血腥氣撲鼻而來。伯爵凝視著越來越濃的暮光，看著馬伕結束馬匹的照料工作，卑恭地朝他們走來。「我們必須升火，還有食物。我希望他們有預備足夠的食物。至於為了什麼……你很快就會親眼見識到了。」

「我應該抱著能活下來的期望嗎？」英格雷瞥向法拉。*我們兩個？*

溫索嘴角淡淡一彎。「你也許可以。」他走進飄著松香味的陰影中。

英格雷不確定對方這是在預告，或者是一種允許。

英格雷在破曉前被馬河喚醒，他朝篝火裡投入木柴，火焰熊熊燃燒。三人都穿著騎裝就寢，兩位馬伕似乎也是，他們會留下來拆棚清理，並將馬匹騎回家。因此英格雷和法拉只需要坐起來，穿上靴子，啃下不新鮮的麵包和起司，用手捧著溫熱的酒喝。

短腳馬身上掛著少量的行李：一天份的食物被裝在鞍囊中，其中包括計算過的馬糧，但大部分的衣物和儀式用品主要是給法拉的，都被拉了出來；就是沒有鋪蓋和野營裝備。這暗示了什麼？英格雷不禁忐忑，但他沒有向被禁語中的法拉透露半個字。

森林冒出了昨晚夜裡的霧氣，水珠答答滴落下來，灰色光芒透了過來。英格雷協助法拉上馬時，她被濕冷的空氣冷得渾身打顫；她的黑馬馬鬃的中間部位拱起，四肢足底雪白。馬河安置旗杆的位置十分奇怪，就綁在馬蹬的蹬板下，他等於是踩著它騎馬。他跨上馬後揮手示意他們前行：就像他之前說過的那樣，沉默騎行。英格雷回頭望著那兩位馬伕。年長的那位站在原地看著他們，眼神透著擔憂；年輕的那位已爬回鋪蓋，取暖兼補眠。

馬河領著他們穿過一個隘口，小路變成了小徑，以及更偏僻的小徑。英格雷騎在最後面，時不時地躲開彈回來的樹枝。山徑越來越窄小，灰色的樹枝像指甲一樣擦過他的皮衣皮褲。馬蹄踩著落葉，時不時打滑；落葉之下，去年腐爛的黑色堆積物，飄散出潮濕的霉味。

天光漸漸明亮，迷霧越來越淡，山毛櫸的樹幹終於現形，好似之前都被濃霧緊緊地包住。淺藍色的碗形天空下，空氣越來越熱。咬人的黑蠅發現了騎士和坐騎，在黑蠅的騷擾下，馬匹時不時在起伏陡峭的山道上哀鳴、拱背蹤躍。馬河引領他們進入一座小山谷，但谷中只有一個出口，他們只能原路出谷。英格雷突然意識到，無論馬河曾經多麼熟悉這裡，它早已在風吹雨淋下今非昔比。那得是多長的一段時間……他們原路退出，爬上對面的山脊。

馬河緩慢地向前推進。幾個小時後，太陽移到了頭頂上，三人在一條清澈的小溪邊停下來休息，順便用餐和飲水。黃色落葉飄蕩在穿透進來的光束中，落在水面上，攪亂了鏡面似的池水。樹葉並未完全掉光，依舊會遮擋住他們的視線；馬河爬上一處制高點，探望了一段時間。無論他看到了什麼，顯然很是滿意，所以回來立刻命令他們上馬，繼續前行。

英格雷意識到，我們已進入伊佳妲的領土。他不確定他們何時進入了她的土地範圍，也許在野營那裡就已經是了。眼前的景色忽然間變得截然不同，差點讓他忘了黑蠅的侵擾。遼闊的土地平淡單調，若是當初夷平成為農地，它們會就像是尋常、小小的伯爵領地。結果，它們如今自然成長、起伏皺折成了峭石絕壁，狂野不羈；一股野性的美。沒錯，那就是伊佳妲。

他感受著她的缺席，那就像拔牙後，用舌頭不斷探索那個空洞，卻只感受到馬河熾烈的法力。即使現在身邊有人，孤單感卻越來越濃。這沉默無言的三人王室隊伍，給他的就是這種感覺。被神遺棄的。

太陽西斜，三人上行穿過了又一個隘口，轉向左行，來到一處山岬上。他們拉住馬，遙望出去。波浪狀的陡峭山脊，沿著一座寬約兩哩、長約四哩的山谷，環繞兩圈形成兩道天然城牆。谷底像湖面一樣地平坦。谷尾附近，他們的腳下鋪展開一片暗褐色的草地、發黃的蘆葦，和一塊半乾的沼澤。幾棵歪扭的橡樹像衛兵站崗一樣直立，再過去有一棵濃密的橡樹蜷伏著。即使半數以上的樹葉都掉光了，在夕陽照耀下，它的樹蔭仍然黑得穿不透似的。英格雷即便身處在高處，仍能嗅聞到一股悲痛的腐敗氣息，從橡樹群中升騰上來。

他沮喪地深吸一口氣，挪開目光，發現馬河正盯著他瞧。

「感受到了，是嗎？」馬河問，語氣帶著一絲輕快。

「對。」*對什麼？我感受到了什麼？*若他背上也長有毛髮，那所有的背毛必定全部豎起。

馬河下馬，解開了旗杆。他面無表情地注視妻子片刻；法拉圓睜著眼睛回視他，她的肩膀縮起，垂下了視線，顫抖著。馬河搖搖頭，神情似乎透著一絲厭惡，他走過去將旗杆交給英格雷。

「舉著它一陣子。我不希望它掉下來。」

英格雷的左馬蹬上，有個專放長矛的小小鐵杯。他立起旗杆，將杆尾插入鐵杯中，右手單握住馬韁，反正他的馬已經累到無法作怪。馬河跨上馬背，掉轉馬頭，打手勢示意兩人跟上。

他們之字形地穿過稀疏的森林，爬下了山岬。下到谷底後，英格雷強迫自己下馬，將旗杆交回給馬河。他拔出劍，對著人一樣高的尖利刺藤劈砍，從毒牙似的荊棘中砍出一條路來。彈回來的荊棘甚至刺穿了他的皮衣皮褲，又刺又刮地帶出了血滴。穿越荊棘叢、來到半乾的沼澤邊緣，馬河這才下馬，終於準備解開了他的戰旗。

乾脆的細繩在他刀下啪地彈開，激出一陣粉末，易碎的帆布旗面吱嘎地展開。一面褪了色的麻料旗面展開，家徽是一匹白馬在綠色草原上奔馳，草原下方有三條藍色波浪線；在逐漸消逝的日光中，更多的灰馬奔馳顯現灰色波浪線上的灰色草原中，最後畫面逐漸化成了霧氣。這次，他堅持要法拉掌旗。他低語了幾個字，英格雷沒聽清楚，卻感應到了，只見一道黑流在兩人之間冒了出來。無聲——被禁語——的法拉彷彿被人抱住般，背部一挺，下巴上揚，只是眼裡滿是恐懼。

馬河將自己的馬轠交給英格雷，然後拉住法拉黑馬的轡頭，拉著黑馬鑽進枯黃草叢中，奇怪地左彎右繞。英格雷明白了，只見他們踩著貌似實地的黑土地，沉重的馬蹄陷入危險的泥沼中。他小心地驅馬，尾隨伯爵的路線。日光的熱氣瀰漫，儘管沼澤飄散著濃濃的濕氣。樹林長長的斜影一吋吋地接近他們；他們進入了樹影中，空氣一下變得冰冷，呼氣都變成了白煙。

他們朝那棵最遠的橡樹走去，英格雷剎時覺得「受傷樹林」這名字的確名符其實。那棵巨大的古樹透著枯敗的氣息，仍然掛在乾枯枝幹上的樹葉，不是乾枯捲曲的棕色枯葉，而是發黑變形的軟塌葉片。樹幹和樹枝異常地盤繞糾結——像被擰絞過的破布——樹節上的樹瘤滲著黑色汁液。

一位戰士從樹裡走了出來——不是從樹下，也不是從樹旁或樹後，它彷彿穿透一層簾幕，從樹幹裡走了出來。它身上的皮盔甲因年代久遠而腐爛。戰士像是老人倚靠著拐杖一樣倚著長矛，矛柄飄掛著一片獸毛。它的金色鬍鬚沾著乾涸的血塊，一隻耳朵被砍掉了，盔甲上有斧頭劈砍的痕跡，而一隻被砍掉的手用破布繫在腰帶上。生鏽的頭盔上披著一塊獾皮，獾眼無神地望向前方，黑白交雜的毛髮披散在戰士的頸背上。戰士一一打量著面前的三個人。

英格雷這才意識到，他們剛才從沼澤走來時，似乎穿越了什麼，進入到另一個世界，因此才能看到幽魂；這裡的景物，與物質世界相吻合，卻又虛幻不實。法拉也看到了；她筆挺地僵在原地，面無表情，但眼角有微亮的淚珠滾落。英格雷不動聲色，以免引起馬河注意到她流淚，又像禁言一樣禁住她的淚水。

戰士挺直身子，抬臂用殘肢行教儀，碰觸額頭、嘴唇、腹臍、股間和心臟，只是不能張開手指貼在心口處。

「聖王陛下，您終於來了。」它對馬河說。它的聲音彷如在狂風中哀吟的樹枝。「我們等您好久了。」

馬河的面容好似一副木面具，但眼神深邃無底。

「我知道。」他深吸了一口氣。

23

那位哨兵撐著長矛，一瘸一拐地在前帶路。馬河繼續牽著法拉的馬。她緊抓著旗杆，軟軟的旗面在她顫抖的手下，以及馬匹前行的律動下，擺盪於令人窒息的暮光中。英格雷一手牽著馬河的馬，另一手握著馬韁，他不願兩手受到束縛，於是下馬放任兩匹馬自由行動。一放掉韁繩，牠們就立刻掉頭跑出樹蔭，又不敢跑得太遠，最後停頓下來，低頭啃著粗硬的沼澤野草。英格雷迴身，跟上聖王的掌旗手。

一行人進入樹林邊緣，更多的亡魂從樹裡冒出來。它們跟哨兵一樣肢離破碎、殘破不堪，甚至更慘；大部分都沒了腦袋，有的用髮辮將腦袋繫在腰帶上，有的夾在腋下，有的用繩子或破布綁著，掛在肩上；有些腦袋上還戴著頭盔。英格雷目瞪口呆地看著眼前的一幕，幾分鐘後才好不容易挪開目光去打量其他細節——它們的兵器、所屬的氏族，以及個人的特質。從我所選用的物件，就能知道我是什麼人。那些默然啜泣的腰帶、項鍊圈，以及毛皮、野獸的頭顱，那是它們渴望承繼力量、具有智慧的神聖動物。領子、佩帶、披風邊緣，以及繡紋臂章，到處都有褪色的線頭冒出來。這是我妻子、女兒、姊妹和母親為我縫製的。看看這繡功，看看這些纏繞的彩線；我是被愛過的。

高個子戰士朝英格雷蹭過來；它的頭顱在未被砍斷的脖子上晃著，沾滿黑色血塊。他肩上披著一塊厚厚的狼皮，不解地盯著英格雷瞧，那眼神彷彿英格雷是鬼魂，而它才是活人。它伸出一隻手，英格雷本能地想避開，卻又咬牙忍受亡魂的觸碰。那觸感，像是被一陣風輕拂過，英格雷感覺肌膚濕濕涼涼的。

其他披著狼皮的戰士都聚了過來，其中還有一名女子，灰髮、矮壯，殘破的連身裙裝飾著用獸毛搓捻而成的帶子；金色臂環上有一圈精緻的紅眼小狼頭。英格雷意識到：這些人之中，有我的祖先。而且不只是我的狼崖祖先，因為母輩的關係，他體內同時也流著十多種氏族的血。他像是闖進墳地的陌生人，手足無措；再一想到這些戰士鬼魂凝視他的眼神，帶著痴迷狂喜，好像祖父母們第一次看到突然出現的孫子。五神幫我，幫我，幫我……做什麼？

他震驚地眨眨眼，居然有幾個滿身是傷的黑髮男子加入陣容，它們穿著奧達爾時代達澤卡弓箭手的粗呢大衣。其他鬼魂似乎並不介意它們的存在，平等相處了四百年，軍人之間達成了和解。英格雷聽說，奧達爾將己方陣亡的將士們都被帶回國下葬，並未葬在這片被詛咒的土地，與人和神隔絕。不過當時戰事慘烈，又是在黑夜中開戰，難免會遺漏幾具屍體。

戰士跟隨君王旗幟飄盪著，像一群送葬者，像一條悲傷之河，也像在低聲懇求。

夜色降臨，碗形山谷一片漆黑，但天色依舊亮著微光；頭頂上的橡樹枝彼此交纏，好似變了形的黑色蜘蛛網。馬河的目標應該在樹林中心，但他並未筆直穿過去，似乎在尋找什麼。一聲輕呼「啊」地告訴英格雷，他找到了。頭頂上的樹枝越來越稀疏，最後完全消失。他來到一塊長形的矮土墩前，土墩上方沒有任何樹木生長。馬河在土墩邊停下腳步，把法拉拉下馬，攙扶她踏上邊坡，將旗杆插在她腳邊。

她的黑馬緊張地側身退開，穿過樹林而去，並小心翼翼避開了所有聚集的好奇亡魂。現場亡魂的情緒不只是好奇，而是激動。他受到那股興奮激動的感染，血液也沸騰起來。越來越多亡魂聚過來，將他們團團包圍住，英格雷終於知道，四千名被斬殺的戰士是什麼樣的概念。他數了數人頭，再乘以批數，最後都忘了數到哪裡，索性放棄。剛才專心數數顯然也沒讓他得以將注意力集中在理智上。

馬河在土墩上跪了下來，撥開垂頭喪氣的野草，手指鑽進黑土中。「這就是我被埋葬的溝坑，」他似乎在回答英格雷。「我和許多戰士的。但我的血其實並沒有灑濺在聖樹這裡。對於這點，奧達爾十分小心。現在該糾正一下了。」他撐著疲累的身子站起來。「一切都該糾正過來。」他的下巴朝不安的亡魂們揚去。

晚到的亡魂在鬼群外圍打轉，尋找空隙伸長脖子向內打探。鬼魂好似在交談，在跟英格雷說話，它們的聲音模糊空幻，感覺像是在水裡聽見岸上的人大喊或吵架。英格雷碰了碰右手的繃帶，如今只能算是一塊破布，包住正在復元中的傷口，以免又被撞裂。沒再流血了。還未再流血。英格雷艱難地清了清嗓子：「陛下，我們來這裡做什麼？」

馬河淡淡一笑。「做個了結，英格雷。你做好你該做的事，我的掌旗手做好她的，就這樣。了結它。」

「那您要不要說具體點，告訴我們該做什麼？」

「會的，」馬河嘆息。「是時候了。」他仰頭望著天空。「不能有太陽，不能有月亮和星星見證。必須是介於白天和黑夜之間的時段。有比現在更適合的嗎？耗時數百年的準備，既漫長又痛苦，一旦上場後——嗯，就很簡單了，而且很快就結束。」他拔出腰間的小刀，就是他用來割斷伊佳妲馬兒脖子的那把。英格雷全神戒備。無論有沒有君權法力存在，只要馬河想傷害法拉，英格雷必定得……他想抬手握住劍柄，但手沉重得抬不起來，不聽指揮；他被控制住了，一時不知道該怎麼辦，心跳加快。

但馬河只是將刀柄放到法拉垂下的手裡，然後將旗杆更往泥土裡插，讓旗杆筆直立起。「此步驟，最好跪下執行。」馬河若有所思。「女人都比較無力。」

他轉向英格雷。「法拉——」他的下巴朝妻子揚去，公主瞪大眼睛回視他。「——要幫我割開喉嚨。她是我的掌旗手，會暫時把我的君權法力和靈魂收攏在這裡。所以你只有很短的時間，為我淨化馬魂。若你失敗了，你將經歷前所未有的恐懼，成為我的繼承人。到時會發生什麼，即便是我，也無法預測。

但我十分確定絕不會是好事，而且會永永遠遠持續下去。所以，千萬別失敗，我的王室獸巫。」

英格雷耳中轟鳴，胃翻攪起來。「您可以不用死。您說過，詛咒能將您收留在這個世界。」

「順著這個思路想下去，英格雷。這些樹，以及聖樹的生命，都與我戰士的亡魂結繫在一起，並支持它們留在凡間。這些——」他指著大片聚集的靈魂。「——又構成我的君權法力，並將它們與我結繫在一起。我的馬魂——」他碰觸心口。「——我身為獸巫的法力，將樹木和人結繫在一起。我記得我告訴過你，聖王是詛咒不敗的核心關鍵。切斷連結，這個圓就破了。這是你能碰觸的環結。」

而你不能？對……他不能。馬河被綁在自己的詛咒裡，就像一支被鎖在鑰匙盒裡的鑰匙。「所以，您一切的謀畫就為了這個？一場天衣無縫的自殺？」英格雷憤憤不平地說。他掙扎著，想掙脫肉體的束縛，卻只是抖了一下。

「你那麼說，也對。」

「為了安排這一場自殺，你殺了多少人？」就像你設計我去殺害伊佳妲？

「不如你想得那麼多。他們都死於自己的因果中。」馬河撇撇嘴。「而且，我會不惜一切代價，重頭再來一遍又一遍，死亡人數也會不斷增加，直到我抓到正確的方向。」

英格雷動搖了。「這麼做會破除詛咒。」

「詛咒是一體的。對。」

「這些亡魂會變成什麼？」英格雷指著鬼群——「它們也會回到神手中嗎？」

「神？英格雷，這裡跟神一點關係也沒有。」

沒錯。會不會就是這個原因，他才覺得這片土地令人毛骨悚然？詛咒交纏的關係、這位不神聖的聖王，都將神隔絕在外。而且，顯然持續了數百年。他漸漸將宿主變成了他的人質，他與神的對奕，也因此陷入僵局。

馬河壓著法拉跪下去，他跟著也跪在她面前，轉頭看著別的地方。他拉起法拉拿刀的手，從右肩繞過去，還在法拉白皙的指節上印上一吻。回憶湧現，英格雷想起他的小狼，在被他割斷喉嚨前也舔舐著他的耳朵。

破除這個糾結交纏的詛咒，為拖延百年的血地淨化，本質上似乎沒有罪，除了溫索的自殺。但這卻遭到五神的反對，英格雷之前一直想不出來為什麼。直到現在。

司祭說過，一旦脫離了苦難的人間，靈魂會像渴望愛人那般地渴望神，除了那些拒絕神、甘願踏上漫長的魂飛魄散之途的靈魂。神也渴望靈魂能回到祂們身邊。而馬河與獸魂戰士之間的這份自殺協議，只是馬河的一廂情願。即使他的堡壘垮了，他也會讓這些百年人質跟著他一起送命：一場永世的報復，亡魂再死一次，徹底與神隔絕。

「你會被隔絕？等等——你們全都會與神隔絕？」

「你問太多了。」

不夠多。英格雷突然又想到一個問題。伊佳妲說過，她給了這些亡魂半顆心臟。那半顆心臟必定就在這裡。無論她抵押了什麼在這裡，萬一這些戰士靈魂消散，她的靈魂會受到什麼樣的影響？一個女子單憑半顆心臟，還能活嗎？「等等，」英格雷說，隨即向內探找，用異語說：「**等等！**」

一道波動掃射出去，亡魂群震了一下。法拉抬眼，倒抽一口氣。

「你的意見太多了。」馬河說著，拉著法拉手裡的刀往自己喉嚨一劃。

鮮血隨著心跳噴湧了三次，馬河注視前方，面容鎮定。他張口嘆了一口氣，往前癱倒。法拉抓住倒向馬河的旗杆，嘴唇蠕動，無聲地哭了出來。

靈魂世界從物質世界剝離了，不再重疊在一起。英格雷發現他的視覺，又像紅壩鎮時一樣，出現了兩種影像——溫索的肉體趴在土墩上，法拉無力地俯身看著他，手裡的刀已經落在地上。但土墩之上，升起了……

一匹黑馬，像煤炭一樣黑，像暴風雨夜晚一樣地黑。它火紅的鼻孔歙動，馬鬃和馬尾一甩動，就冒出了橘色火星。它每扒抓著土墩一次，蹄印就現出一個火圈，隨即褪去。馬背上，一個男子的黑影跨坐著，黑影的雙腿化成了肋骨，融合在一起。

這個野蠻的古老魔法，與波列索體內簡單交雜在一起的獸園，完全是兩回事。我不知道該怎麼做！這個地方，不會有神與我同在。他的腹部激動地鼓盪，放出驚恐的咆哮，隨後又轉化成勇於面對的低吼。他從僵住的肉體中跳出來，驚奇地發現自己四肢趴著，利爪扒抓著泥土。上次他完全變身後，充其量只是人狼的混合體，只有狼的一半能力。

黑馬噴著氣，英格雷收回黑唇長顎，再往前一放，齜牙咧嘴地嗥回去。他伸出舌頭品嚐著空氣中難聞的嘶嘶聲，那好像燒著的腐臭頭髮。他甩甩頭，唾沫從利牙縫隙潑濺出來。

黑馬走下土墩，繞著他打轉，在地上留下稍縱即逝的火圈。

若我輸了這場戰鬥，回來我肉體的，就不會再是我了。而是換了肉體後的馬河。有這樣的退路，難怪馬河有恃無恐地對他下咒，將他拉進目標的核心。英格雷此番不只是為了自己的生命搏鬥。

所以——

他也繞著黑馬打轉，低垂著頭，頸毛豎起，肉趾下是涼濕的黑土地。落葉窸窣，就像真實世界中的一樣，清晰的霉味刺激著他的鼻子。黑馬一個迴旋踢，後蹄朝他踹來。

英格雷低頭閃避，但太遲了；一隻馬蹄砰地踹中他身側，他哀鳴一聲，翻滾到一旁。一個幻象怎麼能夠不呼吸？他必須像拔劍搏鬥一樣，集中所有注意力，但這次他面對的是四蹄，而非一把劍。*要如何用牙齒咬死一匹馬？*他試著回想狗是如何撕咬的，以及狩獵進入高潮時的鬥野豬大賽。

拿出看家本領，盡己所能。

他拱背蓄集力量向馬腹撲去，歪頭以詭異地角度張嘴咬下——他在無毛的表面劃出一道長長的撕裂傷，在千鈞一髮之際躲開馬蹄報復性的踢踹。那——不是血——詭異的黑色膿水，燒灼著他的嘴巴，就像之前的紅色蔓鬚。而且更糟。他的嘴痛苦地冒著白沫。

亡魂圍成一個圈看熱鬧，彷彿正在觀賞一場鬥豬大賽。要賭哪一匹贏？為誰加油？而賭注不是它們的生命，而是靈魂，它們也沒有選擇。馬河一意孤行要與神隔絕，即便是神也無法介入、強迫他改變。而他卻想要操控這些亡魂服從他、也與神隔絕，就是罪大惡極。*伊佳妲必定會痛哭。*英格雷鬱悶地想著，一邊扭轉靈活的脖子，閃躲開黑馬的牙齒。*四蹄加上牙齒，我必須對付五個武器。*

*不妙。*他太小了，而黑馬太大了。野地裡的野狼遇到如此大型的獵物，會集體獵殺。*我要從哪裡找來更多的我？*沒有靈魂可以單獨存在於凡界，都需要……他看見自己僵立著的肉體，站在空地邊緣，兩腳無意識地顫抖。*蠢蛋，沒有用的另一個我。*背水一戰，要嘛全贏，要嘛全輸。那一定得全贏。

他從肉體汲取出所有的能量。那副空殼搖晃了下，癱倒在落葉堆上。空地上的一切都變成了慢速度，英格雷已然敏銳的感知如著火般爆發。他的狼身能同時感受到沉重的過往，以及飄忽的未來。*就是這種感覺，我以前經歷過同樣的狀態。*

他的體型瞬間漲大成馬的一半，嚇得黑馬往後一縮，但馬的動作非常非常緩慢，好似在油裡泅泳。他在腦海裡能悠哉地描繪出自己蹤躍的弧線。這汲取來的能量無法持續太久。*沒時間了，就是現在。*

他蹤身一撲，獠牙咬住了馬脖子，瘋狂甩動。他無法像狗咬甩兔子那樣甩動黑馬，但黑馬失去平衡摔倒了──有東西喀嚓一聲，某個東西噴了出來。周遭的亡魂像躲避髒水池噴濺出來的髒水，紛紛閃避。

他嘴裡的膿液靜止了，像冬天的冰塊融化成水，從嘴巴流了出來。他吐了一口唾沫，往後退。馬身化開了，變成一團土墩，再變成一灘水，彷若一桶翻倒的墨水滲進泥土裡。消失。

溫索從黑土墩上站了起來，用兩隻弓形腿站立著。他退成了人形，但他的臉……

「我慶幸，自己沒有使用那頭鹿，」他的一張嘴說著：「牠絕對應付不了這樣的場面，」另一張嘴嘻嘻一笑。「好狗兒，英格雷。」

英格雷退後嗥叫著。馬河整顆腦袋的臉蕩漾起來，像在河裡漂浮的屍體，上下起伏著。一張臉換成另一張臉，四百多年來的馬河伯爵刷刷閃過。年輕的，老的，生氣的，悲傷的；沒有鬍鬚的，蓄鬚的，有疤痕的；瘋狂的……少年的溫索閃過，他一臉的迷茫，無神的眼睛落在英格雷臉上，認出了他，眼神流露出哀求，但英格雷看不出來他在哀求什麼。

而肉體更是淒慘。一道道的傷口、傷疤，以及致命的開放性傷口，在變化的肌膚上起起伏伏，代表著這些馬河經歷過的所有致命性創傷。最令人驚心的是燒傷，大面積的暗紅傷口冒出流著膿的水泡，以及被燒焦的筋肉。焦肉的腥臭味飄過敏銳的狼鼻，他噴著氣，後退閃躲，像狗一樣哀嗚著，用腳掌搓揉著鼻子。真正的馬河現身了。這才是真正的馬河應有的樣子，藏在虛偽的和藹光滑面具下，冷淡、敏感、易怒。每一個小時，每一天，落日像捶米的木樁一樣，無止盡地捶落。

那雙眼睛最令人感到可怖。

英格雷警覺地沿著空地邊緣踱步，與土墩上的馬河聚集體保持距離，直到轉到自己癱倒的肉體邊。他的肉體比起周遭觀戰的無頭鬼魂更慘白，更像是具屍體。他用鼻子頂它，爪子扒抓它，焦急地哀嗚著，但它一動也不動。他還在呼吸嗎？他不知道。

他突然意識到，在狼身的狀態下，自己無法說話——因此也無法使用異語。他喪失了一個關鍵的有力武器。他還能回到肉體裡嗎？五神啊，如果不行呢？

馬河早算計到這一步了？現在狼魂和他大部分的靈魂移出，英格雷沉默的肉體只剩下空殼，就像一棟空屋，任何人都可以搬進去住。若馬河破除詛咒的計畫出錯了，他仍然可能有肉體繼承人，而現在，他已無所顧忌了。英格雷抬眼望著那個痛苦的東西，也就是馬河的真身。不，那不是馬河想要的結果，但若他真的為自己找到重頭再來的肉體……嗯，他的確做得到。從他沉默地打量著英格雷的眼神判斷，他已經知道了。英格雷不禁發抖，繼續扒抓著沒有反應的肉體。

樹林傳來馬蹄聲，和一聲馬的驚鳴。英格雷猛地轉身。馬魂復活了……？不是，那是真實的馬蹄聲和嘶鳴聲；他感受到馬蹄撞擊實地的震動，馬魂的馬蹄就沒有這種震動。馬蹄震動停下，在落葉堆中窸窣行走，又出現了更輕盈的腳步聲，直奔這裡而來。

亡魂紛紛讓出一條通道，許多甚至抬手、笨拙地行禮。它們的教儀做得七零八落，不知是在祝福或在哀求，尤其是額頭和嘴唇就掛在腰帶上，它們的手只碰觸了肚臍和股間，接著按到不再跳動的心口上。英格雷抬起狼頭嗅聞著，大膽推測。我認得那股令人愉悅的氣味，那就像陽光照在乾草上……

那東西穿過鬼魂讓出的通道，伊佳妲出現了。她穿著深棕色騎裝，外套上有著汗印，分叉的裙裝濺上了泥土，到處都有撕裂的痕跡，彷彿她剛從荊棘叢中狂奔而來。髮絲沾黏在通紅的臉上。她在不遠處停下，氣喘吁吁地爆出一聲驚呼，然後踉踉蹌蹌地走到英格雷躺倒的身體前方，整個人癱跪下去，面色刷白。

「不，喔，不……」她將他的肉身翻過來，捧起他的頭放到大腿上，痛苦地看著那失去氣息的面容和慘白的唇。「太遲了！」

她看不見我。英格雷意識到。她看不見我們任何一個。除了仍然癱坐在喉嚨被割斷的溫索身邊的法拉。伊佳妲驚駭地瞥了那對夫妻一眼，傷心地咬著下唇，又低頭看著英格雷的肉體。

「喔，我的愛……」她抬起他的臉，淚眼婆娑地吻上他。狼魂在她身邊挫敗地打轉，他要感受那溫存的唇，他要品嚐那甜美的呼吸。他慌張地扒抓著她的袖子，舔舐她的臉。

她倒抽一口氣，抬手摸著臉頰，四處張望。她感覺到了冷涼的液體嗎？就像英格雷之前被鬼魂觸摸時所感受到的？他舔舐著她的耳朵，伊佳妲哼了一聲，若是在別的情境下，那可以視為是她在笑；但她只是搔搔發癢的耳朵。她將英格雷的肉體放平，兩手撫摸著他——喔，如果我能感覺到她的撫摸——她蹙眉道：「英格雷，它們對你做了什麼……」他的肉體沒有任何傷口，也沒有斷骨，但包著繃帶的右手又浸滿了血，沾到血的皮上衣，滑滑濕濕的。伊佳妲的眉頭擰得更深了，她抓起他滿是血污的手放到胸口上。真希望能夠移動我的手指……「還是你對自己做了什麼？」她精明地又補上：「你是不是又幹了什麼有勇無謀的事？」她的目光再次落到溫索的屍體和法拉身上。

馬河輕哼一聲，英格雷飛轉過去，低嗥著。馬河的目光掃過伊佳妲時，神情又是嫌惡又是驚奇。「妳又不請自來了，女孩。」他可能是自言自語，也可能是在跟英格雷抱怨。伊佳妲壓根無法聽到他。

「還是如此地不識相，但妳不在乎別人的看法，對吧？那就嘗嘗被神背叛的滋味吧；我可嘗了好幾百年了。」

他轉身掃視著聚集的鬼魂。「全都在這裡了，」他深吸一口氣，目光變得疏離飄渺，全然地冷靜。「但不會太久了，我向你們保證，親愛的各位。」

但亡魂看著他的眼神，並沒有愛意或敬意，只有警戒和驚慌。它們變成了半透明狀，英格雷意識到它們已經開始化散了。剛遇害的人的靈魂，若沒有立刻穿過死亡的大門去到神那裡，就無法像波列索那樣，在喪禮上透過神的憑依而贖罪、脫離與神隔絕的狀態。但到了某個程度，與神的隔絕很快就不可逆轉，靈魂最後一次的拒絕後，註定了魂飛魄散。而在神的恩典下，已寬裕了這些鬼魂好幾百年，不只是幾日或幾個星期。現在，既然它們與受傷樹林的連結已解除，應該很快就會消散。幾個小時後？幾分鐘後？

伊佳妲緩緩地爬了起來，朝法拉走去，但欲忽然倒抽口氣，跪了下去。她的手碰了碰左胸，然後是額頭；她驚詫地張口閉口，說不出話來，隨後痛苦地抿緊雙唇。英格雷的哀吟加倍了。

鬼群又一次向兩旁退開，一個長手長腳的戰士向前走來。它繫著寬大的金腰帶，拿著矛尖旗杆，捲起的旗面是草綠、白、藍三色相間的條紋。它的頭顱掛在金腰帶上，以它自己的黃灰色髮辮綁著。頭顱上，泛灰的目光瞥到了馬河，認出他來，顯得吃了一驚，抬起手打算行禮，卻又半途打住最終放棄。馬河也注意到了。戰士在伊佳妲身旁跪下來，俯視著她，眼神擔憂，並且一隻手放到她的肩頭。

英格雷在兩人身邊上竄下跳，低頭平視著戰士的眼睛。戰士的目光帶著疑問，直接穿透了他向前望去。伊佳妲低垂著雙肩，無力地抓著英格雷出血的手；他的手滑了出來，她白皙的手按在那隻手的上方。

「噢。」她輕呼，眼睛睜得又大又黑，面色已蒼白到透著青色；英格雷舔舐著她的臉，但她仍一點反應也沒有。

英格雷退開抬眼一看，後腳人立起來，一隻前掌放到戰士肩膀上，平衡自己，然後嗅聞；戰士一僵，挺直身體支撐他。細長的柳葉形矛尖上，插著某個東西。是一顆跳動的心臟……不，是半顆心臟。但它的跳動正在減緩。

伊佳妲說過：它深深地躬身，並將我的心臟放到一塊石板上，拿著佩劍殘存下來的碎劍柄，將心臟切成兩半。其中一半，它鄭重地還給了我；另一半，它們高高舉起到軍旗頂端，又一次呼號。我聽不懂它們是在宣誓還是獻祭，或者祈求救贖……

全部三個。英格雷想著。全部三個。

他不知道在這片神祕土地上，他的行動能產生什麼效果。儘管他不能說話，但聲音必定也有力量。而他並非沒有力量。我戰勝了馬魂，它消失了。也許我能做的，比這能更多。馬河顯然以為英格雷已山窮水盡，他的任務結束，不再有利用價值。他也許打算把英格雷扔在這裡，任由錯置的肉體和靈魂在這裡消亡，同時鬼魂和它們的法力逐一消散，任由化身成狼魂的他，孤伶伶地死去。馬河的判斷並沒有錯。但我不是孤伶伶的。現在不是。她對我說過這句話，所以一定是真的。她從來不說謊言，只說真話。我怎麼會變成一個愛真話，甚於一切的人呢？

「我應該跟著你去嗎？」伊佳妲喃喃說，俯身將臉貼在英格雷肉身的胸口上。「我一直以為這具軀體能言善道。不！子神啊，這是您的季節，幫幫我們……」

這裡沒有神。

但英格雷在。再想想辦法，再試一試。也許那個亡魂首領在這裡也具有某種力量；畢竟，它拿著一面旗，那是古野林神聖的拯救象徵，也寄託了死者和亡靈的所有希望。英格雷哀鳴一聲，在戰士身旁繼續上竄下跳，用爪子扒抓它穿著靴子的腿，再坐下用長長的吻部重複蹭著掛在頭顱對側的破劍柄。這個鬼魂能理解他的哀求嗎？鬼魂扭腰轉過來看著他，花灰色的眉毛驚奇地一挑。它站起來，拔出破劍柄。對！就是這樣！英格雷蹭了蹭那隻手，然後轉身側咬自己一下。

鬼魂無法點頭，但鞠了個躬。它跪下，英格雷翻身仰躺，露著肚子，四足在空中滑稽地亂抓。只要能救她……尖柄刺進了他的胸口。

伊佳妲沒說過會痛！英格雷憋回痛呼，強行壓下一陣抽搐。亡魂的手伸進狼胸膛上的開口，再血淋淋地抽出來。柄刃劃過它掌心上滑溜溜的東西，然後往上拋出一個東西。血淋淋的拳頭放下，狼在它的手抽出時又恢復了呼吸，長長的劍傷也閉合起來。英格雷爬了起來，呈四足站姿。

高高的矛尖上，一整顆心臟跳動著，速度加快了。

伊佳妲倒抽口氣，坐直起來，眨眨眼四處張望。她的眼睛遇上英格雷的狼眼，驚訝地瞪得大大的——她認出了他！「你在這裡！」她左轉右看地，看著早已經聚了過來、激動的亡魂。「你們都在這裡！你！」她爬了起來，對掌旗手比了個教儀。「我一直在找你，首領大人，但我看不到你們。」

亡魂向她深深地鞠躬。伊佳妲的手探進英格雷的頸毛，搓揉著厚厚的毛髮。英格雷挺身蹭著她的手。她低頭看著他，他大大的狼頭就立在她的胸前。「你怎麼變成這樣？這裡出了什麼事？」她的目光巡視著空地，直到瞥見多臉的馬河。「噢，」她一凜，挺背打直。「所以這就是你的真身。你在我的領地上做什麼？」

馬河一副漠然，但最後一句話激怒了他。「妳的領地？這裡是聖樹！」

「我知道，」伊佳妲冷冷地說：「這裡是我繼承而來的領地。你早已經不是這裡的主人了，不是嗎？」

馬河聞言僵住了，喃喃說著：「沒錯，我們走了。唉，妳在這片領地上也高興不了太久了。」那張嘴邪邪一笑，英格雷嗥了一聲回應。伊佳妲在頸毛裡的手僵住。

「那這些呢？」伊佳妲抬眼看著金色腰帶的首領，再指著聚集過來的亡魂。

「我是它們最後一位真正的聖王。它們必須跟隨我。」

「跟著你魂飛魄散？」伊佳妲憤憤不平地質問：「難道要它們為你死兩次？你這個聖王是怎麼當的？」

「我沒欠妳什麼，沒必要向妳解釋。」

「但你欠它們太多了！」

馬河不能算是轉頭，因為他腦袋上，四面八方都是臉，但他的肩膀轉開了。「反正都結束了，早就結束了。」

「並沒有。」

馬河猛地轉回來，咆哮道：「它們會跟著我魂飛魄散，是神先背叛了我們，我們只是以牙還牙，以魂飛魄散報復回去。是祂們逼我的，妳阻止不了我。」

「我阻止不了……」她遲疑片刻，指著首領戰士倚靠著的旗杆。她抬起臉並指著土墩，溫索的肉體就癱在那裡，法拉跪著靜靜地看著一切。「你死了。死了，君權法力也隨之消散，一切都成空了。大家都是赤裸裸地，不分階級高低地回到神身邊，就跟我們出生時一樣。然後氏族開會，推選出新的聖王。」她環視著亡魂，質問：「不是嗎？」

亡魂群騷動起來。首領戰士看著它們，神情又是哀傷，又是欣慰。英格雷靈光一閃，這個人就是馬河聖王的第一個王室掌旗手，當年就伴隨著聖王死在血地中。他的屍體就被埋在這座土坑中，因為馬河說過，他的掌旗手被斬首後，被扔在他的上方。那個戰士不可能還活下來。而王室掌旗手應該保管君權法力，帶到聖王推選大會，交予下一任新王——但詛咒取代了掌旗手的職責，承接了君權法力，將法力帶到了現下這遙遠的未來。

「你死了，」伊佳妲重申：「現在就是古野林的最後一場氏族大會。它們可以推選另一個聖王，一個不會背叛它們、讓它們魂飛魄散的聖王。」

馬河輕哼一聲。「不會有另一個新王。」

騷動呈燎原之勢散開。首領戰士站了起來，向伊佳妲行禮，只見它的手一邊劃著小圈圈，一邊碰觸五個神部，唇角勾起微微一笑。它放開旗杆，朝伊佳妲扔去——

等等，我們活人碰觸不了這些鬼魂的東西，它們會像水一樣從指縫間滑落……

但伊佳妲的雙手確確實實抓住了旗杆，用力一揮。旗面啪地在她頭頂上展開，沒有帶動任何氣流——旗面上展露出狼崖的家徽：一顆齜牙咧嘴、黑紅相間的狼頭。

英格雷眨眨眼——是用他肉體的眼睛——又動動腳，愣了一下。他回到了肉身裡，感覺好神奇。他深吸一口氣。狼魂不見了……不對。他抓著心口。狼魂就在這裡。在血脈中開心地躍動。還有……有一條線從他和馬河之間貫穿：那條馬河施術、在英格雷和伊佳妲之間創造的波流破除了，又彈回到他的君權法力上。緊繃的張力沿著那條線前後回彈，越來越強。兩人之間的拉力巨大，情勢一觸及發。

馬河伸手拽起法拉，抓著她的兩手合握著他的旗杆。「拿好！」法拉惶恐地瞪著他，死命握住旗杆。旗杆立在埋著死人和悲痛的土墩上，古老的君權法力空前浩大。

英格雷舔了舔唇，清清嗓子，汲取出異語：「**妳有什麼話要說，法拉？**」

他感受得到馬河禁語的詛咒，從她的臉龐好似彈簧般蹦開、彈進空氣中。法拉深吸一口氣。

馬河轉向她，溫索的臉第一次完整顯現。一隻手朝她伸去。「法拉……？」年輕的聲音顫抖著，「我的妻子……」

法拉彷彿被十字弓射中，往後一震。她痛苦地閉上眼睛，又睜眼，目光掃過伊佳妲、英格雷，以及面前的鬼魂。「我一直努力成為你的妻子，」她喃喃說：「而你從未努力成為我的丈夫。」

她將旗杆放到地上，灰色旗面化成了一灘光滑的水。她往乾燥的木杆上一踏，喀嚓一聲——木杆斷成了兩段。

24

馬河後退一步。半數以上的臉氣得扭曲，其他的臉則流露出意料之外的順從、厭惡和自我厭惡；其中一張悲傷的臉看不出年紀，透著長年的堅忍。馬河兩手癱垂在身體兩側，他和英格雷之間的薄幕彷彿花火一般消逝了。那雙痛苦的眼睛瞪著英格雷，所有的臉龐融化成一副既仇恨又悲憫的神情。

英格雷抓住伊佳妲的旗杆，以免自己摔倒。馬河強大的君權法力所加諸於英格雷的壓力並沒有消失，但的確在瓦解中，彷彿從四面八方湧洩過來，而不只是一個方向。突然間，一切靜止。片刻後，向內湧洩的法力潮流轉向了，開始向外狂洩。他忽然感到這漫長數小時以來所有的擔心恐懼，一瞬間分崩離析，他震驚得無法置信。

「你們會發現，」馬河輕呼：「神聖的君權法力從內部來看，並不太一樣。因此，我的報復會加倍。所以魂飛魄散後……仍然是我的。」他的聲音褪去，變成了一聲嘆息。

站在自己墓地上的馬河，好似水中的一具屍體，越飄越遠，無聲無息。他的兩大主幹法力——馬魂和君權法力——皆被拔去後，他弱化成鬼魂的一員，只有那副可怕的多臉面孔，濃縮了他曾經的過往。對，他本來就是血地的亡魂之一，死於這塊神聖卻又遭到詛咒的土地；他不會再有更多的生命了，但也不會減少。

而我呢？我又變成了什麼？

他感覺得到那股神祕的君權法力，在他體內安定下來，遍布全身。他並沒感受到那股法力為自己帶來了榮耀和力量而充實飽滿，只感覺全身的血液被抽出體外。

伊佳妲和法拉瞪著他，兩個人都目瞪口呆，眼神透著之前馬河對法拉所激起的肉慾。被兩個女人痴迷地看著，男人應該都會洋洋得意，但他只覺得她們想把他生吞活剝。

不，不是伊佳妲和法拉——是，她們也有份——是周遭的鬼魂令他警覺起來。它們神魂顛倒地向他聚集過來、伸手觸摸他，涼涼的液體輕拂著他，帶走了他肌膚的溫度。它們一個比一個迫切，甚至爬上其他鬼魂身上，密密地將他包圍。就像一群飢餓的乞丐。

在物質世界，所有的靈魂都需要附身於有形物質，無法單獨存在。這古老的教義在他腦海裡迴響。四千多個被詛咒糾纏的靈魂，聚在血地之上，但血地再也無法供養它們。它們現在全都……與他連繫在一起了。

「伊佳妲……」他的聲音帶著哀求：「我承擔不了它們全部，我承受不了！」

他越來越冷。他像溺水的人般地伸手，抓住伊佳妲伸出來的手；生命的溫度，她的溫暖，瞬間流向他全身。但她倒抽一口氣，也感受到鬼魂永不滿足的飢餓。它們會把我們撕成碎片，榨乾我們。等到伊佳妲也被觸碰得全身冰涼，再也供給不了他溫暖，他和伊佳妲凍僵的屍體只能留在這裡，在夜霧翻騰中成為這裡的一份子。而被困在這裡的所有靈魂也將魂飛魄散，化成充滿背叛和絕望的怨氣。

「伊佳妲……！放手！」他想抽回手。

「絕不！」她抓得更緊了。

「放開！帶著法拉快逃，逃出這裡，回到沼澤，快！不然鬼魂會把我們兩個都吞噬！」

「不是的，英格雷！事情不是這樣的！你必須為它們淨化，就像你對波列索做的，它們才能回到神身邊！你可以的，這是你的天賦使命，我發誓！」

「我做不到！太多了，我承擔不了，而且這裡沒有神！」

「祂們已在大門前等待著！」

「什麼？」

「祂們等在荊棘門前，等著這片土地的主人允許祂們進來！奧達爾用詛咒封印了這片土地，馬河們為了洩私憤、為了報復，將神隔絕在外，但過去的聖王們都死了，新王誕生了。」

「我只是鬼魂的王，是死人的王。」我也快加入它們了。

「把你的領土向神敞開。祂們會以人形進入這片土地，但你必須允許祂們，邀請祂們進來。」他全身劇烈顫抖，伊佳妲看著湧入的鬼魂，顫抖地大喊著：「英格雷，快啊！」

他嚇得手足無措，連忙凝神擴大自己的感知。對，他感受到了黑暗中，這片凋零的領地邊界，谷底是一個不規則的圓，充斥著古老的哀愁和悲痛。再往更遠一點走，越過了沼澤，直到那片刺藤牆。現在他才意識到，他竟然早已在無意間，挑起了身為古野林最後一位活著的獸巫職責，就在他舉劍，在比人還高的荊棘叢中劈荊斬棘之時，早已為所有人劈開了一條路，劈開了血地的邊界。

被他劈開的大門外，一個複合的存在焦急地等待著，迫不及待地進入國王的盛宴。要如何允許祂們進入？似乎通常要唱讚美詩、歌頌祈願，還需要詩人、演奏人、學者、士兵和司祭。不過現下情況，祂們不會跟我計較的。就這樣吧。

「請進，」英格雷喃喃說，他的聲音沙啞，我可以再真誠一點。「請進！」

聲波好似劈開了夜空，百年多來的期待像漣漪掃過四千個鬼魂，好似一個大浪撞擊在快崩塌的海崖上。英格雷感覺自己的氣力好似大瀑布般傾瀉而出。躁動的鬼魂安定下來，神奇的希望榮光籠罩降下，踏碎了所有的絕望和飢餓。

似乎過了好久好久，一道人語聲穿透了黑樹林，穿透了淺淡的橘光而來。樹叢喀嚓一下，倒下；有人在低聲咒罵，另外有人正滔滔不絕地爭辯著，但被哈拉娜司祭清脆的叫喊打斷：「那裡，在那裡！奧斯文，左邊！」

英格雷看著那隊怪誕的騎士組合，跌跌撞撞地闖進了空地。奧斯文司祭騎著一匹跛著腳的馬，他的妻子坐在後面，一隻手摟著他的腰，另一隻手向他人揮動指示方向。後面，拜斯特王子騎坐在另一匹疲憊的馬上，目瞪口呆瞪著那群打轉的鬼魂。盧柯司祭、喬柯王子步行殿後，喬柯高舉著一支火把。盧柯的白袍上，一邊沾著泥土直到大腿處，到處都是汗漬、噴濺的泥土，狼狽不堪。

「哈拉娜！」伊佳妲開心地揮揮手，一副大事已了結的樣子。「快來！」

「妳一直知道他們會來？」英格雷問。

「我們是一起來的，趕了兩天的路。五神啊，我這輩子永遠忘不了這一趟旅程。拜斯特王子是我們的總指揮。我後來脫隊先跑了，因為心裡一直有個聲音催促我再快一點，我嚇壞了。」

盧柯司祭一瘸一拐走到英格雷面前，快速做了一個教儀。喬柯走在後面，氣喘吁吁，臉上掛著笑容，顯得有些瘋狂。英格雷推測他在大海上，若船遇到了暴風雨在大浪中翻騰，所有船員都抓著繩子驚恐尖叫時，他仍是這樣狂人般地笑著。

「啊！英哥里！」他開心地大叫，分別向左右的鬼魂行禮，一副它們是久未謀面的親戚。「這樣一個夜晚，很適合吟詩作對啊！」

「所以，你們都是神明在人世的容器了？」英格雷問盧柯：「你們現在都是聖徒了？」

「我一直都是聖徒，」盧柯氣喘吁吁地說：「若要我猜……」他掃視在空地上打轉的鬼魂，瞇眼看著英格雷。

奧斯文和哈拉娜下馬走了過來，互相攙扶穿過崎嶇的地面，又驚又懼地瞪著那些亡魂戰士，但對神學濃濃的好奇心仍然掛在臉上，也沒受到喬柯和鬼魂躁動的干擾。

「……若要我猜，奧斯文，」盧柯繼續他的話頭，轉而對正走過來的同僚說——英格雷察覺到一絲唇槍舌戰的火藥味。「我想，我們都是神指派來的喪儀聖獸。」

奧斯文似乎不太認同，但還是想了一想。哈拉娜咯咯笑著，她似乎有些興奮過了頭。

「英格雷必須淨化我的靈魂，」伊佳妲語氣堅定。「我早跟你們說了。」

英格雷推測，他們的這場辯論搞不好已經進行了兩天。神在這個世界沒有手，只有我們的手。手牽著下一隻手，再來又是下一隻……無限循環。

拜斯特看見王妹就坐在長土墩上，身旁癱躺溫索的屍體，連忙快步走了過去，蹲下扶起她。兄妹倆頭靠在一起，低聲交談。他扶起了顫抖的妹妹。她尚未哭出來。

「伊佳妲，」英格雷低語：「若要進行淨化，我們最好別再拖延了。」他環視著鬼魂，它們不再簇擁著打轉，都渴望地看著他。都把我當成它們進入神門的最後一絲希望了。「我要怎麼做……我要做什麼……」我該做什麼？

她兩手撐開狼頭旗，挺胸說道：「你是獸巫聖王，做你認為該做的事就行了。」她身旁的金色腰帶首領比了手勢附和。

四千個鬼魂，那麼多！從哪裡開始不重要了，做就對了。

英格雷緩緩轉身，目光落在那個披著狼皮的高個子戰士。他打手勢要那個鬼魂上前，目光穿透它蒼白的面孔。鬼魂微微一笑，爽快地點點頭，好似在鼓勵他似的，單膝跪在了英格雷面前，抓著他的左手，低下頭。英格雷有些醺醺然，伸出右手食指，食指上已有一絲鮮血從又裂開的傷口流下來；他在戰士額頭上一劃。鬼魂在他手指下感覺變成了實體，而不是之前那種液態感。他納悶，不知是否與他自己的狀態改變有關。

「**來**。」英格雷低語，而戰士的狼魂，已蒼老乾癟得只剩下一抹黑色污跡，從它指尖竄了出去。戰士起身，抬頭看著司祭們，朝奧斯文司祭伸出手。奧斯文焦慮地瞥了哈拉娜一眼，哈拉娜激動地點點頭，他伸出手握住鬼魂的手。狼魂戰士握住他的手，幸福一笑，便化散開來，消失無蹤。

「喔，」奧斯文輕呼，聲音在發抖，淚水盈眶。「喔，哈拉娜，我以前都不知道……」

「噓，」哈拉娜說：「沒事的。」她看著英格雷，好似他是神廟的一副名作，又是她最愛的孩子。

英格雷環視一圈，打手勢示意另一個戰士上前。男子跪下，滿是希望又尷尬地捧上它的頭顱。英格雷用沾著血的食指往額頭上一劃，好似用這凡間的最後一杯奠酒，釋放出這個鷹魂；鷹魂飛入夜空中消失了。戰士再次朝奧斯文伸出手，這次英格雷看見，在它化散之前，它又恢復了完體的樣子。看來，父神加速了你的旅程。

一個女亡魂上前，模樣年輕，拿著一面旗展開，上面是山貓湖（Lynxlakes）氏族齜牙咧嘴的山貓家徽。這個氏族因為子嗣凋零，於兩百多年前滅亡。英格雷牽起它的手，震驚地發現有另外兩個破碎的靈魂，從旗面依附到它身上。它的山貓魂悲傷又邋遢，而另外兩個獸魂太過殘破不堪，根本無法辨識，並且已奄奄一息。他在它額頭上劃了三道平行的血線，女鬼魂起身朝喬柯走去，喬柯見狀臉亮了起來，抬頭挺胸，牽起它的手印上一個吻，在它耳畔低語，然後它就消失了。英格雷發誓，他聽到一聲微弱的輕笑，一種突然釋懷的喜悅，迴盪在她消失後的空氣中。*喬柯，代表女神。春之女神是有名地慷慨大方，她賜予的恩賜十分豐盛。*

下一位是個瘦削的老人，它朝盧柯走去，盧柯在它消失後似乎陷入沉思中。*盧柯自然代表了災神。*

「拜斯特殿下，」英格雷輕聲喚他：「我需要您過來這裡。」*拜斯特自然代表了子神。*

「我今晚會很閒。」哈拉娜嘀咕道。她狡黠地朝土墩瞥去。「我去跟可憐的法拉坐一下，你們需要我再喚我一聲。我想她應該多的是時間。」

「謝謝，司祭。」英格雷說：「她經歷了很多殘暴的待遇，但在最後的關鍵時刻，她沒忘了自己公主的身分。」

拜斯特來到英格雷身側，警覺地看著他。他看著英格雷時的神情，既佩服又夾雜著一絲的複雜情緒。他挖苦地低聲問：「在這裡，我是不是要稱呼你陛下？」

「您沒必要那麼稱呼我，您只需要專注在任務上。法拉不會有事吧？」英格雷的下巴朝空地揚去，公主抱著自己，哀愁地看著哈拉娜在她身邊坐下。

「錫馬克和司祭們都等在外面，我提議要先送她過去他們那裡，但她拒絕了，說要親眼見證一切。」

「她的確有資格見證這一切。」她也是除了英格雷之外，唯一一個從頭到尾見識了馬河的惡行，從她父王過世開始……若他活了下來，她的見證很重要。*若他沒活下來，那她就更重要了。*

「我猜，這裡的大部分都將歸屬於您，」英格雷說，「古代聖王有兩項任務：帶領戰士上戰場，再把他們帶回家。馬河被自己的私欲蒙蔽，忽略了第二項職責。這些古野林戰士已完成了對它們聖王的效忠，但聖王對它們的職責卻沒完成。今晚會……」英格雷嘆息。「很漫長。」

拜斯特吞嚥，緩緩點頭。「你繼續吧。」

英格雷環視著憂慮的鬼魂，它們又向前擠來，英格雷抬高了音量大聲說——但應該不需要，因為血地封閉式的空間，他的聲音容易傳遞出去：「別怕，同胞們！我會看著你們一一回到神身邊，否則絕不停手。」

一個金鬍子年輕人跪了下去，它是一長排年輕人的第一位，這些年輕人很多都是肢體破碎，令人不忍卒睹。英格雷一個接著一個釋放了獸魂：野豬、熊、馬、狼、鹿、山貓、鷹和獾。拜斯特打量著經由他的手送走的鬼魂，彷彿從扭曲的鏡子裡看到了自己。

奧達爾大軍的精英部隊，花了兩天的時間才將這裡屠殺殆盡，英格雷不知該如何在一個晚上完成它們的淨化。但似乎有怪事發生了。他不確定這變化是如何產生的，是在他在全力搏殺中感知變敏銳了？或是神將祂們的時間挪了一些進來，平等地照護著這世界所有的靈魂。英格雷只知道，聖王欠每一個戰士一個尊重的注目禮，雖然不是他欠下的，但他有責任負責清還。他還真是馬河的繼承人。

他又不禁納悶了，不知哪一個會先結束，他的戰士或者他自己。也許同時結束吧。

那些達澤卡弓箭手穿過黑夜上前走來。英格雷困惑地看著它們，它們身上並沒有獸魂需要淨化，為什麼還被困在這裡？四百年前的一連串事件：破除詛咒、神的賜福、夜間偷襲、血祭，究竟是哪一件將它們禁錮在這裡？但英格雷依舊用血劃過它們的額頭，它們也用眼神道了謝，然後同樣將它們交給等待中的神。

戴著狼頭金臂環的狼崖女人，在英格雷的額頭上印上一個吻，以答謝他的血，隨後又縱容自己吻上了他的唇，然後才朝哈拉娜走去。女人冰冷的唇凍得英格雷用力抿嘴，但它的唇卻溫暖了起來，出現微微血色，好似擁有了一段快樂的回憶，於是他決定這算是一場公平的交易。

破曉前是最黑暗的時刻，星星和半月都藏在厚厚的雲層裡。他就要完成任務了。現在只剩下二十幾個亡魂，但它們卻將蒼白的臉背向神，拒絕了神。

英格雷轉向奧斯文。「司祭，我該拿這些怎麼辦？」他指著那些逃不掉，又不願走向他的鬼魂。

奧斯文深吸一口氣，像背誦一段舊課文似地無奈說：「雖然天堂會傷心流淚，但自由意願是崇高神聖的。上天賜予我們說是的權利，也賜予我們說不。一段強迫式的婚姻，不是婚姻，而是強取的罪行。神不會，也不能強取我們的靈魂；任何情況下，祂們都不會這麼做。就我所知是如此。」做學問嚴謹的他，補上最後一句。

這些也是陣亡於血地的戰士；我對它們一樣有責任，並無不同。英格雷解除異語，命令每一個不願受神接引的鬼魂上前，用血畫它們的額頭、釋放獸魂，然後放它們走。它們大部分都在走到樹林之前，就灰飛煙滅了。

剩下兩個了：戰士首領，它整夜都站在拿著狼崖旗幟的伊佳妲身邊；以及待在旁邊、今晚這一切的始作俑者——他曾經一次死在這片血地上。英格雷耗盡最後一絲力氣，逼迫馬河上前來面對他；兩人最後都累到跪下來。

這一個，完全是另一回事。馬河的馬魂已經離去，他的君權法力也被撤回，但累代的靈魂還在，一代代的馬河們仍然困在那具痛苦的肉體內，翻攪不安。英格雷試探性地，在大批靈魂中挑選了殘剩的溫索的靈魂，向它低語：「**來**。」提高音量，再一聲：「**來！**」面前的肉體顫抖起來，但沒有任何靈魂分離出來。英格雷納悶是否自己的方法有誤；若一開始就先處理馬河，當時他的體力尚在，是否就能化開馬河體內那被詛咒長年焊牢在一起的靈魂？又或者，這項任務根本就超出凡人法力之外？但他幾乎確定不是。幾乎。

幾位馬河們的面孔浮到表面來，渴望地望向神之門，也就是那五位怪誕的組合。那五位聖徒現在跟英格雷一樣精疲力盡，彼此倚靠在一起。馬河的其他面孔看著別的地方，冷傲的眼睛裡透著馬河的狠惡絕情、憤怒及苦痛。

「你們全體的共同渴望是什麼？」英格雷問它：「讓你們煙消雲散，並不在我的禮單選項中。你們的報復計畫——將其他靈魂與神隔絕，也已被我破壞了，因為那不是君權法力所賦予的權力，而是對戰士的背叛。那現在呢？若你們願意接受，我願意賜予你們憐憫寬容。」神會賜予你們源源不絕的憐憫寬容。

「憐憫寬容，」看向神之門的馬河們喃喃說。「憐憫寬容。」背向神之門的馬河們也喃喃說。四個字，涵蓋了態度對立且排外的鬼魂們，內心的真正渴望。以英格雷現在的體力和法力，能將這具分裂的鬼魂扭送到聖壇前嗎？他該不該試試？

這個晚上，時間為英格雷放慢了步伐，但依舊一點一點地消逝中。若破曉後，他還沒做下決定的話，會發生什麼事？若他任由命運自行做決定呢，答案會有什麼不一樣？若他在精疲力盡下判斷力不佳，隨便做了個決定呢？嗯，起碼他不是第一個這麼做的人或君王。他以前認為，對於一個君王來說，最恐怖的，就是在劣勢中率領軍士背水一戰，反擊所謂的不可能；但如今這個新冒出來的不可能，擴大了他的眼界。他瞪著馬河琢磨著。他必定曾經是個靈性超凡的人，因為儘管罪大惡極，神仍然要他。

他環視著周遭的見證者：三位神廟司祭，兩位王子，一位公主，以及兩個一死一活的聖王掌旗手。拜斯特稍早對他的聖王之位的嫉妒，現在已完全褪去。此時此刻即使是他，也不會想要這份君權法力。首領戰士則是面無表情地看著眼前這一切。

英格雷伸出傷口疼痛的手，擠出血，血流下他的手指，滴出一條厚實的線，將那具分裂成好多塊的靈魂圈起來。他對著霧氣迷濛的夜空，深吸一口氣。「憐憫寬容。」然後放馬河走。

彷彿從火葬柴堆升起了厚厚的濃煙，馬河緩緩蒸發了，靈霧化進了周遭飄渺的迷霧中。首領戰士閉上眼睛，好似關閉了視覺，就可以不用面對事實。英格雷確定，只有這個首領戰士能夠理解他的決擇——斟酌所有決擇後，所做出的決擇。空地陷入一片寂寥。

英格雷想站起來，但失敗了，他再試一次。他站了起來，雙手撐在膝頭上，頓時頭暈目眩。今晚的失血量並不足以要了他的命，但滴血畫圈，以及沾在皮衣上的血量仍舊可觀。看起來不多，但其實失血量並不少。終於，他挺直了起來，看著最後一個亡魂，以及仍然拿著狼頭旗幟的伊佳妲。旗杆尖端，一顆陰暗的心臟仍然跳動著。

他向首領戰士鞠躬。「我想跟你要求一個報酬，我的掌旗手大人。想請你再多留一些時間。」

首領戰士好奇地攤手，表示首肯。眼神似乎在說：我的時間都是您的了，陛下。

英格雷走上前，摟住伊佳妲的肩；伊佳妲疲憊地對他一笑，她濺上泥土的面容蒼白正猶如發著光。英格雷望向五人聖徒團。現在……「奧斯文司祭，哈拉娜司祭，能請兩位過來一下嗎？」

兩人對視，然後走了過去。「什麼事，英格雷？」哈拉娜問。

「請兩位各執一端，平行舉起，不用太高。」

兩人懵懵懂懂，有些猶豫地抓住旗杆兩端，似乎不確定握到的是否為實物，然後向兩旁分開。狼崖旗面展開，披掛下來，好似那匹大狼垂頭向下。

英格雷轉向伊佳妲。「握住我的手。」

伊佳妲有些不確定地碰觸他的右手，擔心碰到他的傷口，但英格雷用力握住她的手指，她也用力回握住他。英格雷帶著她，轉身面對那支平舉的旗杆。

「跟我一起跳過去，」英格雷說：「若妳願意跟我聯手，面對未來無數個類似今晚的夜晚；若妳願意成為我的情人，共度餘生的所有夜晚。」

「英格雷……」伊佳妲的目光透過散落下來的髮絲，不解地看著他。「你是在向我求婚？」

英格雷想說：算是吧。但又收了回來。就是。「對。妳應該嫁給一個君王，現在就是妳最好的機會。」奧斯文嚴肅的臉顯露光采，哈拉娜已是笑得闔不攏嘴。「未來，不可能找到比現在更好的見證人了：三位德高望重的神廟司祭，兩位王子，其中一位還是個詩人，絕對能在回到東尹家之前，將此刻寫成不朽的情詩——」

喬柯早已蹭了過來，聞言開心地點點頭。「啊，英哥里，好傢伙！是啊，伊佳妲，跳啊，跳啊。我美麗的布蕾卡一定喜歡這樣的婚禮，沒錯！」

「還有一位公主……」英格雷有些不確定，朝法拉微微躬身，法拉正陰鬱地坐在土墩邊；她的下巴猛地抽動了一下，但並未拒絕。「還有一個。」英格雷的下巴朝首領戰士揚去；英格雷不知道鬼魂也會迷茫，但這個鬼魂會意地一笑，它沒想到這支它百年來悍衛的家徽，竟然還有這樣一個用途，不禁欣喜。「如果妳想的話，我們稍後還可以再舉辦一場婚禮，」英格雷對伊佳妲說：「穿著像樣的服裝之類的。隨妳喜歡，只要新郎是我，都可以。」他想了一想又補上。

「情侶舉辦一場或兩場婚禮很常見。」奧斯文咕噥著，笑了起來。

英格雷張口想繼續說服她，但伊佳妲兩指按住他的唇。英格雷晃了一下，膝蓋發軟，伊佳妲仔細地打量著他。伊佳妲看看奧斯文，又看看哈拉娜，伸手按著旗杆降低高度；兩位司祭順從地彎身，降低旗杆的高度，好讓面色蒼白的聖王能夠一舉成功。

英格雷和伊佳妲彼此對望，手牽著手，跳了過去。

英格雷落地時晃了一下，他的頭暈暈的，但伊佳妲伸手撐住了他。兩人親吻，英格雷本想只是形式性地一吻，吻了就想退開，但伊佳妲兩手捧住他的臉，深深地吻住他。沒錯，英格雷感覺著她唇齒間的柔軟和溫暖。現下，只有這個能讓我生氣勃發。

兩人退開，彼此淺淺一笑。英格雷收起旗幟，而杆尖上跳動的心臟已經消失。但兩瓣半顆的心臟，是否已回到原主人的身上？又或者，兩瓣都一樣，哪一瓣回到誰身上並無差別？

首領戰士單膝跪下，解開金腰帶上的灰辮，捧高它的頭顱。英格雷也跪下，擠出血，塗抹在蹙起的額頭上。釋放出來的馬魂年邁又破敗不堪，但它卻飛快地飛走了。英格雷心想，這匹馬必定曾經是匹駿美的快馬。

恢復完體的首領戰士站了起來；它轉了轉肩膀，恭敬地向英格雷點頭。然後轉身，朝奧斯文司祭伸出的手而去，頭也不回地消失了。

真正的漆黑流進了英格雷眼睛，此時他才意識到，過去的幾個小時，他是以鬼光、超自然的眼力在視物。喬柯咕噥一聲，快步走去撥弄火堆，揚起縮小的火勢；那是他利用為春之女神收納信徒的空檔，為法拉而升的火。橘色火光跳躍在圍著它的各張疲倦面孔上。

英格雷倚靠著旗杆，拜斯特指著狼崖旗幟，好奇地問：「你打算如何處理它？」

什麼？他直起身子，看著旗幟有些為難。旗面在他手中好似實物，就跟馬河的旗幟一樣地真實。但它不是凡間之物，英格雷不確定能不能將它帶出受傷樹林之外，也不確定它在天亮後，還能不能存在。眼下已經有一道微弱的灰光，穿透樹林的迷霧射進來。拜斯特應該無法理解，他的這個聖王君權僅限於某個時空中才存在，否則拜斯特不會那麼緊張。

他不打算為了政治考量將旗幟獻給拜斯特。這是狼崖旗幟，不是鹿棘的，並且是這個夜晚……他爭取到的戰利品。

「在古野林時代，」英格雷說：「聖王的掌旗手在老王死去之後、新王誕生之前，負責掌管旗幟。」現在我知道為什麼了。「新王誕生了，旗幟上的法力解除，並在已故聖王的火葬堆上燒毀，若形勢允許火葬的話。」若形勢不允許的話，有人會想盡辦法製造一場。他茫然地環視一圈。「伊佳妲，我們必須淨化這片土地，用火吧。而且要快。」

「在太陽升起前？」她問。

「應該是。」

「你應該很清楚，對吧。」

「沒錯。」

她也環視一圈。「我繼父的護林人說，這些樹染病了。他那時候就想燒了它們，但我不允許。」

「妳願意讓我燒掉它們嗎？」

「這是你的國土。」

「只有在破曉前是。明天就又是妳的了。」英格雷瞥了拜斯特一眼，確定他是否接受到了暗示。

「也許那麼做才對，」伊佳妲嘆息。「也許是必要的，也許是……時候到了。嗯，」她抿了抿唇。

「那溫索的屍體怎麼辦？」

盧柯司祭不安地說：「我不認為，我們現在有餘裕將它運出去。我們的坐騎已精疲力盡，又需要載我們回到大路上。之後再派人回來運它出去吧。我們可以先幫它蓋個石堆，保護它不受鳥獸侵犯？」

「最後一位馬河聖王，從未接受過他的戰士為他舉行的火葬，」英格雷說：「這裡所有陣亡的戰士都是，除了幾位被困在著火營房中的戰士。我不知道將戰士掩埋在土坑中，是奧達爾自己自創的神學，或是他的法力詛咒的一部分，或是為了軍事效率。我越熟悉血地，就越感覺從沒人真正了解這裡，連在古代時也是如此。現在時間不多了，也是最後的機會，我們必須燒了樹林。」為了溫索。也為了所有亡魂。

伊佳妲舔濕一隻手指，舉高。「現在吹的是東風，微風。就算不下雨，燒林應該也不會出問題。」

英格雷點點頭。「拜斯特，請你帶法拉出去？誰要把馬帶出去？」

「我來！」哈拉娜興高采烈地說，一腳踩上土墩，把大家都嚇了一跳，除了奧斯文。只見她兩手往唇前抱圈，向四面八方大喊：「馬！馬！馬！」

奧斯文顯得無奈，但似乎一點也不意外。馬蹄聲踏著光禿土地而來，他們的幾匹馬拖著韁繩，激動地噴著氣，跑到她面前。英格雷向喬柯和盧柯點頭，兩人默默地走到空地邊緣，收集來更多的樹枝，堆在溫索屍體的四周。盧柯取走溫索的錢包、戒指，以及任何有遺產效用的物品。伊佳妲將馬河殘餘的旗幟，放在柴堆上。哈拉娜協助新寡的公主上馬。一群人三三兩兩地朝霧氣迷濛的沼澤走去，法拉頭回也沒回過一次。

拜斯特掉轉馬頭，看著英格雷用樹枝擦火點燃。「你們兩個可以嗎？」

「是，」英格雷說：「去荊棘門那裡等我們。我們等等過去和你們會合。」

伊佳妲慎重地拿起旗幟，退開幾步，將黑紅旗面拿到火上點燃。她將旗杆遞給英格雷。英格雷兩手接過，閉上眼睛，往天空一拋。他張開眼睛，握住伊佳妲的手，拋開這一切，往外走去。

旗杆在空中旋轉幾圈，碎成上百個火片，雨點般落下。

「噢，」伊佳妲驚呼。「我們應該找個火把照路，找個乾樹枝……」

「我想不用。」英格雷拉著她朝拜斯特而去，拜斯特正目瞪口呆地仰望著火星。「是時候離開了。對，絕對是該離開了。」身後的樹林某處發出轟的一聲，有某種非常乾燥的東西迸出熊熊大火。「而且要快。」

拜斯特的馬儘管疲憊不堪、驚惶地跳躍，但王子仍然和他們走在一起，穿過歪扭的橡木群，朝沼澤而去。他看著英格雷和伊佳妲，似乎在琢磨著，若風向轉變，該拉誰上馬奪路逃命。幸運的是，微風並未轉向，而火苗的外竄速度跟步行一樣。他們在火勢蔓延開來前，走到了樹林外緣。

伊佳妲攙扶著英格雷走到了荊棘門前。拜斯特看見他已沒有力氣再走，下馬，將英格雷舉上馬背，然後牽著馬往外走。三個人在火光的照耀下，呈之字形爬上山壁。來到開闊的山岬上，與其他人會合，錫馬克、奧托風、柏南和荷橘，在那裡搭了一座臨時帳篷。

盧柯協助英格雷下馬。英格雷在破曉的冷涼空氣下，發抖得很厲害。盧柯拉起英格雷的手臂，搭在他肩膀上，扶著英格雷朝篝火走去，哈拉娜見狀，丟下法拉給荷橘照顧，連忙朝他們走來。英格雷聽見她暗罵了一聲見鬼災神！才知道自己的狀況很糟。

哈拉娜蹙眉，拿出療者的權威。「給他熱水和熱食，要快。」她指揮著柏南和奧斯文：「把這裡現有的毛毯和披風都拿來。」

英格雷快站不住了，在一副鞍墊上坐了下來。

「他是不是流了太多血？」伊佳妲擔憂地問哈拉娜。

哈拉娜避重就輕地說：「幫他保暖，再吃點熱食，他會沒事的。」

荷橘拿著她的皮箱過來了，英格雷沾著乾血的右手，又忍受了一次清洗和包紮，儘管傷口又癒合了，瘀青也逐漸褪去。其他人在他四周忙來忙去，準備食物、毛毯和生火。英格雷又累又暈，呼吸很淺，他的唇都凍僵了，手也抖到將杯裡的怪味藥草茶灑出，不過伊佳妲仍不斷幫他續杯，將能找到的食物都塞到他嘴裡。然後伊佳妲鑽到毛毯下，抱著他幫他取暖，對著他冰涼的手不斷呵氣。直到顫抖終止，他只感到非常非常疲累。

「你們怎麼會找到這裡來？」英格雷問坐在身旁的盧柯，盧柯不知道從哪個鞍囊挖出一塊乾果，與英格雷分享著。「我們一出了聖王寢殿就被馬河挾持，我想通風報信也做不到。」

「那晚，我剛好陪著哈拉娜去問訊伊佳妲。我們三個一直交談，但伊佳妲卻突然煩躁起來，堅持你必定出了大事。」

「我再也感應不到你，」伊佳妲插話：「我怕你被殺害了。」兩人貼靠在一起，伊佳妲緊緊摟住他。

「馬河偷走了我們的連結。」

「原來！」她輕呼。

盧柯聞言挑眉，但沒追問，而是繼續說下去：「伊佳妲貴女堅持要我們去查一查。哈拉娜也附和了，我就……決定不跟她們爭辯。蓋斯卡也決定不爭辯，至少他不想跟哈拉娜吵，不過身為監護的他，還是跟著我們出門。我們四個走到馬河府邸，門房說你去了王宮探訪聖王。我們走到王宮，在寢殿找到拜斯特殿下時，他說你們都回府了。我們確定那時走去王宮時，並沒遇到你們。哈拉娜突發奇想——她有時候會這樣——便帶著我們去伯爵的馬廄。」

「景象驚人吧。」英格雷說。

「你這樣說還算委婉了。拜斯特殿下知道王妹有頭痛的毛病，並不是特別擔心，直到到了馬廄。那時大家都十分著急，開始瘋狂找人。哈拉娜去找奧斯文和柏南，取來馬車，剛好喬柯王子在跟奧斯文談論帶司祭回小島的事——哈拉娜就把所有人都帶來了。一開始要跟這群怪異組合上路，我十分沒把握，但幸好有五神可以依靠。」盧柯嘆口氣。「起碼，喬柯沒帶他的冰熊同行。」

「難道他想？」英格雷不解地問。

「沒錯，」伊佳妲說：「但我說服他不要帶。他其實很貼心。」

英格雷選擇沉默以對。

盧柯繼續說：「也就是這個時候，我確定神站在我們這邊，你想想，帶頭冰熊出遠門，這實在太荒唐了吧。」他顫抖著。「法法必定需要坐在馬車中，儘管牠大到可以當坐騎。」他眨眨眼，似乎想到了什麼。「不知道……喬柯殿下這趟司祭之旅，是不是美麗的布蕾卡為了甩掉法法的計謀？因為她不想將來有頭熊睡在床腳邊。」

伊佳妲聞言眼睛發亮了，她咯咯笑著。「或者更慘，有頭熊睡在他們的床上。很可能喔。她聽起來像個意志堅定的女士。拜託，千萬別在喬柯面前提這件事。」

「想都不敢想，」盧柯嘻嘻笑著。「拜斯特找來黑特渥代理一切政務，黑特渥也扛得起這份重託。我們大約在你們三個上路後四小時，也沿著河往北追去。之後，沿途強行徵募神廟信使以及王室驛站的馬，並輪流在馬車裡休息，一直追到了獾橋。」

「你們走了大路直通這裡？」英格雷回想著地圖。「那樣可以省時間。我們轉向西行後，都走小路，應該是為了躲避眼線吧。」

「對。有了那麼多場的夢的支撐，我們已經很肯定，該去哪裡找你們。我一直不清楚那些夢的意義，現在我看見了。我們給馬車換了馬，甩掉王子殿下的侍衛；他們應該能追上我們，如果沒在伊佳妲的森林中迷路的話。」

伊佳妲若有所思。「有護林人帶領他們，他們會找到路的，也許是另一條路。」她望著山谷。「至少濃煙會把他們吸引過來。」

哈拉娜招手要伊佳妲過去，伊佳妲起身走了。英格雷伸了個懶腰，他的身體終於溫暖起來，儘管頭又泛起疼痛。他爬起來，走到山岬邊，望著烈焰熊熊的聖樹——血地——受傷樹林。都是我的國度。

他鬆開抓著毛毯的手，坐在毛毯上，雙臂抱膝，望著灰霧迷濛，黑煙濃濃的山谷。明亮的黃色火光，現在已減弱成紅色的火圈，火圈中只剩下黑色灰燼。火光打在遠方黑炭似的烏雲上，英格雷聽見連綿山峰傳來的隱隱雷聲，嗅聞到濃煙中帶著一絲絲雨水味。不知道大屠殺的翌晨，是否也是這樣的慘狀，聞起來是不是這種氣味；若奧達爾也曾經在這個山岬上駐足，是否會反思這一切的作為都與君王的職責相違背。

拜斯特走過來站在他身旁，雙臂交抱，跟著他一起遙望山谷。這位王子依舊介懷英格雷的聖王身分，有些隔閡，但英格雷還是伸出手邀請他。拜斯特在他身旁坐下，疲倦地嘆了口氣。

「你現在有什麼打算？」拜斯特問他。

「可以睡上一覺，我希望。睡到我們必須上路了為止。」

「我問的是未來。」

我知道。英格雷嘆息，唇角一彎。「此事之後，我應該想辦法在朝廷謀個高位，往上爬——」

他頓了一下，賣賣關子，讓拜斯特緊張。

「——娶個有錢的女繼承人，退隱到她的鄉下產業，過著平淡的家居生活。」他指著周遭的山嶺。

「平淡？在這片荒地？」

「嗯，她應該會找點事讓我做。」

「我對此不懷疑。」拜斯特笑了出來。

「如果她沒被吊死的話。」

拜斯特一凜，擺擺手。「這事絕不會發生。尤其是經歷了這些之後。若你不相信我和黑特渥，但奧斯文和盧柯絕不會袖手旁觀，他們總能說上幾句話。我們必定齊心尋求正義的伸張。還有……」他遲疑了，但像是有些羞愧。「……憐憫寬恕。」

「很好。」英格雷嘆息。

「謝謝你救了法拉的性命，而且不只一次。讓你成為她的狼護衛，真是做對了選擇。」

英格雷聳聳肩。「我只是盡我的職責，無論誰坐在這個位置上，都會這麼做。」

「不是誰都會像昨晚，你那般鞠躬盡瘁。」拜斯特盯著腳看。「現在，你若想要的更多——想坐上我父親的王座——應該沒人可以抗衡你。狼王。」而不是我。他蜷縮的肩膀似乎這麼說。

終於說到重點了。英格雷指著這一片山野。「我的國度兩哩寬，四哩長，其中的居民沒有一個是有呼吸的，而我的在位時間，從一日傍晚到隔日的黎明破曉。死亡給了我君權法力，而我最後也將權力交還了回去。所有君王都必須這麼做；您的父王也是。」雖然這不包括馬河，而這也是馬河的問題根本所在。「您也是，殿下，現在輪到您上場了。」

再深思一下，英格雷將他的國度漏算了一些。八平方哩，綿延了四百年——或更久，幾乎整個古野林的歷史，都濃縮在那個大屠殺夜晚，濃縮在這塊土地上，以至於後世產生了很大的誤解。這山谷的谷底就像湖水一樣，從表面看不出它的深度，但加上時間的維度，可以回溯到深遠的遠古——一路追溯下去，無止境。我的國度，比看起來的大得多。他決定把這些反思留給自己，免得拜斯特鑽牛角尖。他最後只說：「若我身上還殘留有君權法力，這一小塊國度就足夠它發揮了。」

拜斯特的肩膀明顯放鬆下來了，他的臉發亮，這一路拐彎抹角的試探和回答，明白表示狼大人對東尹家的政權並沒有野心。拜斯特遙望著地平線，也許在搜尋他的侍衛從某個隘口無功而返的跡象，然後他撿起幾顆石頭，若有所思地扔下岬邊。

「你老實跟我說一說，英格雷，」拜斯特突然問。他轉頭過來，第一次正眼看著英格雷。「究竟是什麼，使聖王之所以神聖？」

英格雷遲疑了許久，拜斯特失望地轉了回去時，他才脫口而出：「信仰。」拜斯特蹙眉，一臉的困惑。英格雷進一步說明：「堅守信仰。」

拜斯特無聲地「喔」了一聲，似乎心臟被某個尖物刺穿了。他沒吭聲地坐了回去，良久都沒再說話。一陣交心談話後，兩人坦然又沉默地坐著，下方閃耀的火光，爬遍了聖樹血地這塊拖延太久的火葬堆，燒盡這最後的不潔之地。

尾聲

英格雷在當天下午離開了伊佳妲的森林，他頭暈眼花地坐在馬鞍上，馬則由拜斯特的一位侍衛在前頭牽拉著。接下來的一個星期，他大部分都躺在獾橋，伊佳妲繼父家的床上。一旦他能正常的起床下地，不再發暈，他和伊佳妲結婚了——應該算是補辦婚禮——就在她繼父家的起居室中。到了夜晚，伊佳妲終於能名正言順地待在他養病的房間，與他雙宿雙飛。有些事情，是不需要下床就能搞定的。

拜斯特王子和侍從早已飛奔回東尹家，盡王子的職責；他被推選為聖王的消息，在婚禮的隔天抵達了。喬柯王子和奧托風多逗留了幾天，在為婚禮帶來熱鬧之後，在為獾橋鎮帶來驚天動地之後，兩人騎馬朝南而去，回到船上。

哈拉娜和兩位忠心的僕人，也是立刻啟程趕回沙特葉，回到孩子身邊，但奧斯文司祭和盧柯司祭都留下來，等著護送仍在監禁中的伊佳妲回到東尹家。即使有了他們兩人的說項，神廟和王宮法庭的審案步調仍然牛步前進，數日後才有了最終判決：自我防衛誤殺。奧斯文心機巧妙地將伊佳妲與法拉公主獸魂的特赦請願書，放在同一個案卷中，連請願辯詞也都一樣。無論背地裡他和盧柯司祭進行過多少場的爭辯或角力，結果都只能讓盧柯司祭苦笑以對。伊佳妲最終判決剛過沒多久，兩人的特赦就通過了。

法拉在王兄的保護下，過著深居淺出的寡婦生活。若是她的馬魂，限制住她獲得政治婚姻第二春的機會，她其實是喜大於悲。並且，她的頭痛毛病未曾再復發過。

英格雷不清楚盧柯和奧斯文是如何找到一位司祭交給喬柯的，但在喬柯王子離開的那天，他和伊佳妲下到碼頭去送行。年輕的司祭一臉緊張，一直緊抓著船的欄杆不放手，似乎擔心順河下行會暈船，但他的勇氣和決心，令人不得不佩服。大冰熊法法，在某人機智的安排下，送給了拜斯特聖王，慶祝他的登基；法法目前豢養在附近農場裡，有專屬的池溏可以盡情泅游。

大雪紛飛中，英格雷和伊佳妲策馬出了東尹家，馳乘在東南向大路上，朝餌河的山谷而去，同行的還有一位熟識——盧柯司祭。儘管天寒地凍，英格雷仍然帶頭狂奔。他可能已經太遲了，但他必須試試。他們抵達餌河和樺溪匯流點時，正好是冬至——父神的節日——這個巧合給了英格雷無限希望，他刻意將理智和司祭聖徒的建議，拋在腦後。

「這事有些荒唐，表弟。」狼崖的艾斯林（Islin）如此說，他就是現任樺林堡的堡主。「我在這裡住了十年，沒看過也沒聽過城堡裡有鬼。不過，我們當然歡迎你入住城堡抓鬼。」艾斯林不安地看著英格雷和他的兩個同伴，抬手打了一個哈欠。「等你們在又黑又冷的城堡中逛累了，有溫暖的羽毛床等著你們喔。我的床在呼喚我了，請恕我告退。」

「當然，」英格雷說，客氣地點了個頭。艾斯林回了一個禮，離開了大廳。

英格雷四處張望。銀燭檯上，兩根上好的蜂蠟蠟燭散放出溫暖的蜜色光芒，照耀著大廳；石壁爐內，有低低的爐火燃燒著，驅趕了些許的寒意。窗縫外，只有午夜的漆黑潛行，但樺溪的湍流聲，仍然隱隱地鑽了進來。那條溪的沿岸已結了冰，但尚未完全凍結住。大廳並沒什麼變化，與他和父親接受狼的獻祭的那天幾乎一模一樣，又……不太一樣。它比記憶中的小了一些，質樸了一些。一個石砌的大廳，怎麼可能變小呢？

伊佳妲擔憂地說：「晚餐時，你的堂兄似乎有所保留。會不會是我們的獸魂困擾了他？」

英格雷勾起唇角淡淡一笑。「也許有一點吧。但我覺得，他應該是在擔心我會不會利用現在的權勢，搶回他的繼承權吧。」艾斯林只比英格雷年長幾歲，三年前，從英格雷的叔叔那裡承襲了伯爵之位。

「你想嗎？」伊佳妲好奇地問。

英格雷蹙眉。「不，太多不好的回憶縈繞在這個地方；它們淹沒了美好的回憶，我寧願拋棄，除了一個。」

伊佳妲點頭，對盧柯說：「聖徒，您的神靈之眼看到了什麼？艾斯林說對了嗎？這裡沒有鬼魂？」

盧柯在下午抵達後，一直伴演著一位樸實謙卑，幾乎隱形的司祭，他搖了搖頭，微微一笑。「一棟如此古老、如此廣大，又長久有人居住的城堡裡，最起碼都有東西在此盤桓。你是獸巫，你感應到了什麼，英格雷？」

英格雷仰起頭，閉上眼睛，專注嗅聞。「我一直聞到一股古怪的潮濕氣味。但這裡的冬天本來就潮濕。」他張開眼睛。「伊佳妲？」

「我也不太確定，司祭？」

盧柯聳聳肩。「若神今晚憑依了我，附近的鬼魂都會被我身上的靈氣吸引過來，而不是任何咒語，而你們要明白這點；那是自然而然發生的。我會禱告祈求與神共享神靈之眼。神欠你們人情，英格雷、伊佳妲，若你們願意敞開心胸接納，祂們會償還的。你們讓自己安靜下來，我們等著看。」盧柯做了一個教儀，閉上眼睛，兩手輕輕環抱在身前。他進入了內觀狀態，嘴唇微動，開始了默禱。

英格雷努力撇開一切雜念、恐懼和渴望；但太難了，可能要十分程度的疲倦才能做得到。

終於盧柯張開了眼睛，向前一步，一聲不吭地吻了伊佳妲和英格雷的額頭。盧柯的嘴唇冰冷，但一種古怪的溫暖的親切感湧向英格雷。英格雷眨眨眼。

「噢！」伊佳妲興沖沖地環視著大廳。「司祭，是那個嗎？」她指了出去；英格雷看見一團霧影飄過，旋繞著朝盧柯而去，那感覺就像在結霜的月夜中，吐出的一口氣。

「是，」盧柯順著她的目光望過去。「妳不用怕它，應該要憐憫。那個靈魂與神隔絕已久，已逐漸消散，沒有任何能量。」

伊佳妲，一個在血地披荊斬棘、凱旋而歸的人，若說她怕鬼，就太小看她了。英格雷自己的恐懼在另一個層面。「司祭，它是我父親嗎？」

「你能感應到其他人的獸魂，那你感應到他的狼魂了嗎？」

「沒有。」英格雷坦承。

「那這個只是另一個飄蕩多年的孤魂野鬼。另一個逐漸死去的鬼魂。」盧柯做了個教儀，霧影退回到牆內。

「神為什麼賜予我們這些神靈之眼，假如沒東西可看？」英格雷說：「這沒道理。必定還有些什麼。」

盧柯環視著空蕩蕩的大廳。「我們巡行一遍城堡，看看會發生什麼。但英格雷——別抱太大的希望。血地的鬼魂有詛咒和該地的生靈，支撐它們留存了四百多年。英戛列夫大人，恐怕沒有這兩份幸運。」

「他有狼魂，」英格雷執拗地說：「應該能有所不同。」伊佳妲聽到他的口氣，握住他的手，捏了捏；兩人挽著手，往走廊的另一頭走去，與盧柯背道而去，三人打算趁神靈之眼靈力尚在，分頭巡行完畢整座城堡。

天寒地凍，入夜後的城堡即便是沒有鬼，也是又冷又濕，但英格雷卻發現自己的夜視力變得空前敏銳。兩人在走廊和各個房間漫步，伊佳妲抬手滑過牆壁。出了主堡，他們沿著內城牆環繞一圈；進入馬廄，因為馬匹的呼吸和體溫，廄內空氣還算溫暖。就在某處的陰影裡，伊佳妲低語：「看，又一個！」淺淡的霧影環繞著兩人，似乎有些焦慮，但隨即退散而去。

「那是……？」伊佳妲問。

「我想不是。它跟第一個一樣，是普通的鬼魂，身上沒有獸魂。我們往前走。」

兩人踩著雪，穿過狹窄的天井時，英格雷喃喃道：「我拖太久了。我應該早點來的。」

伊佳妲握住他的上臂，鼓勵地捏了捏。「不是。你以前不知道，就算知道了，你也還沒準備好，你的淨化能力還沒成熟。」

「但我知道我曾經有機會拯救，卻任由機會從手中溜走。我都不知道現在要怪誰，怪自己？怪叔叔？怪神廟？或神……？」

「那就誰也不怪。我父母都早逝，對，他們都去了神身邊，這令我很欣慰，但──我仍然有遺憾。死亡不是在苛責我們，我們也千萬別因為死亡而嚴苛自己。」

英格雷捏了捏她的手，低頭親吻月光下她的髮絲。

他們爬上城牆內側的樓梯，沿著崗哨往前走，來到河流上方的制高點，駐足瀏覽樺溪的陡峭河谷。滾滾黑水絲緞般，從峭壁之間穿過，沿著河岸噴水成冰。白雪覆蓋在山坡上，在西沉的月光中散放著微微的藍光；白雪覆蓋在光禿樹枝上，遠遠看去像是一筆筆的炭筆畫出的線條；黑漆漆的冷杉和冬青樹群拔高而起，白雪沾染不上，遠望而去，只剩一片陰森森的谷地。樺樹光禿的白色樹幹，在白雪和陰影交錯下，成功隱身。

兩人就那麼站著遙望，久久不去。伊佳妲儘管穿著羊毛衣裙，卻已經冷到發抖，英格雷像斗篷一般從後面環抱住她。她回頭感激地笑笑。你溫暖了我，我也溫暖了你，我的愛人……

英格雷感應到伊佳妲前面的鬼魂，她察覺到英格雷的身子一凜，立刻轉頭回去順著他的目光望出去。幾步之外，一道霧影在月光中飄蕩，它比其他的鬼魂更濃密、長長細細的，幾乎有一個男子的高度。霧影中，一道陰影盤旋，好似被霧氣籠罩的一團煙。

英格雷環著她的雙臂顫抖，他放開了她。「去找盧柯司祭過來，快！」

伊佳妲點點頭，快步離去。

英格雷默默地站著，大氣不敢喘一口，擔心它像其他霧影一樣消散而去。霧影的上下似乎有個人頭和人腳的模樣，但英格雷看不出五官。他想自行為霧影加上父親的五官，卻陰鬱地意識到，自己已記不清楚英戛列夫大人的模樣了。英格雷從沒特別留意父親的長相。是父親實際的陪伴，溫暖了他；父親低沉的聲音，當孩子的耳朵貼在他胸口上時，會感受到共振，就是這樣的聲音給了他安全感。

安全感的假象。我也快成為一個父親了，我無法提供孩子完美的安全感。能給的，只是安全感的假象。若我的孩子發現了，他們會原諒我嗎？

急匆匆的腳步聲踩著積雪而來，伊佳妲和司祭氣喘吁吁地爬上陡峭的階梯，爬到了制高點。盧柯上到頂端，目光越過英格雷，落在霧影身上。「英格雷，這是……？」

「我……」英格雷遲疑了。我想是吧。他的想法又變得堅定。「是，我確定它是。司祭，我該怎麼做？我有好多問題想問，但它沒有嘴巴可以說話。我不知道它究竟能不能聽到我說話。」

「你說得對。它能聽能回答的階段已過去了。你只能淨化它，放它走。獸巫不都是這麼做的嗎？」

「等它淨化了，冬之父神會接納它嗎？或者，它與神隔絕太久，已經無法逆轉？您能不能執行什麼儀式幫助它？」

「英格雷，它很久以前就有過自己的喪禮儀式。你只能做你能做的，也就是淨化。我能為它禱告，但它若真的飄蕩太久，殘存的靈魂不足以進入神的大門，即便是神，也無能為力。到那個地步，你只能放它走。」

「任由它魂飛魄散。」

「是。」

「就像馬河。」英格雷現在能理解了，馬河對於時間不可逆轉的憎恨。

「類似吧。」

「這有什麼意義？我能把四千個陌生的靈魂送到它們的神面前，但這第四千零一個、對我最重要的一個，我卻無能為力？」

「我不知道。」

「這就是神廟智慧能給出的答案？」

「這只是我的智慧能給出的答案，就我所知道的真理，能給出的答案。」

難道神廟智慧就像父親給的安全感一樣，也是個假象？一直是這樣？難道你希望盧柯說謊安慰你？英格雷無法穿透時間的薄紗，回到從前那無法再經歷的孩童時光；假若他能，他也不確定自己會不會做。伊佳妲上前，一隻手搭在他肩頭上，陪伴並安慰著他，幫助他接受事實。他任由自己沉浸在她體溫的陪伴下，然後拍拍她的手，向前走去。

英格雷從腰囊中翻找出一把小刀，是他為了此時此刻而在東尹家買的。細長的刀身折射出月光，一閃而逝。伊佳妲咬牙看著英格雷左手拿刀，往右手的食指一劃。他用力握拳，抬手來到霧影的頂部。血滴直接落到被踩亂了的積雪上，形成一個黑色小圈。

英格雷深吸一口氣，更用力地抓住小刀。盧柯連忙抓住他的上臂，阻止他再劃一刀，把傷口割得更深。

「別這樣，英格雷，」盧柯輕聲道：「一滴血不能淨化它，你就是用一桶血也不能。」

英格雷緩緩吐氣，盧柯這才鬆開他。他將小刀收回腰囊裡。血液裡殘存的君權法力，似乎在這裡起不了作用。*我試過了。*

他久久地望了最後一眼，不知該說什麼。*再會*，似乎有些譏諷的意味；*一路好走*，似乎會好一點。他在月光中抿了抿唇。

「我不知道您是怎麼想的，但您在這裡引發的事件已經結束了，而且結局完美。您的犧牲得到了回報，您並未白白犧牲。」他想補上*我原諒您*，想了一想最終放棄。愚昧，無知，都不是他想說的話。一會兒後，他只是說：「我愛您，父親。」又補上：「**來。**」

那團黑色的狼煙從霧影裡旋轉而出，經由他的手指離開了。

接著，霧影也緩緩化解消散，綻放出一絲淺藍色火花。

「神沒有讓它恢復原形。」英格雷低語。

「若神可以，祂一定會幫它恢復。」盧柯低語：「冬之父神也跟你一樣，會為這些無法挽回的靈魂而傷心哭泣。」

英格雷並沒有哭，只是在微微打顫。他感覺到神靈之眼的力量從肉眼褪去，恩賜回轉到神的手中了。伊佳妲來到他身邊，拿一條乾淨的亞麻布包裹他的手指。兩人互擁。

「嗯……」盧柯司祭對他們說：「都結束了。」他的聲音變得柔和。「你們不覺得冷嗎，要不要進屋去了，我的大人和女士？」

「等等就回去，」英格雷嘆息著：「樺溪的沉月，美得讓你凍到發抖都值得。」

「好，那我不囉唆了。」盧柯微微一笑，點頭告別，抓著外套縮成一團，掉頭朝階梯走去，小心地踩雪離開了。

英格雷繞到伊佳妲背後，下巴抵在她肩頭上，兩人默默地遙望著河谷。

「我知道你很遺憾，」片刻後，伊佳妲說：「我也很遺憾。」

「是，的確。但總比什麼也不做好，至少我知道它的結局。起碼我了結了一個心事，可以徹底放下了，不再回頭。」

「這裡是你童年時的家。」

「是，但我不再是小孩子了。」他更用力抱緊她，緊得她輕笑了聲。「我的家現在有了一個新名字，叫做伊佳妲。那才是我未來的家。」

她開心地笑了出來，吐出一道月光迷霧。

「更何況，」英格雷說：「獾橋的冬天比樺林溫暖，對吧？」

「在山谷裡，沒錯。如果你想念雪的話，高山上也是有足夠的降雪。」

「太好了。」

半晌後，英格雷說：「它似乎並不痛苦，也不苦惱心煩。我看見了我的命運，我不再害怕了。」

伊佳妲緩緩說：「我和法拉也是，只要你活得比我們長，幫我們淨化。」

「無論是妳先走，還是我先走，我都會很痛苦。」他將她的臉轉過來，憂心地看進她眼裡，月牙月色下，又大又黑的瞳孔周圍有圈淡淡的琥珀光環。「我祈求神明，讓我在妳之後離去，無人哀悼。我不知道要如何忍受沒有妳的日子。」

「英格雷，」她冰涼的手捧著他的臉，將他拉到面前。「一年前你能想到——更別提預見——你會成為現在的你，並且站在這裡？」

「想不到。」

「我也想不到。所以，我們也不會知道未來是什麼樣子。我們不知道的太多了，而知道的又太少，未來還是會發生令我們驚奇，或者措手不及的事。」

英格雷回想起，在奧克米德那晚突如其來的低潮，讓他差點割喉自殺。他仍然不清楚，那是馬河的詛咒，或只是自己的低潮。我會很想念這些往事的。「那四千個突如其來的鬼魂，它們可都是站在妳這邊啊，掌旗手。」

「那在這件事上，你也跟它們一樣認同我不就得了。」

「嗯。」午夜的淒涼陰鬱不再籠罩他了，他現在只想好好感受她羊毛衣所透出來的體溫。

伊佳妲繼續說：「我覺得，你將自己定義為最後一位獸巫還為時過早。你自己就能創造更多的獸魂。」

「我絕不讓別人重蹈我的覆轍，除非他們能找到出路。」

「沒錯。你覺得神廟會一直反對古森林法術嗎？如果他們有了新想法，要進行大變革呢？」

「那需要很多的沉思和獨特見解。其實我們都知道，老舊的思想和作法會造成很多問題。」

「神廟管束自己的巫師，不也還是出了錯。可憐的卡里爾就是個例子。但神廟處置完後，不也還是繼續運作下去。我們兩個現在也知道，哪些司祭具備了那許多的沉思和獨特見解。」

「哈。」英格雷瞇起的眼睛，透出一絲希望。

「你很自大啊，狼大人。」她捧著他的腦袋微微一搖。

「啊？又怎麼了，甜美的貓兒？」

「人都還沒出生，你怎麼可以說他們不會哀悼你的離去呢？你不能支配他們的心。」

「妳現在是在做預言嗎，我的夫人？」他輕聲問，但腹部一個顫慄傳來；他似乎聽到了異語。

她聳聳肩。「我們說好了，無論未來如何，我們一起面對，一起摸索。」

她的唇暖暖的，好似朝陽升起，趕走了月亮的冷寒。她用臉搓揉他的，滿足地嘆息，但又補上：「你的鼻子好冰，狼大人。你沒有毛茸茸的，我就當這算是健康的象徵。若我們想要有子嗣、成為無數子孫的先祖的話，我們最好回到你堂兄推薦的羽毛床上。」

他嘻嘻笑著，放開了她。「是，去床上吧，為了我們的後代！」

「我要用你的背來暖腳。」伊佳妲很現實地說。

英格雷假裝被她唬得喊了一聲，逗得她開懷大笑。她的笑聲，像漫長冬夜後必定來到的破曉，令他神清氣爽，心情絕佳。

兩人攬著彼此，走下積雪的階梯。

《五神傳說終部曲：神聖狩獵》完

特別收錄一：作者訪談（節錄）

◆「五神傳說」系列的靈感是怎麼來的？

這大概要溯及我過去二十年的寫作生涯，但我不打算在這裡贅述。在稱得上是靈感的構思之中，最早出現的片段是前面提過的西班牙宮廷史，那是我很久以前隨興跑去選修的某個歷史課；其次是一個不定性的人物，某個女公爵的祕書，是我和另一位作家朋友Patricia Wrede在玩字母遊戲時想出來的角色——於是，我把這樣一個人物放在那樣的背景環境中，他們就自己跑活了起來。

◆您為何決定把首部曲《王城闇影》的主角卡札里，設定成一個三十五歲的中年男人？一個閱歷廣泛的中年人，當過城主、守城官，甚至做過奴隸——讓這樣的角色成為故事的主人公，對您的劇情鋪陳有何影響？

我並不特別「決定」筆下人物如何在劇情中表現。當我構思劇情的時候，他們只是原原本本的出現在我的想像中，我對他們的描寫只是遵照原有的想像，或者順應劇情去勾勒其變化，因為角色的成長都取決於他們在故事中採取的行動。我頂多就是做些微調，因為他們很可能到後來才表現出我原先所不知的性格面。

當然，卡札里的形象確實有些歷史性的色彩：基於故事發生在中世紀的封建社會，而那個時期的歐洲歷史經常出現這樣的人物典型——博學多聞，躋身於中級臣屬，非出於王室家系，但作為王室成員的側近，為主君引領並打開與近代國家交流的大門。諸如英格蘭的沃辛漢爵士（以及年代比他早的樞機主教沃爾西），法國的樞機主教黎希留，西班牙的樞機主教西斯內羅斯，以及蘇格蘭的女王侍臣大衛．里裘等等，都是存在於史實中的人物；在這樣的人物背後，往往有著更傳奇而引人遐想的奇幻故事，耀眼的程度並不遜於年輕的王子公主。

對奇幻作家而言，年紀輕的角色特別有助於呈現故事中的世界觀，因為讀者可以隨著他們的稚嫩和好奇心一同去探觸架空設定的新事物。然而年長的角色能夠擁有更耐人尋味的心智，更複雜的思路——由於我是站在近似於第三人稱的立場來撰寫這個故事，透過書中人物本身的所知和見解去覺知一切，並不採取作者特有的上帝視角，這便讓我在「轉述故事」時擁有更大的揮灑空間了。

至於卡札里的戰俘經歷，其靈感也約略來自於西班牙作家塞凡提斯（譯註：小說《唐吉訶德》作者）本人的親身經驗。

◆您設定的五神信仰係依據四季的屬性來分配父、母、子、女的性別角色。您是如何想到的？在《王城闇影》中，聖徒巫米蓋對卡札里說「災神是五神中最弱的一個，卻肩負著制衡的任務」，您為何這樣設定？

這其中有許多因素。首先，我不想導入二元對立性，把世界和苦難變成非黑即白、非善即惡的邏輯。在小說中，過度簡化的邏輯是一種危險的錯誤，在我們的真實生活也是如此。聖神家族的設計可以避免這個結果，也不容易被既定的階級劃分給侷限住。（當然，由於人類對於階級劃分和過度簡化的思考實在太過著迷，所以我們也搞了一個四神信仰，聊以慰藉。）

「聖神家族」是個生物學上的設計，方便人們構思神明。我從生物學的角度做了大量思考，用以構成喬利昂的宗教信仰和魔法，而這其中有一個關鍵，那就是始祖神並不是造物神；眾神是世界的產物，是聚合而創生的結果，之後也隨著世界進化。

災神是第五神，有狡詐的形象，是混沌的掌控者，也是神學和這世界的槓桿，使二者流動而不僵化，也讓變革平緩發生，不至於必須打破某種靜態。

特別收錄二：作者專題介紹（節錄）

◆受父親啟蒙接觸科幻，生命經歷是創作基礎

其實，洛伊絲會踏上創作之路，一部分深受父親影響。她的父親羅伯（Robert Charles McMaster）是名科學家，曾任職於俄亥俄州大學，在學術界頗具盛名，而他也啟蒙了洛伊絲對科幻小說的興趣，不過另一方面，洛伊絲也曾談到，父親可算是一名偉人，「但人們常說當偉人的兒子有多難，卻不會談到，當偉人的女兒也很難。」

洛伊絲指出，儘管在不同家庭、不同人之間略有不同，然而，親子之間的心理影響是非常常見的事情，「我們不一定都有孩子，但我們都有某種類型的父母，也被父母寄予期望，不論是否禁得起檢驗。」

她認為，這些人際關係，是所有故事中真實人性的基礎，也是人們生命中的一部分，因此，當要在虛構寫作裡，讓角色真實觸及讀者或自己內心時，就必須要觸及寫作者的生命經歷。

從西元一九八六年以《Shards of Honor》初露頭角迄今，洛伊絲寫作已超過三十年，筆下不僅「五神傳說」系列，也包含「科西根宇宙」（Vorkosigan Saga）系列、「分擔小刀」（Sharing Knife）等相異世界觀的系列作品，橫跨科幻與奇幻領域，她認為奇幻與科幻作品能展現生命不同的存在形式，如她在科幻小說《Falling Free》裡，創造了一個的幻想種族，是從桃子、竹子等奇妙地方出生，「這些故事可以用來探索，何為生命的深層意義。」

◆從寫作掙錢，到故事躍然紙上

創造一個世界是勞神費力的工作，對此洛伊絲也幽默表示，「沒錯，所以他們才要付稿費給我，但美國國稅局也沒說，你不能享受你的工作。」

這般樂趣便是她的動力來源。其實，早在就讀中學時，洛伊絲便會創作小說自娛，但彼時她尚未將此當成生涯選項，直至成家以後迫於生計，才在作家好友的鼓勵下，走上職業作家這條路，「一開始的創作動力是經濟因素，我需要一份能掙錢的工作來養活小孩，而做一份別人覺得有趣的工作，能獲得樂趣與成就感。」

「這些年來，我在自己腦裡塞了大量的故事。」洛伊絲說，故事往往就從她腦裡不知何處蔓生而出，這些東西，來自於她所看過、閱讀、觀賞、完成或學習的所有事物，而她的大腦會自然而然地，從這些基底上產生出構想，再透過她擁有的文化基底，當成器皿承載這些想法，「所以除了賺錢，每當我的故事在思緒裡達到臨界點時，它們就會需要被完成，這似乎就是完成故事的動力。」

如此自由的做法，當然也需要相應的創作過程。洛伊絲指出，她的故事最初都是嘗試性的，接著再思考如何可以寫得更多，她不會先預計要多少篇幅、要出版幾集，儘管出版社都喜歡一次簽好幾本書的合約，但她逐漸發現，就算是開放式的合約，對她來說也是種負擔，因此她往往要到完成初稿才會簽約，不過她也談到，隨著科技進步，獨立電子出版成了她的救贖。

洛伊絲也就創作指出，她是同一時間只能寫一部作品的人，「我試過多工作業，接著全部都卡在一起，所以在去做其他事情之前，我會先完成一個寫作計畫，否則沒寫完就是沒寫完，這像試著在分娩過程中暫停一樣。」

◆獲獎紀錄僅次於海萊因，洛伊絲盼說自己的故事

自《王城闇影》在二〇〇一年問世後過了十七年，「五神傳說」系列在二〇一八年榮獲雨果獎最佳系列作，再往前一年，洛伊絲也以「科西根宇宙」系列摘下同一獎項，至此，她的總共抱回三座星雲獎、三座軌跡獎，以及七座雨果獎，得獎紀錄僅次於已故科幻大師海萊因（Robert Anson Heinlein）。

「系列作要得獎並不容易，因為系列要花很多年來完成故事與出版。」洛伊絲表示對此非常開心，而她一向認為，系列作品在形式與功能上都不同於小說，小說是短篇故事，與長篇系列在結構、發展性等面向上，都擁有各自不同的發展潛力。

對於被人們拿來與巨擘相提並論，洛伊絲則認為，人們把她與海萊因相較時，似乎只著重在得獎數字，「海萊因是比我還要早半個世紀、奠基科幻類型的寫作者，我無法達到這樣的成就，但我仍然可以寫我自己的故事。」

而在今年，洛伊絲也獲美國科幻和奇幻作家協會（SFWA）頒發大師獎，她形容，這是追隨著過去三十多位科幻大師的腳步，「而海萊因正是第一個，在一九七四年獲得首座大師獎的人。」

（以上完整的訪談及專題介紹文字，可至『Readmoo』及『風傳媒』的網站上搜尋）

◆若想知道更多作者的寫作近況，可至以下她在Goodreads的部落格查看：
https://www.goodreads.com/author/show/16094.Lois_McMaster_Bujold/blog
想對作者發問也可以到底下網址，她都會很用心地回覆：
https://www.goodreads.com/author/16094.Lois_McMaster_Bujold/questions

◆作者授權經營的官方網站：http://www.dendarii.com/

中英名詞對照表

A

acolyte　服事

Ajelo　阿杰羅

Alca　亞爾卡

Aldenna　阿爾丹娜

Alvian League　阿爾維安聯盟

ancestor's hall　先祖廳

Annaliss　安納莉絲

archdivine　大司祭

Archipelago　北方群島

Arhys dy Lutez
阿瑞司・路特茲

Arpan　阿爾潘

Arvol dy Lutez　阿爾沃・路特茲

Audar the Great　奧達爾大帝

aura　光暈

B

Badgerbridge　獾橋（城）

banner-carrier　掌旗手

Baocia　貝歐夏（領）

Bastard　災神

Bastard's Teeth
災神之牙（山區）

Beetim　畢廷

Behar　勃哈爾

Bergon　博剛

Bernan　柏南

Betriz dy Ferrej　碧翠・費瑞茲

Biast　拜斯特

Birchbeck　樺溪

Birchgrove　樺林（城）

blocks-and-dodges　攻防棋

Bloodfield　血地

Boar's Head　野豬岬（堡）

Boleso　波列索

Bonneret　彭爾瑞

Borasnen　波拉斯能（公國）

Brajar　跋薩（國）

Brauda　布洛達（準爵）

Breiga　布蕾卡

Byza　比薩

C

Cantons　康東／康東人

Cardegoss　卡蒂高司（都城）

Caria　開麗亞

Caribastos　凱里巴施托（領）

Casilchas　開瑟夏詩（鎮）

Castillar　城主（位階介於伯爵『earl』與男爵『baron』之間）

Castillara　女城主／城主夫人

Cattilara／Catti　凱提拉拉／凱提

Cazaril／Caz　卡札里／卡札

Cembuer　森柏爾

Chalion　喬利昂（國）

Chalion-Ibra　喬利昂與宜布拉聯合王國

Chalionese　喬利昂人

chancellor　輔政大臣／首輔

Chivar dy Cabon　席瓦・卡本

Clara　克拉拉

coughing fever　咳熱

Cumril　卡里爾

D

Dalus　達勒斯

Danni　達尼

Daris　達力士

Darthaca　達澤卡（國）

Darthacan　達澤卡人／語

Daughter of Spring 春之女神的別名

Daughter's Day 女神節日

death magic 死亡巫術／死亡咒術／死亡奇蹟

dedicat 終身奉侍

Demi 丹密

divine 司祭

Dondo dy Jironal 當度・濟若諾

E

Easthome 東尹家（都城）

F

Fafa 法法

Fara 法拉

Father of Winter 冬之父神

Feather／Featherwit 輕羽／輕愚

Fen folk 沼地人

Ferda dy Gura 佛達・古拉

Ferrej 費瑞茲（準爵）

finger-lily 指百合

Fritine 菲里汀

Five-fold sacred gesture 五神教禮

Foix dy Gura 佛伊・古拉

Fonsa／Fonsa the Wise／Fonsa the Fairly-Wise 方颯／賢王方颯／大賢王方颯（追謚）

Fox of Ibra 宜布拉之狐

G

(god-)touched （神靈）憑依

Golden General 金將軍

Goram dy Hixar 戈朗・西克薩

Gotorget 果陀山隘

Guarida 瓜瑞達（領）

H

Hallana 哈拉娜

hallow king 聖王

Hamavik　哈馬維克

Helmharbor　舵港

Hergi　荷橘

Heron　賀隆

Hetwar　黑特渥

Holy Family　聖神家族

Honorable Paginine
（榮者）帕格寧

Honorable Vrese
（榮者）甫瑞思

Huesta　輝斯塔（藩）

I

Ias／Ias the Good
埃阿士／良王埃阿士

Ibra　宜布拉（國）

Ibran　宜布拉人／語

Ijada dy Castos
伊佳妲・卡斯托斯

Ildar　伊額達爾（領）

Illvin dy Arbanos
頤爾文・阿巴諾

Ingalef　英戞列夫（伯爵）

Ingrey　英格雷

inner eye／sight（second sight）
神靈之眼

Isara　依莎拉

Iselle　依瑟

Islin　艾斯林

Ista　依絲塔

J

Jironal　濟若諾（藩）

Joen　玖恩

Joal　裘爾（準爵）

Jokol of Arfrastpekka
喬柯・阿福拉佩卡

Jokona　約寇那（公國）

K

Kasgut　卡硌（伯爵）

kin Badgerbank 獾岸家族

kin Boarford 野豬灘家族

kin Foxbriar 狐荊家族

kin Hawkmoors 鷹沼家族

kin Horseriver 馬河家族

kin Otterbine 獺藤家族

kin Stagthorne 鹿棘家族

kin Wolfcliff 狼崖家族

Kingstown 聖王鎮

L

Labran 拉布蘭（領）

Lady of Spring 春之女神

lay dedicat 在俗奉侍

Letters to the Young Royse dy Brajar《致年輕的跋薩王子》

Lewko 盧柯

Lion of Roknar 洛拿之獅

Liss 莉絲

Liviana 麗薇安納

lord dedicat 奉侍長

lord divine 司祭長

Low Ports 低港

Lupe dy Cazaril 盧培・卡札里

Lure 餌河

Lynxlakes 山貓湖

M

Maradi 瑪拉蒂（城）

Maraya 瑪拉雅

March 藩主（相當於侯爵『marquess』）

Marchess 女藩主／藩主夫人

Marda 瑪爾塔

Maroc 邁羅克（準爵）

Martou dy Jironal 馬圖・濟若諾

master of horse 司馬官

Mendenal 曼登諾

Middletown 中鎮

Mudpot 泥斑

N

Nan dy Vrit 南・弗瑞特

Naoza 拿歐撒（準爵）

Nij 尼吉

O

Oby 歐畢（要塞）

Odlin dy Cabon 厄德林・卡本

oil cake 油果雜糧糕

Olus 歐勒斯（親王）

ordainer 王位授命人

Order of the Bastard/Bastard's Order 災神紀律會

Order of the Daughter/Daughter's Order 女神紀律軍

Order of the Father/Father's Order 父神紀律會

Order of the Mother/Mother's Order 母神紀律會

Order of the Son/Son's Order 子神紀律軍

Ordol 歐爾鐸

Orico 歐瑞寇

Oswin 奧斯文

Ottovin 奧托風

Oxmeade 奧克米德（城）

P

paladin 護衛

Palli 帕立（侯爵）

Palliar 帕立亞（藩）

Palma 帕爾瑪

Pechma 派西馬

Pejar 皤賈爾

Porifors 波瑞佛（要塞）

Prince 親王

Princess 內親王

Provincar 領主（相當於公爵『duke』）

Provincara　女領主／領主夫人

Province　領／領地／領城

Q

Quadrene　四神信仰

Quintarian　五神信仰

R

Rauma　若麻（城）

Raven Range　渡鴉嶺

Red Dike　紅壩（鎮）

Reedmere　蘆葦蕩（城）

Rider Gesca　蓋斯卡（騎士）

Rider Ulkra　烏克拉（騎士）

Rigild　里吉德

Rinal　里諾

Rivermen's Temple　河人神廟

Rojeras　若哲拉斯

Roknar／Roknari Princedoms　洛拿／洛拿五大公國

Roknari　洛拿人／語

roya　大君

royina　女大君／大君后／太后

roya-consort　（女）大君配婿

royal　王國金幣

Royal Sealmaster　王室封印官

royina-consort　大君嫡后

royse　王子

royesse　王女

S

Saint　聖徒

Sanda　桑達（準爵）

Sara　莎拉

ser　準爵（相當於從男爵『baronet』）

sera　女準爵／準爵夫人

shaman　獸巫

skullsplitter　劈顱人

Snowflake　雪花

soldier-brother　奉侍兵

Sordso／Sordso the Sot
梭德索／酒鬼梭德索

Sould　肅額德

spirit warrior　獸魂戰士

Stork River　鸛河

subdivine　副司祭

Suttleaf　沙特葉

Symark　錫馬克

T

Tagille　塔吉爾

Taryoon　塔瑞翁（城）

Teidez　忒德斯

temple　神廟／神殿

Temple Hospital of the Mother's Mercy　母慈聖堂院；母慈院

Templetown　神廟鎮

Teneret　太拿勒（鎮）

Tesko　泰斯寇

Tessa dy Hueltar　泰莎・惠爾塔

The Bottoms　下邊區

The Fivefold Pathway of the Soul: On the True Methods of Quintarian Theology
《魂歸五重天：五神信仰的神學真諦》

the Great Four　四季之律

The Legend of Green Tree
《翠樹傳說》

The Old Weald　古野林

the Season of Great Sorcerers
大巫師時代

Thistan　席思坦（領）

Tolnoxo　妥挪克索（領）

Tovia　陶維亞

U

Umegat　巫米蓋

Umerue　巫米茹

Urrac　厄拉克

V

vaida　王國銅幣

Valenda　瓦倫達（城）

Vara　瓦拉

vella　長頸羊

Vinyasca　溫亞嗣卡（鎮）

Visping　威斯平（都城）

W

Waterpeak　水峰

Weald　野林地

Wealdean　野林地人／語

weirding　異語

Wencel　溫索（伯爵）

Witless　阿呆

World-Soul　世界之魂

Wounded Woods　受傷樹林

Y

Yarrin　雅潤（領主／女神奉侍長〔最高階級〕）

Yetta　雅塔

Yiss (High March dy)　伊斯（上藩主／大侯爵）

Z

Zagosur　札果舍（都城）

Zangre　臧格瑞（主城）

Zavar　札伐（城）

BEST 嚴選 122

五神傳說終部曲：神聖狩獵

原 著 書 名／The Hallowed Hunt
作　　　者／洛伊絲・莫瑪絲特・布約德（Lois McMaster Bujold）
譯　　　者／清揚
企畫選書人／王雪莉
責 任 編 輯／劉瑄

版權行政暨數位業務專員／陳玉鈴
資深版權專員／許儀盈
行 銷 企 畫／陳姿億
行銷業務經理／李振東
副 總 編 輯／王雪莉
發　行　人／何飛鵬
法 律 顧 問／元禾法律事務所　王子文律師
出版／奇幻基地出版
城邦文化事業股份有限公司
台北市 104 民生東路二段 141 號 8 樓
電話：(02)25007008　傳眞：(02)25027676
網址：www.ffoundation.com.tw
e-mail：ffoundation@cite.com.tw
發行／英屬蓋曼群島商家庭傳媒股份有限公司城邦分公司
台北市 104 民生東路二段 141 號 11 樓
書虫客服服務專線：(02)25007718・(02)25007719
24 小時傳眞服務：(02)25170999・(02)25001991
服務時間：週一至週五 09:30-12:00・13:30-17:00
郵撥帳號：19863813　戶名：書虫股份有限公司
讀者服務信箱 e-mail：service@readingclub.com.tw
歡迎光臨城邦讀書花園　網址：www.cite.com.tw
香港發行所／城邦（香港）出版集團有限公司
香港灣仔駱克道 193 號東超商業中心 1 樓
電話：(852) 2508-6231　傳眞：(852) 2578-9337
e-mail：hkcite@biznetvigator.com
馬新發行所／城邦（馬新）出版集團
【Cite(M)Sdn. Bhd】
41, Jalan Radin Anum, Bandar Baru Sri Petaling,
57000 Kuala Lumpur, Malaysia.
Tel: (603) 90578822 Fax:(603) 90576622
email:cite@cite.com.my

封面設計／高偉哲
排　　版／極翔企業有限公司
印　　刷／高典印刷有限公司
■ 2020 年（民 109）6 月 30 日初版

售價／ 599 元

國家圖書館出版品預行編目資料

五神傳說終部曲：神聖狩獵 / 洛伊絲・莫瑪絲特・布約德（Lois McMaster Bujold）作；清揚譯. -- 初版. -- 臺北市：奇幻基地, 城邦文化出版：家庭傳媒城邦分公司發行, 民109.06
面：公分. -（Best嚴選；122）
譯自：The Hallowed Hunt
ISBN 978-986-98658-7-6（平裝）

874.57　　109004157

THE HALLOWED HUNT by LOIS MCMASTER BUJOLD
Copyright © 2005 BY LOIS MCMASTER BUJOLD
This edition arranged with THE SPECTRUM LITERARY AGENCY
through BIG APPLE AGENCY, INC., LABUAN, MALAYSIA.
Traditional Chinese edition copyright © 2020 by Fantasy Foundation Publication, a division of Cité Publishing Ltd.
All rights reserved.

著作權所有・翻印必究

ISBN　978-986-98658-7-6

Printed in Taiwan.

城邦讀書花園
www.cite.com.tw

廣　告　回　函
北區郵政管理登記證
台北廣字第000791號
郵資已付，免貼郵票

104台北市民生東路二段141號11樓
英屬蓋曼群島商家庭傳媒股份有限公司城邦分公司 收

請沿虛線對摺，謝謝

每個人都有一本奇幻文學的啓蒙書

奇幻基地官網：http://www.ffoundation.com.tw
奇幻基地粉絲團：http://www.facebook.com/ffoundation

書號：1HB122　　書名：五神傳說終部曲：神聖狩獵

請於此處用膠水黏貼

奇幻基地

讀者回函卡

謝謝您購買我們出版的書籍！請費心填寫此回函卡，我們將不定期寄上城邦集團最新的出版訊息。

姓名：＿＿＿＿＿＿＿＿＿＿＿＿＿＿＿＿　性別：□男　□女

生日：西元＿＿＿＿＿＿年＿＿＿＿＿＿月＿＿＿＿＿＿日

地址：＿＿＿＿＿＿＿＿＿＿＿＿＿＿＿＿＿＿＿＿＿＿＿＿

聯絡電話：＿＿＿＿＿＿＿＿＿＿＿＿傳真：＿＿＿＿＿＿＿＿＿＿＿＿

E-mail：＿＿＿＿＿＿＿＿＿＿＿＿＿＿＿＿＿＿＿＿＿＿＿＿

學歷：□1.小學　□2.國中　□3.高中　□4.大專　□5.研究所以上

職業：□1.學生　□2.軍公教　□3.服務　□4.金融　□5.製造　□6.資訊
□7.傳播　□8.自由業　□9.農漁牧　□10.家管　□11.退休
□12.其他＿＿＿＿＿＿＿＿＿＿＿＿＿＿＿＿＿＿＿＿

您從何種方式得知本書消息？

□1.書店　□2.網路　□3.報紙　□4.雜誌　□5.廣播　□6.電視
□7.親友推薦　□8.其他＿＿＿＿＿＿＿＿＿＿＿＿＿＿＿＿

您通常以何種方式購書？

□1.書店　□2.網路　□3.傳真訂購　□4.郵局劃撥　□5.其他

您購買本書的原因是（單選）

□1.封面吸引人　□2.內容豐富　□3.價格合理

您喜歡以下哪一種類型的書籍？（可複選）

□1.科幻　□2.魔法奇幻　□3.恐怖　□4.偵探推理
□5.實用類型工具書籍

您是否為奇幻基地網站會員？

□1.是□2.否（若您非奇幻基地會員，歡迎您上網免費加入，可享有奇幻基地網站線上購書75折，以及不定時優惠活動：http://www.ffoundation.com.tw/）

對我們的建議：＿＿＿＿＿＿＿＿＿＿＿＿＿＿＿＿＿＿＿＿
＿＿＿＿＿＿＿＿＿＿＿＿＿＿＿＿＿＿＿＿
＿＿＿＿＿＿＿＿＿＿＿＿＿＿＿＿＿＿＿＿

請於此處用膠水黏貼